有爱的青春陪伴者

邂逅温柔

沈惊春

Shenjingchun

著

天津出版传媒集团

天津人民出版社

图书在版编目（CIP）数据

邂逅温柔 /沈惊春著. -- 天津 : 天津人民出版社, 2023.4

ISBN 978-7-201-19142-3

Ⅰ. ①邂… Ⅱ. ①沈… Ⅲ. ①长篇小说—中国—当代 Ⅳ. ①I247.5

中国国家版本馆CIP数据核字(2023)第026095号

邂逅温柔

XIEHOU WENROU

出　　版　天津人民出版社
出 版 人　刘　庆
地　　址　天津市和平区西康路35号康岳大厦
邮政编码　300051
邮购电话　（022）23332469
电子信箱　reader@tjrmcbs.com

责任编辑　玮丽斯
特约编辑　娄　薇
装帧设计　刘　艳　唐卉婷

制版印刷　长沙鸿发印务实业有限公司
经　　销　新华书店
开　　本　880毫米×1230毫米　1/32
印　　张　10
字　　数　357千字
版次印次　2023年4月第1版　2023年4月第1次印刷
定　　价　42.80元

目录

CONTENTS

Xie Hou Wen Rou

目录

×

CONTENTS

Xie Hou Wen Rou

第一章

安城

飞机在跑道上滑翔，逐渐平稳停下，客舱内广播“叮”的一声，传来乘务组的温馨提示：

“旅客们，飞机已经安全抵达安城，地面温度是33℃……”

安城。

算起来，国内热门城市那么多，方曼姿玩了个遍，唯独安城，她一次也没来过。

头等舱旅客优先下机，由专车送到航站楼。方曼姿取了行李箱，推着下到一楼到达口。

到达口处 围了不少人，都是接机的。这会儿下机的旅客不少，大厅人来人往，方曼姿戴着墨镜，穿了条半身裙，挎着包，远远看着气势相当足。

鞠恬恬一眼就看到她了，拼命地挥手：“曼姿！这里！”

二人成功会师。

鞠甜甜接过方曼姿手中的行李箱，与她挽着手臂，并肩向外走，说：“你这来得也太突然了，一个电话说要来，第二天就来了。幸好我今天休息，不然还得我家那位来接你。”

“已经很不突然了。”提起这个，方曼姿心中有气，“你不知道，我爸昨天差点把我空投过来，后来因为行李太多才算了。”

说话间到了室外，安城太阳毒辣，跟蒸炉一样。方曼姿从包里掏出一把遮阳伞，举到二人头顶。

“一共没一百米远……”鞠恬恬本想吐槽几句，但念及方曼姿一贯的精致做派，话到嘴边又收了，“你自己撑吧，我晒着就行。”

“那怎么行。”方曼姿见不得女孩子被晒，把鞠恬恬拉回来，“紫外线是美女的天敌，必须时刻警惕。”

二人走到车旁。方曼姿的箱子重，两个女孩子合力都搬不进车后备厢，最后还是找一个大哥帮忙抬的。

鞠恬恬系上安全带，低头打开导航，一边倒车一边说："姐妹，你就待几天，有必要拿这么多东西吗？我一提那箱子，重得我差点没喘上气。"

"真要待几天就好了。"方曼姿没回应她的吐槽，在心底幽幽哀叹一声，"我可能得在这里待一阵子。"

鞠恬恬意外地看了她一眼，问："之前那么让你来找我玩，你都不肯来，怎么突然就来了？"

提起这个，方曼姿一肚子话想说，等到了嘴边，又一句话也说不出来。

她神情恹恹地说："我闯了点祸。"

鞠恬恬在开车，没注意她的表情，随口应了一声："哦哦，这样。"

两人是高中同学，读书时方曼姿性子就野，天不怕地不怕，她说闯祸，在鞠恬恬看来都是"基本操作"，也没深问。

方曼姿掏出手机，开始刷朋友圈。

鞠恬恬倒是热情，说："来了也好。你知道吗，咱同学现在好多都在安城呢！像什么旗杆啊，大马啊，还有什么许博文，都在这边，我们没事还会聚一下。"

这些人方曼姿都有印象，不过交情不深，没多点评。

"哦，对了！"鞠恬恬自顾自说着，一副兴高采烈的样子，"还有周熙昂！他也在安城，你知道吗？"

正在划手机屏幕的纤细手指一顿，就连呼吸也在极短的瞬间停了一下。

却也只有一瞬而已。

"是吗？"方曼姿随口应了一声。

"是啊！我也是听说的。周熙昂毕业后就失联了，也不知道现在在干什么。不过人家是理科状元，样样优秀，肯定混得比我们好。"

车内开着空调，冷风带着鞠恬恬的话，顺着耳朵吹进方曼姿的心底，蓦地，让她回想起一些片段。

想起每次考试出成绩，她到走廊去看成绩大榜，看到他照常稳居第一名，内心难掩地骄傲。

再去寻找自己的名字，认真去数她跟他之间的差距。

也想起每个学期开学，校长公布上学期的优异学生，他的名字被广播传遍校园的每个角落。

他穿校服，走到主席台上，身姿挺拔如白杨，全校学生都用羡慕的眼光看着他。

他却只看她一个。

他的确是优秀的，优秀到所有人望尘莫及。

不过他如今好不好，也不关她的事了。

方曼姿关掉手机，看向窗外。

“哦，那就祝他福如东海长流水，寿比南山不老松吧。”

一路开到鞠恬恬住处，一个普通住宅区。进门后，鞠恬恬拿了双拖鞋给方曼姿，说：“飞了一天，你也挺累的。你先在这儿住下，晚上咱们出去吃。”

方曼姿倒在沙发上，本打算闭目养神，听见这话不由得睁开眼睛。

“啊，我订了酒店，不住了。”她一边说，一边拿起手机，在软件上看附近有什么酒店。

鞠恬恬觉得费钱，不过以方曼姿的家境来说，也算不得太破费，就闭了嘴。

方曼姿习惯性选择了四位数以上的酒店，价格从高到低排序，点进第一个房间，看评价都很满意，直接指纹付钱。

这一付钱才发现，不管换几个卡，全都支付失败。

方曼姿当场从沙发上弹起来，上飞机之前还好好的，才几个小时，银行卡怎么全冻结了？

难道她来时乘坐的头等舱，是她短时间内最后一次享受优质生活了吗？

她觉得委屈，又不想让好朋友为自己担心，便走到阳台上，给妈妈打了个电话。

电话很快通了，方曼姿把手拢在嘴边，小声道：“妈，我的卡怎么给停了？”

当妈的都心疼女儿，方夫人也是一样。

“是你爸给停的，我已经跟他吵一架了。你说你在外面，身上没有钱可怎么行？他就不管不顾的，说停就给停了，说送你到外面是磨炼你，不是让你享福的。不过你爸也是气头上，想给你个教训。你也知道，你这次是闯了多大的祸，等过两天他气消了，我再好好跟他说说。”

方曼姿本来听得好好的，听到某句话，她眉头一皱，小脾气有些收不住，说：“什么叫我闯了多大的祸，那根本就是——”

“曼姿，听话。”

她瘪了瘪嘴，强咽下这口气，闷闷地说了句知道了。

“对了。”方夫人突然想起什么，“我在微信上给你发了个定位，你看到没有？”

"我现在看。"

她一边说，一边打开微信，见对话框里果然有一个地址。

"诺顿……"她念着，"这不是沈伯伯家的公司吗？"地址在安城，显然是分部。

方夫人说："明早九点，你到这里上班。你爸爸已经跟你沈伯伯打好招呼了，让你到那儿好好锻炼一下。公司里会有人照顾你的。"

方曼姿心中一喜，她就知道爸爸不会真的不管她。

沈家跟方家是世交，两家亲如一家。把她安排在这儿，跟安排她在自己家有什么分别?

她应了声好，又听妈妈叮嘱几句，电话就此挂断。

她握着手机，站在阳台上犹豫了半天。

她身上现金不多，支付宝和微信里应该还有一些钱。按说她这种情况，住在鞠恬恬家里是最好的选择。

来之前，鞠恬恬让她住这儿，她那时答应，是没想过鞠恬恬跟男朋友住，两个人就快结婚了，多她一个人，也多了很多不方便，她不想打扰他们。

正想着，她手机又是一阵振动，她点进去，见她妈妈在微信上给她转了钱。

"快收，我不敢多转，怕被你爸发现。"

鞠恬恬的男朋友下班后，三人一齐吃了饭，为方曼姿接风洗尘。

席间方曼姿抽空订了个酒店。

就算变成落魄千金，也坚决不住没星级的酒店。

穷，也不能受委屈!

第二天睡醒已经是十点以后。方曼姿暂时没有住处，不得不续住一晚。

房费支付出去，她第一次有了心疼的感觉，很陌生。

今天是第一天上班，她化了精致的妆，穿了条漂亮的裙子，踩着高跟鞋打车去上班。

公司内忙来忙去的，她戴着墨镜，架势十足地走进去。前台还以为她是来办事的，笑容可掬道："这位小姐，请问有预约吗？"

方曼姿隔着墨镜看前台："我是来上班的，请问人事部在哪儿？"

前台恍然："您是方曼姿小姐吗？"

"当然。"

"哦。人事部在六层，您这边上电梯。"

"知道了。"

方曼姿搭乘电梯上了六楼。人事部都在忙，她进去敲门，有人问她找谁。

“我找主管。”她说。

主管是个四十多岁的中年男性，他从办公桌后抬起头，一眼看到门口的方曼姿。

都不用问名字，就知道她是谁。她身上那种钱堆出来的优越和高贵太明显，正是总部董事长特意打过招呼，千万不要顾忌身份的方家千金。

“进来吧。”主管招了招手。

方曼姿迎着众人的打量走进去，跟主管进了里面的会议室。

她坐下，墨镜没摘，手臂搭在桌面上，懒懒地叠起一条腿。

“我的岗位定了吗？”她百无聊赖地问。

主管从文件堆里拿出一份合同来，放到她面前，说：“方小姐过目。”

方曼姿接过，随手翻了翻，也不知哪儿来这么多法律条款，没一句话是她能看懂的，耐心逐渐缺失。

她翻了两下就不翻了，说：“麻烦您说一下吧，看合同太累了。”

主管顾忌她的身份，又不得不遵从董事长的嘱咐，只得道：“总裁办那边缺一个新秘书，所以聘请方小姐你。由于你没有经验，前三个月工资按实习生算，每月薪资四千元。”

“多少钱？”方曼姿怀疑自己听错了。

开什么玩笑。

主管不理会她的反应，继续道：“每个月还有全勤奖三百元，不能迟到早退，迟到按旷工处理，一次扣一百元。”

说到这里，他停了停，抬头对她说：“方小姐今天第一天上班，迟到三个小时，也要扣钱。”

“……”她那少得可怜的工资就这么扣掉一百块钱？

她想了想，摘掉墨镜，说：“你知不知道我是谁？”

“抱歉，方小姐，公司有公司的规定，就算董事长迟到，也照样扣钱。请你不要为难我。”主管不卑不亢。

方曼姿脾气本来就不好，卡全被停，身上钱没多少，来到公司上班，工资少就算了，上来就扣她钱。

她方大小姐被人捧手心里长大，凭什么受这样的委屈？

她站起身，重新戴上墨镜，说：“我不为难你，让你们老总过来见我。”

“总裁办在二十一楼，电梯出门右转。”

行，我懒得跟你计较。

方曼姿转身出了人事部，乘电梯直上二十一楼。

沈家、方家世交，她小时候连他们董事长的肩膀都骑过，这个公司只是诺顿分公司，她到了这里，竟然这种待遇？

她倒要看看，谁敢扣她的工资。

方曼姿越想越气，从电梯出来，发现这总裁办竟占了二十一楼一整层。

偌大办公室外坐了个成熟女人，看起来应该是秘书。见她匆匆走过来，秘书连忙站起身：“这位小姐，请问有什么事吗？”

方曼姿看都没看秘书一眼，目标明确，直奔办公室。

秘书从座位绕出来拦她：“抱歉小姐，您不能——”

话还是晚了。

方曼姿一巴掌推开大门，脚下红底细高跟踏在瓷砖上，声音短促响亮。

办公室外层坐了六七个助理，有人突然闯入，纷纷停下手头动作看她。

她径直走到最里面，二话不说闯了进去，张口便道：“你——”

才刚说出一个字，其余耀武扬威的字眼，在看到男人长相的那一刻，瞬间于喉咙里哑了火。

阳光穿透落地窗，洒在男人背后。他倚在窗边，一双长腿交叠，白色衬衫挽到手肘，露出一截白皙的手臂。

男人逆着光，饶是如此，方曼姿仍能一眼认出他那张过分清俊的脸，像被云雾遮隐的青山。

六年过去，岁月将当初满身棱角的少年打磨得越发沉稳，光是站在那儿，周身气场就已经让人无法忽视，而此刻他目光沉沉，打量这个不速之客。

她万万没想到，会在来到安城的第二天，在这样一个情景下，再见周熙昂。

猝不及防地重逢，局促感从脚底板升起，她奋力酝酿着，该说些什么才能打破这一切。

周熙昂往前走了几步，来到办公桌前。

他手臂修长，瘦而有力。

他抬起头，一双眼眸如同四月春雨，丝丝缕缕，沾了些寒气。

他薄削的唇微勾，说出的话也如他这个人一样，清冷中染了些孤傲。

“你哪位？”

被周熙昂这么问，方曼姿一句话也说不出。

你哪位？

不管是从他的神情还是从他的语气来说，都在说明一件事。

他不记得她，更没有把她放在眼里。

她站在偌大的办公室里，空调冷气也降不掉她内心的窘意，她试图拯救这个公开处刑现场，说：“周总，我是您的新秘书，想过来跟您问声好。”

“哦。”周熙昂随手拉开椅子坐下，拿起一旁的文件，“问完了？”

“嗯？”

“问完还不走？”他毫不留情地对她放冷箭。

屈辱感直冲头顶，她自觉颜面扫地，一秒钟也待不下去。

人都赶你走了，就差把“讨厌你”三个大字写在脸上，还眼巴巴摆出笑脸干什么？凑上去给人打吗？

大小姐脾气上来，她憋了口气，扭头就走。

身后是主管向周熙昂悉心赔罪的声音，出了总裁办的门，赔罪声也被隔绝。

她到电梯间去等电梯，不多时听见门响，电梯来时，主管也走了过来。

“叮”一声，二人走进去，电梯闭合，里面只有他们两个。

主管惊魂稍定，缓了口气道：“方小姐，你怎么敢擅闯总裁办公室？”

方曼姿眼皮都懒得掀，说：“有什么不敢？”

主管想，他有必要提醒一下这位大小姐。

“你知道上一个闯进总裁办公室的人，是什么下场吗？”

“什么？”

“在公司干了八年的老员工，当天就卷铺盖走人了。”

方曼姿想起周熙昂，读书时代他脾气就是这样，正因为此，她才会落得那样的下场。

他从来不是一个会顾念旧情的人。

见她不说话，主管以为这位大小姐终于学会忌惮，又安慰她道：“不过方小姐很走运，周总没有说要处置您。”

他连助理都要六七个，二十一层只有一个秘书，人手肯定不够。

处置了她，不就没有人顶了嘛。

方曼姿不以为意，扯了扯嘴角，说：“那我真是太荣幸了。”

临近午休，主管抓紧时间帮方曼姿办了入职手续。

主管抓起座机听筒，准备拨通内线，找人带她上去。

她想到周熙昂如今那副清冷矜贵的样子，他们当初分手分得难看，他断然是不会再想看到她。

她人是任性了点，但还算知趣，她来这儿是混日子的，又不是凑上去给上司添堵，还嫌日子不够惨？

她赶忙叫住主管，跟他说明了“自己初次上班，对工作全然不熟，怕到周总身边再给他添乱”这一情况。

主管沉思片刻，把听筒放回去，说：“是这么个道理。”

他深深地看了她一眼，看不出这位大小姐人虽骄纵，还挺明事理，估计就是脾气不大好。这样想，主管对她的印象顿时好转许多。

他想了一下，说："那这样吧，客户部那边要打交道的人比较多，你先去那边锻炼一下，熟悉了再调回来。"

方曼姿喜上眉梢，整个人染了笑意，像一朵含苞的水仙，忽然盛放了起来。

好看的人总会受到优待，主管瞧着顺眼，笑着叫手底下人把方曼姿带到客户部去。

客户部与其他部门不同，办公环境自由，随处可见忙碌身影，工作气氛非常浓烈。

方曼姿一进去，员工们看到来新人了，尤其样貌还如此出众，不由得多看了两眼。

这一看不要紧，视线落到她手臂上那只包上，不少识货的都市白领纷纷交换了个眼神，彼此心照不宣——

一个背高仿的。

估计是那种高级打版，样子看着还挺真。

新来的漂亮是漂亮，也有气质，不过一只这样的包多少钱？买得起这样的包的人，能跑到这地方来上班？笑话。

追求名牌没什么，背假货就让人瞧不起了，没那个能力还虚荣，量力而为不知道吗？

方曼姿并不知道，自己刚踏进这里还没两分钟，就已经有人开始不喜欢她了。

方曼姿跟的老大叫张姐。张姐三十四岁，半长头发四六分，一半掖在耳后，人看着十分干练，典型的事业女强人。

张姐早知道方曼姿要过来，简单问了她两句，随后让她加进了各个工作群。

下周公司有个洗发水广告要拍，张姐让她跟另一个同事一起跟项目，简单熟悉一下，并特意叮嘱，拍广告的女演员可不好招惹，让她早有个心理准备。

方曼姿应下，没往心里去。她哪有心思熟悉项目，心中想的全都是自己的住处问题——总不能一直住在酒店里，还是得有个落脚的地方。

然而她一不熟悉这边，二没有租房经验，根本想不到该去哪里租房。至于三，她对住处还挺挑的。

左思右想，她到微信里选了几个交际广的朋友，挨个发消息问"你在安城有没有空闲的房子"。

问了一圈，要么没有，要么离公司太远，怎么都没满意的。

她有点灰心。

认命地打开同事发来的文档，她刚看两眼，微信图标忽地闪了起来。

大飞：你等等，我给你问问。

大飞是她高中同学，家里也很有钱。凭成绩考进来的，一般都是极其优秀那种。

就像周熙昂。

没多久，大飞回了消息：问了我一在国外的朋友，说在兴和苑有套房子，闲着没人住。咋了，你要用房子啊？

方曼姿：工作原因要在安城待一阵子，想着找个靠谱点的地方住。你朋友的房子能租吗？

大飞：闲着也是闲着，租呗，等他从国外回来，也能有点人气儿。

大飞：不对，他已经回国了。

方曼姿一句“那也太好了吧”没打完，不得不删掉，不太抱希望地问：那他还租吗？

过了两分钟。

大飞：可以租，不过他有点忙，你给个时间，让他带你看看房子。

她想了想，说：今天下午六点以后，可以吗？

大飞回：可以。

约定的见面地点在公司附近的商业街。诺顿公司地段好，商业街离这里十分钟都不到。

方曼姿下班后，导着航就过去了。

离六点还有一段时间，方曼姿就进商场里逛了逛。

一楼是各国际品牌专柜，柜姐们都很会看人，是不是能消费得起的顾客一看便知。

不管她进哪家店，立即有三四个柜姐围上来，只要她多给哪个商品一个眼神，柜姐就赶紧拿下来，主动送到她手里。

方曼姿心想：不好意思，有点买不起。

她只能假装不喜欢，赶紧离开这边。

逛着逛着看到一家小众的法国牌子，她选了半天，买了三只香薰，又买了一瓶男士香水，准备待会儿送给房主当见面礼。

正付款呢，微信又响了，大飞发消息问：你在哪儿呢？我朋友已经到了。

大飞又给她报了他朋友的车牌号，方便她找。

方曼姿回了句“马上”，拎着礼袋从商场里穿梭而过。

从来时的门出去，想起步行街不方便停车，她掏出遮阳伞，绕商场半圈才找到车在哪里。

她拉开车门，坐进副驾驶，一边收伞一边说："不好意思，让你久等——"

一个"了"字没说完，尾音隐没在喉咙里。

是周熙昂。

他坐在驾驶位，单手搭在车窗边，另一只手握着方向盘，侧头看了她一眼。

这张脸清俊英挺，眉骨微微凸起，到鼻梁处自然转折，形成棱角分明的线条。那双眼狭长，眼尾有些挑，再多的热情遇到这么一个眼神，如同兜头一盆冷水，硬生生拉开与人的距离，谁也走不进他心里似的。

猝不及防这么对视一下，方曼姿顿时尴尬得连手都不知道往哪儿摆，她想要不干脆下车算了。

周熙昂眉头微凝，淡声道："是你。"

方曼姿面不改色道："是我，让周总久等了。不过，如果周总后悔了的话，我现在就可以下车。"

说话时本该看着别人的眼睛，她却连直视他的勇气都没有，视线在空中虚虚衔着，不敢向上看，只能落在他喉结上。

修长优雅的颈子，尖尖突出来一截喉骨，你说他没变，确实比高中那会儿成熟得多，要说他变了，总有些地方还跟当初一样。

喉结还是当初的模样，人却不是当初的人，六年过去，这也是另一种物是人非。

半晌没等到他的回答，方曼姿知道又自取其辱了。

她转身就要下车，手搭上门内拉手，刚准备推，只听车内"喀"的一声，副驾这侧的车门顿时上了锁。

没给她下车的机会。

她心里七上八下，摸不准他是什么意思。

她浑身不自在，总觉得跟他相处，远不如给她一刀来得痛快。

"不久。"

他突然开口，食指在方向盘上有一下没一下地敲，像是终于知道回答她的话，清淡目光落到窗外，语气平得像一碗凉水。

"比这久的，也不是没等过。"

方曼姿想起早上的迟到事件，噎了一下。

"安全带。"

"哦。"

她这才动了动，把手中礼袋和遮阳伞搁在腿上，乖乖系好安全带。

车子启动，汇入街道车流。像是打发尴尬时间，她低头，拿起腿上的遮阳伞，一个褶皱压一个褶皱认真叠好。

叠完也没收，就在手里握着，好在兴和苑离这儿不远，车开过去没五分钟就到了。

她下车，撑开刚折好的遮阳伞，四处打量。

小区绿化做得非常好，绿树成荫，建筑外观还很新，园区内花园争奇斗艳，假山喷泉壮阔气派，高层一栋挨一栋。

周熙昂带她搭乘电梯，两人一前一后站立在狭小空间，属于他的气息侵袭过来，是她曾经闻过的一种味道。

味道源自法国的一个著名调香师，她有幸买过她的香。

而这个味道，正是那调香师最出名的一种香，名叫“邂逅爱人”。

杜松子酒本是烈酒，调入香中并不浓，原有的烈融进去，化为持久的留香。一旦沾了，就会生出它一直在你身边缭绕的错觉，让人念念不忘。

所以，它才被命名为邂逅爱人。

那时方曼姿闻了这个香，就在心里想，幸好自己没有遇到过喷这款香水的男人，否则遇上了，一定是场浩劫。

这一刻才知，原来这场浩劫，早在她十七岁那年，就已经出现。

他的房子在十四楼，面积比鞠恬恬的住处还大，没有太多家具，一眼看过去，清冷、空旷，像是许久没有人住。

事实上也的确如此。

屋子里有一股沉闷的味道，周熙昂走到南面，开了窗，闷热的风通进来，味道散了不少。

他转过头说：“房子你自己看。”话毕，就那么倚着窗，一双长腿交叠，姿态慵懒随意，莫名有股矜贵气质。

就好像，连充当一个尽职的房东都懒得做。

两人已是陌生人，他这个态度，也无可厚非。

她到各个房间转了转，除了书房有不少书外，其他房间都很空，杂物间都没放什么东西。

卧室有两间，她随便进了一间，见桌子上放了些纸张，走近一看，还有一个倒扣着的相框。

无意窥探隐私，随手拿起来一瞧，愣住了。

是一张古装扮相的郭襄。

尘封的记忆随着这张有些老旧的照片一同翻开，已经是高中时的旧事了。

学校文艺会演，得知班级要他出演杨过，她没有要求演小龙女。

她演的是郭襄。

方曼姿去拆相框，想毁掉照片。

手刚摸到支架，一只手臂蓦地从背后伸过来，夺她手中旧物。

她吓了一跳，很快反应过来，反抓住相框不放。

背对他使不上力，她顺势转身，正面去抢。

他们离得近，或者说，应该是他们一天中距离彼此最近的时刻。

两人在空中暗暗较劲，方曼姿很快败下阵，眼看着相框到他手里，她决定装傻，说：“周总，这照片好眼熟啊，能给我看看吗？”

周熙昂抬眸，面沉如水道：“怎么，没人教过你，不要乱动别人的东西？”

他不为所动，就好像她不值得他动用一丝一毫的情绪，他总是这样清高。

当初爱他清高，如今却恨极恼极，她装不下去了，也不想再收敛脾气。

她暗中咬牙，哼道：“别人的东西？这分明是我的东西！”

“你的？”他不屑勾起一边嘴角，眼底嘲讽至极，“你是什么人？”

“我是你——”

方曼姿将心一横，说：“——你公司新来的合法纳税人。”

真是好一个纳税人。

周熙昂眸色不耐，语气生寒道：“房子算你每月三千块，你租还是不租？”

“租……”

周熙昂掏出手机，在屏幕上操作两下，随后把手机递到她面前，说：“微信，方便吗？”

刚败下一仗，方曼姿心里正不爽，他此刻送上门来，她打算借此机会扳回一局。

她摆出一副波澜不惊的样子，说：“周总，付个房租而已，这加好友就算了吧。”

周熙昂说：“我也觉得。”

她定睛一看，屏幕上显示的并非二维码名片，而是钱包里的收款码。

她尴尬得耳根都红了，面上还是一派淡定，从容扫过二维码，问：“月付可以吗？”

“随你。”周熙昂收起手机，“我七点还有事，先走了。”

他留下钥匙，没再多说话，转身要走。

眼看他要出了门，方曼姿的目光落到他手中的相框，到底沉不住气，也不再兜圈子，往前走了一步，说：“周熙昂，能不能把我的照片还给我？”

颀长身影在门口一顿，他转回身，狭长眼眸锁着她，晃了晃手里的相框。

“你说它？”

“还我。”她摊开手掌。

他薄削的唇微勾，说出的话也冷淡至极。

“你误会了，照片上不是只有你一个人。”

他的食指在相框某处轻点，在他所指的、并不起眼的地方，还有一个古装扮相的少年。

是他当初所扮的杨过。

“谁都有可笑的过去，我只是拿来提醒自己。”

他放下手臂，把相框拿在手里。

“现在，我可以把它拿走了吗？”

房子租下来当天，方曼姿并没有立即入住，还是回了酒店。

准备买来送人的香水没送出去，估计周熙昂根本不会收，甚至看都不会看一眼。

她再也不要自取其辱了。

周末请钟点阿姨将房间打扫一番，方曼姿提着箱子，正式入住。

在安城，这个地段，三千块一套整租，属于非常友情的价格。人得学会见好就收。

第二周上班，方曼姿被迫早起，起来发现距离迟到还有十五分钟。

她本来不在意的，想起自己的实习工资、三千块的房租，登时上了发条一样，匆匆洗漱完，随手抓起一个包包，狂奔下楼打车去公司。

她踩点打卡，到工位困倦地打了个呵欠，泪花泛起在眼角。

张姐就是这个时候走过来的。

张姐说：“今天肖楠要过来拍洗发水广告，你和思然一起跟一下吧。”

方曼姿一副没睡醒的样子，点了点头，明显不在状态。

见她这样，张姐忍不住提醒：“精神点，今天来的那位演员千万小心伺候，免得惹麻烦。”

“哦，好的！谢谢张姐。”

张姐离开，方曼姿想起上周五的工作，赶紧趁热打铁，把今天要拍的项目又看了一遍。

没多久，思然，也就是她旁边的女同事过来喊她：“走吧。”

诺顿的广告做得一流，早些年网络不够发达的时候，不少高端产品的电视广告都由诺顿制作，这么多年，诺顿也有了自己的专业摄影棚及摄影团队。

今日用的四号摄影棚在五楼，她们去时，场务还有摄影师都已经到位，负责灯光和打板的全都在忙。

思然看了看时间，在原地跺脚，说："完了，她又迟到，今天中午肯定又没饭吃。"

"为什么？"方曼姿问，"不是到点就休息吗，跟吃饭有什么关系？"

思然一副天塌了的样子，小声说："你新来的不知道。这个肖楠特别难伺候，她迟到的时间从哪里抠，只能从咱们的午休时间。摄影师又是外国人，说工作多久就工作多久，反正……唉，就小心点吧。"

话刚说完，就听走廊里传来一阵脚步声，方曼姿转过身，只见一个助理模样的人打开门，一个衣着艳丽的纤细身影走进来，戴着墨镜、口罩，板着一张脸。身后又跟了两个人，不是助理就是经纪人之类。

那人一来，摄影棚里的人全都跟她打招呼：

"楠姐！"

"您来了！"

看着人气很高，很受欢迎。

肖楠不说话，她身边那些助理模样的人，也没怎么应声，护着肖楠到休息区的单人沙发上，一个助理掏出垫子铺好，肖楠这才坐下。

方曼姿看得眉头一挑，人也不困了，问："这是干吗呢？"

思然回答："肖楠有洁癖，出行都要自己备东西。"

一堆人围着肖楠，夸她漂亮，夸她气质好，夸什么的都有，肖楠偶尔回两句，看着也没什么反应。

方曼姿看着有些惊奇，问一旁的思然："我记得肖楠是这两年才出道，也不算红吧？"怎么排场这么大？

一线演员方曼姿见过不少，像她这种大小姐，见个把演员不算难事，可以说是习以为常。

如今见了这做派，搞得方曼姿还以为她记错了，肖楠其实不是二三线演员，而是超一线流量偶像？

思然说："是不红。"

"那怎么看着……"

"很大牌是吧？"

方曼姿没说话，人多耳杂，不好让人听见。

说到这儿，思然不平，又无奈道："没办法，肖楠是咱们周总的朋友，她能从十八线走到今天，都是咱们周总一手捧的。大家都是看周总的面子。"

方曼姿还以为自己听错了，问："哪个周总？"

"还有哪个周总？"思然一副"你怎么连这也不知道"的表情，"当然是咱们分公司的老总，大老板啊。"

"……"

方曼姿转头，再看向肖楠，神色冷淡，表情高贵中透着些傲然。

仔细一瞧，哪里是什么傲然，分明是恃宠生娇。

她是熟悉这副表情的。

多年前她跟周熙昂在一起，也常是如此。

他惯会宠人，那时她被宠上了天，娇纵得要命，他也没说过她一句。

难怪呢。

有恃无恐的。

正这样想着，那位女演员信手一指，傲慢的声音传过来，透着些颐指气使："那边那个，过来，帮我买杯咖啡。"

方曼姿抬头一看，肖楠手所指的，正是自己。

方曼姿起先还有点不敢相信，左右看了看，周围除了自己就只有思然在身边。

可现在，就连思然都在看她，那确实是她没跑了。

活了这么多年，还是头一次有人如此颐指气使地使唤她，方曼姿眨了眨眼，将信将疑地缓缓抬手，反手指了指自己。

"你在喊……我？"

肖楠没说话，她身边那个铺垫子的助理倒是先开了口，说："就是说你呢。我们楠姐渴了，还不快过来？待会儿误了工，你能负得了责吗？"

……

行吧，她确实负不了责。

思然看方曼姿还搞不清状况，也怕方曼姿新人气盛，搞砸了今天的事，所以她在方曼姿回话之前，先一步走到肖楠身边，说："不好意思啊，肖楠姐，她是新来的，估计也不知道能去哪儿买，您要是渴了的话，我去替您买吧？"

肖楠横了思然一眼，轻飘飘一翻，说："新来的啊，我说怎么没见过呢。没关系，她今天不知道，总不能一直不知道，就让她熟悉熟悉吧。"说罢，她闭上眼睛，等化妆师为她化妆。

旁边的助理又说："快点啊，还不赶紧去？"

思然转过身，跟方曼姿使了个眼色，方曼姿解读了一下，大概是"我实在是帮不了你了，快去吧，千万别惹事'大局为重啊'妹妹"的意思。

方曼姿走到肖楠身边，后者闭着眼睛。

不得不说，肖楠的确长得漂亮，而且脸很小，很适合出现在镜头里。就算近距离看，她的皮肤状态也没什么太能挑剔的地方。

不愧是周熙昂的"朋友"。

方曼姿心宽，都是成年人了。尤其他现在事业有成，人帅，多金。

她对他不算什么。

她谁也不是。

所以，他再有女朋友，有过多少个，都与她无关。

面对肖楠，方曼姿并不会介怀什么，但也会悄悄比较一下，原来这就是他现在的女朋友，我倒要看她有什么好的。

方曼姿说："肖楠姐，不知道您想要什么口味呢？您说，我记一下，给您买回来。"

听见这话，肖楠轻轻睁开眼，有些意外地看了方曼姿一眼。

方曼姿很有耐心地微笑。

肖楠说："就要一杯冷萃吧。"说完又把眼睛闭上了。

"好的，没问题。"

方曼姿应下，拿着手机出了摄影棚。

约莫过了二十分钟，她拎着打包的咖啡回来了。

肖楠那边已经完成了眼妆，正在进行修容。方曼姿把咖啡送到她面前，说："肖楠姐，您的冷萃。"

肖楠瞥了一眼，说："我什么时候说要这家的冷萃了？难喝得要死，换成橙家的。"

方曼姿也不恼，一直背在身后的左手，此刻移到了身前，手里还拎着几杯其他牌子的冷萃咖啡。

她把橙家的冷萃挑出来，递到肖楠手里，说："我也怕买得不合您口味，所以把其他家的一并买了，其他几杯就给您的助理吧，大家都辛苦了。"说完，看助理的眼神也笑眯眯的，丝毫没有那种被刁难的不快。

她本就长得漂亮，是那种人堆里面一眼会注意到的出众。

肖楠身边的助理看到她递过来的咖啡，表情动了动，碍于肖楠的面子，又不敢伸手接。

而肖楠本人看到她这个样子，像是一拳打在棉花上，连个着力点都没有，脸色不是很好看。

思然从方曼姿进来就赶紧过来，怕她被肖楠刁难。

见到这一幕，思然不禁松了口气，紧接着又在心底笑了——这个新同事，人还挺机灵的。

肖楠收回目光，说："我突然不想喝冷萃了，分给别人吧。"

方曼姿说："那谢谢肖楠姐请客了。"

思然从方曼姿手里接过咖啡，先分给一直干活的场务。

方曼姿转身要走，肖楠说："我想喝冰美式，不加糖，你再跑一趟吧。"

"好的。"方曼姿微笑，"请您稍等。"

迈巴赫停在公司楼下，助理乔楚从车上下来，拉开后排车门。

周熙昂下车，抬手松了松颈间领带，与助理一同向公司走。

他一边听乔楚汇报工作，目光不经意向旁边一瞥，整个人顿了一下。

他停，乔楚也停。

顺着周熙昂的视线看过去，诺顿楼下开了一家蛋糕店，而此刻，店内靠窗的位置，坐了一个穿裙子的女人。

她手里握着精致的蛋糕叉，切下一块草莓慕斯，轻轻送进嘴里。

似乎感受到了它的美味，她幸福到眯眼，很快又吃了一小口。

乔楚说："这是……上周闯您办公室那个……新人？"

周熙昂没应声，乔楚摸不准总裁的意思，试探性道："上班时间出来吃蛋糕，这是偷工吧？周总，要不要扣她的工资？"

周熙昂侧头，无声地瞧了他一眼。

乔楚赶忙低头闭嘴，有点摸不着头脑。

而此时，蛋糕店那位偷工的新人接了个电话，不知那边说了什么，她赶忙放下叉子，匆匆从店里小跑出来。

天够晒的，她抬手遮住日光，从路边一个骑手手里接过几袋打包好的冷饮，小跑进公司大楼。

乔楚说："她跑什么呢。"

他本是自言自语，没指望谁能应，不想这话说完，一直沉默的周熙昂冷不丁地开口："怕晒。"

"啊？"

周熙昂没再多言，提步向前走。

乔楚直觉不对，又说不出哪里不对，只得跟上。

走进公司，凉凉的空调扑在身上，驱走外面燥热的温度，乔楚整个人激灵了一下，反应了过来。

难道他们周总跟这个新人，认识？

方曼姿提着咖啡上来，交到肖楠手里，说："您要的冰美式。"

肖楠看方曼姿似乎又买了别的，估计又买了好几个牌子。

她看了咖啡一眼，说："我喜欢加覆盆子糖浆，还要加液态奶油。"说到这儿，她抬眼看向方曼姿，笑着，"再买一杯吧？"

方曼姿刚吃了草莓慕斯，甜食治愈人，这会儿心情也不错，态度也挺好。她点头："不加东西是不怎么好喝。"说着，从手里的袋子找出两杯打包的小料，"我让店员单装了加料，不过奶油没有，我要的脱脂牛奶，您是女演员嘛，还是少吃脂肪，加脱脂牛奶口感更好。"

说完，她又说："您还有什么需要。"晃了晃手里的袋子，"这里都有。"

她四两拨千斤，所有刁难到她这儿都不叫事儿似的，也没往心里去，还一副服务您我很荣幸的态度，这比直接跟肖楠对着干还令人难受。

肖楠接过咖啡，拿在手中轻轻晃了晃，问："你亲自去亲自回，连跑这么多家，挺累吧？"

"哦，不累。"方曼姿说，"现在科技很发达，想买什么东西都可以叫跑腿，建议肖楠姐也了解一下。"说完，方曼姿眨了眨眼，天真、无辜，还有点可爱。

给人一种，你训斥她，你就是天底下最大恶人的感觉。

肖楠起初脸色不豫，但是很快地，她笑了笑，整个表情放松下来，问："新来的，叫什么名？你在熙昂手底下一个月赚多少？我给你开三倍，考不考虑来我这儿当助理？"

方曼姿一听，愣了，怎么着，这是使唤她使唤上瘾，把她当跑腿了？

她开始随口瞎编："谢谢肖楠姐。我叫方曼姿，是实习生，等我实习结束，毕业就得结婚了，我男朋友想让我当全职太太呢。"

"是吗……"肖楠收回目光，"那还真是挺可惜。"

临近下班，一天的拍摄才终于结束。

所有人都松了口气，工作人员互道辛苦，赶紧收工。

肖楠完了工，等电梯时，突然想到了什么，说："你们回去吧，没你们的事儿了。"

助理问："楠姐，你怎么回家？小心别被狗仔拍到！"

肖楠理了理头发，戴上墨镜，说："真让人拍到才好呢。下班吧。"

电梯"叮"一声响。

一群人要下，肖楠按的上。

肖楠也没跟其他人抢，让别人先下了。

助理看到那边的电梯，说："楠姐，那儿还有电梯。"

肖楠说："那是熙昂的专属电梯，别人不能坐。"

又等了一会儿，肖楠上楼，摁下"21"。

总裁办的工作气氛比其他楼层要严肃得多，肖楠一来，秘书跟她打招呼，她要进，秘书拦着没让。

"周总可能在忙，稍等，我帮您问问。"

肖楠每次来见他，都要经过这么一道，她心底是觉得多此一举的，反正他都会见她。

可是一想，别人都要如此，谁都不例外。

不多时，秘书出来，说："抱歉，肖小姐，周总有会议在开，不过他说马上结束，让您在一楼等他。”

肖楠原本不高兴，听见最后一句又有些开心。

她说：“那我等他。”

二十分钟后，周熙昂从专属电梯下来，肖楠在一楼休息区看到了，欢喜地迎上去。

“熙昂！”她唤他。

周熙昂神色淡然，“嗯”了一声，目不斜视地向前走。

“我来你的公司拍广告，你也没说看看我。”

周熙昂说：“抱歉，一直在忙。”

出了公司，他去停车场，肖楠自然坐到副驾驶那侧。

周熙昂开车，没问她去哪儿，全程一言不发。

肖楠习惯了他的沉默，又觉得男人这样才好，什么都不说，神秘又迷人，一颗心全教你去猜，猜来猜去这个过程，才是与他相处的意趣。

她圈弄着头发，自顾自地说：“你公司现在的人，可越来越厉害了。今天上午让你一个小员工帮我买杯咖啡，那可真是太会办事儿了。”

听出她话里的怨气，周熙昂问：“怎么，你不高兴？”

肖楠娇哼一声，说：“不高兴能怎么，我就是不喜欢她那副小聪明的样子。”

周熙昂说：“你不喜欢就告诉乔楚，交给他去处理。”

得他这么一句话，肖楠气散了大半，觉得他还是护着自己的。

她说：“不用了。我本打算把她挖过来，到手底下调教调教，她说她就是实习生，实习结束就结婚，我想算了，一个实习生，为难她也没劲。”

说着，感觉眼线晕了妆，上镜妆厚，她忍不住找纸去擦。

她在储物盒翻了翻，纸是找到了，放纸的地方还放着一个相框。

她“咦”了一声，拿起一瞧，说：“这是谁的东西，怎么从没在你车上见过？”

话还没说完，手里顿时一空，再一看，相框已经被夺走了。

周熙昂把相框放回储物盒，推了回去，轻描淡写道：“一个朋友落下的。”

“哦。”肖楠没多想，她对镜子擦掉有些晕的眼线，忽地想到了什么，“你别说，今天那个实习生长得还挺像照片上这个。”

周熙昂整个人静了一瞬。

“是吗？”他随口应。

“真的。”肖楠说完这句，女人的第六感在脑海内警钟作响，她总觉得奇怪，周熙昂方才夺相框的反应似乎有些大了。

她故作不经意地问：“对了，那个照片上的女的是谁啊，你认识？”

“朋友的女朋友。”

“这样啊。”

车又开了会儿，周熙昂问：“是哪个实习生惹了你，我让乔楚处理一下。”

他执意为自己撑腰，肖楠心里头甜丝丝的，说：“也不用，就是一个姓方的。让她下次听话点儿就行了，少自作聪明。”

姓方的。

买咖啡。

实习结束，还要跟人结婚。

周熙昂在心底冷笑，表面上一副淡然模样，像是随口应了一声。

“嗯，会让她听话的。”

得他一句应承，肖楠心里比蜜还要甜，堵了一天的气儿都变得顺畅了起来。

车窗外，街景不断倒退。

第二章

冤家路窄

周末，方曼姿跟鞠恬恬一同逛家居市场。

她也不想逛的，只是每天下班回家，看到房子里空荡荡的，空间本来就大，再没什么家具，就显得冷清、孤寂且压抑。

她不禁想，还真是物随主人，周熙昂的房子跟他这个人的性子一模一样。

方曼姿追求生活的情调跟美好，非要说的话，她就是那种吃馒头咸菜也要在旁边放个烛台的做作女子，仪式感强得要命。

此时，做作女子拉上朋友在家居市场逛了两层，选了个豆沙绿色的沙发，又挑选了一张极具设计感的桌子，准备放在卧室。

餐桌她看着也不顺眼，还有阳台，那么大的空间，不留着养花花草草真是太可惜了。

大小姐逛街逛得尽兴，连酒柜放在哪儿都想好了。

鞠恬恬看方曼姿逐渐上头，趁着家居销售不注意，赶紧把方曼姿拉到一边。

“不要再买了，姐姐！”

“啊？为什么？”方曼姿正兴起，“这多好看啊……”

鞠恬恬不知道该怎么劝，说：“那你离开安城怎么办，你能空运回家吗？”

“那就不要了啊，也没多少钱。”

方曼姿回头又要去买，硬被鞠恬恬扯住，劝道：“姐姐，你现在要自力更生，明不明白？”

方曼姿的心里“咯噔”一声，试探性地问：“那……我到时挂二手网上卖？”

鞠恬恬必须跟她算账了："阿姨一共给你五万块钱，你这就花了两万多，你也说要在安城待一段时间，你还过不过？"

"一块草莓慕斯三十九块，两万多等于多少慕斯蛋糕，你自己想想吧！"

啊！她的慕斯！

方曼姿转头一看，销售正在那边对别的顾客激情讲解，趁销售不注意，她拉起鞠恬恬就跑。

买的家具第二天才送，鞠恬恬要去公司加班。身在游戏公司，加班到凌晨是日常。

她担心方曼姿一个人在家，处理不好上门安装那些事，就让自家男友过去帮一手。

鞠恬恬的男友名叫欧阳，腿长人帅，阳光开朗。

幸亏欧阳来了，否则方曼姿一个人，真就搞不定这么多大家伙。

安装工人把家具放下就走了。欧阳人很好，任劳任怨帮她装家具，按照她指挥的位置放好。

她想帮忙，欧阳也没让，让她在卧室吹空调就行。

方曼姿觉得大热天，让人家帮忙挺不好意思的，更不好意思的是，她确实啥也不会干。

她赶紧叫了冷饮，准备慰劳欧阳一番。

订完外卖，她想起上次买的男士香水，还有自用的香薰。

送朋友的男朋友香水似乎不大好，她把两个全新的香薰拿出来，不是什么贵重礼物，一番心意就是。

不多时，欧阳干完了活儿，让方曼姿出来验收。

她一看，对方连地板也帮忙拖了，整个客厅焕然一新，挂出去租房也称得上一句精装的那种。

"哇，谢谢！不愧是安城最帅的长腿小哥，换个人真不行。"

欧阳哈哈一笑，说："你满意就行，那我就先回去了。"

"先别走，我帮你叫了外卖，也不好要你饿着肚子，吃了再走吧。"

欧阳确实饿了，也不假装，就这么留下来。

不多时，外卖到了，欧阳把外卖取回来，放在餐桌上一一打开。

她订的是一份比萨、两份意面，又点了些小吃沙拉之类的。

正好方曼姿从卧室出来，把礼袋交到欧阳手上，说："这次来没准备什么见面礼，一点小心意，谢谢你一直照顾恬恬。"

她没直说是帮忙安装家具的谢礼，怕说直白了人家不收。

欧阳刚要开口，房门又被敲响，只得先放下这茬去开门。

方曼姿估计是冷饮，就没管，把礼袋放到一边，然后撕开油醋汁，浇在沙拉上。

身后门声响动，欧阳的声音在门开的瞬间疑惑响起："这位先生，你是……"

听见这声音，方曼姿放下手中的油醋汁，走了过来："谁啊？"目光一转，看向门口来人，愣住了，"周熙昂？你怎么来了？"

周熙昂站在门口，一道门槛将房内房外的人隔开，他身姿挺拔，衬衫规矩扣到最上面那一颗，狭长眼眸静静扫过两人，眼底晦暗不明。

她从欧阳背后冒出头来，简单绑了个马尾，身上穿着简单的短裤背心，一双长腿瘦而笔直，晶莹脚趾踩在拖鞋里，倒真像她说的，是个没毕业的大学生了。

尤其此刻站在穿着宽大T恤的男人身边，有那么几分恩爱情侣的意味。

周熙昂嘴角微抿，眸色淡淡看向方曼姿，说："怎么，我来得不是时候？"

说什么呢，阴阳怪气的。

欧阳侧头问："曼姿，这位是？"

周熙昂也不开口，就那么凝视着方曼姿，等她安排自己的身份。

"啊……"方曼姿尴尬得脚趾抓地。

也不想提他是自己的上司，搞得大家怪局促的。

她说："这是我房东。"

欧阳伸出手："你好。"

周熙昂扫了欧阳一眼，面对眼前伸过来的那只手，一点兴趣都没有，擦着方曼姿走了进来。

看到与一周前截然不同的房子，他眸色深了深，未语。

身后传来方曼姿自以为很小声的安慰："你不要理他，他就那样。"

欧阳不是个爱计较的人，也没觉得有什么，谁都有自己的脾气。

欧阳把房门关上，走过来，见周熙昂盯着餐桌那里，以为周熙昂饿了，便道："一起吃点？"

方曼姿一脸"你有必要这么好客吗"的表情看过去。

周熙昂薄唇讥讽地勾了勾，说："不了。"说完，就去了另一个房间。

他的身影从客厅消失，方曼姿整个人都松了口气。

不知道是不是她的心理作用，总觉得他一跟自己待在同一片天地，连空气都变得稀薄了，上不来气儿。

她招呼欧阳吃饭："比萨凉了就不好吃了。"

欧阳把礼袋推到她面前，说："你先把东西收起来吧，我真的不收。"

"不是什么贵重礼物，你不收我可就生气了。"

两个人又这么推辞了几句，欧阳到底还是收了。

卧室门开着，他们俩说话声音传过去，周熙昂听在耳朵里，没什么反应。

平静得仿佛从来没有听见外面有人讲话。

不多时，身后传来脚步声，以及轻轻掩门的声音，他转身，方曼姿蹑手蹑脚走过来，一副做贼心虚的模样。

见他在衣柜前找东西，方曼姿下意识地问："你找什么呢？"

周熙昂收回目光，说："与你无关。"

她在心里重重地"哦"了一声，心想，有什么了不起的，我还不稀罕问呢。

余光看到她在一旁暗暗不爽的样子，周熙昂都能猜到她心里在想什么。

他换了个缓和的语气说："有什么事吗？"

她压低声音，尽量和颜悦色地说："周总，您下次来提前说一声，万一我不在家或者家里不方便，这多不好意思。"

周熙昂停下手中动作，却也只有一瞬，很快恢复如常。

他说："嗯。"

她不敢相信，又问了一次："您同意了？"

"当然。"周熙昂似乎找到了所要的东西，似乎是什么证件，揣进口袋中，转身面向她，"房东尽量满足房客的要求，房客也要对房东的提议尽量配合，这样才能愉快合作。"

方曼姿眉头皱了皱，总觉得这话哪里奇怪，但又说不上来。再一想，他也不是那种会在话里设陷阱的人，缓慢点了点头。

"对了，我买了很多家具，没关系吧？"

她眼含期待，双颊红润，哪怕素颜看着也是精致又漂亮。

周熙昂瞥她一眼，说："随你。"随后提步出了卧室，迈着一双长腿离开。

卧室内，邂逅爱人的味道弥留不散。

快乐的周末总是短暂的，方曼姿又没忍住熬夜到凌晨三点，照这样熬下去，最贵的护肤品也拯救不了她的黑眼圈。

不过她不怕，护肤品不可以，医美可以。

同样的周一，同样的起床晚，方曼姿妆也来不及化，到衣帽间选完今日搭配，又精心挑选自己从家里带过来的爱包。

啊，选哪个好呢？

好久没临幸"小莉"了，就你吧。

方曼姿抓起包，又是下楼疯狂打车的一天。

到公司时电梯间拥堵，客户部在十几层，一堆人都等着要上。

方曼姿在人堆里挤了半天，眼看着电梯一班又一班上去，众人都是心急如焚，表情都不大好看。

她被挤得难受，心里那股子烦躁跟委屈劲儿有点上来了。

怎么也是捧着长大的吧，到最后，因为一个根本不是她错处的错，把她发配到安城来，每天早起，上班，哦，还要看别人脸色。

正想着，又是一班电梯降下来，“叮”一声，周围挤挤压压的人都在向前冲，争先恐后，生怕耽误打卡。

方曼姿“跃跃欲挤”，挤了两下发现根本挤不进去，等她想放弃后退，身后的人又推着她向前，她想出也出不来，想进也进不去。

她皱着眉头，小脸憋得通红。

周熙昂跟乔楚走到楼梯间时，看到的正是这样一幅画面。

他看到一道熟悉的身影被夹在中间，似乎挤得过于难受了，她护住怀里的包，大声喊了一句：“你们挤到我啦！”

乔楚看到这一幕，不禁无奈地扶额。

这个新人……

周熙昂有些头痛地揉了揉太阳穴，迈步走到专属电梯前，单手揣进口袋。

人堆最外围的员工眼尖地看到他，赶忙道：“周总早上好！”

世界静了一瞬。

电梯前的员工立即变得非常有秩序，本来挤来挤去的人也不挤了，自动站成两排。

周熙昂淡淡“嗯”了一声。其他人有秩序进电梯，方曼姿由于硬被挤到了前排，这时老天开眼，也让她有机会赶上了这班电梯。

但她才刚迈进去一只脚，身后传来一道清淡声音——

“方曼姿。”

分公司上下没有人不熟悉这道声音，即使他们并不经常跟总裁见面，却不能不认识他的声音。

所有人都在寻找方曼姿是谁。

电梯门口的漂亮女孩不得不收回那只脚，然后，赴死一般地悲壮转身，又被迫扬起向日葵般的热情笑容，说：“周总？”

等待进电梯的两排人全都看着她。

她顶着重重视线，微笑着注视周熙昂的脸。

仿若时空逆转。

那时他们不在一个班，她一个小姑娘，也不知道脸皮怎么那么厚，也不晓得哪里借来的热情，总到他的班级找他。

她敲门，问："请问周熙昂在吗？"

一道不认识的女声响起，班里所有人都抬头看她。

被几十双陌生人的眼睛盯着，她不是不羞怯，可是心底喜欢，一双眼盈盈的就看着他所在的位置。

班上男生起哄，全都故意咳嗽，制造些什么声音来表示众人的心照不宣。

他不得不放下手中的数学题，从座位上出来。

她就把买的慕斯蛋糕交到他手上。

那天走廊的灯坏了，开的备用壁灯。灯光是昏黄的，在她脸上浸润出温柔的色彩。

她说："也不知道你爱吃什么口味，我喜欢草莓的，酸酸甜甜，吃了心情特别好。高三学习压力大，可以吃点甜食缓解一下。"

其实她已经连着送了他好久，什么都送，看到什么都买给他，他从来都不要。

也不知那天是哪句话触动了他，破天荒地，他没有拒绝。

再后来，她就以为他也喜欢吃慕斯，每天都跑去送。

周熙昂的视线落到方曼姿脸上，良久，久到她身后的电梯门自动闭合又被人按开，他才回过神。

"过来。"他说。

"啊？"

"你不是——"他顿了顿，回忆着她的语调，"怕挤着你吗？"

"……"

周熙昂一开口，其他员工顿时惊讶得目瞪口呆。

他们分部总裁什么时候这么……体恤下属了，他们怎么不知道？

还是说一直都很体恤，只是他们被总裁的冷淡外表迷惑了，其实总裁的内里有一颗火热的心？

方曼姿并没有觉得这是什么了不得的事情，她以前在家的时候，去家里公司也坐专门的电梯，很正常的事情。

非但如此，她内心现在还有点不乐意。

她说："谢谢周总，我还是跟大家挤一挤吧。"

毕竟跟一群人呼吸同一片氧气，跟与您单独享用同一片氧气，在她看来没什么区别，都够让人喘不过气的。

周熙昂眉头微凝，说："快点。"

乔楚在一旁招手，说："周总让你过来，还不赶紧过来？想不想干了？"

方曼姿心想：我还真不想干了。

思及自己的全勤奖，她磨磨蹭蹭地往前走，从头发丝到高跟鞋都写满了抗拒。

周熙昂就这么看着她，直到她走到近前。

乔楚主动按开电梯，周熙昂迈步进去，方曼姿犹豫了一下，小步跟上，然后站到周熙昂身边，悄悄、悄悄地后退了那么一小步，确保他的余光看不见自己。

电梯门关闭，隔断了外面那些震惊跟探寻的视线，缓缓上升。

他身上那股邂逅爱人的味道弥散开来，实在是好闻极了，方曼姿暗中猛吸，心想，他的品位还是那么好啊。

其实当初，她觉得他是有那么一点喜欢自己的。

可是分手之后，她又在想，是不是自己从小到大习惯了被人喜欢，所以就自信地以为，他应该也喜欢自己。

联想到自己的结局，方曼姿在心里自嘲地笑笑。

人，还是不要自作多情为好。

回过神时，方曼姿发现自己已经站在了二十一楼。

不是啊，我不是秘书啊！我只是客户部一个小小的实习生啊！

她停下脚步，对周熙昂的背影说："谢谢周总借我搭电梯，我先下去了，再见！"

她转身要溜，奈何世事并不尽如人意。

"回来。"是熟悉的清淡声音。

她到底要怎么样，才能表现出她并不想见他呢？

"周总。"方曼姿被迫转回身，耐心地笑着，"我要迟到了。"

周熙昂瞥她一眼。不知为何，她从他的眼神中读出了鄙夷的感觉。

怎么了？一百块钱不是钱吗？

他给了乔楚一个眼神，乔楚会意，当场掏出手机，打了一个号码。

"对，客户部的方曼姿，这个月按满勤来计。"

当事人听在耳朵里，顿时觉得空气新鲜了，氧气充足了，眼前的男人看起来也没有那么不顺眼了。

再接收到来自周熙昂的眼神，方曼姿笑容绚烂，甜甜道："周总，这就来。"

进办公室时，门口秘书起来跟他问好，好几个助理也纷纷站起来，向总裁鞠躬。

周熙昂轻轻颔首，带她走到办公室。

早晨的阳光从东边斜斜照进来，办公室采光好，盛满朝阳。

落地窗外，城市繁忙运转，高楼大厦竞相林立，繁华尽收眼底。

周熙昂拉开椅子坐下，抬头看了她一眼，说：“你也坐。”

方曼姿也不太想站着，他让她坐，那当然再好不过。

她扯了把椅子坐下，把包搁在腿上，眼睛不知道该看哪儿，四下乱扫，就扫到了面前的男人。

他微微低头，翻着桌上的文件，眉目线条清逸，如清瘦山脊，举手投足都是疏离。

正想着，周熙昂抬头，她第一时间把目光移开，装作看风景的样子。

他没说什么，把手里的文件夹轻轻推到她面前，说：“你看一下，如果没什么问题的话，可以在最后一页的右下角签字。”说完，从笔筒中抽出一支钢笔来，搁在她面前的玻璃桌面上，发出清脆一声响。

方曼姿接过来一看，随便翻了两眼，又是各种她看不懂的条款。

她说：“这是什么？”语气有些警惕。

周熙昂十指交叉搁在桌上，说：“一份租房合同而已。”

“合同？租房也要签合同吗？”

周熙昂说：“当然，合同用来束缚双方，房东与房客都有必须遵守的条款，万一一方违约，将来发生什么纠纷，对双方都有裨益。”

方曼姿迅速抓住关键字眼，原来是怕有纠纷。

也是，他们曾经有那样一段对双方都称不上愉快的经历，现在还能心平气和地坐在这里，已经算是奇迹了。

这样也好。

白纸黑字写明白了，确实对双方都有好处。

方曼姿翻开一看，这合同竟然有七八页那么长，这到底是租房还是买房呢？他到底是有多么不想见到她，以至于搞这么多条款来约束她？

她本来没打算多看，这样一来，她还较上真了。

那些拗口的法律条款，看不进也要硬看。

周熙昂不说话，静静打量面前的女人。

她今天穿了一件成衣裙，手工做工远比机器制造的要更精细，巴掌大的小脸未经修饰，天然清透，美得明艳张扬。

她看得专注，时而蹙眉，似是在心中自己解答了疑惑，不久又舒展开来，嘴角露出自得的笑容。

心思简单得把所有想法都写在脸上，一点都藏不住。

不多时秘书进来送咖啡，她眼睛不离合同，下意识地说了声谢谢，教养已经是刻在骨子里的习惯。

她一边看，一边端起咖啡，小指微翘，另只手托着这只手肘。

起先故意收敛的大小姐姿态慢慢释放，不像是一个在陌生城市寻求租房的无助房客。

倒像是一个在咖啡厅欣赏最新一期时尚杂志的名媛，怡然自得，没有丝毫被生活压迫的困苦痕迹。

周熙昂挪开目光，轻抿一口咖啡。

方曼姿看了好半晌，终于在第六页的时候发现了不对劲。

她抬头，问："周熙昂，不让带男人回家是什么意思？"

周熙昂平静地回看她："字面上的意思。"

那怎么行！欧阳作为鞠恬恬的男朋友，她怎么可能不邀请人家来自己家里做客?

她据理力争："房子既然已经租给我了，那当然我想怎样就怎样。我是整租，又不是合租，你未免管得太宽了。"

周熙昂说："我说过，房东尽量满足房客的要求，房客也要对房东的提议尽量配合，这样才能合作愉快。"他停了停，目光落在她的脸上，"这一点，你当时也是同意的。"

方曼姿无语，她当时又不知道他会干出这么没人性的事。

难怪，他说话时那个语气，她总感觉背后阴风阵阵，哪里不对劲。

她就知道!

她说："这是我个人的自由与隐私，说得难听一点，我租来的房子，我就算在家里开私人派对你也管不着。"

周熙昂捕捉到某个关键字眼，眉目瞬间冷了下来，说："你还打算开派对？"

"……"那倒是也没有。

一时口不择言的气话令她耳根发红，可对上他似乎有些难看的表情，她心里又快乐了。

她故作淡定，"嗯"了一声，问："你要参加吗？"

周熙昂嘴角一勾，说："如果你非要违约，请看好违约条件。"

她赶紧翻找，周熙昂淡淡提醒道："在第七页中段。"

她一顿，依言去翻，果然看到了。

如甲方违约，则应当以市面房价双倍支付当月房租，并以标准市价补足所居住月份的房租，今后也应按市面价格支付。

安城是国内超一线发达城市，市中心这个面积、这个地段，一个月房租远在两万之上。

也就是说，便宜不给你占了，该多少钱就多少钱，你还得赔我一倍。

真有你的。

方曼姿想想自己如今的情况，想有地理条件和价格都如此优越的房子，的确很难找。

而且，她的美丽家具刚买下来才两天，真的没资本折腾。

她当场甜甜地笑了起来，说：“您说得对，我一个女孩子，是应该注意一些，周总，您考虑得可真周到。”

“嗯。”他难得和颜悦色，也只有一点点而已，“签吧。”

方曼姿咬牙，翻到最后一页，忍辱负重地签下自己的大名。

方曼姿没想到，乔楚那句“这个月全勤按满勤算”，竟然是她这一个月都可以自由迟到的意思。

不过她也没太嚣张，怕成为办公室的眼中钉，只是每天为自己争取到了化妆时间，变成了更为精致的都市丽人。

自从签了那个租房合同，她与周熙昂倒是相安无事了，平素在公司见到，她还能跟他打个招呼，他照常视而不见，很有总裁的格调。

这天周五，方曼姿还没下班，就收到鞠恬恬的消息。

“曼姿，今天晚上有个同学聚会，你可一定要来！”

方曼姿正在学做 PPT，放下手里的事情，敲字回复：“同学聚会还是算了吧，这么多年没见，也没话说。”

鞠恬恬回复：“大家知道你来了安城，专门为了给你接风才办的。你不来，我们聚了有什么意思。”

方曼姿想了想，问：“都有谁？”

鞠恬恬回了一些外号，还有个别人名，没想到高中同学这么多都在安城发展。

其实她只是随便问问，并没有别的意思。

没想到下一秒收到鞠恬恬的消息：“放心吧，没有周熙昂。”

“……”

“姐妹怎么会让你跟她见面呢，那多尴尬啊，肯定不能带他。”

方曼姿没告诉鞠恬恬，自己每天都挺尴尬的。

关于她已经跟周熙昂见面了的事，她并没有跟鞠恬恬说。

不是因为别的，而是鞠恬恬作为她高中时的好朋友，肯定免不了要跟她谈论一番过去的事。

她没有那么想聊。

谁都有年少不懂事的时候，总活在过去，真没什么必要。

更何况，她并没有担心过周熙昂会去同学聚会这件事。

他性子冷，从不参与这些，也没什么好去的。

所以，她在键盘上敲下两个字：“好的。”

就这样应下。

当天下班后，方曼姿赶着晚高峰打了辆车，前往聚会地点。

当然，如果她提前知道这场同学聚会会发生什么的话。

她就是死，也不会答应鞠恬恬。

聚会地点是其他人定的，名叫凤祥楼，菜式精美，价格更美，厨师都是国宴大厨。听说选在这里，方曼姿还开心了一下。

一来是好久没吃过了，二来，以她现在的消费能力，已经吃不起一顿饭顶她一个月工资的酒楼了。

方曼姿心想，什么叫世事无常，她方大小姐也有沦落到靠聚会蹭饭的一天。

一路堵车，本来四十分钟的路程，足足一个小时才到。

凤祥楼的迎宾把她领到包厢，一进门，里面已经坐了七七八八，就等她一个了。

“哎呀，大小姐，可算把你等来了。”坐在靠窗位置的许博文站起来，从旁边的空座椅上抱起一束粉色玫瑰，送到方曼姿手里，“欢迎大小姐驾临安城！”

其他人虽坐在位置上，也都兴高采烈地看着她，说：“确实太慢了啊，我今天为了来这个同学聚会，加班我都翘了，你也太不积极了。”

一群人应声起哄，非说她没有同学情。

她笑着接过玫瑰花，抱在怀里。鞠恬恬给她留了位置，她坐过去，说：“驾什么临，别搞这套。”

不管什么人方曼姿都能自如应对，你强势我就软一些配合你，你紧张我就大方一些照顾你，这些都是打小练出来的功课。

鞠恬恬也说：“你怎么才到这儿？”

“路上堵了一会儿，我也想早点来。”

包厢大到可容纳十几人，此刻倒是没坐满。她看了一圈，来了不到十人，就是鞠恬恬在微信上说的那些。

许博文，就是给方曼姿送花的那个，似乎是攒局的人，他把服务生叫了进来，要来点菜的平板电脑，然后把平板电脑转到方曼姿面前。

“来来，大小姐受累，把菜点一下。”

方曼姿看了大家一眼，说：“我也不知道你们爱吃什么，你们来就好。”

“没事儿。”一个男同学接话，“你爱吃什么我们就爱吃什么，都依你的口味来。”

“对啊，我们又不挑。”

鞠恬恬听见这话横了那人一眼，说：“怎么说话呢，搞得好像我们曼姿很挑似的。”

读书时方曼姿就是班宠，起先大家都当她是那种骄纵大小姐，长得再漂亮也不大乐意跟她接触。

慢慢地，也就不到半个月时间，大家就发现这位大小姐就是人娇气了点、脾气大了点，但人特别有意思，待人接物都很真诚，跟她说话的就多了起来。

外号叫“旗杆”的男生玩笑道：“拉倒吧，你还不挑。你要是不挑，至于那么多人追你你都不应——”

大家心照不宣地开始起哄。

包厢里正热闹着，包厢的门突然被人推开了。

众人看过去，本以为进来的是服务生，待看清门口来人是谁的时候，整个包厢都静了下来。

像是喧闹的世界被人按了暂停键，而进来的人，就是那个开关。

许博文惊讶地站起来，说：“周熙昂？你竟然来了？我还以为你不会来！”

周熙昂站在开门的服务生身后，腰身笔直挺拔，长身玉立，整个人矜贵疏离。

他眉目淡然，轻轻颔首，在许博文的招待下，坐到了后者的旁边。

就那样坐下了，没看出什么不悦的情绪，周身的疏离与其他人形成一道天然屏障，热闹气氛也无法感染到他。

向来与聚会无关的人，谁也想不通他今日怎么突然来了。

更重要的是，在场的人都在暗想，他到底听到“旗杆”的那句话没有。

要真听到了，那可真是太尴尬了。

可看他一句话不说，众人又隐隐放下心，赶紧扯别的话题。

鞠恬恬说：“曼姿，快点菜吧，大家都饿了。”

其他人赶忙附和。

方曼姿也没推辞，拿起平板电脑，翻看上面的菜式。

眼睛落到电子屏上，翻了好几页，心思却飘出了老远。

他为什么会来？

不是说好的没请他吗？

有时候人生就是离谱。安城在南方，这么多年了，别人每次约她到安城玩，她全都拒绝了。

问原因，只说受不了高温。

她心里头清楚，不耐热是假的，周熙昂在安城读大学才是真。

城市很大，其实有时候也没有那么大。

她不想去他生活的城市，更不想碰见他。

如今到了安城，第二天就碰见他，租个房子也碰见他，同学聚会也碰见他，这到底算什么。

冤家路窄？

她被自己无聊的冷笑话逗笑，暗中定了定心神，在平板电脑上选了自己想吃的。

照顾到大家的口味，又点了些大众口味的菜，外加汤和餐后甜点。安城人有吃饭喝汤的习惯。

酒水饮料交给男生来点，喝多少他们心里有数。

她坐在那边，掏出手机来玩，耳朵听着其他人与周熙昂攀谈，都是些工作上的事。

其实他们之间的同学关系，是有些混乱的。

周熙昂与在座大部分人都是同学，他们是早在分文理班之前，就已经是一个班级的同学。

分班后，周熙昂作为尖子生被分到了十三班去，十三班是他们那一年届的理优班。

而方曼姿是从其他班并到现在的班级，慢慢才熟悉。

是家里想让她好好学习，便找了关系，把她转到了十三班，就这样她和尖子生周熙昂成了同桌。

她还记得，刚到十三班的时候，有优秀的周熙昂坐在身边，她那些张扬、任性都没了，她成了乖顺的猫。

理优班跟普通班基础不同，讲课速度也不同。

转过来第一天上的是物理课，那是她最为头痛的学科，你说世上怎么会有物理这么云里雾里的学科呢？简直讨厌极了。尤其台上戴眼镜的男教师讲题飞快，她一道题听得一知半解，没弄懂是怎么回事，老师就已经讲起了下一道题。

她急得紧握水性笔，抬头看老师。老师只顾着在前面讲课，再看其他人，大家都在闷头听讲，没什么问题的样子。

她想求助周熙昂，他端坐在第一缕晨光之下，清瘦的肩，俊逸的侧脸，如果漫画《恶作剧之吻》有真人，她想，那他一定是最贴近真人的入江直树。

她不敢打扰他，悻悻垂头，内心有些懊恼。

还有一些觉得自己蠢笨的自卑。

同样的题目，别人都能弄懂，只有她听不懂。

如果她举手提问的话，一定会被其他人笑吧。

会不会，因此嫌弃自己？

她把头埋得很低，一时间有了情绪，沮丧得像一只自闭的鹌鹑。

骄傲如她，第一次体会到了挫败的感觉。

没过多久。

老师讲课的声音停了。

老师疑惑的声音传来。

“周熙昂，有什么问题吗？”

她下意识地抬起头，看向周熙昂。

他似乎并未察觉到她疑惑的目光，看着老师，淡声道：“老师，上一道题能不能再讲一遍？”

周熙昂常年居于榜首，这种程度的题他竟然还能做错，其他人都有些吃惊。

再一想，原来学霸也有马虎的时候，班上同学看到自己算对的答案，又有点得意。

老师也道：“周熙昂，你怎么连这道题也不会？”

周熙昂没说话。

老师无奈地收回目光：“那就再讲一遍吧。”

她跟他是同桌，她看得到他的试卷。

黑色水性笔干干净净写了一个字母 D，他的答案，是正确答案。

他根本没有做错。

她永远记得那一瞬间的感觉。

弄不懂题目的懊恼和沮丧，在这一刻，全都化为了令她勇敢的金鳞铠甲。

突然间，就有了所向披靡的底气。

一顿饭吃罢，见时间还早，一群人又提出去玩。

有人在安城开了连锁歌厅，众人便驱车前往，方曼姿本想回家，可是这种情况，她如果说回家，大家都明白是怎么回事，她反倒成了扭捏的那个。

她暗暗看了周熙昂一眼，然后上了鞠恬恬的车。

鞠恬恬平时开车上下班，今天也是开车过来的。

车上，鞠恬恬说：“对不起啊，我真的不知道周熙昂会来。这个许博文，我问了他八百次周熙昂是不是不会来，他信誓旦旦地跟我保证，说周熙昂以前从不参加，今天肯定也不会来。你等我回去就把他暴打一顿，给你出出气。”

方曼姿说：“算了，没事，来就来吧，现在也挺好的，也没发生什么坏事。”

鞠恬恬犹豫地看了她一眼，说：“我这不是怕你别扭嘛。”

方曼姿没应声。

车又开了一会儿。

鞠恬恬突然道：“你说，他会不会还没忘了你，今天特意为你来的啊？”

方曼姿自嘲道：“你看他像还记得我是谁吗？”

鞠恬恬说："他可能是良心发现？毕竟他再想找到比你漂亮的，也不太可能。"

方曼姿心说，早就找到了，还把她当跑腿奴呢。

她说："丢掉幻想，认清现实，谢谢。"

车很快开到歌厅，其他人也都到了，一群人一起进去。这歌厅规模够大，在安城里消费水平也算高的，出入的也都不是普通人。

开了最大包间，服务生立即上来酒水果盘零食等，还有骰子之类的娱乐工具。

吵吵闹闹，气氛很快就燃了起来。

方曼姿以前也是这种局的玩咖，但是有周熙昂在，就老实地坐在角落，不想吵闹，也不想出风头，就只想做个隐形人，尽量降低存在感。

而他，自始至终坐在离她不远的位置，双腿交叠，淡淡饮酒。

周围同学跟他说话，他低声回应，优雅自如。

许是因为聚会上喝了些酒，那点可以忽略不计的酒精上了头，方曼姿的心里忽然就有点难受。

他那样优秀，是不管身在何处都会闪闪发光的人，她遇到了这颗星，努力去靠近，很遗憾，却没能成为跟他走到最后的那个人。

比从未得到更遗憾的，是曾经拥有。

也不是说还爱着他，对他念念不忘，就是每次看到他，就会想起那段时光。

方曼姿心里有些堵，她掏出手机，想了又想，在微信上找到远在海城的好姐妹——宁语迟的对话框，发消息。

曼：我遇到周熙昂了。

宁语迟回得很快，问：在哪儿？

方曼姿打字：同学聚会。他在旁边喝酒。

宁语迟回：他现在怎么样？

方曼姿更加难受：他好像比以前帅了。

宁语迟：……

她说：你拍个照片，我看看。

方曼姿看到消息，吓得关掉手机，下意识地瞥了周熙昂一眼。

他正侧头跟许博文讲话，嘴角带着礼貌微笑，包厢内昏暗的光线使他看起来更显深邃，这个角度属实是一个不错的角度。

再看其他人，要么唱歌，要么在玩游戏，大家似乎都明白她的心情不会好，心照不宣地没有闹她一起玩。

拍一下的话，也不会被人发现。

她这个角度刚好，中间隔了两个人的位置，又没有坐人，刚好拍到他的侧脸。

她鼓足了勇气，举起手机。

她没有开快门声的习惯，所以她自信不会被人发现。

她的内心怦怦乱跳，好像在做贼一样，心中不断告诫自己放松，可是手指却不由得有点抖。

她慌忙按下快捷键，一时间，不算明亮的包厢里登时一闪——

那一瞬间，方曼姿想明白了很多事。

原来这个世上最尴尬的，不是你偷拍别人时，没关快门声，也忘了关闭闪光灯。

而是你关了快门，也关了闪光灯，却一不小心地，点到了手电筒。

周熙昂在一阵强光之中回过头，白色的光投在周熙昂那张线条分明的脸上，将他表情照得分明。

他嘴角微抿，云雾遮隐般的眸光直直看过来，意味难言。

像是在说——有本事你就跑，我倒要看看，你能跑哪儿去。

第三章

杨过和郭襄

方曼姿的大脑迟钝了好几秒。

紧接着，只觉全身血液逆流，迅速汇集头顶。

如果她生活在武侠世界的话，这种血液倒行的方式，还有一种武功可以形容，叫作三花聚顶。

但她现在并不想修习三花聚顶，她更想学乾坤大挪移。

包厢里，玩骰子的也不玩了，唱歌的也不唱了，正播放的伴奏是周杰伦的《以父之名》，暗黑风格的曲子，在此刻听来有种死亡在召唤的意味。

最先反应过来的是许博文，他说："曼姿，手电筒怎么亮了？"

"啊……"方曼姿还没从那种恨不得一头撞死的心境中缓过来，她拼命地告诉自己不能慌，然后，淡定地把手电筒移开，照在身边的位置上，"恬恬，你的包不在这儿吗？充电宝借我一下。"

正点歌的鞠恬恬也觉出不对劲来，赶紧给她搭台阶，说："没跟你的包放一起吗？那你再找找。"

"好，我找一下。"

方曼姿站起身，一边用手电筒四处照，一边寻找鞠恬恬的包。

其他人见此情况，该玩游戏的玩游戏，该唱歌的唱歌，包厢内又恢复了先前的热闹。

当命运想捉弄一个人的时候，从不会轻易收手。

方曼姿找遍能找的地方，都没找到鞠恬恬的包，像在撒谎似的。

不知为何，她总觉得周熙昂此刻一定在看她，说得更准确一点，是在等着看她的笑话。

她暗中闭上眼睛，恨铁不成钢地叹了一声。

"是这个吗？"

方曼姿听见声音，回过头来，在自己从未找过的地方，也就是周熙昂的身旁，放着的正是鞠恬恬的包。

周熙昂用下巴示意，抬眸瞧她。不知是不是错觉，总感觉他这眼神似笑非笑的。

她吸了口气，大方微笑道："谢谢周总。"

许是得她一句谢的缘故，周熙昂伸手，拎起鞠恬恬的包，递向她。

她放下手机，伸手去接，想拎过来，对方却并没有松手。

两人离近了，包厢内花里胡哨的七色灯在他们中间跳跃，方曼姿睫毛颤了颤，不由得抬眼看他。

周熙昂勾起一边嘴角，说："不是往这边照了吗，还去那边找什么？"

一句话，她的脸红到脖根，幸好光线够暗，留住了她最后一丝颜面。

她硬着头皮道："我没看到，不好意思。"

"嗯。"周熙昂这才放手。

她赶忙直起身，坐回原来的位置，心脏却因为慌乱，跳个不停。

她努力保持淡定，掏出充电宝，给自己并不缺电的手机充电。

她又坐了一会儿，一旁那股好闻的香水味又飘了过来，她反复回想自己方才的尴尬举动，如何掏出手机，如何打开上拉菜单，如何照亮他的脸庞……呵呵。

到最后，她实在受不了，腾地站起身，拔掉手机夺门而出。

"去哪儿啊？"有人问。

"洗手间。"

方曼姿用冷水冲了冲手臂，流动的血液降下温度，整个人终于舒服了一些。

她甩了甩手上的水，直起腰身，看向镜子里的女人。

鹅蛋脸，五官精致，谁看了不说一句美女？

所以，美女丢脸是可以原谅的，对吧？

可是手电筒照亮周熙昂的画面在她脑中挥之不去，他意味深长的眼神，还有暗含深意的话，全都让她恨不得化为流水，直接顺着下水道冲走。

她双手捂住耳朵，在洗手间拼命跺脚，发泄地大喊大叫："啊啊啊啊啊啊！"

"干什么，唱《第五元素》呢？"鞠恬恬正好进来，听见她大喊大叫，不由得吐槽。

"你怎么出来了？"方曼姿放下手臂，透过镜子看她，垂头丧气的。

"刚才看你出来时情绪不对，跟出来看看。"鞠恬恬来都来了，顺便补个口红，她边涂边问，"还别扭呢？你看这一晚上不是挺好的嘛。"

"这还好？"

方曼姿像朵被霜打过的花，蔫儿得没精打采，眉心微蹙，没了生机。

鞠恬恬用食指擦掉涂多的口红，说："哎呀，不就用手电筒照了他一下嘛，他不可能发现你是想偷拍他啦。"

姐姐，连你都发现了。

更何况，他不仅发现了，还讽刺她，逮住她的小辫子可劲儿揪。

"说真的，我观察了他一下，他应该是把你忘了。要是他还有那意思，早趁机跟你搭话了。"鞠恬恬把口红收起来，转头看她，"这就挺好了，相安无事，你真的不用太在意。"

方曼姿心情复杂，半晌憋出一句："你不懂。"

鞠恬恬大大咧咧道："我认为算给你的青春画上了一个圆满的句号，不亏了，真的。"

方曼姿就知道，不能让鞠恬恬知道她已经跟周熙昂遇到了。

二人没再多说，结伴走出洗手间。

一出门，方曼姿抬头向外看，就见洗手间外的走廊站了一个男人。

西装革履，身材清瘦修长，气质清冷如玉。

他靠在走廊的墙壁上，漫不经心地抽烟。

似是听见了脚步声，男人懒懒抬眼，眼眸狭长微扬，就像江南冬天的雨，难免染了寒气。

方曼姿心里"咯噔"一声，她双腿一软，要不是有鞠恬恬搀着，她差点当场交待在这里。

男人深深看了她一眼，方曼姿做贼心虚，像是被人用钉子钉在原地，一动不动的。

只有她自己知道，她在等。

等待周熙昂宣判她的死刑。

过了许久。

尽管这个许久，其实只有几秒钟。

周熙昂收回视线，提步离开。

直到他的身影消失在视线内，方曼姿才缓了口气。

后面的娱乐活动，方曼姿更没有心思参与了。

整个人的思绪都是飘着的，总是生出一股恨不得一脑袋撞死的冲动，来了结今夜所有的尴尬。

一直玩到十点半，有人说第二天还有事，不得不提前走，这个局才开始散。

歌厅门口，喝了酒的不好开车回家，只能叫代驾。

开歌厅那个同学说要请客，鞠恬恬跟许博文两个人非要给钱，现在还在里面，一直没出来。

方曼姿迫切需要到外面透透气，晚风吹过来，倒比空调吹着还舒服些，起码她觉得自己活了过来。

旗杆走过来，问："曼姿，你住哪边？要不送你回去吧？"

她说："我住兴和苑，不顺路吧？"

旗杆说："啊，好像是不怎么顺。"他一拍脑袋，回头招手，"熙昂，你顺路，你送送吧。"

方曼姿赶忙摆手："谢谢，不用了，我有——"

她一句话没说完，就被不远处的周熙昂打断。

"怎么，你有男朋友来接？"

方曼姿本想反驳，但是看到周熙昂的眼神，她不知怎的，觉得跟他那天来房子取东西，看到欧阳在她家时的眼神有点像。

再一想，分开这么久，他都找到了女朋友，她还一个人，今晚又这么丢脸，她再不扳回一局，去世的可能不是前男友，就变成她了。

故而，她弯唇一笑，说："当然啦，他说了要来接我。"

她掏出手机，像是在翻找号码似的，自言自语道："我要给他打一个电话，问问他到哪儿了。"

周熙昂未语，静静地等她把电话打出去。

她打通 10086 的号码，没过一会儿，把那句"欢迎致电中国移动客服中心"的音量调小，一个人在那边假装演戏。

"喂，亲爱的，你到哪里啦，你临时加班啊，没关系的，我会注意安全！爱你！"

她赶在客服无情的电子音说完"人工客服请按 0"那句话之前，比电子音更无情地挂断电话。

然后，她抬起头，说："我男朋友太忙啦，过不来，我等恬恬送我就行了。"

说完，她甜甜地看着周熙昂，像是在说"不止你有女朋友，我也有男朋友"。

她正为自己的表演在心里打个满分的时候，就见周熙昂微微勾起嘴角，说："忙不过来？不见得吧。"

不知道是不是今晚出糗次数太多，方曼姿心底登时升起不祥的预感。

她下意识地回头，顺着周熙昂的目光看过去。

只见马路边上，欧阳正好关上出租车的门，出租车扬长而去，长手长脚的欧阳小跑过来，笑得阳光灿烂。

一道炸雷劈在方曼姿的脑袋顶上。

欧阳怎么来了？

方曼姿一脸惊恐，鞠恬恬也恰好跟许博文付好饭钱，一边拉包包拉链，一边从歌厅正门走出来。

“恬恬！”

鞠恬恬抬头，看到欧阳，表情由惊转喜，三步并作两步跳下台阶，直接扑到欧阳怀里，开心道：“你怎么来了！”

“你一个人夜里开车，我不放心，就过来找你了。”

两个人在那边你侬我侬，恩爱非常，只有方曼姿孤零零地站在这里……

周熙昂捏起她的下巴，强把她的小脸扳过来，面对自己，挑眉。

“还不上车？”

“上什么车？”

方曼姿哭丧着一张脸，连抬头的力气都没有了。

“我不送你，”他勾了勾嘴角，“指望你加班的男朋友送你呢？”

车子在夜色中飞驰。

安城不同于海城，即使这个时间也很热闹，对安城人民来说，夜生活才刚刚开始。

方曼姿坐在周熙昂的副驾驶座，拳头握紧搁在光裸的膝头上，指甲抠着掌心的肉。

不知是他因为她今夜拙劣的表演而感到了厌烦，还是对公司有这样一位背后说他坏话的下属感到生气，他全程一言未发，像是她从软件上接单来的顺风车司机一样。

她看着窗外街景，连向周熙昂那边多看一眼的勇气都没，祈祷车开得快点，再快一点。

幸好，在这样一个事事翻车的夜晚，她还是有一个能够愿望得以实现。周熙昂的车停在她楼下的时候，她还以为自己是在做梦。

她伸手拉开门内拉手，却没推开。门还锁着，她不想跟他说话，故意多推了两下，他像没听见似的。

他不动，也不说话，就静静坐在一边，给她一种，他今夜将要把她暗杀的感觉。

她垂眸，睫毛轻轻颤了颤，声音很轻：“放我下去。”

“你先别走。咱俩谈谈。”他说。

谈什么？

谈她当年的凄惨下场，还是谈她今晚绝妙精湛的表演？

她的嘴角翘起一个自嘲的弧度，什么都无所谓了。她说：“不必了。

我们之间没有什么好谈。”

她无情断绝所有话题，更不想再多有什么交流，只想快点逃离。

她能感觉到那道清冷目光正在自己脸上停留——看便看了，自己这么美，看了也是你无法拥有的美女。

她看着，平静、淡然。

良久。

那道目光收回，她右侧车门轻轻一震。

解锁了。

同时解开的，还有与他同乘这一路上，无言的折磨。

方曼姿解开安全带，转头下车，头也不回。

迈巴赫在楼下停了好一阵子，直到十四楼某一户客厅的灯亮起，它才开出兴和苑，重新驶入夜色。

载着车上人沉隐不发的情绪，载着她车内弥留的香。

他嗅着，心底始终压抑着的某一处，就快要发疯。

方曼姿心再宽，遇到这种事，也是需要好一阵自我治疗才能好转。

这段时间，她每天上班都无精打采，提不起劲儿来。

期间，她有些受不住，给妈妈打电话，问她能不能离开安城回家，也被拒绝了。

方夫人说“蒋家现在正在气头上，你爸爸为了这件事，每天焦头烂额，你就先在你沈伯伯那儿避避风头，等安抚了蒋家，一定尽早把你接回来。”

“哦……”她什么都不能说，只得应下，“我知道了，谢谢妈妈。”

诺顿最近正在进行第二季度业绩总结，各部门都在加班加点，争取从各大品牌手中竞标到更多项目。

客户部也是一样。

方曼姿是实习生，暂时带不得项目，只能帮着张姐写写报告，做个统计报表等。

张姐瞧她人伶俐，就把手底下几个重点项目的业绩报告交给她，让她写了直接发给总裁。

方曼姿原本应得好好的，听见这话顿时僵在原地，说：“张姐，我恐怕……能力有限，写不来这个……你还是让其他前辈来写吧。”

张姐笑了笑，说：“你可不要妄自菲薄，我看过你写的，挺好的。措辞精简到位，一般领导最喜欢你这种报告，简明扼要，看着省时间。”

早知道她就不认真写了。

不等她开口，张姐又说：“我听刘主管说了，你本来要给咱们周总当秘书，倒不是咱们部门不好，但你在周总身边，机会总要比在我们部门多一些。有什么不懂的，就去问丽丽，以前都是她负责。”

看来张姐是知道了，她当初闯过总裁办公室那件事。

职场上能遇到这样尽心提携你的人很难得，可惜张姐这颗好心终究是错付了，她不仅不想往上爬，甚至还想跑去当保洁。

百般推不掉，方曼姿只得应下。

所以，上班时间她都在忙这个业绩报告，要横向比对业内其他公司等等一些麻烦事，实在耗费心血。

写完的报告本来要交到周熙昂的工作微信上，但她并不想加他的微信，最后把报告发到了他的工作邮箱里。

邮件发出去，没过两分钟，电脑屏幕右下角传来邮件提醒。

看到来自周熙昂的邮件，她心里不禁一跳，想点开时，脑子里就想起他送她回家的那个夜晚，他在车内说的那句“咱俩谈谈”。

她觉得，他应该不至于用工作邮件跟她谈什么。

她闭着眼睛点开，果然，看到信箱里静静躺着两个字：收到。

不是自动回复。

却也是他们之间，仅剩的关联。

办公室今日气氛好，方曼姿来时，就听其他几个同事围在一个位置上，一脸艳羡道：“这就是你老公新给你买的包吧？快让我摸一把这么贵的包到底是什么手感。”

“就是上次说的那个新款，哎呀，其实跟别的包摸起来都一样！”当事人谦虚。

其他人也七嘴八舌地附和：“唉，还是嫁得好，出手就是阔绰。”

被围的就是她们口中的“丽姐”，也是她们这一组的副手，跟了张姐多年，也是这办公室的老人了。

虽然被叫“姐”，其实只是一种尊称，代表办公室的地位。

像方曼姿，就只能被喊一句“曼姿”，再或者“小方”。想从“小方”进化成“方姐”，估计还要修炼个几年时间。

她听着也没什么反应，面色平静地就回到了自己的位置。

没想到的是，那几个人里竟然有人喊她：“小方来啦？丽姐买了新包，你也过来看看。”

方曼姿跟她们不算熟，但也不好拒绝同事，于是走过去随便看了一眼，微笑着敷衍道：“这包是不错，很耐背。”

其他人交换了一个眼神，她们默认方曼姿背的是A货，没想到小姑娘谎话张嘴就来。

她们观察好几次，她每天上下班打车而不是开车，穿得是不错，但她用的包远超她自身的消费水平，怎么可能背得起这么贵的包。

有人就问了：“你花多少钱买的？”

方曼姿想了想，说：“我记不清了，好久的事了。”

其他人听了觉得她在吹牛，既然这么有钱，还连一辆上下班的代步车都买不起，谎话说得实在没有技术水平。

她们看着她，全都在笑。

她品出不对来，问：“你们笑什么？是我哪里说错话了吗？”

她本想说“我哪里说得不对吗”，到嘴边直觉攻击性太强，不符合她现在实习生的人设，就改了口。

丽姐是当初第一个看出方曼姿背“假包”的，背就背吧，隔三岔五又换只新的“假包”来背，她都替这个新人丢人。

她笑着，假装善良给新人台阶：“曼姿，跟姐说句实话，你的包都是从哪个代购买的，仿得还挺真的。”

方曼姿还以为自己听错了，问：“什么仿得挺真？”

其他人当她在装，说：“不用不好意思的，年轻人嘛。你到底花多少钱买的，估计也得一两千吧？”

“那种做工也挺细，你那包皮子不错，得这个价了。”

怎么的，她们是觉得她在背假包吗？

方曼姿有点生气，别人可以笑她现在工作能力不行，她都认。

但是包这东西，真的假不了，假的真不了。

她原本还不好意思说，现在她也不用不好意思了，她从来就不是什么特别能忍的人。

方曼姿脸上挂着礼貌的笑，说：“丽姐，要说A刻，你的要比我的更像一点。”

她抓起放在桌上的橘色包包，放在手里把玩，眼眸微垂，漫不经心道：“这不是新款，而是去年的A刻。”

其他人看她态度这么嚣张，不禁有些生气，当事人丽姐更是直接变了脸，说：“你有什么证据？”末了冷笑道，“你自己的是假的，就觉得别人的全都是假包？”

方曼姿把包拿在手中掂了掂，勾唇说：“丽姐，你对包这么有研究，难道不知道Birkin从2015年开始，年刻就改在了包内，而不是包锁吗？”

她把包放在丽姐办公桌上，说：“你不知道也没关系，改天我把我的那只拿来，你亲自对比一下就知道了。有时间管别人背的是不是假包，还是先看看自己是不是被老公骗了再说吧。”她说完，转身离去，背影娇纵。

先前围在丽姐身边那些人，再看桌上那只橘色的包，都觉得尴尬得慌，纷纷找了个借口，溜回到自己的工位上。

丽姐抓起自己的包，看了看锁口的年刻，脸色顿时非常难看。

第二天，在他们客户部的大群里，丽姐突然发来一个截图，是她跟总裁办一个助理的聊天记录。

助理："这个报告是谁写的？换人了？"

助理："格式根本不对，有没有按照标准格式去写？上一个人就写得挺好的。"

助理："周总很忙，报表数据这么不直观，难道还要他重做吗？"

丽姐发完截图，又把文件发到群里。方曼姿一眼就认出来了，那个报告是自己交的。

这么小的一件事，丽姐还要特意在客户部的大群里说，看来昨天的事件对她的刺激不小。

方曼姿躲也躲不掉，只得乖乖回复："我写的。"

果不其然，丽姐在群里开始公报私仇。

"你怎么回事，这么简单的小事也做不好吗？都被周总点名找过来了，咱们部门的脸都被你丢光。是格式看不清怎么的，要不要我亲自给你说一遍？"

方曼姿仔细想了一下这件事，认真回复："对不起，之前的报表发给周总，他看了并没有说格式的问题。而且，我向您请教时，您也没有说过格式的事。"

丽姐："怎么，我不说你还不会问吗，这点机灵劲儿都没有？周总那么忙，怎么可能有时间挨个审。你是觉得很有理，还是觉得自己委屈？"

她又发来一个报表，说："这是上一个人写的，你自己对比看看，格式差在哪里。"

方曼姿没再回复，下载下来一看，发现这个报表不是什么"上一个人"写的，正是她自己亲手写的。

只是，格式大不相同。

她还以为自己记错了，打开电脑上的原文件进行对比，内容一模一样，但这格式……

她想了想，在群里解释："这个报表也是我写的。"

丽姐："你什么意思？之前写得好，现在还犯这么大错误，是诚心要给周总添乱？"

方曼姿眉头皱了皱，部门这么多人，丽姐非要在群里这样说，摆明了这件事是过不去了。

明明是丽姐失职在先，最后却反过来指责她不好学？

她手指落在键盘上，正要打字。

却见工作群里，那位百年潜水而不见身影的人，竟于此时在群里出现。

周熙昂："报表我看过，内容没有问题。"

一句话冒出来，整个客户部就震惊了。

就连电脑前的方曼姿也有些缓不过来，以为自己看错了。

下一秒，电脑版的微信群里，又弹出来一句话。

周熙昂："我看报表都没生气，你这么生气干吗？不如这个周总你来当？"

这句话在群聊里停留了好半晌，原本只是在看戏的部门成员，登时吓得大气也不敢喘。

他们分公司的总裁是什么脾气、什么性格，他们全都一清二楚，能在群里说出这种话……

众人不禁为丽姐默哀。

当事人，也就是丽姐本人，看到这句话，整个人气血上涌，大脑"嗡"一声，一张脸先是通红，又热又烫，但想到自己这番话被周总看去，很快血色褪去，变得惨白。

各部门群周熙昂都在，但群里无论是讨论工作还是偶尔闲聊，他从不冒头。

人虽在群里待着，但更像一个潜水的账号，从不会出来冒头说一句话。

就连逢年过节发红包这种事，都是由他的助理乔楚代劳。

久而久之，大家渐渐都忘了，其实群里还有他在，他不是空账号，背后也是活生生的人。

在此之前，各个工作群里也不是没有发生过，这种个别员工出了差错，被上属领导训斥的事。

怎的一个小小的实习生，就能让周总冒出头来？

关于方曼姿的来历，部门也有打听过的，说是第一天就很张扬地到了总裁办。

结果从秘书发配到客户部来，很明显是不被周总待见的，怎么今天……

众人百思不得其解，想不通其中关联，只得继续围观这场大戏。

丽姐强迫自己冷静下来，然后赶紧在群里道歉："对不起周总！我以为手底下的实习生给您造成了困扰，一时口不择言，您千万不要生气。"

群里没再收到周熙昂的回复。

丽姐不禁松了口气。

所有人都以为这场大戏落了幕。

方曼姿坐在座位上，明显感觉到接收了来自四面八方的目光，大家都想看看她此刻是什么表情，得意？惊喜？

然而让众人失望的是，她太过平静了。

就好像，她才是那个看客。

众人收回眼，不管怎么说，今天这场总裁亲自下场训人的大戏，可以说是近期公司内最大的八卦了，虽说部门内表面一派平静，但各自电脑的微信上，八卦已经悄然传开。

五分钟后。

部门主管的秘书亲自从办公室出来，到丽姐的工位上：“丽姐，主管叫你过去一趟。”

丽姐还没从那种被总裁亲自训斥的尴尬与惶恐中缓过神来，被这样叫走，她在心底升起不妙的预感，但还是乖乖起身，忐忑地走到了主管办公室。

方曼姿没再管其他人，自从周熙昂发完消息，她的视线一直放在电脑屏幕上。

那个被周熙昂亲自修改过格式的报告。

他这样一声不吭就替她做好所有事情的风格，倒有些像从前还在一起的时候。

两件事并没有什么关联，她就是突然想起来了而已。

她爱美，冬天也穿得很单薄。

他总管着她，要她穿毛衣，穿保暖裤，穿棉服，她嫌臃肿不好看，统统不肯穿。

她觉得他管得多，两人小吵了一架。

再后来，她跟原班级的男生在走廊碰到，她跟同学关系本来就不错，结果闹着闹着被周熙昂撞见，矛盾激化，吵得更凶了。

说是吵，其实是他根本没怎么说话，压根就不理她。

是她一个人在单方面跟他吵罢了。

她至今也不觉得自己有什么错，屋里有暖气，顶多是在室外的时候冷一点点，又不难熬，不知道他在胡乱担心什么。

至于那次打闹，她跟那个男生只是朋友关系啊。

反正那次吵得很厉害，他本来就面冷话少，这次干脆一整天都不说话，哪怕她在一旁发小脾气引他注意，他也装看不见。

她都这样了，他还不哄她，本来就是他管太宽的错。

那段时间，她在走廊里看到别的男孩子给女孩子买零食，买奶茶，追着哄，她看着就很羡慕。

人家女孩子就是被捧着哄着，只有她，主动跟他说话他也不理。

凭什么，她总是这么卑微呢？

她委屈得不行，趴在桌上偷偷哭了一下下。

归根结底是他没有那么爱罢了，毕竟这段感情是她主动，他当然不会在意她的情绪。

那时是冬天，到处都是冷的。

午休时，她跟鞠恬恬结伴去食堂，上次结的冰没化开，今天雪又新添了一层。

她跟鞠恬恬玩玩闹闹的，一边走路一边滑冰。

不承想她穿的鞋子太滑，路上人又多，重心不稳就要摔。

情急之下，一个温暖怀抱接住了她。

她在飘雪漫天中抬起头，对上的是比冬天更冷几分的眉眼。她没有摔在冰上，他抱住了她。

心脏狠狠跳动，她看到这张冷淡的侧颜，心中想着，只要他先开口，她就立即原谅他。

可是他没有。

把她扶稳之后，他便收回了手，像没看到她一样，迈步跟同伴离开。

她看着他的背影，心里堵得慌，眼眶不争气地又湿了。

方曼姿做好了分手的准备，她不是那种，明知道对方不喜欢自己，还要去质问一句“你为什么不理我”的人。

她也有自己的骄傲和底线。

她暗自打算好了，至于家里会怎么说，全都无所谓了。

她收好书包，闷着小脸就要走。

她坐在靠窗的位置，他在她外面，想出去，难免要经过他。

她以为这将是她对他说的最后一句话：“让开。”

“等一下。”

他神色淡然地放下笔，从桌堂里掏出一副粉色的兔子手套，还有围巾、口罩等，一一摆在桌子上。

“戴好再走。”他说。

她看到那些满是少女图案的保暖装备，鼻子登时一酸，说：“我不戴，冻死我也不要你管。”

她横冲直撞要向外走，硬被周熙昂抓了回来。

他耐心撕开手套的包装，抓起她的手腕，一只一只帮她戴好。

委屈感涌上来，她不说话。

帮她穿好、戴好之后，他拎起书包，起身向外走。

走到讲台附近，回头看她还在座位那里，他说：“走了。”

她不肯动。

也没敢看他是什么表情。

过了一分钟。

垂在身侧的手腕蓦地被人握住，他牵着她，一阶一阶下楼梯。

手套围巾抵御了冬日寒风，她的确没有往日那么冷了。

那次之后，他牵着她的手，再也没放开。

丽姐从主管办公室出来，脸色不算好看。

午休吃饭时，她走到方曼姿身边，匆匆跟方曼姿道了句歉。

方曼姿不想把人际关系处僵，停下筷子，说："我要是丽姐，我也会生气，的确是我做得不对。"

正常人到这里，坡都递过去了，怎么也该顺坡下驴吧。

但丽姐显然不是正常人。

她意味不明笑了一声，说："别，错还是在我身上。咱们部门主管说了，让我跟你道个歉，再带你多跟几个项目，熟悉熟悉。"

以方曼姿敏锐的嗅觉来看，这件事暂时是完不了了。

不过也没关系，有句歌词怎么唱的来着？你若撒野今生我把酒奉陪。不管丽姐想如何撒野，她陪着就是。

不然在这个分公司里，她也怪无聊的。

她礼貌地笑，说："行，那就先谢过丽姐了。"

丽姐端着餐具，起身离开。

报表风波暂时过去，忙过业绩总结这阵子，诺顿开始了第三季度的业绩冲刺。

广告行业累人，诺顿这一季度又拿下了几大品牌的广告竞标，公司内部之间你争我抢，在内部比稿。

方曼姿跟张姐见了几个客户，她本来就是实习生，端茶倒水跟着学习经验，跟了几次，确实学了不少东西。

但没想到，丽姐那句"带你跟项目"，竟然真的还有后续。

这次要拍的珠宝广告要求出外景，定在影城附近的一个咖啡店里。

好巧不巧，这次他们要拍摄的对象又是肖楠。

前有丽姐，后有肖楠，前狼后虎不过如此。

什么叫命运。

丽姐要求拍摄团队八点之前必须到达指定地点，方曼姿离那地方本来就不近，加上早高峰，她六点半就得从家里出来，比上班起得还早。

到达咖啡厅时，其他人多数也到了。

丽姐坐在一张餐桌后面，见她进来，皮笑肉不笑道："来得够早的，以为你今天又要迟到呢。"

方曼姿不卑不亢，弯唇道："丽姐都吩咐了，怎么能不来呢。"

其实她大概能猜出来，八点到这儿根本没多大意义，唯一的意义就是折腾她，让她迟到，找理由骂她而已。

她明知道也不得不按时来。这就是职场的讨厌之处，别人想整你，就会想方设法。

不过想到丽姐住的地方比她还远，又有家庭，要给老公、孩子做饭，估计起得比她还要早，她又凭借阿Q精神把自己劝好了。

拍摄团队布置现场，其他人忙来忙去的，肖楠照例迟到，九点半了人才来。

身边仍然跟着两个助理，出行做派一样不差，进门时看到方曼姿，她还专门停下，挑了挑眉。

“又见面了，实习生。”

“肖楠姐。”方曼姿打招呼。

肖楠见方曼姿态度好，估计是被周熙昂教训过，心情好了不少。她淡淡点头，没再多说，到休息区坐下。

化妆师赶紧围到她身边，为她化妆。

本来拍摄时间就有限，像这种广告就是要一遍又一遍地拍，拍到精益求精。

而且是那种剧情式广告，镜头很多，每个镜头都要求完美的。

她再迟到，工作时间缩短，那只能尽量在小事上加快点速度。

肖楠坐下后，助理立即从背包里翻出一个剧本，交到肖楠手里。

后者接过，翻开瞧了瞧，像是在背台词。

方曼姿看在眼里，对肖楠不禁有些改观，原来她也不是只会耍大牌，私下里也会努力一下嘛。

助理在一旁欲言又止，止了又欲，最后到底憋不住，说：“肖楠姐，以您的实力，拿下女主都没问题，何况是女二，您为何非要去演那个戏份不多的配角呢？”

肖楠眼皮不掀，说：“你懂什么，戏份再多，都不如一个好角色重要。”

助理似乎不太同意，弱声反驳：“可是，难道不是小龙女的角色要更讨喜一些吗？《神雕侠侣》翻拍那么多版，也没见哪个版本的郭襄盖过了小龙女啊……”

“那是因为，接戏的人不是我。”肖楠合上剧本，抬头看向助理，“而且，我也不是为了角色才演。”

“那您是……”

“是为了熙昂。”

方曼姿本坐在不远处，肖楠一句话说出来，她捕捉到某个关键字，手一抖，手机就没抓稳，“咣当”一声，掉在地上。

也砸进了她的心里。

当初方曼姿为了接近周熙昂，听闻他要出演节目，她以“文娱部成员”的身份，成功拿到郭襄的角色。

想演郭襄，纯粹是因为她们之间的感情有相似之处。

风陵渡口初相遇，一见杨过误终身。

当初她也是听鞠恬恬所说，十三班的周熙昂称得上男神级别，长得好，学习好。

被递了无数情书礼物，但周熙昂心高气傲，再好看的女孩都不放在眼里，送来的东西一律丢进垃圾桶，无情至极。

那时的她不屑一顾，说：“真有这么夸张？我就不信他能好看到哪儿去。”

审美被质疑，鞠恬恬气得跳起来，说：“你不信？我带你看一眼就知道了。”

鞠恬恬带她到十三班必经的楼梯口等。

两个女孩子穿着校服，在楼梯口说说笑笑，互相掐对方肋下痒痒肉。

她怕痒，掐了鞠恬恬一下，赶紧向后躲。

这一躲不要紧，她没看到身后有人，就这样撞到了人家，还踩到了人家的脚。

她下意识地说了句“对不起”，抬起头，三个字没说完，所有的话都噎在了喉咙里。

教学楼外面的阳光顺着走廊的窗斜照进来，恰是正午，一天中炽盛的太阳最为浓烈，投在少年身上，为他镀上一层金边。

就是那一缕阳光，她想，她永远都不会忘记那缕光。

阳光下，他浓密的睫毛根根分明，笼着眼底淡淡的孤傲清绝，少年高而清瘦，校服整齐地穿着，线条清冷，散发着拒人千里之外的冷意。

此刻被人撞了，他眉宇轻蹙，那股不耐夹杂着他周身的冷，显得有些厉。

她与他同在一片阳光下，风吹来，他发丝微动，她裙角轻扬。

这个少年身上的光，太过刺眼了。

她足足看了他好久，直到他率先收回目光，无视眼前的女孩，绕过她向班级走去。

他的身影消失在班级门口，她都没有回过神来。

她捂住自己怦怦跳的左侧心房，抑制住那种快要窒息的感觉。

鞠恬恬拍她，说：“人都进教室了，不要再看了。”

自那之后，得知他会出演节目，方曼姿立即混进去，然后，凑到他身边。

“周同学你好，我是高二（7）班的方曼姿，很高兴认识你。”

当时是在彩排，她走到他面前，主动向他伸出手。

他听见这句话，看都没看他，起身就走。

郭襄对杨过，就像她对周熙昂，一腔热情，勇往直前。

“大家都说因为我爱着杨过大侠，才在峨眉山上出了家。其实我只是爱上了峨眉山上的云和霞，像极了十六岁那年的烟花。”

第四章
蟹黄面

今天要拍摄的这一支珠宝广告将会投放到电视上，咖啡厅是甲方客户的私人店铺，比摄影棚更方便置景，且具有真实感。

忙活一上午，广告也只拍了几个镜头。没办法，每个镜头都要拍上十几遍，力求完美，所有人都要尽量呈现导演想要的感觉。

好容易熬到午休，方曼姿是实习生，帮大家订饭这种杂活儿自然由她来干。

她问了一圈大家的忌口，在问到肖楠时，肖楠正在椅子上歇着，手里端着咖啡，问：“你打算订什么饭啊？”

方曼姿如实回答：“打算就近订一些牛排之类的快餐。”

肖楠“哦”了一声，说：“第一，我不吃快餐；第二，我从不吃合成牛排。”

方曼姿觉得自己够挑剔的了，头一次碰见比自己还挑剔的人。她耐着性子问：“那我把饭钱转给您助理，让她去买些您喜欢吃的？比如全麦面包、沙拉之类的？”

肖楠听见这些词就想呕，为了保持身材，这些东西她吃了几年，已经到了连听都听不得的地步。

她掩住嘴巴，不悦地抬眼看向方曼姿，后者一脸微笑，仍是她最讨厌的那副自作聪明的样子。

她冷哼一声，说：“拍完广告我还有试镜要赶，她们得留下来陪我对戏，哪有时间干这种小事？”

“啊，肖楠姐，上次不是跟您说了吗？科技已经很发达啦，叫跑腿外卖什么的，也没有很贵。”方曼姿掏出手机，打开软件，“如果您不会用的话，我可以教您——”

她这样做，无形中在羞辱肖楠的智商一样。

肖楠一巴掌打掉她的手机，说："你是实习生还是我是实习生？"

肖楠双臂环抱，表情微冷道："我要吃文化路那条街上的滑蛋牛肉饭，他们家不做外卖，我要你亲自过去买回来给我。你不去的话，我就给熙昂打电话，你也休想再在诺顿待下去。"

方曼姿看着地上的手机，登时就有些忍不住了。

她站在原地冷静了好半天，这才弯腰捡起手机，强迫自己微笑，说："那请您等等。"

其他人见到这一幕，也没有人说什么，肖楠一向如此，他们早就习惯了她的脾气。只要忍过这一天，顺利完成拍摄，就算大功告成，没有人愿意多生是非。

见方曼姿出门，其他人各忙各的，拍摄仍在继续。

方曼姿撑伞站在阳光下，导航了肖楠所说的那家店。

打车过去价格不低，她认为肖楠并不值得她花这么多钱，当即走向地铁站。

换乘了两班地铁，终于到达目的地。这附近也是个商区，那家店开在商业街上，路上到处都是人，还飘着各种熏人的香水，夹着汗味，实在不大好闻。

三十多度的太阳晒在她身上，饶是打着伞，也被这股热意蒸出了一身薄汗。

方曼姿找了半天，终于找到店面。

店里人不少，按照要求点了一份滑蛋牛肉饭，她等了快半个小时才等到。

看了眼打包好的外卖，果然非常诱人，然而方曼姿并没有时间吃，她还要赶回去给肖楠送饭。

拎着饭从店铺出来时，看到隔街那么大的蟹黄面招牌，饿了一上午的肚子，不禁"咕咕"叫了一声。

她好久没有吃过蟹黄面了。

麦香四溢的面，配上满满的肥美蟹黄，在灯下黄澄澄的，色泽无比诱人。以她的饭量，每次都要吃上两碗才够。

此时此刻，她多想扔掉手中的牛肉饭，冲到对街的面店里，大吃一碗蟹黄面啊！

可惜，以她现在的工资，肯定是吃不起了。

方曼姿一手举着伞，一手拎着饭，站在路边看了两分钟，这才迈开步子，跟好吃的蟹黄面说拜拜。

再回到拍摄地点，已经快要开工了。

不过肖楠还没吃上饭，这工肯定开不成。

丽姐直接把误工原因算在方曼姿头上，责怪她没有快去快回。

方曼姿正在收伞，一身热意还没被空调吹散，加上挤了一路地铁，正是心情不好的时候。

她漫不经心地笑了笑，说："丽姐下次不如自己去买，那是肯定不会误工了。"

把丽姐噎了个够呛。

方曼姿忙了一中午还没吃饭，等她去拿饭时，外卖都已经冷掉了。

她坐在桌前，用筷子戳了戳冷冷的牛排，一天的委屈感，忽然就有点忍不住了。

论娇气，她比肖楠还娇气，家里吃的菜都是有机食品，水果也只吃鲜切，现在看到冷饭和合成的牛排肉，她觉得很不值。

她本可以做无忧无虑的大小姐，现在待在这里，为了这些与她无关的工作忍气吞声，到底是为什么？

是家里空调不好吹，还是网速不够快？

不过生活并没有给她太多委屈的空间，下午的拍摄就已经开始了。

这支广告的剧情很简单，主人公要去参加什么晚会，为了晚会精心准备，购买了广告品牌的珠宝，最后戴着珠宝出席，艳惊四座。

下午有几个镜头，需要肖楠泡在浴缸中，拍摄她泡澡的情景，她皮肤很亮，戴上珠宝后，把她皮肤衬得更亮。

只是万万没想到，这个情节也会出现状况。

肖楠的助理对拍摄组说："抱歉，我们肖楠姐不用自来水洗澡，只用纯净水。而且，浴缸最好用高温消毒一遍，否则我们肖楠姐是不会下水的。"

拍摄组被这要求搞得傻了眼。

饶是挑剔如丽姐，这时也得上前去哄："肖楠老师，还请您忍一忍，我保证拍摄很快完成，绝不会让您在浴缸多待。"

肖楠瞥她一眼，说："说得好听，谁知道真拍起来要多长时间。而且，不干不净的浴缸你敢泡吗？我提的要求也不算过分吧。"

"是是是，不过分……"丽姐赔笑，"可是这忙来忙去，又要耽误不少时间，租用场地是要花钱的，我们预算有限，尽量都在今天拍完。"

"那我不管。"肖楠轻曼地翻了个白眼，"我条件摆在这儿了，你们爱拍不拍。搞清楚，是你们诺顿请我，不是我请你们，你们完不成任务，关我什么事？"

说罢，肖楠坐在椅子上，跷着二郎腿刷起了手机。

拍摄组的人面面相觑，丽姐忍气吞声，俯下身去哄："您体谅一下，我们确实是分不出人来负责多余的工作。”

“谁说没人？”肖楠从手机中抬起头来，用下巴点了点坐在那边的方曼姿，“我看她就挺闲的。”

丽姐直起身，看了方曼姿一眼，没说话。

肖楠想到了什么，笑了，后仰的身子缓缓坐直，饶有兴味道：“那个，实习生，小方是吧？你去帮我刷一下浴缸吧，记得刷干净点。”

方曼姿还以为自己幻听了。

“你说什么？”她不敢相信自己的耳朵。

肖楠见她这副态度，尤其她坐的地方偏静，双肩舒展着，样貌仪态样样出众，肖楠见了就觉得刺眼，便说：“我让你去刷浴缸，你没听见？”

这态度、这口气，真拿自己当一线大咖了是吗？

方曼姿饿了大半天，中午顶着大热太阳还要给她买什么滑蛋牛肉饭，本来就忍够了，这才坐下歇多久，还要被她使唤去刷浴缸？凭什么？

方曼姿没动，好整以暇地看着肖楠，勾唇道：“肖楠姐，您这么爱干净，恐怕用我这双手来给您刷浴缸是万万不配的。”

肖楠闻言得意地笑了声，说：“也不必这样说。”

方曼姿道：“所以呢，我建议你最好自己舔干净。”

此言一出，咖啡厅里落针可闻。

还从没有人敢直言顶撞肖楠。

肖楠表情也是一变，霍然起身，踩着高跟鞋气势汹汹地走到方曼姿面前，居高临下地俯视方曼姿：“你再说一遍？”

“再说多少遍都可以。”方曼姿语气悠然，就坐在位置上，根本没把她放在眼里，“嫌脏就自己舔干净。”

肖楠气急，瞥见桌上那杯咖啡，端起来就要泼。

方曼姿看到肖楠的动作，握住肖楠的手腕反向用力，直接泼到了肖楠的脸上。

她眼看着半温的咖啡顺着肖楠的脸颊在淌，任后者在自己眼前尖叫也置若罔闻。

她只是礼貌地笑，在豪门中长大，身上那股气度与优雅，是不管身处何处都不会消磨得掉的高贵。

“肖楠姐，这杯咖啡的味道和先前的冰美式，哪个更合你的口味？”

肖楠一气之下，带着两个助理还有一身咖啡，离开了拍摄地点。

临走之前，丽姐拼命挽留，肖楠下巴扬得高高的，说：“不拍了，你们爱找谁拍找谁拍！”

她上了保姆车，助理问她去哪儿，她想也没想，就说：“去诺顿，我要见熙昂。”

助理知道她心情不好，没多说，一路直接开到诺顿。

到了诺顿时，已经是下午了，肖楠顶着前台异样的眼光乘上电梯，奔向二十一楼。

她再急，到了总裁办也要等秘书进去问过周熙昂的意思，得到他一声应允，她才得以进去见他。

进了办公室，周熙昂面色淡然坐在办公桌后面，见她进来，还有她身上的咖啡渍，眉毛也没动一下，只问：“有事吗？”

肖楠见他问都不问一句，心中更气。

她咬着牙道：“熙昂，我要你立即开除那个实习生！”

周熙昂原本在看邮件，听闻此言，眉头一皱，抬眼问：“哪个实习生？”

“还有哪个？就是那个方曼姿！我要你现在、立刻、马上开除她！”肖楠气得胸口不断起伏。

周熙昂的右手从鼠标上收回，在桌面上轻轻点了点，说：“肖楠，公司有公司的规矩，员工也不是说开除就可以开除的。”

肖楠原地跺脚，想绕过办公桌抓住周熙昂的手臂摇晃又不敢。

她说：“现在连你手底下的实习生都敢欺负我，你今天不帮我找回这个面子，将来你们公司其他人岂不是要骑到我头上？”

周熙昂说：“不会的。”

他无动于衷的态度让肖楠硬生生气出了眼泪，她说：“你不开除她的话，这个广告我不会再拍了！多少钱都不会拍！”

周熙昂淡然道：“你不想拍就不拍，还有其他机会。”

“……”

肖楠气得要发疯，是她想不想拍的问题吗？还是她说得不够清楚？

他到底有没有听懂她在说什么？

她又要开口，话到嘴边，突然想到了什么。

她认识周熙昂这么多年，可以说是从没见过他失态的时候。

非要说失态，也只有两次。

一次是大学时，周熙昂很少喝醉酒，那是他唯一一次醉的时候。

他喝醉后，模糊地念着一个名字。

至于另一次失态，就是上次在他车里，她翻到的那个相框。

不知为何，她会突然想到这两件事。

或许因为这么多年，周熙昂一直对她有求必应，而今天没有，让她感觉到了反常。

抑或是女人的第六感，让她心生不妙。

她问：“熙昂，你跟那个实习生到底是什么关系？”

果然，周熙昂抬眸看她，眼神明显发生了变化。

“这不关你的事。”

听他这样说，肖楠彻底明白了，她身子一软，紧接着涌上来的，又是不甘。

“你今天之所以拒绝我，是因为她？她到底是你什么人？还有上次的照片，你说是你朋友的女朋友，那个人……是你对不对？熙昂！你为什么不说话！回答我！”

周熙昂嘴角微抿，道：“我告诉你，你是不是就不会再问了？”

“好……”肖楠咬着牙，“我可以不问。”

良久，周熙昂淡声回答她：“你猜对了。照片上的人是她，拒绝你也是因为她。你想知道她是谁，我告诉你，她是我的初恋。这个答案，你满意了吗？”

他话音刚落，只听总裁办的大门硬被人从外面推开，伴随着秘书的那句“您不能进”，方曼姿的身影出现在所有人的视线里。

那张小脸漂亮、明艳，还带着碰巧撞到某句话后的错愕以及不可置信。

她直直看过去，越过肖楠，目光落在周熙昂的脸上。

一如当年。

肖楠心中正厌恶她厌到了顶点，见她进来，问：“你怎么来了？谁让你进来的？”

方曼姿不理会肖楠，虽然还没从周熙昂那句话中反应过来，但还是抬起头，说出了几乎思考了一下午的、来到办公室的目的。

她说：“周总，我要辞职。”

“你要辞职？”周熙昂先是挥手，示意秘书下去，随后拧眉审视两米之外的女人。

“没错。”方曼姿没有犹豫。

“为什么？”

肖楠见周熙昂如此关切——起码她刚才说自己不拍广告的时候，周熙昂并没有问过她一句为什么。

她忍不住插嘴：“既然她要辞，你就让她走好了。”

周熙昂没理肖楠，仍旧等待方曼姿的答案。

方曼姿才不管肖楠怎么说怎么想，就那样站在他面前，不卑不亢地说：“抱歉，我能力不足，经验不够，胜任不了工作，对不起领导栽培，就不拖累贵司业绩了。”她说是这样说，却没有任何抱歉的意思，神情态度极其敷衍，更像为了回答周熙昂那句“为什么”而随口编出来的理由。

肖楠看方曼姿这样，更刺眼了，尤其方曼姿还是周熙昂的初恋，直接扎在了她的心里。她说：“你一个实习生，敢这么跟熙昂说话，工资不想要了是不是？”

方曼姿本来不是很愿意仗势欺人的。她很清楚，每个人的人生不同，所以每次开口之前，她都会设身处地想一想，不是每个人都有跟她一样的起点，有同等的出身和条件。

但是她为别人着想，别人可没有为她想。

看来她很有必要，让这位肖大小姐清楚一个事实。

“别说那点工资，就算是你的年薪，都不够我每个季度买衣服的。”方曼姿漫不经心地笑了笑，“你那么替我惦记，就让周总代我请你喝下午茶吧。”她说完，也不再管周熙昂有没有同意，径直离开。她本来就不是来征求同意的，她是来通知他的。

乘坐电梯直达一楼，路过前台时她想到什么，从包里掏出工作牌，放到前台这里，留下一句“帮我交给周熙昂”。

前台还没从“竟然有人直呼周总大名”的震惊中缓过来，紧接着就见这位大小姐踩着高跟鞋离开，留下一个遥不可及的背影。

到了室外，方曼姿站在路边打车，出租车汇入车流，很快开远。

二十一层，周熙昂站在窗边，视线从开走的出租车上收回，转身回到办公桌前，疲惫地按了按眉心。

“怎么回事？”他问肖楠。

“什么怎么回事？”肖楠没懂他问从何来，“她那么嚣张，难道你看不出来吗？”

周熙昂扯了扯领结，垂眸轻轻笑了一下。

他说：“她脾气是大了点，但从不会无缘无故发脾气。倒是你，究竟做了什么才惹得她辞职？”

周熙昂看似平静，甚至在笑，但肖楠跟他相识多年，周熙昂有多冷她是知道的，他什么时候对她用过这种语气说话？

尤其此刻，他笑是在笑，但那笑意未达眼底，黑眸深处分明是寒的。

肖楠胸腔里憋了一股气，喉咙被什么东西哽住，不可置信道：“你是在为了她质问我？你不应该忘掉她吗？”

“忘不忘是我的事。不是我质问你，而是你们之间，我更相信她。”

“周熙昂！”肖楠气得想要砸东西，“被泼咖啡的人是我，受气的人也是我，你不问她的责任，反过来问我？”

周熙昂看了她半晌，末了低头，恢复了冷静的模样，说：“你最近太累了，状态不是很好，建议好好休息一段时间。不管什么戏、什么通告，我会让你的经纪人替你推掉。你可以回去了。”

他这句话背后是什么意思，肖楠太过清楚。

她今时今日地位是他给的，他想收回，自然一句话就可以收回。

她慌了神，也忘了自己一向自矜的身份，声音绝望中又带了一丝乞求："熙昂，你是不是忘了，你都答应过泽宇什么？"

"正因为没有忘记。"周熙昂抬起头，眼眸一片冰冷，"否则今天绝不是让你休息这么简单。肖楠，摆清你的位置。"

肖楠的身子一阵摇晃，她受不了这句话带来的打击，跌坐在沙发上。

娱乐圈竞争激烈，别说休息一段时间，就是休息半个月没出现在大众视线，都很容易被人遗忘。

更何况这个"一段时间"，目前来看是遥遥无期的意思，到底什么时候才能过去这一"段"？

她很想再说点什么，可是看到周熙昂不咸不淡地坐在那里，她又怕多说多错。

末了，她咬了咬牙，心有不甘地从他的办公室离开。

直到她走出去，周熙昂都没有看过她一眼。

方曼姿最近过得非常快活。

自从不去上班，不用每天社交之后，她美容院、健身房、游泳馆、电影院去得飞起，还新做了指甲，种了睫毛，给头发做了营养。

整个人美貌值和精致值再次上升，每天熬夜追剧看综艺，除了虚度光阴还是虚度光阴，过得无忧无虑。

她此前的人生都很恣意，也没什么适度消费规划生活的观念，主要是没必要。

最近这段日子，她都住在鞠恬恬家里，暂住和长住不一样，小住几天，她就不会有那种很打扰的心情。

今天也是一样，鞠恬恬难得没加班，两个人加上欧阳，一起出来吃火锅。

吃火锅时，方曼姿又接到了刘主管的电话。

"我真的不回去上班了。"方曼姿接起电话，直截了当地给出回复，"我想诺顿应该不是很缺我这样一个实习生吧？"

刘主管说："方小姐，请您务必考虑一下。只要您肯回来，您想去任何岗位都是可以的。"

方曼姿一手握着手机，一手在锅底里面捞虾滑，说："真的吗？我不信。"

刘主管诚恳道："条件任您开。"

方曼姿："那我要当总裁。"

"……"

方曼姿没等他多说什么，直接挂断电话。

鞠恬恬在这边哈哈大笑，说："这几天都打多少电话了，还没放弃，看来是有些人在念念不忘——"

"你别乱说。"

她辞职以后，先是张姐给她打电话，张姐打完刘主管打，见都没效果，甚至丽姐还给她打了一个，全程跟她道歉，请她不计前嫌，重回诺顿。

方曼姿是真的懒得回，虽说现在的生活也没什么收入，但是她也挺得过且过，不信她爸妈真能看她饿死在安城。

虾滑在蒜泥油碟里滚了一圈，蘸了一层调味芝麻油，看着令人食指大动。

鞠恬恬说："我看你还是回去得了，不喜欢诺顿，也找个别的班上。不然按你现在这种花法，手里那点钱也挺不了多久。"

"现在不是还没到那个时候嘛。"方曼姿不太在乎，"真有那一天再说。"

鞠恬恬看她这个态度，忍不住多说两句："曼姿，你别忘了爸妈为什么会把你送到安城来，归根结底还是为了锻炼你。而且你想，如果你在安城的钱都是自己赚的，那跟你爸妈给你钱的感觉能一样吗？"

是不太一样，虽然爸妈给钱花要更爽一点，但是自己亲手赚钱要更有成就感一些。

鞠恬恬见话有效，又说："上学时，你就一直隐瞒自己是方家的身份，平时也……还挺低调，不就是怕别人说你啃老吗，有一份工作的话，就当给自己找事做也好。"

她这话说完，欧阳也表示赞同。

方曼姿默默听了，但现在正是吃火锅的快乐时光，她不想被乱七八糟的事打扰心情，就说："回去再说吧。"

从火锅店回来，方曼姿洗澡卸妆，不好打扰鞠恬恬跟欧阳的二人世界，她拒绝了姐妹的聊天环节，直接回到房间里，打开空调然后钻进被子里，脑子里一直在思考鞠恬恬的话。

虽说她爸妈不会看着她饿死，但是，一直等他们打钱的感觉确实很被动。

方曼姿翻了个身，在浏览器里想搜索一些求职信息，却发现她连该去哪里找工作都不知道。

好像与社会有点脱节的样子。

她也不知道自己会什么，她大学专业是艺术，一般像她这种家境，父母都会希望孩子培养一些好的审美和艺术细胞，导致她所学的东西对找工作一点实质帮助都没有。

她握着手机，发了会儿呆。

手机连续振动拉回她的思绪，她定睛一看，是一个陌生号码。

估计又是哪个诺顿的员工吧。

她无奈地接起电话，张口就说："除非让我当总裁，否则我是不会回去的。"

那头的人似是笑了一声，用气音道："野心不小。"

方曼姿一听这个声音，整个人吓了一跳。即使隔着手机，她也能感受到他这句话的清冷质感，直达她的心底。

"周熙昂？"

"嗯。"

她让自己放松下来，问："你给我打电话干什么？"

"你不是想当总裁吗？"周熙昂说，"你在哪儿？"

"当总裁跟我在哪儿有什么关系？"

"你不在家，去了哪里？"

方曼姿问："你怎么知道我不在家。"

"家里灯没亮。"

他在她家楼下吗？

方曼姿说："我已经辞职了，在哪里也跟你没关系。如果没什么事的话，我想，我们也没有联系的必要。"

她没给他说话的机会就挂断了电话。

不想回诺顿，主要是他既然捧着肖楠，她回去再碰到肖楠，那肯定是战场了。

肖楠跟诺顿合作那么多，这都是不可避免的事，逃都逃不掉。

至于周熙昂，很明显他放下了，她也不是活在过去的人，可以当个熟悉的陌生人来相处，问题真就不在他身上。

只不过，她没有想过他会亲自打电话给她。

她被这通电话打乱节奏，忍不住出去倒杯水，再找鞠恬恬吐槽一番。

出了卧室，正去厨房接水，她不小心听到主卧里嬉闹的声音，还有好朋友的那句"别闹，家里有客人"。

方曼姿一下子有些尴尬，接了水，悄悄回到房间，也没了那些倾诉的欲望。

她一边喝水一边想，幸好，自己当初没有听鞠恬恬的话，真的住在这里。

否则别说欧阳帮她整理家具，说不定要讨厌死她了。

第二天，方曼姿什么都没说，说是想念家附近一家炸鸡店，要回自己的住处。

鞠恬恬见她去意坚决，就没挽留。

到了晚上，方曼姿订了外卖，准备一边看电影一边吃。

不多时门被敲响，她暂停视频，大声喊了句“来了”，穿上拖鞋从卧室里小跑到门口，开心地把门打开，一看。

门外站着的，不是穿着制服的外卖员，而是穿着休闲衬衫的周熙昂。

她穿着玫瑰色的吊带睡裙，深红的颜色衬得她皮肤雪白。

注意到周熙昂的目光，她下意识地用手臂掩住胸口，问：“你怎么来了？”

周熙昂说：“来跟你谈谈。”说完，向房间内看了一眼，“进去说？”

方曼姿一手掩胸口，一手撑住门框，整个人倚在门边上，说：“周总，这不合适吧？”

“哪里不合适？”

“因为，”方曼姿笑得像只小狐狸，“我的房子，不可以随便进男人。”

周熙昂抬眼瞧她，说：“别闹，找你有正事。”

“谁跟你闹。”她侧过头，看向别处，下巴玲珑小巧，看着十分精致，“反正你别想进。”

周熙昂并不恼，气定神闲地站在门口，慢悠悠勾起嘴角。

他说：“饿不饿，晚上吃饭没有？”

方曼姿嗅到一丝糖衣炮弹的味道，赶忙坚定态度道：“周总不必对我用这套，我在电话里跟刘主管已经说过很多次了，我不会回诺顿。即使是你亲自来说，我也……”

周熙昂道：“蟹黄面吃不吃？”

方曼姿定睛瞧他。

他站在门外，走廊灯光熄灭，屋内的光投在他脸上，半明半暗的。

方曼姿想起蟹黄面鲜美的味道还有它的价格，没出息地节节败退。

“我也不是不可以考虑……”

话一出口，方曼姿立即就后悔了。

不就是太久没吃过了吗？都这么久了，也不差这一顿吧！

她看到周熙昂眼眸中那抹隐含的笑意，就感觉自己没出息。

周熙昂在她身上扫了一下，说：“去换件衣服，我等你。”

“不用等了。”

在周熙昂疑惑的目光中，她说：“太晚了，减肥要紧，我就不吃了。你回去吧。”

正说着，电梯间“叮”一声响，身穿蓝色制服的外卖员从那边走过来，左右看了看，把手里的外卖递给门内的方曼姿，说：“您好女士，您的外卖。”

方曼姿迟迟没接，脸颊微红。周熙昂看了她一眼，替她伸手接过，跟外卖员说了声谢。

外卖员离开，周熙昂也没说什么，把外卖交给她，想了想，还是补了一句："少吃外卖，不健康。"

"那我不吃了，你帮我扔了吧。"

毕竟曾经在一起过，周熙昂对她的脾气还是熟悉的。

他静了一下，说："我知道是肖楠不对，我代她跟你道歉。"

方曼姿说："周总对女朋友可真好，女朋友做错的事，还要你亲自登门给前员工道歉。你有这个时间，不如去哄哄自己的女朋友，说不定她还能少跟你发两下脾气。"

她伸手关门，周熙昂抬手抵住门身，抬眼看她，说："她不是我女朋友。"语气是前所未有的认真。

方曼姿在生气，并没有心情去理会他的语气，点头道："我明白，不是女朋友就更要殷勤一些。"

"你明白什么。"周熙昂瞥她，"他是我朋友的女朋友。"

方曼姿一口气差点又上不来，说："我劝你不要在这里'无中生友'，你这个话术我很熟悉。"

"你不信，可以去问她本人。"

"我为什么要问？"她并不想大半夜在这里讨论肖楠是谁女朋友的问题，"周总，你搞错了，她是不是你女朋友，我真的无所谓。"

她这话不是假的，大家都是成年人，没有谁一定要在原地等谁，日子往前过，车轮往前碾，有新的感情也无所谓。

周熙昂说："既然无所谓，那你打算什么时候回来上班？"

"我……"

"还有，"他强把外卖放到她怀里，"你就打算一直跟我在门口讲话？"

方曼姿赶忙托住外卖，理直气壮地道："合同是你订的又不是我订的，放你进去我要赔钱的，我又没有钱。你就在这儿站着吧，我不是陪你呢嘛。"

"没钱还不回来上班？"他瞥了眼松掉的袖口，重新挽到手肘以上，边挽边问，"就算不回来，也给一个理由？"

方曼姿说："我是去上班的，不是去伺候人的。"

"还有呢？"

见他对她的话没有那种生气的反应，方曼姿就开始在总裁生气的边缘"大鹏展翅"了。

"事情太多，赚钱太少；电梯太挤，办公桌太小；同事不友好，八卦没完没了。总之我全都不喜欢。"

方曼姿没上过班，知道每份工作都是这样的，她还保留着对上班的天真。

她说完后，观察周熙昂的脸色，见后者还是一副淡然的神情，她突然觉得，周熙昂这个人脾气挺好的。

起码身份对调，有人在她面前提这么多要求，她早在对方开口说第一句话之前，就直接告诉对方：你不如做梦。

见她迟迟没有下文，周熙昂问："没了？"

既然他执意这么宽容……

方曼姿清了清嗓子，说："那我还是想当总裁。"

周熙昂笑了一声，在这寂静的夜晚，这一声还挺明显的。

他从口袋里掏出方曼姿离职时交给前台的工作牌，就这么抛到她面前。

她下意识地接住，刚拿稳，就听周熙昂说："总裁你是没机会了，不如考虑一下总裁秘书。"

不待她说话，他学着她先前的语气，慢悠悠道："工作清闲，月薪过万，专属电梯，办公桌独占，同事很少，八卦更少，完全符合你的要求。"

方曼姿想到自己微信的余额，不争气地心动了。

周熙昂看出她的松动，乘胜追击："我保证，先前的情况不会再发生。

"相信我。"

"那你是怎么跟他说的？"鞠恬恬吃掉勺子里的冰激凌，睁大双眼追问。

方曼姿单手撑着下巴，看向窗外，眉头微微笼着，巴掌大的小脸满面愁容道："我说考虑几天。"

"这还用考虑？"鞠恬恬忍不住探了一下她的额头，"我刚来安城工作，第一份工作底薪才六千块，你是文职，我可是技术工种。我干满一年带了项目，才拿到一万多。你要是不想答应，就把我介绍过去，我可以。"

两人坐在甜品店里，方曼姿把周熙昂找过她的事情跟好朋友分享了一下。

方曼姿说："可是我当初就是为了不想见到他，才躲到别的部门去，我现在再回去，那先前图什么啊？"

鞠恬恬说："你先前就当秘书，可拿不到一万多的工资。"

"好像也是……"

"你要知道，他给你开的这个条件是多少人梦寐以求的，比如你面前的我。我天天加班到深夜，出来玩还要随时操心项目，才赚这点血汗钱，再对比你，你就是每天等着天上掉钱，你还要考虑！"

方曼姿说："不是每件事都可以用钱来衡量的。"

“哦，你很有钱吗？”

“人身攻击不好吧。”

鞠恬恬用勺子挖了一大块冰激凌，说：“我觉得你也不用太在意你们的关系，而且说真的，你不觉得他给你开这么丰厚的条件是在补偿你吗？你是占理那一方，真正应该羞愧的是他才对，你这么一直躲着，好像当初做错的人是你。”

“补偿？”方曼姿摇头，“我看不像。”

“不然他给你开这么多钱干什么，做慈善吗？”鞠恬恬尝了一口她面前的蛋糕，“他有这份心，你就受着，这都是你应该的。毕竟当初他那样对你，给你多少钱都不为过。”

提起这个，方曼姿眸色一黯，垂眸也挖了一口冰激凌，却没有品出任何甜的滋味。

那是一个周末，方曼姿和周熙昂约好一起去图书馆写卷子。

她从包里掏出买好的草莓慕斯，跟卷子一齐摆在桌子上。

他侧眸瞥她，问：“你是来学习的，还是来吃东西的？”

她知道打扰到了他，闷闷地“哦”了一声，然后坐直身子，把叉子放到蛋糕上，拿起笔来老实算题。

没过多久，身侧之人似乎叹了一声，再然后，一小口草莓慕斯喂到她嘴边。

她说：“我是来学习的，我才不吃。”

他说：“蛋糕放久就不新鲜了。吃完再学。”

有时候她也会想，她喜欢他什么呢？喜欢他高贵清冷的样子，更喜欢看他为了她而让渡底线、无可奈何，那是独一无二的、别人都得不到的温柔。

那种温柔，就像那年盛夏图书馆，他们吃的慕斯蛋糕，其中的味道只有她品尝过。

等他们从图书馆出来，突然下了大雨。

本来还想在街上走一段路，只能分别。

她家要更远，雨天不好打车，只能到对街去。从图书馆出来，她牵着他的手，刚要踏入雨幕，他突然拦住了她。

她问：“怎么了？”

他没说话，却在她面前弯下腰身，说：“上来。”

他的脊背一向是挺直的，像白杨树，她总爱看他的背影。如今他在她面前弯腰，她有些猝不及防。

“我可以自己走。”

他说：“我怕你的鞋子弄脏。”

她低头，这才想起来，她今天穿的是一双白色帆布鞋。

那一天，她伏上他的背，手里举着伞，搂着心爱的少年。

天空小雨漫漫，滴在地上积了一层水，她的身体被伞罩着，他湿了半身。

下雨的天气总是冷的，四肢冰凉，身体贴着他的背，不知是不是心理作用，总觉得少年的身体是滚烫的。

那种滚烫感一直从她的胸腔传到心底。

她一点都不觉得冷。

那时他背着她，总觉得这份感情可以无限延长，他们可以永远如此。

却没想到，没过多久，那些美好就都破碎掉了。

以至于这一段雨中回忆，也成了他们这段感情中最后一段美好的回忆。

第五章

变故陡生

方曼姿犹豫几天之后，还是回了诺顿。

鞠恬恬也帮她分析过，换工作并不是一件容易的事，首先换了之后，公司的地理位置说不定就离住处更远，而且暂时找到的工作也不一定就适合，到时说不定还要再找。

总之，经过周密的考虑，她重新入职，恢复了朝九晚五的生活。

回公司那天，她没有迟到，觉得新生活新气象，还是应该以全新的精神面貌迎接一下。

路过前台时，她看到前台惊讶的目光。

在看到方曼姿胸前的工作牌后，前台赶忙做好表情管理，冲她微笑了下。

她回以微笑。

穿过闸机，到电梯间，不少人在那边等电梯。

其中就有丽姐。

丽姐看到她，起先还以为自己看错了，嘴巴微张，盯着走过来的曼妙佳人瞧了半晌，试探性地开口打了个招呼："小方？你回来上班了？"

对方毕竟在电话里跟自己道过歉了，方曼姿不是什么小心眼的人，点了点头，回道："是的，早上好。"

正好电梯下来，门自动向两边分开。

这会儿等电梯的人不算多，丽姐知道方曼姿在公司应该是有些关系的，便主动示好道："进来吧，咱们一起上去。"

方曼姿看了一眼站得七七八八的电梯，还有门口一直按着开门键的丽姐，笑了一下，道："谢谢，不用等我了，我坐另一部。"

另一部？

众人看过去，只见方曼姿站到周总的专属电梯面前，按下开门键，然后，踩着高跟鞋走了进去。

动作自然、习惯，仿佛她本该如此。

众人面面相觑，这个女人是谁，她为什么可以坐那一部电梯？

丽姐眼见方曼姿走进去，心情更是复杂。

当初方曼姿闯进办公室说要辞职的事情，后来隐隐有听说。

虽说她给方曼姿打电话道过歉，请过方曼姿回来，但是听方曼姿拒绝得那么坚定，她以为不会再在诺顿见到方曼姿的。

现在不仅见到了，而且方曼姿闹了一通之后，回来的待遇反而变得更好了？

丽姐握紧拳头，心境复杂。

方曼姿入职后，周熙昂履行承诺，给她安排了大大的办公桌，与原来的秘书挨在一起，在总裁办的最外间。

秘书叫潘柔，样貌端正，穿着职业装坐在那里，就显得方曼姿非常……业余。

她叹了口气，果然像鞠恬恬说的那样，自己是在等着天上掉钱呢。

潘柔人很好，即使方曼姿先前两次生猛闯入总裁办，如今成了同事，她也可以笑脸相迎，对之前的事情闭口不提。

不愧是周熙昂手下的人，做事同他一样有分寸。

不多时，只听电梯响动，停在二十一楼。

“叮”一声，潘柔原本在整理文件，立即停下手头动作站起身，双手交握于身前，看着电梯方向。

方曼姿也跟着站起来，学着潘柔的样子。

只不过她穿得不太正式，是一条无袖的小香风裙子，细瘦的肩头被秀发掩映，规规矩矩地站在那儿，看着有些乖。

周熙昂从电梯出来，身后跟着数个助理，一排人走过来，他步伐沉稳走在前方，抬手正了正领结。

走路时目视前方，狭长的眼尾自带冷意，不需要说话，气场就在那里。

“周总早上好。”

“周总早上好。”

潘柔向他鞠躬，方曼姿有样学样，虽然心里别扭，但人在屋檐下，冲他给的工资，这句招呼也不是打不得。

曾经方曼姿以为自己永远不会为金钱所困，如今却也成了那种为五斗米折腰的人，甚至五斗米都没有。

她行完礼，直起腰身。

路过的周熙昂脚步一停。

他停，身后跟着的几位助理也停，全都等他的吩咐。

他侧过头，视线落在方曼姿身上两秒。

“早上好。”

这一句他应得自然随意，说完，继续迈步向前。

方曼姿并未觉得有什么，办公室的门合上之后，她捋着裙子坐下，在电脑上登录微信。

潘柔倒是有些没回过神，说：“周总今天好奇怪。”

“嗯？”方曼姿转头，“哪里奇怪？”

他不是一直这样吗？

潘柔说：“我每天早上跟他打招呼，他从来不会回应的。”

方曼姿想起上次她上班迟到，被他叫到办公室签合同那一天，等电梯时一群人跟他打招呼，他确实是没怎么理。

她说：“可能是他今天心情比较好吧。”

“应该是。”

潘柔说是这样说，还是有点没从周熙昂这一个回应中回过神。

午休时，潘柔一边收拾东西一边说：“午饭我们一起吃吧。”

方曼姿欣然应下：“好啊。”

诺顿有食堂，菜品不能说不好，但是每天吃也觉得厌。

她站起身等潘柔。

这时，她桌上的电话响了，她接起来，发现是内线。

“您好，这里是总裁办公室。”

“午休先别走。”

“周熙……周总？”

电话那边传来低沉的一声应答：“嗯。”

仅这一声，她却想象到了他此刻的样子：坐在宽敞明亮的办公室，手里握着听筒，在一墙之隔的地方，淡淡下着命令。

她说：“我饿了，要吃饭。”语气带着一丢丢不情愿，以及被人耽误吃饭的幽怨。

周熙昂说：“连饿都挨不了，怎么当总裁？”

“这有什么逻辑关系？”

没理会她的吐槽，周熙昂直接留下两个字：“等我。”

就这样挂断。

潘柔收拾好了东西，问：“谁啊？”

方曼姿面带歉意，说：“抱歉，今天中午不能跟你一起吃饭了，周总喊我加班。”

“这样呀。”潘柔表示同情，“那辛苦你了。不过周总人很好，不会占用你的午休时间，等忙完会让你从下午的时间把休息时间补回来的。”

“好的，那我们明天再一起去！”

潘柔笑着跟她挥挥手，乘电梯下去了。

方曼姿一个人坐在椅子上等，时不时看看办公室大门，看大门紧闭，又暗自猜想他把自己留下干什么。

有工作？有话讲？

她想了半天也想不到答案，索性不想了，总不能把她怎么着。

过了几分钟，助理们陆续出来，见她还在，纷纷跟她点头示意。

直到二十一层的人全都走光了，她才等到周熙昂从里面出来。

他出来时，她正支着下巴刷微博，纤长手指抚在脸颊处，那张脸清透白皙，皮肤吹弹可破，怎么瞧怎么赏心悦目。

美的事物总是令人心情变好。周熙昂看到她心不设防地坐在那儿，看着什么心事都没有，像一张白纸一样单纯，一上午的劳累都在不觉中消失了。

他走过去，敲了敲她的办公桌，说：“可以走了，方总。”

方曼姿吓一跳，赶紧停下鼠标，拿起手机从座位上站起来，嘴上憋不住吐槽：“你干吗这样叫我？”

周熙昂说：“不是满足你的愿望吗？”

他提步向电梯间走，她踩着高跟鞋匆匆跟上，嘴巴上仍不肯落下风：“那我在你面前，岂不是小总见大总。”

什么小总见大总。

她嘴里总会冒出一些可爱词汇，从前在一起时，他就经常被她说得头疼，这么多年过去也是一样。

周熙昂按下电梯，带她直接下到地下停车场。

她想问一句去哪里，可是一单独跟他相处，并且没有正事可聊的时候，不管说什么，都透着一股不合时宜。

或者说，因为心中拧着那些疙瘩，总是害怕说着说着，又绕回到当年那些事情上。

她坐上他的车，熟练地系好安全带，他不开口，二人就在车内静坐。

开了一段路，周熙昂打发时间似的问：“今天累吗？”

方曼姿说：“还好，潘柔一直在教我，不怎么累。”

“嗯。”

没再多问。

她怕无聊，一直在车上刷手机。开了半个多小时，终于到达了目的地。

方曼姿抬头一瞧，他本以为周熙昂带她去的会是其他公司，或者是什么拍摄场地之类的，见见客户。

结果却是商业街。

这是她熟悉的地方，是她的天堂。她每个细胞都透着开心了，好想冲进去逛一逛。

即使不能买，看一看也是好的。

方曼姿双腿并在一起，看着一派淑女，矜持地问："周总是要逛街吗？"

周熙昂把车开进地下停车场，停好车以后，他一边解开安全带，一边回答她："不逛。"

想他也是那种没趣的人，那还是因公事过来的吧。毕竟诺顿的广告涉猎很广，什么大牌都会接的。

她顿时没了那种开心的劲头，又饿又不情愿，跟在周熙昂身后，想着美味的午饭……

她垂头丧气了一路，跟他乘电梯上一楼，从商场里面穿出去，然后走到对街。

方曼姿没料到会到室外，忘了带伞，此刻抬起一只手在额头上搭凉棚，抬头一看。

蟹黄面的招牌就在眼前。

方曼姿睁大眼睛，突如其来的惊喜漫上心头。她紧紧咬住嘴唇，才没让开心从嘴角溢出来，但眼神是骗不了人的。

她一双眼睛盈盈的，一下子有了光，尽量让自己的语气听起来很平静。

她说："周总怎么来这儿了啊？"

周熙昂看了她一眼，说："过来上班。"

谁会跑到餐厅上班？服务员？

再一想，上次他好像说过请她吃面的，可她都已经拒绝了，他还记得吗？

这想法似乎有些太自恋了，他会对自己这么好？思及此，她清了清嗓子，小心翼翼地问："周总，你是想吃面了才过来的吗？"

问话时，二人已经到了门口。

服务生站在门口迎宾，周熙昂迈进去，空调冷风吹在人身上，也把他的话吹进她的耳朵。

他说："对，我想吃。"

蟹黄肥美流油，盖在面上，满满一层，色泽金黄美丽，散发着诱人的香气。

服务生把面端上来，方曼姿已经幸福得快要飞起来了。

她掏出手机，拍了几张照片，随后又自拍几张，调好滤镜，发到微信朋友圈里：

【今日幸福！】

周熙昂看她一直玩手机，不赞同道："先吃面，待会儿凉了。"

方曼姿说："你不懂，要先发朋友圈再吃。吃完看到一堆赞和评论，快乐就会加倍。"

"哦。"

方曼姿暗念无趣，心想，他这种人怎么能体会到社交网络的乐趣。

她低头，面对心心念念的美味，夹起面来，吃了一小口。

呜呜呜，是幸福的味道！

她此刻心情，就像《食神》中的周星驰，吃到第一口黯然销魂饭，那股情不自禁流泪的冲动是一模一样的。

周熙昂对吃并不热衷，对他来说，好吃难吃都是用来填饱肚子，没什么区别。

这会儿见她吃得开心，他不由得翘起嘴角，放在往常并不特别的面，也变得好吃了起来。

吃完面，二人下到停车场，上车回公司。

周熙昂在旁边开车，方曼姿捧着手机，挨条欣赏朋友圈的评论。

虽然已经快一个月不在安城，但是随便发一条，还能轻轻松松收获上百个赞，评论也有几十条，看来自己人气不减。

她翘着嘴角，挑一些共同朋友多的好友回复，也算是回给其他人看。

周熙昂开车间隙看了她一眼，说："你加一下我的微信。"

"为什么？"她正在打字，想也没想，反问回去。

周熙昂说："我有几个工作安排需要发给你。"

"哦，你可以发邮件啊。"

"邮件没有微信方便。"

方曼姿想起当初支付房租时，周熙昂的可恶操作，暗暗哼了一声，说："也没有那么不方便吧，工作群消息太多，还是邮件看着整洁。"

周熙昂抿了抿唇，道："吃了面就不认人了？"

被揪住小辫子，方曼姿有些心虚，但还是嘴硬道："是你说想吃，可不是我说的。"

周熙昂说："行。"

"……"

不知道为什么，方曼姿有种不寒而栗的感觉。

可能是自己想多了。

隔天上午公司有会议开，方曼姿作为秘书也要参加。

潘柔要她尝试整理会议记录，再由她来帮忙修改，教她整理要点。

会议内容漫长枯燥，方曼姿不爱听，打起精神强听。直到说到后天湖泰商场的活动。

“活动现场千万小心，多请一些安保人员，保护许洛佳安全。”

对接的人应声：“是。”

方曼姿在后面听着，眼睛不禁一亮。

这股精神一直坚持到会议结束，她抱着笔记本电脑从会议室走出来，跟潘柔一起走在周熙昂身后。

她几次想开口，奈何周围又有其他人，不方便说，只能忍着。

回到总裁办，里面一直有人在跟周熙昂汇报事情，她想进去都不能，在座位上探头探脑。

等了好久，终于等到办公室里面没人了，方曼姿站起来，说：“我去给周总送咖啡。”

潘柔笑着说：“好，辛苦你了。”

方曼姿泡了一杯咖啡，敲门进去，手上端着托盘，打量里面的情况。

他认真坐在电脑前，专心致志地处理工作。

她走过去，俯身把咖啡放到他面前，说：“周总，您的咖啡。”

“嗯。”

他应了一声，他停下手中动作，问：“怎么了？”

方曼姿握着托盘垂在身前，犹豫半晌，说：“周总，刚才开会的时候，我听说……我们公司跟许洛佳有合作？”

“怎么？”

“后天的活动……我可不可以也去看看？”

周熙昂的目光落在她身上，她指尖紧紧叩着托盘边沿的动作出卖了她此刻的心情。

他收回视线，淡淡道：“你去干什么？”

她随口瞎编：“去参观一下现场活动，学习一下经验。”

“你是秘书，不需要学这些，把我下个月的行程排好就行。”

见此路不通，方曼姿也不是一个特别会找借口的人，便实话实说了。

她说：“其实……我是许洛佳的粉丝。”

许洛佳是娱乐圈当红组合的队长，方曼姿看了几次现场视频，硬被他的实力圈粉。

许洛佳很忙，私下不容易见到，难得有机会，她岂能错失。

“所以？”

“我想去见他……”

周熙昂说：“不行。”

“为什么？”

“你是来工作的还是来追星的？”

“……”

“你想都不要想。”

话说得不留余地，方曼姿闷闷地“哦”了一声，手指仍旧抠着托盘，说了句“周总慢用”，就离开了办公室。

方曼姿有机会再进办公室的时候，试图跟周熙昂说这件事，还没开口，他就率先一步拒绝她。

“出去吧。”

方曼姿……

晚上回家，方曼姿瘫在沙发上，想到自己就这样跟许洛佳错过，有点不太甘心。

假如他一直离她很遥远，没有机会，那她也不会受此困扰。可是，她是他的乙方公司啊！

她不甘心地从沙发上坐起来，想打电话跟周熙昂理论一番，又觉得自己现在这情况，也没资格跟他叫嚣，她的气焰又萎了下来。

她拿着手机，仔细思考了几分钟，然后点开已经沉睡的工作群，戳开周熙昂的头像。

屏幕上是周熙昂的微信界面，她勇敢地点了添加到通讯录。

发送验证之前，她思索了一下，决定附上备注：方曼姿。

她眼睛一闭，就这么发了过去，然后把手机扔到一边，继续看自己的电视。

故意忽视手机半个小时，装作不经意拿起手机一看，聊天界面并没有新的好友框。

他没有加自己。

她皱眉，心里那种不爽的感觉上来了。

周熙昂，你很牛吗？

她转而一想，自己这样是有够拽的，“方曼姿”怎么了，有什么了不起？难道他看到这个名字就一定要加吗？

原来真正该放下身段的，是自己才对。

如此这样想，她顺从放低身段，诚恳地输入“您的秘书小方”，然后发送验证。

这次又等了半天，再一看，还是不见回应。

她决定再等等，起先还能沉得住气，到后来，隔一会儿就要看两眼手机，心想之前你说要加我微信，现在我都这么主动了，你还摆起架子了是吧！

她哼了一声，决定去洗澡。

衣服脱到一边，她不甘心，决定再卑微一点。

方曼姿打字：周总，您就让我去见他吧，您最好了。

发完一条，她把手机扔在一边，进洗手间里洗澡。

洗澡洗到一半，她还是心痒，湿着身子摸到洗手台上的手机，打开一看。

正所谓念念不忘，必有回响，她果真盼到了周熙昂的回复。

没有加好友，只是单独地回复了验证消息。

周熙昂：你不是会发邮件？

方曼姿："……"

等她洗完澡出来，都没有再见到回复。

之后她又发了几条，见石沉大海，也就停止了骚扰。

第二天再去公司，方曼姿试图再跟周熙昂提一提，不想他干脆忙得见首不见尾，办公室就没闲过。

下午时分，想等的人没等到，却等来了客户部同事思然的消息。

思然：曼姿，你准备好了没？我们三点过去吧。

曼：？

曼：去哪儿？

思然：湖泰啊。你不是监督现场吗？今天要提前过去搭台的。

方曼姿看到消息，起先愣了两秒，随后睁大眼睛，惊喜漫上眉梢，开心得嘴都合不上。

曼：就到！

看时间差不多了，她迅速起身，收好自己的东西。

潘柔侧头，问："要走啦？"

"嗯！"

方曼姿应完觉得不对头，问："你怎么知道我要走？"

潘柔说："周总昨晚就告诉我了，说你下午有别的工作，让我别给你安排太多工作。"

方曼姿站在原地，忍不住回头看了眼办公室的大门。

想到他在里面，竟然早就安排好了，她心里面痒痒的，像是有什么东西在攀爬。

就……很奇妙，总觉得被他戏耍了，想大声质问他一句：你这个人怎么这样坏！

但自己的心愿又实实在在被他满足，骂也骂不出口。

遗憾的是，这么多年过去，她还是没有学聪明。

遇到他，还是会不知不觉地，按照他的布局，落入他设下的陷阱中。

方曼姿下楼，与思然在一楼碰面，虽然有一丢丢气恼，但还是喜悦更多。

她又发了一条验证消息：谢谢周总！

三秒过后。

他通过了她的验证。

要在湖泰举办的活动，是为了宣传新上市的一款精华液，特意请了形象大使前来站台宣传。

而许洛佳，自然就是新产品的大使。

方曼姿跟思然乘车到达湖泰，活动搭的台和架子等都是租来的，她们到了不久，活动需要用的物料也到了。

工人顺着商场后门搬进来，放到用来堆放杂物的休息室里。

来来回回搬了几趟，搭台的架子、音响灯光一应俱全，还有用于宣传的立体展牌，思然拿着单子，按样认真对好。

方曼姿站在工作区的走廊里，看到又有工人在搬箱子，还搬到了另一边的休息室，她扬声提醒道："你们走错了，东西放这边。"

一个工人拎着大大的袋子，说："没走错，跟你不是一场活动。"

方曼姿认错了人，赶忙道："不好意思，我认错了。"

第二天八点半，方曼姿跟思然抵达湖泰，走员工通道进入商场。

二人刚到，布置场地的工人就说："姐，正想给你打电话呢，咱们家的场地被人占了。"

"被人占了？"思然觉得奇怪，"今天不是有活动吗，被谁占了？"

"是凯家。我们搬东西过去，他们说那是他们的地方，让咱们到别处去。"

方曼姿想起昨天搬物料时看到的情况。她对思然说："咱们先过去看看，是不是他们弄错了。这会儿还来得及。"

思然说行。

从办公区穿到商场，到一楼路过八号门，见那里早早放了活动立牌，上面清楚写着活动下午一点开始。

而橙家的活动时间在十二点。

一般来说，活动这东西，没道理放在一天来办。尤其这两个时间点会导致活动重合，到时候分流不说，等一个活动结束了，又会把一边的流引到另一边去，给他人做嫁衣。

方曼姿在客户部待过，也懂其中利害关系，觉得这件事简直离谱。

虽说有点生气，但她在想，这其中是不是有什么误会。

等两人走到原定的活动场地，见那边正在搭台，其中一个人站在前面抬手指挥："你把这个抬到那边。上面的人也扶稳了，别把架子搞塌了。"

男人二三十岁，穿着随意，如果不是他这么指挥，方曼姿根本想不到他就是负责人。

思然眼尖，一看到他，登时气得双手叉腰，大步走上前去，说："这是我们的场地，谁让你们摆在这儿的？"

对家负责人听见声音转身来，挑眉"哟"了一声，说："这不是诺顿的嘛，真是巧了，您也在这边办活动？"

思然说："你占了我们的场地，请你撤走。"

那负责人说："怎么就成了你的场地？这难道不是公共区域，先到先得吗？"

思然气急了，说："我们已经跟湖泰说好了，这块区域是我们的活动场地，你违反了规定。"

"规定？规矩也是人定的，你凭什么说这是你们的场地？"

思然气得不行，跟方曼姿说："这里客流量要比其他地方大多了，位置显眼又好，他们上来就抢，也太无赖了。"

方曼姿问："对方是谁？"

思然说："是一个对家公司。创意部的跟他们经常互相抢项目，但是他们方案又比不过咱们，心里憋着劲儿呢。可再憋劲儿也不能坏规矩吧，这叫什么事儿啊？"

眼看着对家负责人得意地站在人前，在那里指点江山，思然又气又没办法。她说："我现在就给商场打电话，问问他们怎么回事。"

那男人看思然掏手机，说："你给谁打电话都没有用，有这时间不如早点回去布置场地，待会儿商场开门，你们就来不及了。"

思然怒打电话，打给商场经理。

没多久，电话通了，思然三言两语说清情况，要他们给个说法。

经理道："啊，还有这样的事吗？那可能是我们把活动时间记错了，不小心就撞到一天了。不过，这时间不是错开了吗？也没事吧？"

思然说："现在的问题不是时间撞没撞，而是他们占了我们的场地。"

方曼姿看了眼对家负责人，他也听见了这句话，无所谓地笑了笑，有恃无恐的。

这时，电话里传来经理的声音："这个，我看了一下，你们请的是许洛佳嘛，以他的粉丝量，也不用担心这个。而且商场都是一个商场，人流量始终是那些，再好的位置，人总是要逛到其他地方的嘛。"

方曼姿听着有些生气，这个经理明显是偏向对方公司，不打算管这件事。

怪不得对家负责人根本不怕，原来早有准备。

她伸手，让思然把手机给她，说："我来说。"

思然正生气，也不知道该怎么说，就把手机交给了方曼姿。

方曼姿说："也就是说，您是无论如何都不会处理这件事了？"

经理说："这个实在抱歉，发生这样的事我们也很为难，但是我们当初谈的时候，并没有规定过活动区域，那自然是先到先得。"

"好一个先到先得。"方曼姿在电话这边看着那个负责人，笑得礼貌，话却是对经理说的，"那您先忙吧，待会儿见。"

"什么待会儿……"

方曼姿直接挂断电话。

那负责人闻声嗤笑，说："怎么着，有人管没人管？没人管的话，我建议你们赶紧回去搭架子吧，时间可要来不及了。"

方曼姿说："如果你现在撤，我就当什么都没发生。"

"这位美女，我也很想听你的话，但是——"

她没再听他说下去，移步走到一旁，打了个电话。

"喂？廖叔叔，好久都没有看过您啦，身体还好吗？"她讲话时神态灵动，像个撒娇的小辈，还是最惹长辈喜爱的那种。

思然本以为方曼姿是要给周熙昂打电话，这会儿听见她跟亲戚撒娇，不由得有些急——都什么时候了，还唠家常呢！

再看一眼对家公司那人，活动台子已经搭得有模有样，音响都已经摆上了，眉目得意，显然也没把方曼姿这一通电话当回事。

确实没必要当回事，他跟湖泰经理什么关系，就不信这个小丫头真能处理了这件事。

方曼姿在一旁跟那位廖叔叔说了好几分钟，一直在说一些没有用的，什么"好想念您泡的茶"啦，"您上次画的那幅画我还没看到完成图呢"，倒真像个跟长辈问好的小辈。

思然听了一会儿，已经决定放弃，直接打电话跟领导汇报这件事，看领导怎么说。

另一边，方曼姿说："对了廖叔叔，我现在在湖泰，安城那家。不不不，我不买东西，我是来这边有工作，但是遇到了一点事……"

三言两语挂断电话，她走到思然身边，思然也结束了通话，臊眉耷眼地站在那里。

方曼姿说："让工人把东西搬过来吧。"

"搬到哪儿？"

“这儿啊。”

“可这地方被人占着，搬到这儿人家又不会让。”思然说着，恨恨地看了那男人一眼，“这不是浪费时间吗？”

方曼姿说：“他会让的，你打电话就是。”

思然没办法，只好听方曼姿的话，让人把东西搬过来。

不多时，空荡荡的商场走过来一个西装革履的男人，步伐有些急。

对家负责人看到他走过来，远远迎上去，说：“你怎么下来了，不放心啊？诺顿就来了两个女的，根本不用怕。”

经理恨铁不成钢地看了他一眼：“你先把嘴闭上。”

对家负责人摸不着头脑：“怎么了这是……”

经理不答，直接走到两个女孩子面前，谦逊地笑。他打量二人一眼，最后面向方曼姿，问：“您就是方曼姿小姐吧？”

方曼姿抬手，把耳边头发理到耳后，下巴微扬道：“我是。”

经理点头道：“廖董事长已经吩咐过了，您放心，马上就让他们把台子撤走。”

方曼姿轻哼一声，拿出得理不饶人的娇蛮劲儿，说：“怎么，廖董事长给你打电话你就不为难啦？说好的先到先得，我们这两个后到的，就这样占了人家的地儿，不合规矩吧？”

她拿他方才说过的话呲他，他笑得难看，也不得不赔笑：“方小姐，您就别拿我开玩笑了。哪有那么多规矩，您在哪儿，哪儿就是规矩。”

“嗯。”方曼姿点头，“这倒是。”

“那您看……”

正好诺顿的工人把活动物料都搬了下来，方曼姿随意道：“我们这边人手有限，搭台子怪费劲的，就怕你们开门之前忙不完。”

经理既然当了经理，自然是圆滑人，他说：“能忙完，我让他们帮把手就是。”

“那不耽误他们的活动吗？”方曼姿无辜地眨眼。

“自然是您的活动要紧，忙不过来，就让他们改天再办。”

“啊，那多不好意思。”方曼姿挥手，“搭吧。”

见她松口，经理如释重负，赶紧退到一旁，把对家负责人拉到角落来说这件事。

对家负责人看到经理对那个女的那么殷勤，他的心就已经凉了半截，这会儿再听他这么说，急得差点跳起来。

“不办了？特意选的今天一起办，抢他们一票，说不让办就不让办算怎么回事？”

经理平静地看着他，说：“本来一家商场就没有一天办两场活动的规矩。”

“你不是说没关系吗？就咱俩这关系，你怎么出尔反尔？”

经理道：“我帮她，今后还能做我的经理，继续管这个商场，你以后再来，什么事都方便；我要是帮你，我今天就能跟你一起滚出湖泰大门。”

“不是，这女的到底什么来头，值得你这样？”

经理暗暗看了方曼姿一眼，说：“看到这座商场没有？”

“看到了，怎么，难道是她家里的不成？”

“不是她家的。”经理说，“但是由她父亲亲手设计的。”

“……”

“不止湖泰，还有很多商场、知名景观，都是她家里设计的。你说能惹不能惹？”

经理说完，提步离开。

对家负责人看到一堆工人都在忙前忙后，刚搭好的台子重新拆了下来，还有旁边那个明艳出众的女人，心里气得一点办法都没有。

她好像叫什么……方曼姿？他听见经理这样问她。

不知为何，他总觉得这个名字有些耳熟。

他拧着眉，站在原地思索了好半天，突然想起来自己是在哪里听过这个名字。

之前他陪人喝酒的时候，局子上有几个二代，说起过一个人。

说是圈内赫赫有名的蒋家，唯一的儿子蒋驰，先前千方百计追女人，结果最后折女人手里了。

有人就笑，说：“哪个女人这么不长眼，连蒋大少爷都敢得罪，不想活了？”

“没，日子也不好过呢。那蒋家就这一个宝贝儿子，捧在手心怕化了，儿子差点折了，能放过那女的吗？现在蒋家到处找人，这不，怎么都找不到嘛！”

“叫啥，知道吗？”

“也是圈子里的，姓方，叫方什么……对，方曼姿，名还挺好听的。”

“蒋家还说呢，要是找到这个女的，肯定有重谢，这上哪儿能找到。”

“就当个乐子听听得了，丢人呢！”

那负责人回忆至此，忽地就有了主意。

这不是踏破铁鞋无觅处，得来全不费工夫嘛。

你既然坏了我的活动，这损失总得赚回来吧？

他拿出手机，想了又想，拨通一个号码。

“吴哥，还记得我吗？对对……上次吃饭，我听说蒋驰少爷一直在找一个女人，叫方曼姿是吧……”

橙家活动顺利举办，方曼姿作为工作人员，有机会跟许洛佳合影几张，还拿到了签名照。

她身为粉丝，倍感满足。

活动结束，她目送许洛佳离开，很想大喊几声“妈妈爱你”，鉴于实在有损形象，她还是闭嘴没有喊出来。

回去的路上，她把跟许洛佳的合照发到了微信朋友圈。

没多久，她屏幕上消息一弹，来自周熙昂。

周熙昂：你有没有本周的行程安排？

方曼姿并未多想，认真回复。

曼：抱歉，不在我这儿。

隔了几分钟。

周熙昂：活动结束了？

曼：是的，已经在回来的路上了。

周熙昂：嗯。

方曼姿面对这一个“嗯”字，暗暗皱眉，对他冷淡的聊天风格十分不适。

她本想就此结束聊天，念及他毕竟帮自己实现了追星梦想，还是发了个表情包，用以调解聊天气氛。

周熙昂：开心了？

方曼姿又发了一张表情包。

对话到此结束，谁都没再回。

这天，方曼姿下班，与鞠恬恬约好一起去吃一家素食餐厅。

这家素食餐厅可以用素菜做成各种肉的味道，而且这家店并没有开在闹市，不靠人流量，全靠回头客口口相传。

欧阳今天加班，没时间过来，两人就边吃边聊。

鞠恬恬说：“我跟欧阳商量了一下，打算在‘十一’的时结婚。”

方曼姿掐指一算，说：“也没几个月了。”

“是啊，”鞠恬恬夹了一筷子虚假的杭椒牛柳，“本来想再等两年的，但是家里催得急，想着反正以后都是眼前这个人了，早一年晚一年也没什么。”

她如此自然地说出这句话，方曼姿听了，觉得有点羡慕。

一定是他们的感情很坚定，才会这样说吧。

方曼姿由衷道：“真好。”

鞠恬恬看了她一眼，说：“到时候你可得来给我当伴娘啊。”

“没问题。”

说到这儿，鞠恬恬叹了口气，说："可惜你结婚的时候，我不能当你的伴娘了。不过放心，我结婚的时候一定把手捧花给你，让你早日找到属于自己的幸福。"

方曼姿说："真的不用。我来安城之前，一个好姐妹结婚，就把手捧花扔给了我，我看也没什么作用。"

她说的是自己在海城的好朋友，宁语迟。

"这就是一个美好的祝福嘛，多一个也不嫌多。"鞠恬恬说着，惆怅地叹一声，"真想不到，这才几年过去，我感觉我还是个孩子呢，就要考虑结婚的事儿了。"

等吃完饭，鞠恬恬打包了两道觉得不错的菜，准备回去带给欧阳，出门就各自分别了。

她们不顺路，这里离方曼姿住处又不算远，她决定自己走回去。

鞠恬恬车开过一条路，突然想起来充电宝还在方曼姿手上，于是又掉转方向，把车开回去，沿途寻找方曼姿的身影。

已是晚上，安城街道流光溢彩，车水马龙。

从大路开过来，这条街上行人稀少，清清冷冷。

鞠恬恬远远看到方曼姿一个人走在街上，二人相距几十米。

三秒后，绿灯跳黄灯，黄灯跳红灯，她前面的面包车顺利开过绿灯，刚好被红灯拦住。

她原本没在意，直到她看到面包车降下车速，停在方曼姿身边。车上下来两个穿黑色紧身背心的男人，一个捂住方曼姿的嘴，另一个俯身按住方曼姿的腿，直接把方曼姿塞进面包车里。

车门关闭，启动开走，整个过程不过五秒，快得像是一个幻觉。

变故骤生，鞠恬恬大脑白了两秒，顾不上什么红灯绿灯，一脚油门追了上去。

她手都在抖，追车的同时掏出手机，想打电话给谁，犹豫两秒，还是拨通了周熙昂的电话。

方曼姿醒过来时，发觉自己躺在一张大床上。

手腕似乎被什么东西束缚着，她侧头一看，就见手腕被带子绑在床头，再一看，她发现自己呈"大"字形被人绑着，动都动不了。

她昂起头，这是一间顶级套房，是她出门常住，价格要在五位数以上的那种。

室内开着明亮灯光，窗边站了一个穿着白色浴袍的男人，手里托着一杯红酒，正在指间摇晃。

仅仅是一个侧影，就叫方曼姿认出来了。

她面色微微惊恐了一瞬，不由得失声道：“蒋驰？怎么是你？”

她这一张口，也叫窗边的男人回过了头。男人高鼻深目，样貌不可谓不俊朗，头发半长，垂下一侧刘海，遮住半只眼睛。

他浅浅啜了一口红酒，向床上的方曼姿举杯，说：“怎么不能是我？你知道我想了你多久吗？”

方曼姿心跳得很快，但是很快地，她让自己冷静下来。

她说：“能被蒋大少爷挂念也是我的荣幸了。”

蒋驰挑眉，饶有兴味道：“打从一个多月前，大西洋航线上一别，我就一直在找你。”

他托住端酒杯的手臂，眼睛一直锁着床上的女人，像野兽锁定猎物。

“你父母还骗我把你送到了国外，想不到你就躲在安城，可真是让我一通好找。”

方曼姿看他步步逼近，心里头怕得发颤，但表面上看着十分淡然。

“他们没有骗你，我是去了国外，最近一周才到安城。”

蒋驰站在床边，居高临下地打量床上的女人，眸底是汹涌的欲望。

他哑着嗓子，问：“你不怕我？”

方曼姿暗中握拳，道：“怕你，你就会放了我吗？”

蒋驰低低发笑，起先笑得很轻，随后笑得越来越夸张，也不知道哪句话戳到了他的笑点。

他微微俯身，食指沿着方曼姿的脸蛋向下滑，啧啧两声道：“宝贝，你这样，真是让我越来越爱你了。”

方曼姿狠狠别过头，避过他的手指，面带嫌弃。

蒋驰看到她这副神情，笑容缓缓收起。

他太熟悉这副神情了。

每次方曼姿看到他，都用这样的表情，像在看什么脏东西，他不知道自己差在哪里，以至于得到她这种眼神。

很快，他重新扬起笑容，柔声问：“睡了这么久，一定渴了吧？要不要喝水？”

他不等方曼姿答话，自顾自地演下去，说：“可惜我这里没有水，不如就尝尝这杯干红吧？”

他将手中酒杯，举到方曼姿头顶，对准她的小脸，徐徐地、直直地倒了下去。

方曼姿闭上眼睛，拼命摇头，一忍再忍的脾气到了这里终于忍不住，她大骂道：“蒋驰！”

红酒浇在她脸上，顺着她的脸颊迸溅到白色的枕头、床单上，洇红一片。

方曼姿不慎让酒进入鼻腔，就这样呛住，拼命咳嗽了起来。

蒋驰停手，用另一只手掐住方曼姿的脸颊，恨不得把方曼姿的骨头捏碎。

“呛到了吗，宝贝？这就受不了了？那你知不知道，你把我从游轮上推下去的时候，我忍着剧痛掉进大海里的时候，我险些呛死没人救我的时候，是什么滋味？”

方曼姿好半天才缓过来，恨恨地看着蒋驰：“那是你活该。”

蒋驰表情一变，手中的高脚杯朝墙上狠狠一摔，“啪”的一声，红酒四溅，在白色墙壁上开出一朵濒临干枯的玫瑰。

他单膝跪在床边，俯身掐住方曼姿的脖颈，冷笑道：“你今晚落到我手里，我倒要看看，这一次你还能跑到哪儿去。”

他一手掐住她的颈，俯身要吻她。

方曼姿心里涌起绝望，她拼命躲，用额头去撞他，嘴里大喊救命，可是她心里清楚，落到蒋驰手里，多半是不会有人来救自己的。

她用膝盖猛顶他的下腹，他闷哼一声，骂了句脏话。再抬头，他发了狠，揪住她的头发，一巴掌高高扬起正要落下。

事已至此，方曼姿心凉一片，闭上眼睛，已经做好了挨下它的准备。

这时，只听房门口“嘭”一声响，有人闯了进来。

蒋驰下意识地回过头，就见一道身影走到近前，一拳头砸过来落在他脸上，直把他从床上掀翻在地。

方曼姿在绝望中抬眼，就见床边站着一个男人，正是周熙昂。

第六章

我们结婚吧

似乎来得太急，周熙昂身上还有那股赶路的匆忙感，向来一丝不苟的衬衫也有些凌乱，往日里的淡定、沉稳，在这一刻统统消退，化为了萦绕在眉宇间的焦急跟怒意。

他紧抿着唇，表情沉如水。

见到床上的女人，他即刻俯身解开她腕上的禁锢，再然后，打横将她抱起来。

在这样一个历经磨难的夜晚，落入这样一个温暖且坚实的怀抱，方曼姿怕得紧紧搂住他的颈，在他怀里发抖。

“我以为……不会有人救我了……”

所有紧张、后怕，在开口的一瞬间，混着眼泪一起流出，她终于找到了安全感。

周熙昂手臂收紧，下巴顶在她头顶，沉沉“嗯”了一声。

他带来的人此刻守在门口，另有人到墙那边去，把蒋驰架住，不许蒋驰乱动。

鞠恬恬从门口跑进来，待见到门内情景，她三步并作两步，走到方曼姿身边，吓得连忙握住方曼姿的手，说：“曼姿，你没事吧？吓死我了你知道吗？”

方曼姿从周熙昂的怀里侧头，勉强笑了一下，说：“我没事。”

周熙昂说：“你拿一下她的东西，我先带她下去。”

鞠恬恬说好。

周熙昂回头，给其他人一个眼神。其他人领命，蒋驰自然有人处理。

他抱着方曼姿，带她乘电梯下楼。

他手臂十分有力，紧紧箍着她。她缩在他怀里，被他这样抱着，因为紧张，心脏怦怦跳。

她说不出什么感觉，明明已经安全了，却好像比之前还要忐忑，放在身前的手，悄悄揪住他的衬衫。

出了酒店，他把她放到车内副驾驶，俯身帮她系好安全带。

她鞋子没穿，应该还在楼上。她就赤足踩在座位上，缓缓地，用手臂抱住自己的膝盖。

周熙昂看了她一眼，方才抱了她一路，他清晰地感觉到，她的身体一直在不受控地发抖。

他没上车，靠在副驾驶的车门上，点了一根烟。

不多时，鞠恬恬下来，把方曼姿的包和鞋子顺着车窗递过来。

周熙昂跟鞠恬恬在不远处说了什么，没多久，鞠恬恬走过来，隔着降下的车窗按住方曼姿的手，说："别怕，没事了，已经没事了，先让周熙昂送你回家吧。"

方曼姿不想她担心，故作轻松地说自己没事。

鞠恬恬又叮嘱了两句，这才开车离开。

周熙昂绕过车头上车，车窗徐徐升上，两侧车门"喀"一声上了锁。

她不说话，他也不开口，沉默缭绕在二人之间，可是这一刻却比说什么都给人安全感。

窗外景致不断倒退，路灯一盏又一盏在眼前飞过，都市繁华硬闯入眼帘，方曼姿才一点点有了活过来的滋味。

像是死里逃生。

四肢被束缚的绝望，红酒浇在脸上的屈辱，被人掐住脖子的窒息，都令她不敢回想。

车一路开到她家楼下。

没想到这么快就到了，她还有些没反应过来。

她怔怔低头，拿起高跟鞋，一只一只穿好，再然后，准备开门下车。

手指刚要用力，她才发觉自己似乎忘了什么。

"谢谢你。"她回头低低念了一声。

半晌没得到回应，她手指微微蜷缩，心里有些不自在。

这件事跟他没关系，他没必要来救她。

但他还是来了。

她很想问一句，你为什么要来？

这样的话问出去，很像在质问别人多管闲事，尽管她内心并不是这样想。

他不说话，她也不知道该说些什么表达感谢，想来想去，她决定下车逃走。

“等等。”

他叫住她。

她停手，等待他接下来的话。

“他为什么要抓你？”周熙昂侧头看向窗外，用清淡的语气发问，“你跟他是什么关系？”

就好像两个人是陌生关系。

他只是她的上司而已。

方曼姿低头，揪着裙角的手，出卖了她此时的内心。

周熙昂眉目不耐，淡声道：“如果你不想说，当我没问。”

她用小指勾掉被红酒粘在脸颊的头发，说：“这件事是我自己惹的麻烦，不关你的事。”

“你的意思是……”他突然的停顿令她的心高高揪起，就像古代刑罚时，被绳子高高吊起的那柄刀，“我在多管闲事？”

“我不想牵扯到你。”方曼姿说着，低下头，“谢谢你今天愿意救我，给你添麻烦了。”

“你觉得我现在就没牵扯进来吗？”

“抱歉……”

他忽然有些烦。

就连他自己，也说不清烦从何来。

他身上那股杜松子酒味道，没由来地让她心静了不少。

她说：“从某种意义上来说，蒋驰，算是家里给我安排的未婚夫。”

她只顾说话，并未注意到，驾驶位上的男人因为这句话，动作顿了一下。

每个生在豪门的人都清楚，婚姻大事并不是能由自己做主的，受宠如她也是同样。

近两年方家生意出了些问题，要想周转开，绝非一时易事，方家便把主意放在了海城的新贵蒋家。

而联姻就是最好的方式。

尽管方曼姿把态度摆得足够清楚，她坚决不会嫁给不喜欢的人，但她父母还是坚持要她跟蒋驰接触看看。

一个圈子混久了，蒋驰什么作风她了解得一清二楚，行事嚣张过分，惯爱在身边养“跟班”，不把人当人，她十分鄙夷。

至于他跟女人那些事，早在没有这一出之前，她就有所耳闻。

鉴于她一直抗拒跟蒋驰有往来，父母背着她，偷偷帮她报了一个太平洋游轮。

她登上游轮的那天，并不知道蒋驰也在船上。

再后来，游轮第七天的时候，船上开了一个派对。

几天的接触，方曼姿都没有给蒋驰好脸色，看到他转身就走，对他理都不理。她想让蒋驰认清楚，他们之间不可能，干脆死了这条心。

不想派对那天，蒋驰喝了些酒，竟敢在没人的地方，对她动手动脚。

他把她当什么人？在他眼里，她跟其他那些随便玩玩的女人也没什么区别。

以她的脾气，怎会受此侮辱？她没有忍气吞声，直接朝蒋驰身上最致命的地方攻击。

蒋驰大怒，骂她不识好歹，再次扑了上来。

她一个女孩子斗不过他，更不是他的对手，情急之下，她不小心把他从甲板上推了下去，直接坠入深海。

巨轮行驶，白色浪花滚滚，直接把蒋驰吞没。

她只是为了推开他，不是有意要把他推到海里的。

甲板上游人尖叫，游轮上负责安全的人员立即放出救生艇下海搜救，她呆站在原地，她知道，蒋家的人一定不会放过她。

从游轮上下来，回到方家，事情果然如她所料。

蒋家找来，非要方家负责，给他们一个说法。

方曼姿已经把情况如实说给了父母听，他们得知蒋驰竟然对女儿不规矩的时候，也是气得大骂，但是再一想蒋家唯一的儿子险些没了命，又不敢说什么。

蒋家非要跟方家要人，那总不能真把女儿交出去，于是她父母偷偷把她送走，这就算了，竟然还停了她的卡作为惩罚。

她甚至不知道自己错在了哪里。

每次说起这个，都是看在蒋驰差点丢命的情况下，才放弃争吵。的确，从结果来看，她对蒋驰狠了点，加上失手，就算正当防卫，也属于“防卫过当”。

“所以，一旦他找到我，以他的性格，绝对不会放过我。”方曼姿握了握拳说道。

“那蒋家有没有说过怎么才能了结这件事？”

“说过……”

“怎么？”

方曼姿咬了咬下唇，说：“让我嫁给蒋驰。”

“除此之外呢？”

“没有别的办法……”她陷入惆怅，“我爸爸提出过给钱私了，可是蒋家说……如果蒋驰真的没了命，又岂是钱能换回来的。假如我不同意，蒋家说会让我们家付出代价。”

周熙昂没说话。

她的手在膝头上轻轻握了握，说：“其实我爸妈把我送到安城，我能理解，这对我来说算是一种保护。蒋驰没找到我还好，他找到了我，恐怕今后的日子，我很难再安生下去。所以，我不希望连累你。”

“那你呢，有什么打算？”

方曼姿说：“我考虑过了，他在安城发现了我，这里已经没法再待下去了。等回去后，我跟家里打个电话商量一下，看看能不能躲到其他地方。”

她准备推门下车，刚侧过身，就听周熙昂问：“你打算一直躲到什么时候？”

“不知道……”她如实回答，“我不知道怎么办，我只知道我不想嫁给蒋驰，除了继续躲，我想不到其他的解决办法。”

事情似乎僵在了这里，她不嫁给蒋驰，蒋家不接受其他和解方式，非要亲自报复她。

不过这都是她自己的事，与周熙昂无关。

不得不说，将这些事说出来之后，她的心里轻快了很多。

原本她的心口始终被一块石头压着，如今有人分担重量，就变得没有那么沉了。

见周熙昂没再发表什么看法，她拉开门内拉手，推门下车。

一只脚刚刚沾到地面，周熙昂在她身后静静地道：“其实，还有一个办法。”

她似乎见到了什么希望，下意识地回过头，眼眸闪闪发亮，问：“什么办法？”

周熙昂把最后一口烟抽完，轻轻碾灭，他长长呼出一口青烟，淡淡开口：“和我结婚。”

方曼姿还以为自己听错了：“什么？”

他又重复了一遍：“我说，我们结婚。”

说完话，他抬眼，与方曼姿在车内幽暗的空间对视。那双眼黑与白泾渭分明，狭长微冷，看着不带任何感情，仿佛世上任何事在他眼中都不值得引起波动。

偏偏就是这样一双眼的主人，在说着本该是世上最动人的情话。

试问，这世间多少爱侣，在感情中历经磨难，最后所为的，正是这一结果。

求婚本该是温馨、浪漫的，在这个时刻，经由他的嘴里说出来，竟成了一件微不足道的小事。

该说他言语儿戏，抑或是性格无情，根本不觉得结婚是一件多么郑重的事情？

方曼姿半晌没回过神，她别过头，先是笑了，感到不可置信。再后来随手理了理鬓发，说："周总，您别开玩笑了，愚人节不是早就过去了吗？"

"我没有开玩笑。"

他语气正经，道："方曼姿，我是认真的。"

她这下彻底愣了，问："为什么？"

周熙昂道："家里也有人在催我，我对结婚没什么兴趣，但每次回家又不得不应付长辈。"

"可是，婚姻大事，怎么能随便找一个人就结婚呢？"她似乎不太能接受这个提议，"难道结婚不应该跟相爱的人一起吗？"

"我没有兴趣再去展开什么新的感情，也没有那个精力。"

也就是说，如果今天有困难的不是她，而是别人，他也会提出这样的建议，然后顺便结个婚吗？

方曼姿说不清心里什么感觉，好像松了一口气，也好像堵得更厉害了。

她嘲弄地笑了笑，他是什么样的人，她早就清楚了不是吗？他能说出这样的话，又有什么意外。

的确，周熙昂的提议对面前的僵局来说，是个不错的办法。

蒋驰想娶方曼姿，如果她已经结婚了呢？以蒋驰心高气傲的程度，难道还会要一个"二婚"的女人不成？

但是……

"抱歉，请容我考虑几天。"方曼姿说，"我与周总不同，我很重视婚姻的承诺，比不上周总潇洒。"

周熙昂意味不明道："谦虚了。"

"什么？"

他不语，升上驾驶位的窗子，说："你回去慢慢考虑。"

"是。"

她下车，乘电梯回到住处。

直到那个房间的灯亮起，楼下的车才驶出小区。

方曼姿甩掉高跟鞋，回到家第一件事，给浴缸放水。

水声哗哗作响，她瞧着，思绪不知不觉飘远，没由来地就飘到了他们分手的那天。

或者说，在她看来算是分手的那天。

时值五月，对北方来说不算盛夏，温度也很高了。

不知是不是快要高考的缘故，方曼姿跟周熙昂明明是同桌，交流却比从前少了很多。

比方说。

课间休息时，她希望他能听她背一遍她一直背不下来的《滕王阁序》，她将语文书递到他面前，他轻轻把书推开，看也不看她，说："你不如默写。"

自习课上向他请教物理题，他坐得笔直端正，从书桌里掏出自己写满正确答案的试卷，放到她面前，声音冷淡，语调平平。

"看不懂再问我。"像在对陌生同学讲话。

令她矛盾的是，她知道他并不是一个会多跟陌生人讲话的人。

或许，他性格向来如此；或许，她对他而言只是个仰望他的同桌，整天坐在一起，早晚会互相厌倦。

眼下距离高考三十天不到，是不应该耽误他学习。

所以，她每天中午都会跟鞠恬恬一起吃，不多缠着他。

有时她们碰到其他关系好的男同学，就一起坐下来吃。

这样过了一周。

忽然有一天，鞠恬恬问她："曼姿，你实话告诉我，你是不是跟周熙昂分开了？"

"没有啊？"她一头雾水，"你怎么这样问？"

鞠恬恬对点单的阿姨说："一杯珍珠奶茶，加布丁。"点完单，才回答方曼姿的话，"没有的话，那你为什么要整天跟我在一起，怎么不去找周熙昂？"

"他……"方曼姿突然语塞，那些挂在嘴边的理智、道理，这时说哪个都像借口。

"一杯草莓奶昔。"她想不出回答的话，只得先点单跳过这个话题。

两人到旁边的小桌前坐下，鞠恬恬问："他怎么了，你还没说呢？"

"学习太忙。"她笑了笑，语气中带着不自觉的倾慕，"他学习那么好，要是因为谈恋爱考不上好大学多可惜，我怕耽误他。"

"你也太懂事了吧。"鞠恬恬惊叹，"不过你这一周都跟我在一起，搞得我还以为你们俩分开了，吓我一跳。"

正好奶茶做好了，方曼姿接不了这句话，借着取奶茶的机会，逃避了对话。

她与鞠恬恬说说笑笑，到楼梯口分开，各自回到各自的班级。

正是下午休息，准备上晚修的时候，晚霞红光十里，烧了半边天，将周熙昂身上的白色校服照得发红。

他坐在霞光里，肩膀清瘦，脖颈修长，一身书卷气。有他映衬，教室里他所处的角落都显得干净美好，像日剧里的场景。

是不管回想多少次，都会为之心动的画面。

她手里握着奶昔，看到这一幕，在原地欣赏了半分钟，然后，没出息地脸红。

她回到座位上，跟他挨着，见他又在刷题，她把奶昔递到他嘴边，说："喝一口，可凉快了。"

他用左手推开，说："我不喝。"拒绝人时，语气比他棱角的线条还要冷淡。

她说："可是我想让你喝。"

"我不喜欢。"

"那就当为了我，尝一小口都不可以吗？"她再一次把奶昔递到他面前，恳切地盯着他看。

周熙昂这才抬起头，轻描淡写地扫了她一眼，说："如果你觉得很有必要的话。"

方曼姿讪讪把奶昔收回来，双手捧着塑料杯壁，眼睛盯着吸管，心里想，是不是自己太无理取闹了，他喝与不喝又能代表什么？

她虽是这样在心里开解自己，可她忘不掉周熙昂拒绝她的态度，那股拒人于千里之外的冷意，生生在她面前划出一道线。

而她站在线外，站在属于陌生人的那一边。

他背好书包，没跟她说什么，一个人走了。

她不甘心，心里憋着一股劲，一定要跟着他，找他问个清楚。

放学的人那么多，她就在他身后两步的位置，盯着他的后脑勺，谁也挤不丢她。

到了校门口，周熙昂突然停下脚步，对她说："不要跟着我。"

她愣了愣，没想到他会说这样的话。

在他转身之后，她还是毅然地跟上他的脚步，朝她曾经走过无数次的方向前行。

路过校门口卖手切水果的小摊，阿姨正在收摊。看到他们两个，阿姨露出热情的笑脸来："好像一周没看着你们俩了吧？"

方曼姿笑盈盈点头："嗯。"

一直走到那条熟悉的小巷子，在那个他答应跟她在一起的路口，他忽地停步，转身，漠然地看着她。

她也停下脚步，笑着看向他。

"你打算跟到什么时候？"他问。

她嘴角的笑容一滞，还以为自己听错了。她眨了下眼睛，故作轻松地问："什么？"

"不要再跟着我了。"

他留下这句话，转身，提步向前走。

路灯将他的影子越拖越长，他离她也越来越远。

她心里猛地缩了一下，他的话像一根带子，紧紧束缚了她的心脏。

她鼻子一酸，胸口狠狠压抑着，喘不过气。她缓缓地蹲在地上，手臂抱住膝盖，把头埋进臂弯里。

像是被人抛弃的小孩。

一个人承受着，她承受不住的情绪重力。

只有这样才能好受一些。

站着哭出来太狼狈了，她不能搞得那么狼狈。

没过多久，她的视线内出现了一双熟悉的鞋子。

视线顺着运动鞋缓缓上移，扫过他的裤子，挺拔的腰，宽阔的肩，以及他冷傲的脸。

她喉咙发涩，想发出声音，又因为情绪上涌，什么话都说不出。

周熙昂说："起来。"

她不肯说话，也不肯动，眼泪在眼眶里打转。

他说："不要蹲在这里，回去。"

连日来积攒的委屈，被他无视的心酸，被他当成一个普通同学来对待，等等。

这些本以为可以忽略的情绪，因为他这一句话，再也控制不住，顺着眼眶汹涌流出。她就是没出息，就是因为感情流泪，那又怎么？

英雄都有过不去的江东，她也只是在爱里受伤的小朋友。

她应该允许自己难过。

她蹲在地上，仰头看他。他的身影挡住路灯，她瞧不见他的表情。

喉咙因为难过而微微发肿，她哑着嗓子问他："你不是不让我跟着你，那你又为什么回来？"

周熙昂轻轻别过头，不出声，嘴唇轻抿。

她问："周熙昂，你这几天为什么不理我？"

他说："没有。"

她喉头哽咽，嘴巴酸涩得张不开口。

他大步上前，把她从地上拉起来，说："回去。"

她蹲久了，猛一起身，腿麻得像有千万只蚂蚁在血管内啃咬，她又疼又难受，却也顾不上腿的感受，哭着问他："我到底做错了什么，你为什么不肯理我？"

他听见这句话，放开了她的手腕。

两人距离很近，近到她能清晰地看着他眼尾的不耐，以及掩藏不住的冰冷。

他扯了扯嘴角，抬眸，说："你够了没？"

“什么？”

他眼神凉薄，无视掉她眼底的错愕，以及没来得及流完的泪，然后到路边拦了一辆出租车。

车停下，他什么都没再说，就此离开，没再看过她一眼，没有管过她到底有没有上车。

甚至连头都没有回。

她一直看着他远去的背影，等到大腿从麻感缓过来，再去看他拦的那辆出租车，早就已经开走了。

路边空空如也，只有路边的灯，高高的建筑，以及天上孤独的月。

她一个人背着书包向回走。

不想打车，就只是，想一个人走这么一段路。

原来鞠恬恬的猜测不是假的。

自己的多心也不是假的。

他果然厌恶了这段感情，或者说厌恶了她，在刻意地与她疏远，保持着距离。

她一直压抑着，怕自己哭个不停，于是一直憋着没让自己哭。

没多久，她重新走回到了校门口。

摆的小摊几乎都收了，那个卖水果的阿姨还在扫削到地上的水果皮。

她看到方曼姿，动作一停，直起腰身，问：“都这么晚了……”

方曼姿吸了吸鼻子，说：“我马上就回去了。”

听见这声音，阿姨叫住她，然后从箱子里抓了一只苹果，放到她手里。

“怎么还哭啦？来，吃个苹果，不管发生什么事，别难过，也别往心里去，吃完开开心心，回去好好睡一觉，都会过去的。”

那时她托着那只苹果，一瞬间，像积雨的云层终于承受不住，所有堆积的委屈涌上来，眼泪噼里啪啦往下掉。

为什么，明明之前都还好好的，为什么突然就不理她，突然对她这样。

在一段感情中，最难过的情况就是，当你还在为你们的感情反思自己哪里做错了的时候，你并不知道，自己已经成了被抛弃的那一方。

连个像样的理由都没有。

她一个人吃掉了那只苹果，也吃掉了所有的难过。

一切都如往常。

只是，她没有再主动找过他，没有说过一句话。

他也是一样。

她不是没有尊严，不会因为喜欢上一个人，在被人那样甩开之后，还要巴巴贴上去，去问一个为什么。

她那天已经问过了，他没有说。问过一次，她就不会再问第二次，事已至此，也没有那个必要了。

两人谁都没有提过什么。

却还是用心照不宣的方式，结束了这段关系。

也许两个人心里都是清楚的，这段感情也就到这儿了。

直到班上同学聚会那天。

这场无疾而终的感情，到这里，也可以添上一个算是圆满句点。

一个月后，就听到了他离开海城，去安城一所国内排名前几的学府的消息。

知道他在安城，她从未到过这里。

现在想来，其实方曼姿连究竟哪个才是真正的分手节点都不清楚。

要从哪一天，哪个时候，哪一个瞬间开始算？

不管从什么时候开始分手，她只知道，他们最后的结果并不愉快，分手的姿态难看。

以至于，她到现在都无法确定。

他们之间那些所谓的，还算美好的回忆，究竟是真的，还是她一个人一厢情愿的臆想。

是她自作多情带来的误会，是大脑分泌的多巴胺，给她制造出来的一种假象。

会不会，他从来没有爱过她。

从一开始，他对她就是讨厌的、鄙夷的。

每每这样想，那些还称得上美好的瞬间就会涌上心头，又让她陷入一种新的痛苦。

我领略过你独一无二的温柔，也见识过你头也不回的薄情。

这么多年过去，她已经学会忘记这些，也没有再像当初那样激烈的情绪了。

正如她无所谓周熙昂有没有交女朋友，车轮向前辗，她也一样，对陈年旧事能够做到轻描淡写地翻篇。

是在到了安城，重新遇到他以后，她才开始断断续续想起曾经的片段来。

读书时，她曾经幻想过，长大后嫁给周熙昂的日子会是什么样。

后来梦醒了，也叫她明白过来，幻想终究是幻想，当不得真。

如今多年过去，他重新站在她面前，对她说：方曼姿，我们结婚。

她感觉自己被人生生撕扯，身体一半告诉她：你现在正处于麻烦中，只要嫁给他，就可以暂时解决麻烦。

另一半又在阻止她：不，不可以，忘掉惨痛的过去了吗，难道那些教训还不够吗？

曾经在一个人身上栽过跟头，怎么还敢再去招惹他？

方曼姿站在浴室里面，听着水声思考了许多。

到最后，热水溢出浴缸，浇在她的拖鞋上，她被烫得一缩，这才醒过了神。

方曼姿不敢去上班，跟周熙昂在微信上告了假，他也没说什么，更没多提那件事。

车里发生的对话就只被关在车里，他不提不问。

幸好他没有问，她现在心里很乱，也没法回答他。

这天，她待在家里，在瑜伽垫上做有氧运动的时候，桌上的手机一响，她暂停视频，过去一看，是她妈妈的电话。

“妈？怎么了？”

“曼曼，蒋驰是不是已经找到你了？”

方曼姿心里一惊，问：“妈……你怎么会知道？”

她怕让爸妈担心，暂时还没有说过这件事。

“你现在怎么样，蒋驰没对你做什么吧？”

“我没事，妈，是不是出了什么事？”

方夫人道：“没、没什么，家里的事你不用担心，还有我跟你爸呢。现在安城也不安全，你要不要去北欧躲一躲？你不是最想看极光吗？你现在就买机票……对，你身上没钱了吧？要不要再给你转一些？”

方曼姿预感不妙，说：“我不想出国。北欧那么远，我这一出去，什么时候才能见到你们？”

“曼曼，听话。你看看是想去冰岛，还是想去丹麦？妈直接把机票给你订了吧，明天的机票，下午，妈知道你早上起不来……”

她不得不打断：“妈！这件事根本就不是我的错，为什么我就一定要东躲西藏？”

“蒋驰差点死在海里，以蒋家的行事，他怎么会放过你？坏就坏在蒋家势大，他们什么都不要，只要一个说法，你不躲，能怎么办？”

“我会想办法的。”

“你能想什么办法？如今蒋驰也在安城，他……”

“妈，你先不要操心了，我自己会小心。”说完，她挂断电话，没有再管妈妈说什么。

她呆坐在瑜伽垫上，心里隐约有了一个想法。

也像有一双手，在她人生的岔路上，从背后狠狠推了她一把。

她坐在原地思考了很久，从前往后，还有她到安城以来，每一个细节。

反复思量、权衡。

回过神时，已经差不多到了下班时间。

她顾不上换什么漂亮衣服，就这样穿着运动衣，踩着运动鞋，绑着马尾，下楼跑到诺顿。

幸好她的住处离诺顿并不算远，跑步只要七八分钟，就看到了公司大楼。

外面人多眼杂，她想了想，直接跑到地下车库。

车库里停了不少车，她到处找，一时也没找到他的车在哪里。

她放弃寻找，决定守在地下车库出口转弯上坡的地方。

周熙昂乘电梯下来，走到宾利车旁，解开车锁。

他发动车子，打了方向盘，径直向出口开去。

车子开了远光灯，快要转弯时，只见远光灯照射的前路，突然窜出来一个人，呈“大”字形拦在前方。

他一脚踩住刹车，在距离这个不速之客还有半米的时候，停在她身前。

停车场内回荡着刺耳的急刹声。

远光灯照在她身上，她被晃得抬起手臂，遮挡住视线。

他在车内打量她，修身的瑜伽裤，运动背心外随意套了个薄外套，穿着运动鞋，脑后扎了一个清爽的马尾。

不同于往日的明艳夺目。

此刻的她，洋溢着青春、活力、健康、自然，身材瘦又不会显得纤弱，是一种生机的美。

他想起有一次，他在操场路过，正巧她的班级在上体育课。

她刚跑完 800 米，明明累得不行，在看到他之后，一下子跑过来，拦在他面前。

她笑容明媚，眼眸晶晶亮的：“好巧，怎么是你呀。”

她站在烈日下，鼻尖渗了汗，脸颊是运动过后自然的红晕。她生得白，就显得那抹红十分可爱。

她身上的阳光、活力，与他身上的冷完全不同。

即使处在同一片阳光下，可对他来说，温度从来就不是一种。

以往他从来感受不到夏日的热。

可那个时候，她站在他面前，因为看到他而露出开心的笑，在那极短的瞬间，他忽然就体会到了，热是一种什么样的感受。

此时也是一样。

好像时空流转，又回到了那年夏天。

方曼姿半晌才从强光中适应，周熙昂收了远光灯，缓缓降下车窗。

她跑到驾驶位旁边，因为来得太急，胸口不自觉起伏，她还在微微地喘。

隔着车窗，她看向车内的男人，喘着气道："周熙昂……"

他抬眸。

"我们结婚吧。"

周熙昂静静看了方曼姿很久。

她在他如水般的目光中，逐渐把气喘匀，心跳也转为平稳。

"你想好了？"

"是。"

方曼姿点头，说："这是个两全其美的办法，也能解决我们的问题。"

"可以。"

他答应，她也松了口气，悬着的大石头可算落了地。

不是怕他不同意，而是蒋驰作为她头上迟迟不下的刀，她终于找到了拿掉它的办法。

周熙昂用下巴示意副驾驶，说："上来。"

她没扭捏，绕过车头坐了上去。

车开出地下车库，方曼姿心头最大的事得以解决，但还是不放心，问："我们什么时候结婚比较好？"

周熙昂看了眼中控台处的日期，今天是周四。

他说："明天。"

"明天？"

"你不同意？"

他侧颜线条分明，眉骨高，鼻梁挺，脸颊瘦削，与下颌形成完美的三角比例，又因为他眉梢眼角的冷，使这张脸看着有些薄情。

如果她是美术生，那他的轮廓一定是她最喜欢的临摹对象。

她收回错愕的目光，说："虽然我是有一点点急，但也不用这么急。"说完，她反应了过来，她火烧眉毛，急是正常的，那他又急什么？

她问："你好像比我还急，是家里催得紧吗？"

"嗯。"

他不咸不淡应了一声，也听不出这话是真是假。从行为上来看很急，但从语气上来说，又没有。

她搞不懂他，再一想，也许自己从来就没有懂过。

她想了想，看着前路，说："周熙昂，你真的想好了吗？如果只是因为催婚，我劝你还是冷静。我们情况不同，我只是需要一个男人跟我假装结婚，不是你，也可以是别人。但你不一样。"

"是吗？"他道，"有什么不一样？"

“你家里催你，但不代表你找不到合你心意的人，为了逃避催婚就贸然跟我结婚的话……这不像你的风格。”

“什么风格？”

“就是……不太理智。”

“理智。”由他的声音念着这个词，染了些冷，他自嘲地笑了笑，“可我做过很多不理智的事。”

方曼姿回想了一下曾经的种种，评价道：“那我就不清楚了，毕竟我也没有那么了解你。”

周熙昂说：“我不想跟不喜欢的人周旋，也不想在别人的安排下，跟我不喜欢的人结婚。”

不喜欢的人。

那她呢？

她究竟算他的“喜欢”，还是“不喜欢”？

事已至此，早没了深究的必要。

她说：“我怕你后悔，将来有天怪我为了解决自己的事情，而拖你下水。”

说话间，车已经开到兴和苑，停在她家楼下。

他解开车锁，她准备下车。

他说：“不后悔。”

“什么？”

他直直看她，说：“我不会后悔。”

第七章

幸好那是晴天

“你说什么？你要结婚了？”

电话里，扬声器把鞠恬恬的声音传遍房子的每一个角落，也震碎了方曼姿的耳膜。

她把叠好的小裙子收进行李箱，又从衣挂上摘下一件吊带叠整齐。

她说：“你不要这么大声，我难道就不能结婚吗？”

电话那边是一阵脚步声，背景音也静了不少，鞠恬恬说：“刚才在加班呢，现在出来了。不是，你怎么回事啊？前两天还说你给我当伴娘呢，怎么一眨眼就成了我给你当伴娘了？”

“世事无常，请你放平心态。”

“我放平什么心态，我能放平吗？你要跟谁结婚？”

方曼姿说：“一般这种时候说的话，不都应该是对我的赞美吗，怎么我听起来不太对劲呢。”

“你还有心思开玩笑呢？到底是谁啊！哪里人？多大了？长得帅吗？有车吗？有房吗？工作好吗？有五险一金吗？能养得起你吗家里有兄弟姐妹吗？”

方曼姿忍不住去堵耳朵：“你练贯口呢？是周熙昂。”

“周熙昂怎么，是他就——”鞠恬恬的暴风狂怒停了一瞬，很快“啊”了一声，“他啊。”

“你怎么不继续问了？”

方曼姿把要拿回去的衣物整理得差不多了，又去挑选准备带回家的包。

鞠恬恬说：“你们……复合啦？”

“没有。”

“那怎么……”

方曼姿把自己来安城的原因大概说了一下，说：“所以那天，他才会把我抓走。我先找个人结婚，把蒋驰骗过去，再看蒋家能不能提出其他的解决办法。”

鞠恬恬叹了口气，说：“怎么就是周熙昂呢。”

“他怎么了？”

“没，就想起以前的时候，大家还开玩笑说要参加你们以后的婚礼，竟然还成真了……”

方曼姿手一顿，的确，以前是发生过这样的对话。

她看着博物馆里面灿烂的星空，说：“我已经想过好多次了，将来结婚，我要有一个大大的、梦幻的婚礼，要有星空，有银河，啊，要是能去太空结婚就好了，把朋友都请来。”

宇宙没有地心引力，人在上面会失重，他莫名顺着她的构想，脑补了一下所有人在太空上失重还要参加婚礼的画面，觉得滑稽。

他笑了一下，说：“说什么傻话。”

很快，她又反驳了自己：“不要不要，还是不要去太空了。”

“这次想去哪儿？”

“哪儿也不去。”她坚定而诚恳，“就在地球上。”

不知道她这次又有什么奇思妙想，他问：“为什么？”

她看他一眼，脸颊微红，却还是淡定地说了下去：“那样，婚礼上就吻不到你了。”

他没再说什么，只是与她四处看，看宇宙行星，星云星轨。

他与她走到无人角落，俯身吻了下去。

她紧张害怕，怕有人过来看到，赶忙推他。

他怎么会这样大胆。

他垂眸，看着她羞红的脸，语气低沉且克制。

“现在吻还来得及。”他说。

再后来，她回去就把跟周熙昂关于讨论结婚的对话告诉了鞠恬恬。

当时还有其他人在，大家就哄闹着说，将来你们两个结婚，我们肯定要去，我们也去见证一下爱情。

就算现在回想，她也觉得那时是美好的。

人与人选择在一起，是因为有美好的部分，而分开之后，记住美好比记住痛苦更难，也更值得。

也是这会儿话赶话提起来，不然她真就忘了。

这段感情里，美好的地方是很多，她并不想一帧一帧去复盘。

鞠恬恬见方曼姿不说话，以为触到了她的伤心事，便问：“你们哪天结婚，我提前请假过去。”

她说：“就最近了，具体没定，等领证之后，两家商量着定吧。”

“那什么时候领证？”

“下周一。”

第二天一早，周熙昂给方曼姿打电话，她接起，就听他在那边说：“我在楼下。”

这么快？

她匆匆把化妆包塞进去，拉上行李箱拉链，说：“我马上下去。”

“用不用我上去接你？”

“那也行……”

她还挺讨厌拿箱子的，既然他客气这么一下，那她就不客气了。

锁好门，她在电梯间等楼梯上来，门一开，就看到了他。

他伸手，她把行李箱推过去，说了声谢谢，就进来了。

两人在电梯里，看着电梯下降，她问：“你怎么来这么早？”

“嗯，来接你，顺便吃个早饭。”

方曼姿“啊”了一声，还挺不好意思的，她平时熬夜熬习惯了，生活习惯也差，三餐中就没有早饭这一项。

她说：“我还打算在飞机上吃的。”

到了一楼，司机过来，从周熙昂手里接过箱子，直接放到后备厢。

二人走到车旁，她本来以为他会坐到副驾驶座，没想到竟然直接坐到了后排。

他看着车外的她，问：“你准备在后面跑？”

方曼姿无语，也跟着坐进去。

车开动，周熙昂看了眼手表，问：“你想吃什么？”

许久没尝过早餐的味道，她说：“我想吃汤包。”

周熙昂跟司机报了个地址。

是一家有名的汤包店，虽是早上，人也挺多的。

她点了一屉蟹黄汤包，又点了一份粥，还想再点一屉的，但是有他在，没好意思。

汤包端上来，热腾腾的，方曼姿闻到爱吃的味道，幸福得想哭。

她把早餐拍了一下，发了个朋友圈。

【好久没吃到汤包了，好幸福！】

周熙昂坐在她对面，看她一遍一遍地找角度拍个不停，也没吭声。

终于，她不拍了，迅速加了个滤镜发出去，放下手机才注意到，原来他一直在等她。

她有点不好意思，说：“可以吃了。”

他没说话，拿起手机看了一眼。

刚发的内容出现在朋友圈里，他点进她的头像，这个月她的朋友圈只有三条。

一条是前阵子，他带她吃蟹黄面；另一条，是她跟一个男演员的合影；再有，就是刚才发的。

视线停留在跟男演员合影那条上，他多看了两眼，关掉手机。

另一边，方曼姿夹起汤包，咬掉一口皮，放在勺子里，轻轻吹了吹，然后喝掉它的汤汁。

呜呜，幸福的味道。

将汤包在醋里蘸了一下，趁着热劲儿几口吃掉一个，她顿时觉得自己又可以了。

她正要去夹第二个，周熙昂突然说了一句：“蟹性寒，你少吃一些。”

她扫兴地皱眉，“哦”了一声。

这还没结婚呢，结婚也不是真结婚，怎么什么都管，无语。

汤包在醋里蘸了一下，她报复地咬了一大口，不想被汤汁烫到了舌头。

她连连吸气，试图给舌头降温。

周熙昂听在耳朵里，放下筷子，喊来服务生要一瓶冷水。

“麻烦快点。”他叮嘱。

她没想到自己的一顿操作全被发现。

冰水上来后，她喝下一口含了会儿，舌头顿时舒服多了。

缓解之后，她再去吃汤包，不免小心很多，却还是没逃过他的叮嘱。

“时间还早，你可以慢点吃。”

“哦。”她又不是小孩子，她会不知道吗，这不是被气的嘛。

一屉汤包很快吃光，她握着筷子，眼巴巴看着空空的蒸笼，感受到才饱了一半不到的肚子，怎么说呢。

还是有点饿。

想再要一屉，还有一点不好意思。

她本就是极其要面子的人，虽然说在前男友面前丢脸的操作已经不少了，但是能少则少。

要说忍，也不是不能忍，只是太久没吃到汤包了，醋又很开胃，一屉汤包根本不够。

她纠结来纠结去，最后忍痛放下筷子，在内心幽幽叹了一口气。

汤包什么时候都可以吃，面子是绝对不能丢的。

果然还是尊严比较重要。

她这番操作落到周熙昂眼里，后者眼角一抽，不禁有些头痛。

他抬手叫来服务生，说："再加一屉蟹黄汤包。"

"好的先生，请您稍等。"

方曼姿听见这句话，心中顿时燃起了希望的火苗，眼睛也亮了起来，但是又有点担心是不是被他看出来了什么。

她尽量用自然的语气问："你怎么……又点了一屉啊？"

"我没吃饱。"

"哦。"

他又道："不过吃不了太多，你能帮我分担一些的话，那最好不过。"

方曼姿心想，这可是你求我的，可不是我自己要点的。

她勉为其难地拿起筷子，艰难地叹口气，说："那好吧。"

下午两点四十分，飞机落地海城。

虽说是夏季，海城就是要比安城凉爽一些，起码不像蒸炉，不会让人难受。

本以为下车只能打车回家，没想到还会有人来接，方曼姿觉得挺奇妙的。

她记得他的家境普通，并不算好，后来再重逢，他在诺顿分部管理公司，她有一点意外，又不算特别意外。

能力出众自然一切皆有可能，以他的学历、本事，破格录用不算稀罕事。

可是到了海城还有车来接，而且这车的价格不低，实在让人匪夷所思。

不过这是别人的私事，她没有那么八卦，所以从善如流地上车，没有去多那个嘴。

上车后，跟司机报了地址，先送她回家。

到家时近四点。方家坐落在海城有名的富人区，附近都是豪宅，地理位置环山靠海，生态极好。

方父是知名建筑设计师，家中别墅也是经由他的手亲自设计，风格雅致高级，别具一格。

家里保姆看到她回家，吓了一跳，一个上前接行李，另一个到楼上去喊夫人下来。

方夫人也没料想到女儿会回来，见到她起先是欢喜的，紧接着眉目又添忧色。

"曼曼，你怎么回来了？蒋家再来人，发现了怎么办？"

方夫人一生无忧，没有烦心事，保养得宜，看着不到四十岁，美貌雍容。

她的美貌得以遗传，方曼姿跟她七分相似，与她又不是一种美。

方曼姿在客厅的沙发上坐下，说："妈，我就是为了这件事回来的。"

方夫人面带疑惑，更多的还是担心，问：“你打算干什么？”

“妈，我要结婚了。”

“结婚？”方夫人这下坐不住了，“跟蒋驰？不行。之前想让你嫁给蒋家，那是不知道蒋驰是这样的人，现在明知道是火坑，妈怎么能眼睁睁看着你往下跳？”

方曼姿拉住妈妈的手，安抚她坐下来，说：“不是蒋驰。”

“你在安城交男朋友了？”

“嗯……我们很相爱，所以决定结婚，而且我想过了，蒋驰不就是想娶我嘛，如果我嫁人的话，他还能有什么办法？”

方夫人此时已经顾不上什么蒋驰不蒋驰，只问：“你那男朋友是哪里人？今年多大？做什么工作？是怎么认识的？”

“你怎么跟鞠恬恬问一样的话啊……”

方曼姿头都大了，但还是认真回答：“他也是海城人，跟我一样大，我们从前是同学。我不是在沈伯伯的公司上班嘛，我们是一个公司的。”

方夫人听见这话，登时掏出手机来，说：“他叫什么名字，妈妈要给你沈伯伯打个电话问一问，看看是什么人要娶我的女儿，人品怎么样，配不配得上你。”

方曼姿拦也拦不住，就任她拨电话，说：“他叫周熙昂。”

说完话，看到方夫人的表情，似乎有些不对。

她身子前倾，问：“怎么了，妈妈，有什么问题吗？”

方夫人把手机放下，缓缓靠在沙发上，“啊”了一声：“他啊。原来是这个孩子。”

她满心疑惑，问：“妈妈，你认识他？”

“算认识。”方夫人叹了口气，“他是你沈伯伯的儿子。”

方曼姿还以为自己听错了，说：“妈你是不是认错了，怎么可能，他……他姓周啊。”

“因为，他妈妈姓周，他随的是母姓。”

她一阵阵失神，看着前方，说：“可是……我怎么从没听说……沈伯伯……他……”

方夫人说：“因为这孩子是在几年前认回来的，那时你在读大学，而且这算是沈家的家丑，就没有对外说。”

方曼姿听在耳朵里，觉得荒唐。

难怪他会年纪轻轻，就坐上如今的位置。

难怪他回到海城也有车来接。

更荒唐的是，他会是她爸爸朋友的儿子。

还是私生子。

这样一想，她忽然想到了一些从前读书时，根本没有注意过的细节。

在方曼姿的记忆中，沈修远，也就是沈伯伯，一直是个温和儒雅的人。

沈、方两家走得近，不单因为世交关系，在这其中，方曼姿也起了部分作用。

因为，沈家一直没有孩子。

方家有了她，从小伶俐聪明、粉雕玉琢的，嘴巴又甜，刚学会说话时，每次看到沈修远，小小一只粉团子，哒哒哒跑过去，扑进沈修远怀里，仰脸叫着："沈饽饽。"

她那时发不太清楚"伯伯"的音，就一口一个"沈饽饽"地叫。

沈修远会把她抱起来，哈哈大笑，让她骑在他的肩膀上。

伴着对她的这份疼爱，沈修远与方家越走越近，也把她当成亲女儿来宠。

她一点点长大，也有那么几个瞬间很奇怪，为什么沈伯伯那么喜欢孩子，却没有跟伯母生一个呢？

她问过爸爸。对于这件事，她的爸爸只是告诉她："大人的事情，小孩子不要多管。"

她没有窥人秘密的爱好，何况的确跟她没有太大关系。

包括再后来的日子里，她都没有深究过这个问题。

读书时，她上下学都是家里接送，但也不全是。

每周也有那么一两天，会由沈修远接送。

她想起来，高三的某一天早上，她从沈修远的车上下来，沈修远降下车窗，跟她挥手再见。

她一边走路，一边回头，跟沈修远挥手。

等沈修远的车开走，她在大门口看到了周熙昂。

她很开心，本来已经走出十多米，这下又背着书包跑回去。

"刚到学校就看到你了，好开心。"她与他肩并肩走，侧头问他，"你吃早饭了没？"

"吃过了。"

"吃早饭对身体好，你要多吃一点。"

她笑嘻嘻地跟他说着话，一起走进教室。

摘下书包，两人先后坐下，她掏出昨天偷懒早睡没写完的习题，说："我物理卷才做了一半，反正不会写，我就不为难自己了。"

周熙昂把她的卷子拿过来，大概看了一眼，无奈道："上次给你讲过了。"

"那……讲过就不能再讲了吗？"她理不直气不壮地狡辩，用气音小声念叨。

周熙昂扫她一眼。

好吧好吧，她不说就是了。

她乖乖捂住嘴巴。

周熙昂掏出纸笔，把她不会的地方，又给她讲了一次。

她自然是不爱听的，这个定律那个定律，公式五花八门，都是一些耳熟但用不明白的字母，却还是为了这张脸在努力听。

因为他给她讲题的样子，专注又迷人。

一道题讲完，周熙昂把笔放下，问她："我说清楚了吗？"

"清楚了，清楚了……"

她把习题跟他的草纸挪过来，认真研究起来。

过了会儿，她听见周熙昂很随意地问："早上送你的人，是你爸？"

她那时并未多想，事实上，在今天之前，她都没有多想过那个问题。

她说："不是我爸，是我爸爸的朋友。"

周熙昂又问："你爸的朋友送你上学，关系一定很好吧。"

她幸福地笑："是呀，沈伯伯特别疼我，从小就送我上学，我爸爸有时候都说：'我看你不像我的女儿，倒像你沈伯伯的女儿。'"

"是吗？"他声音跟往常一样平淡，像一口从未有过波澜的古井，"真好。"

"我也觉得很好。"她想到沈修远那么疼她，心里汩汩泛着暖意，"我爸爸，沈伯伯，他们两个都很爱我，光是压岁钱，我每年都可以多收一份。而且有时候，沈伯伯给我的比我爸给的都要多，那种感觉太好了！"

周熙昂没再说话。

她说完，忽然意识到了什么。

她不清楚他的家庭，但是也从其他人的嘴里了解过，他似乎是单亲家庭。

她在破旧除新的日子收很多红包的时候，也许对周熙昂来说，就只有他妈妈的红包可以收。

她多收了沈伯伯的一个。

而他，却连多给他的那个人都没有。

她意识到自己说错了话，赶紧补回来，生怕触到他的心事。

她抱住他的手臂，摇晃着道："不过，收压岁钱再好，都没有跟你在一起的感觉好，真的。"

见他表情也没什么不对，她悄悄松了口气，但是暗中有点后悔，决定以后不再提此类话题。

再后来，是周末时，他们约好一起上街。

周熙昂到得早，先去约定地点的肯德基等她。

沈修远把她送到地点，她跟沈伯伯说再见，再回头，看到周熙昂坐在靠窗的位置看她。

当然，现在想来，也不一定就是在看她。

她走进去，开开心心地跟他坐到一起。

周熙昂把买好的蛋挞和冰激凌推到她面前，说："今天又是你伯伯送你？"

方曼姿用勺子舀了一口冰激凌，笑眯眯地说："是呀。"

冰激凌蹭到她嘴角，他用纸巾轻轻帮她擦掉，像是随口聊天那样说："周末也送你，果然对你很好。"

她说："他总担心外面不安全，非要亲自送我，我可害怕他会发现我来找你了。"

他的手一顿，抬眸问："你怕什么？"

她说："怕被发现我和你的关系呀！我是女孩子，要是被他们知道我们的关系，肯定会打死我的！"

"你不是说他很疼你，肯定不会舍得打你。"

她反应了一下，才明白他口中的"他"，指的是沈修远。

她说："他是不会打我，但肯定要骂我的。"

"他脾气不好吗？"

"其实挺好的，对谁都很温柔，反正比我爸要温柔。"

那时候，每次沈修远来学校，只要周熙昂看到，就会发生一些关于他的谈话。

甚至一段时间没见到沈修远，他还会主动问："最近你的沈伯伯怎么没有送你？"

她那时天真地以为，是她常在他面前说沈伯伯好话的缘故，他爱屋及乌，自然也对她的亲人好感倍增。

在她看来，他们早晚是要结婚的，那提前让他对她的亲人产生一些感情，也是好事。

她从来就没怀疑过什么。

又有谁会去怀疑呢？

怀疑"男朋友"对家里长辈的打探？

怀疑他每次问询的那个人，其实是他的亲生父亲？

那毕竟是再正常不过的闲聊。

尤其她觉得，这也是周熙昂对她的一种关心，怕她的长辈对她不好，才会多说两句。

怎么会有这样的事。

怎么就，有这么巧的事。

方曼姿回到自己的房间，把房门关上，躺在床上回忆这一切，久久回不过神。

有什么东西在她胸腔肆意冲撞，她有太多话想说，太多太多话想问。

她拿起手机，已经找到了周熙昂的号码，很想拨过去一问究竟。

可当手指马上触及拨号键的时候，她又失去了那股冲动的勇气。

她把手机扔在一边。

算了。

电话里说不清楚，不如等见面之后再问个明白。

方曼姿的爸爸回来后，得知她要结婚的事，本来也不同意。

但听说结婚对象是世交的儿子，他的态度没有之前那样强硬了，但还是不太赞同。

“那孩子……毕竟是外面养着的。我听你沈伯伯说过，读了很厉害的大学，也很有能力，但那样的环境……曼姿，你们成长环境不一样，兴趣爱好也不会一样。你们匆忙结婚，我怕将来你会吃亏。”方爸爸坐在书房里，戴着眼镜，一脸严肃。

方曼姿说：“我们高中、大学都是同学。爸爸，他不是您以为的那样。现在已经不像过去，离婚也不算什么大不了的，如果真的不合适，我会跟他离婚。但是现在，我必须跟他结婚。”

蒋家的威胁如同一柄刀，时刻悬在他们头上。

最后，到底念及沈修远的面子，方爸爸就算不同意，也勉强同意了。

周一那天天还没亮，夏日的雨就悄悄落了下来，将方家大宅洗得焕然如新。

方曼姿特意穿了件白衬衫，化了个淡妆修饰五官，举伞出了方家。

周熙昂的车就在门口等着她。

空气里是泥土与青草混杂的芳香，抬头向天上看，乌云成片遮天蔽日，并不是一个好天。

她讨厌雨天。

见她出来，周熙昂从车内帮她打开车门，然后，示意她上车。

她坐上来，甩了甩雨伞上的水，关上车门。

她要收伞，周熙昂从车里掏了块帕子递给她，说：“擦擦吧。”

“谢谢。”

他发动车子，她接过手帕去擦伞上的水。

周熙昂在一边说：“不是让你擦伞。”

“啊？”

周熙昂扫了一眼她的小腿，说：“那里淋湿了。”

“哦哦，谢谢。”

他不说，她都忘了腿上还湿湿的，赶忙俯身去擦腿。

“证件都带齐了吗？”

“带齐了。”

“嗯。”

她擦干腿，又把伞大概擦了擦，然后装好，收入包中。

车内时不时传来导航的电子语音。

她扫了眼屏幕上的目的地。

民政局。

她从来没有想过，她跟他还会有去民政局的那一天。

就像她曾经幻想过的那样。

现实毕竟跟想象有出入，在她的设想中，他们结婚的日子一定是个艳阳天，因为美好的事物通常会跟晴天挂钩。

她跟他的心情一定是开心的。

可现在，晴天没有，开心嘛，也没觉得，完全是秉持一种“凑合”的心态。

“理想很丰满，现实很骨感”，这句老掉牙的网络流行语，放到现在倒是应景。

一路沉默，淅淅沥沥的小雨浇在车玻璃上，细密雨声像极了天上在掉针，时而吹来一阵风，雨势也会随之变急。

车没开多久，便到了目的地。

停好车，她要下去，周熙昂突然叫住她。

“方曼姿。”

“怎么了？”

他说：“你现在后悔的话，还来得及。”

她愣了愣。

后悔吗？

虽然她是个任性且冲动的人，很多时候做事全凭心情，但要说后悔，还真没有。

对于很多做过的事，她从来都没有后悔过。

譬如，她在游轮上对蒋驰的攻击。

人生如棋局，当落子无悔，悔棋一点也不酷。

她说：“我不会后悔。”

她掏出伞来，他嫌她收伞费劲，从车后拿出一柄直把黑伞交给她，说：“打这个。”

“那你呢？”她下意识接过。

周熙昂看着她，说：“我们打一把。”

“……不了吧。”

想到她要跟他在同一把伞下，那个亲密的距离，她把伞还回去，拒绝道：“我觉得还是各打各的比较好，你觉得呢？”

周熙昂扯了扯嘴角，说：“方曼姿，我们是来结婚的，不是来离婚的。”

她妥协道：“那好吧。”

他从她手里接过黑伞，率先下车，绕过车头，撑伞走到副驾驶那边，为她拉开车门，再然后，向她伸出手。

“下来。”

她看着眼前那只手，犹豫两秒，还是搭了上去。

停车的位置离民政局门口并不算远，跟他走在一起，伞下空间有限，她的肩膀总是不经意跟他的手臂发生碰撞，夏天穿得薄，她还能感受到他的体温。

民政局的人不少，有揽着手臂靠在一起的情侣，也有分坐两边互相不理的夫妻，爱情的两个极端在一个空间展现，以方曼姿的心境来看，觉得有些奇妙。

方曼姿与周熙昂坐在一处，中间隔了一些位置。

隔壁是一对情侣，从他们进来起，那女生就忍不住打量周熙昂，看着看着，眼底有些热切。

坐了十来分钟，女生跟男朋友已经说笑好几次，身边这一对还是没什么话说，她不禁八卦地问：“美女，你老公这么帅还离婚啊？”

方曼姿被问得一愣，尴尬地看了周熙昂一眼，虽然旁边的女生声音很小，也难保周熙昂听不到。

方曼姿说：“我们是来结婚的。”

“啊？”那女生吃了一惊，紧接着又尴尬又羞愧道，“抱歉抱歉，我不该这样说，你别介意啊，我们也是来领证，祝你们百年好合。”

方曼姿大方地摆手，说：“没关系，他……我先生性格天生这样，不太喜欢在人前亲密。”

那女生又暗暗瞥了周熙昂一眼，看到他冷淡的模样，再看眼前的美女，感叹道，“你们好般配。”

“啊……”方曼姿不知这话怎么接，只好道，“谢谢。你跟你男朋友也很有夫妻相。”

等了一个多小时，终于到了他们。

工作人员问他们要了证件，又要了照片，他们没照片，是到那儿现拍的。

也有其他人没带照片，他们等了两对才等到他们。

照相的大哥让他们坐下，通过镜头看了二人一眼，又站直身子，说："你们两个把头靠近一点，这中间都能再站个我了。"

方曼姿侧头，看了周熙昂一眼，尴尬地把头贴近了一些。

大哥看了一眼，还是不满意，说："干吗呢，昨晚睡落枕了啊？都要结婚了，你们就不想结婚证上拍得亲密一点？"

方曼姿没办法，只得再靠近一些。

眼瞅着照相大哥又要发飙，她的腰身忽然搭上一只手，用力将她往自己的方向一带。

她猝不及防，靠在了他的身上。

两颗脑袋相贴，他身上的冷香水这时闻得更加明显。

重逢以来，除却那次他救她，这是他们靠得最近的一次，那感受如此清晰。

清晰到，她的脑袋能感受到他的热意。

趁着这机会，照相大哥迅速拍下两人合影。

结婚照就是在这样的情景下拍摄完成。

证件办得快，没等多久就等到了红本本。

从工作人员交到他们手里时，方曼姿接过二人的结婚证，翻开。

就是这样一张证书，从此便将两个陌生人紧紧缠绕在一起，彼此都将成为世界上最亲密的人。

讽刺的是，他们只是陌生关系。

结婚照那里，她露出拍照时的标准笑容，眼角微弯，笑容明媚漂亮；至于周熙昂，那张向来冷淡的脸，竟也难得露出一丝笑意。

起码从证件上来看，这场婚姻也算得上甜蜜。

方曼姿与周熙昂从民政局出来，一同出来的，还有刚才跟他们一起等待的情侣。

她本打算撑伞，却听先他们一步出来的女生雀跃地说着："老公你看，天晴了！"

方曼姿站在门口，抬头向外看。

雨停了，阴云不知何时已散去，烈日骄阳从云层后探出头来，天边远远架起一道彩虹。

幸好，今天还是晴天。

回去的一路仍旧无话，显然结了婚并未让他们的关系有任何改善。

诚然，那只是无用的硬本一张，不是什么促进感情的良药。

周熙昂把方曼姿送到家门口，她并没有急着下车。

“沿着这条路再开两千米，就是海边了。周熙昂，我们去那边走走吧。”她说着，“刚好，我有些话想要问你。”

风卷着海浪拍打岩石，激起水花四溅，山下巨石常年浸在海岸，形成深色水痕。

周熙昂的车停在海边，下过雨的地面有些湿。

方曼姿穿的鞋子不方便踩沙滩，没往沙滩上走，就沿着马路徐徐散步，手里举着他那柄黑伞。

咸湿的海风吹过来，风都是润的，两人走了一会儿，是周熙昂率先开口。

“你想问什么？”

她还在酝酿该怎么开口，才能若无其事地开启话题，不想他竟然先发制人，抢尽先机。

想来想去，她决定有话直说。

“你是沈伯伯的儿子？”

她停下来，在伞下直直迎上他的目光，一双乌润的眼眸盈盈闪动，藏着万千探寻。

周熙昂看她，表情没有丝毫意外。

“你知道了。”是肯定的语气。

亲耳听见他承认，她的大脑还是有微微的眩晕感。

她看了一眼远处的天空，乌云散去，天空碧晴如洗，海鸟拍打翅膀低空掠过，发出清脆的鸟鸣。

“你早就知道了，沈伯伯其实是你的亲生父亲，对不对？”

“对。”

“打从你见到他的第一眼开始？就是校门口那次。”

似乎惊讶于她的记性，他的眸底闪过一丝讶异。

“是。”他回答得干脆。

她说不出心底什么滋味，一丝丝生气，还有一丝丝被骗的感觉，又因为这件事给她带来了无比巨大的冲击，她像是生活在一个荒谬的故事里，而她正在被那种荒谬裹挟向前。

她皱眉，大声质问他：“那你为什么没有告诉我？”

“告诉你什么？”

“告诉我你是沈伯伯的儿子。”

周熙昂薄削的嘴角微勾，语气有些嘲弄：“告诉你，然后呢？”

她被这样的眼神刺痛，微微别过头，试图避开他的目光。

“然后，我会去找沈伯伯，让他把你领回沈家，这样你也不会那么辛苦，你们一家人也可以早日团聚，而且我们——”

我们就算分手，是不是就不会以那样的方式。

“我们什么？”他双眸定定锁着她。

她嘴唇嗫嚅，僵硬地转过话题：“我们两家是朋友，如果我爸妈知道沈伯伯有了孩子，一定会为他感到高兴。”

自小生活在优越环境里的人，讲话做事总会带着一种何不食肉糜的天真。

周熙昂轻笑一声，转头看向海边。

“你要我如何告诉你？告诉你，我妈并不是有意插足别人的家庭，她并不知道沈修远已婚？告诉你，我是私生子，是见不得人的身份，然后让沈修远把我妈接到沈家，因为这样的身份受尽冷眼，让我妈和我一起被人指着鼻子骂，为那一份根本不存在的父子之情？”

她没想过会有这一层，极力辩解：“可你是他的孩子，天底下怎么会有父母不爱自己的孩子呢？他一定会维护你们的。”

周熙昂一时不知该笑她的单纯，还是羡慕她的天真。

“你真当他这么多年都不知道我的存在吗？”

她一时语塞。

“方曼姿，你知不知道，没有被人爱过是什么感觉？”

没等她回答，他自嘲地笑着，就那么接了下去。

“我知道。”

婚事定下，这亲结得急，沈、方两家将婚礼放在首位，决定在一周内完婚。

一切事宜都有人去张罗，而方曼姿要做的，就是静待婚期到来。

领证第二天，经靠谱朋友介绍，她与周熙昂见了一家婚礼策划公司。

这家公司很专业，娱乐圈不少演员的婚礼都是由他们策划，从婚纱照到庆典主题，以及各种烦琐细节，他们全部承包。

自然，价格也比较“美丽”。

策划带着两个助理，主动上门到方家服务，周熙昂也在。

方夫人不是第一次见到周熙昂，却是第一次真正用心去打量这个孩子——

模样清俊，气宇轩昂，一身贵气，不愧是沈修远的儿子。

跟自家女儿站在一起，自然是极为相配。

方夫人暗暗满意，想着女儿眼光果然不错，是比蒋驰那人模狗样的好得多。

周熙昂与女儿一齐坐在沙发上，中间隔了些距离，显得很矜持，一点没有那种贪图美色就黏着离不开的油腻感，方夫人瞧了更满意。

方夫人说：“曼曼，你跟熙昂先在这儿选，我先上楼看看。”

方曼姿从婚礼主题册上抬起头，回道：“好的。”

策划是个口才很好的年轻小哥，态度热情到位，不管方曼姿翻到哪一页，他都会向她介绍那一款主题的优点与美感，每一处搭景呈现什么样的效果，都说得十分详尽，令人身置其中。

三个人坐在主沙发上，两边的单人沙发坐的是策划带来的小助理。

论距离，还是方曼姿跟策划的距离要更近一些。

周熙昂坐在一旁，双腿交叠，细细品味咖啡，看起来像是对挑选婚礼主题这件事毫不热衷。

策划已经注意好久了，尤其方曼姿翻看了两本册子都没有什么太满意的主题，他坐直身子，半开玩笑道：“这位先生，还没结婚就开始逃避家务了吗？你也帮忙出出主意，别让太太一个人纠结。”

“听她的就可以。”周熙昂弯唇，“家里她做主。”

方曼姿翻册子的手一顿。

他这话说得太自然了。

就好像他们是恩爱的新婚夫妻那样，他宠着她，一切迁就她，都是非常理所当然的。

他们明明不是。

策划笑道：“那这位太太真是太有福气了，能嫁给这么爱她的丈夫。”

“没有。”周熙昂放下咖啡，“是我的福气。”

周熙昂的话就像个插曲，方曼姿不自在了一小会儿，就被主题册上一个婚礼主题的图片吸引了。

灯光投射下来，细碎星河辉映漫天，整个画面浪漫瑰丽，是她梦想中的场景。

好美！

她仔仔细细看了好半天，只觉得这婚礼每一处都是为自己设计的，每一个元素皆是那么可爱，就连放在两边自助的小蛋糕，也做成了小行星模样。

她往下看了眼价格，一，二，三……她数了数，两个逗号，一共七位数。

虽说她家里不差钱，周熙昂家里也不差钱，但是对于一个……敷衍的婚礼来说，搞得这么破费，多多少少有些不值当。

她又多看了两眼，怎么看怎么中意，唉，自己的眼光果然不错呢，随随便便看上的庆典主题就这么贵。

她又往后翻了翻，其实每一个都好看，但是这东西怎么说呢，曾经沧海难为水，遇到了心仪的，就很难再对其他的心动了。

思及此，她也没了挑选的心情，于是往前翻，随便选了一个方才跟策划讨论过的主题，然后把册子捧在手里，递到周熙昂面前，说："就这个吧，你看看有意见吗？"

周熙昂垂眸，她嫩白指尖所指的地方，婚礼现场布置成了森林模样，看着清新可爱，的确不错。

策划在一旁热情推销："太太真有眼光，这一款主题的确很棒，在我们公司一直卖得很好，我们布置这个主题也有丰富的经验，保证不会让二位新人失望。"

方曼姿其实觉得很一般，不过她无所谓，反正应付蒋驰才结的婚，选什么都好。

周熙昂没说话。

她以为他不喜欢，耐心建议："或者你看有其他你喜欢的，我们也可以定别的，毕竟不是我一个人的婚礼，我也不是一言堂。"

周熙昂从方曼姿手中接过册子，他往后翻了几页，方曼姿以为他随便翻翻，就没注意，端起茶饮喝了一口。

只听周熙昂在她耳畔淡淡道："选这个。"

她好奇，想知道他能选出什么样的，扭头去看。

修长如玉的手，在厚厚的册子上点了一点，所指的正是她方才看了半天忍痛放弃的梦幻主题。

方曼姿睁大眼睛看向周熙昂，表情惊讶中又带了些许不赞同。

周熙昂转头对策划重复了一遍："就这个吧。"

策划自然熟知每个主题的价格，眼见一笔大单即成，他笑容更为殷勤："这位先生好眼光，我们的梦幻主题可是独一份的创意，绝对不会跟其他人撞到，您选了这一款，我们保证给您一个难忘的婚礼。"

周熙昂抿唇微笑："嗯。"

方曼姿站起身，走到厨房里，掏出手机给周熙昂发了个微信消息。

曼：你过来厨房一下。

没过一分钟，周熙昂的身影出现在厨房门口。

她远远看了眼客厅方向，抬眼对他道："你为什么要选那个？"

"怎么？"

她转过身，双手环抱，避过他的视线："我认为没必要，走个形式而已，用不着花这么多钱，反正以后——"说到这儿，觉得后面的话直言不太好，就闭了嘴。

二人关系怎么回事，彼此心知肚明，她不需要说得太明白。

周熙昂双眸定定审视着她，说完了她好心省略的字句。

“反正以后也会离婚？”

方曼姿听在耳朵里，没去看他的表情，也没说话，更没反驳，这态度已经等于默认。

厨房的窗开着，燕雀落在树梢，成双入对，叽喳鸣叫。

他的声音伴着清越鸟鸣，如同夏日凉爽的风。

“我不想你将来回想，觉得我这个假丈夫连个像样的婚礼都没能给你，我也不想被人记恨。”

方曼姿听得皱眉，难道在他心中，她就是这样一个心胸狭隘的女人？

她气得转过身，说话的语气也不太好：“放心，我没空记恨你，这就是一场假婚礼，你我都懂不是吗？确实没这个必要。”

她生气时，小脸气得鼓鼓的，脸颊也会因为情绪激动而发红。

周熙昂收回目光，看了眼树梢上那一对啄羽的鸟：“我也不想给自己留下遗憾。”

方曼姿心中微讶，没懂他是什么意思。

她想开口问个究竟，他并没有给她这个机会，提步离开厨房。

方曼姿站在原地，静静思考他的话。

遗憾。

他能有什么遗憾？

再一想，也许是在遗憾，没能在该结婚的年纪，娶到自己心仪的女人，给自己一个满意的婚礼，反而要陪一个不喜欢的人逢场作戏吧。

想通其中答案，她蹙起的眉头舒展，心头微松，也跟着出了厨房。

定下婚礼主题，其他的事全都不在话下，按照婚礼的章程来走。

由于两家是多年好友，彩礼嫁妆之类都不是什么需要多拉扯的地方，方家恨不得多贴，沈家恨不得多给，双方都恨不得把一颗心送给子女。

方曼姿每次都在感叹，真可惜，糟蹋了爸妈跟沈伯伯的心意。

婚礼定在周六，是一个大部分人都有空的时间。方、沈两家朋友不少，上流社会讲的是一个圈，几乎圈内有交道的人都发了请柬。

鞠恬恬周五就带着欧阳从安城飞了过来，特意请的假，就为了给方曼姿当伴娘。

婚礼当天，趁着化妆师给方曼姿化妆的时候，鞠恬恬在一旁不满地念：“先前还说你给我当伴娘的，结果变成了我给你当伴娘，这都叫什么事儿啊。”

方曼姿顺着镜子斜她一眼：“怎么，你不乐意？”

“乐意，当然乐意，这不是世事无常嘛！”

方曼姿初中好友宁语迟也在，宁语迟的职业是主持人，今日婚礼本打算帮忙，方曼姿拦着没让。

她请宁语迟是来参加婚礼的，可不是过来当苦力的。

宁语迟也是个美人，样貌出众，身材凹凸有致，坐在一边自成风景。

她支着下巴，打量镜中的方曼姿，说："上次扔你手捧花才过去多久，这么快你就结婚了，可真突然。"

当着其他人的面，方曼姿总不能直言真相，便道："待会儿扔捧花，鞠恬恬你可得给我接好了，可别让我那群塑料姐妹抢走。"

接亲过程不多详述，庆典安排在保罗花园，一间国际大酒店，承办过不少大型酒宴，一个婚礼自然不在话下。

婚礼主题果然如册子上所看到的那样如梦如幻，银河细碎倾斜而下，照亮大厅每一处，让人看着不禁折服于宇宙的魅力。

结婚仪式简短，不过二十分钟。

在"二拜高堂"这一礼节上，方曼姿鞠躬之前，看到双方父母那里，在沈伯伯的旁边位置是空的。

没有周熙昂的母亲。

夫妻交拜过后，司仪让伴娘端上交杯酒。

方曼姿大方端起酒杯，看了周熙昂一眼。

他眉目温和，看不出情绪，让人猜不透他心里在想什么。

不知道他在想什么，反正她的心里倒是挺奇妙的。

没想到，分手之后，还要共饮这样一杯一辈子都不分开的交杯酒。

他端起酒杯，在一众宾客的注视下，二人亲密缠过手臂，将红酒送到唇边。

她注视着他，他也在注视着她。

也许相互之间都有很多话想说。

她刚要喝，在乐队演奏的甜蜜音乐下，将日光从周熙昂的脸，移到杯子里微晃的红色液体上。

这时，就听大厅内突然响起一道不和谐的声音。

"等一下。"

这一声如此突兀，叫所有人都回过头，循着声源望去。

方曼姿听见这声音，心里顿时一抖。

她收回手臂，转头向大厅入口一看。

是蒋驰。

第八章

结婚不易，姿姿叹气

现场宾客都是各界名流，非富即贵，这些人齐聚一起，在婚礼这么大的喜宴上，蒋驰突如其来的一声，迅速让场面静止。

倘若他来闹事，对沈、方两家会有什么样的影响，可想而知。

不知情的人，这会儿已经交头接耳了起来。

方曼姿跟蒋驰的恩怨闹得不算大，但还是小范围传开了一些，此时见蒋驰到场，这些知情者纷纷起了看热闹的心思。

所有人都在看大厅入口，并没有人注意到台上，周熙昂不觉中站到了方曼姿的身侧，大掌落在她腰际，轻轻拍了两下，安抚她不要怕。

方曼姿感受到了他掌心的热度，怦怦跳的心逐渐平静下来，不像方才那么慌了。

她倒不是怕，主要是觉得恶心。

怎么会有蒋驰这样阴魂不散的人？方、沈两家没有人跟蒋家发请帖，婚礼办得这样大，就是为了让他们知道。

可他还是来了。

以蒋驰这样极端的性格，又能干出什么好事？

心思流转几回，蒋驰已经走进厅内，他穿正装，半长的头发垂下一边，嘴角挂着不怀好意的笑容，盯着台上的一对新人。

“这么快，交杯酒都喝上了？”

婚礼负责待客的是长辈，如今来的不速之客是小辈，长辈们不好开口，有失身份。

同辈中很多人不愿得罪蒋驰，这时坐在位置上都不敢说话。

宁语迟看了一圈，从座位上站起来，一张笑脸盈盈，走到蒋驰面前，说：“怪我们曼姿最近太忙，写请柬忘了送到蒋公子手上，显得您今天不请自来失了礼数，真不是故意忘的，您千万勿怪。”

她一番话先声明没送请柬是忙忘了，后指责他今天不请自来，又很巧妙把前一个理由化为了他无礼的台阶，一番话不可谓不漂亮。

宁语迟是当红主持，在场多数人都认识她，听了这话不少人都暗暗点头，不愧专业出身。

不过显然，蒋驰是不会领这个情的。

他嗤笑一声，说：“忘送了？我看是故意没送，才几天工夫，方小姐就觅得良缘，喜结连理，可真叫人猝不及防！”

方、沈两家长辈还在台上，听闻此言，不待方父说话，沈修远先道：“今天是我们两家大喜的日子，有什么祝福的话还是先坐下再说。”

“祝福？是得好好祝福。”

蒋驰移步，从就近的桌席上拿起一只空杯，自己给自己倒了一杯酒，慢条斯理道：“方小姐凭空消失一个月，可教我一通好找。如今回到海城，什么时候心有所属我都不知道，宴席说办就办上了，怎么，方小姐不觉得自己欠我一个说法吗？”

方曼姿身穿抹胸婚纱，这会儿看到蒋驰咄咄逼人，气得捏紧高脚杯柱，恨不得砸到他脸上。

眼下一众宾客都看着，还有那些同圈子的塑料姐妹，今日之事一旦处理不当，不管怎么收场，这婚礼始终是难看的，凭白让人瞧了笑话。

她刚要开口，腰上那只手忽然箍住她，没让她动。

余光看到身侧男人向前一步，把手中的红酒放到鞠恬恬端着的空托盘上，再然后，径直朝蒋驰走了过去。

方曼姿身子微动，想开口叫周熙昂别过去，然而话到嘴边，硬生生咽回肚子里。

她转头，暗暗向爸爸投去求助的眼神。

她是新娘，是婚礼上瞩目的那个人，不能有任何差池失礼的地方。

没想到她爸爸并没看她，而是看向大厅中间的两个男人。

周熙昂在蒋驰面前站定，脸上是客套的疏离浅笑，看着斯文有礼。

“你想要什么说法，我给你。”他说着，也从一旁的桌子上拿了个空杯，给自己倒了半杯酒。

蒋驰看在眼里，说：“这是我跟她之间的事，跟你有什么关系？你又是什么东西？”

话里话外，满是轻蔑。

如此高高在上，瞧不起别人，已经让不少人暗暗皱眉，他这话说得不留情面，无异于是在打周熙昂的脸。

所有人都在等周熙昂发怒。

托在手中的酒杯轻晃，周熙昂端起酒杯，与蒋驰手里的杯子轻轻碰了一下。

他微笑道：“蒋先生，追求女孩子被拒绝不算丢脸，但是跑到婚礼上大吵大闹，才是更没风度的行为。”

此言一出，其他人再看蒋驰的眼神，顿时发生了变化。

原来不是来闹事的，是看人结婚了还不死心啊？

场中气氛顿时轻松不少，结合方才发生的情况，正如周熙昂所说，蒋驰的所作所为不仅没风度，还非常没品。

人家都结婚了，还不死心到婚礼上闹，疯子才会这样干吧？

蒋驰接收到来自四面八方的目光，恨恨地握紧酒杯，再看面前的周熙昂，气度卓绝翩然、不卑不亢、宠辱不惊，两人站在一起，更显得自己气急败坏，在人前出洋相。

接下来，不管他再说什么，别人都会当他被感情冲昏了头脑。

周熙昂道：“不管怎么说，来者是客，不如喝一杯再走？”

他举杯，向蒋驰示意。

蒋驰看着他手里的酒，又看了看他，气急反笑。

“行。”蒋驰舔了舔后槽牙，把手里的酒放到一旁的桌子上，“今天的账，我们来日慢慢算。”

说完，蒋驰收回手，目光从周熙昂脸上移开，落到后方的方曼姿身上，提步离开。

宁语迟见状，赶紧走过来，从周熙昂手里接过杯子，说：“给我吧，我来处理。你快上去喝交杯酒，曼姿还等你呢。”

“谢谢。”

宁语迟说：“没事，我还要替曼姿谢谢你呢，回去吧。”

她招手，把服务生招呼过来，让对方把两杯酒拿下去，又跟乐队打招呼，让音乐继续。

台上的主持人见新郎归来，笑着打圆场，一句玩笑话将这页轻轻揭过，台上一对新人终于喝上交杯酒。

仪式后半段，再没出任何差错。

一天下来，方曼姿感觉到了前所未有的疲惫。

她一整天都在应付各种人，逢人就笑，认识的，不认识的，全都要摆出好态度来。

一个圈子里的塑料姐妹拉着她合照不停，根本目的也不见得是真心为她祝福，就是找个由头把合照发到社交网络上，拿去博个面子——“看，我参加了方大小姐的婚礼”诸如此类炫耀的心态。

宴席结束，方、沈两家人都在送宾客。

方曼姿送了一会儿，穿高跟鞋站了一天，这会儿实在忍受不了，离开大厅，准备乘电梯开溜。

其他人都走了，她这个假新娘的戏份也该结束了吧。

周熙昂也在送客，余光见到一抹红色身影匆匆离去，他转头一瞧，正是身穿旗袍的方曼姿。

他对面前的宾客道了句失陪，移步跟了上去。

另一边，方曼姿走进电梯，按下关门键，才关到一半，电梯门又自动拉开。

她抬头，见周熙昂站在门外。

“怎么了？”他问。

她没想到会被他看到，有种逃婚被抓的尴尬。

她低头，说：“我累了。”

周熙昂点点头，迈步走进来，站在她身边，自然按下一楼。

感受到电梯正在下降，她看了眼身边的男人，没说话。

又过了会儿，她问：“你怎么也下来了？”

他单手揣进口袋，说：“我也累了。”

方曼姿疑惑地瞄他一眼，他站在那儿气定神闲，怎么看都跟“累”这个字不沾边。

她再一想，可能是装得比较好吧。

她说：“哦。”

出了电梯，酒店的工作人员也在门口送宾客，泊车的小哥连忙迎上来，周熙昂把车钥匙交给他，让他把车开过来。

两个人便在酒店门外等。

方曼姿脚腕疼得快要断掉，忍不住想要俯身去揉，那姿态不好看，她只能忍着，不断在原地转换重心，依次放松踝骨。

一条腿承重毕竟不稳，一只脚得以放松，另只脚的脚腕就会不住摇晃，带动整个身子东倒西歪，摇摇欲坠的。

一脚天堂一脚地狱不过如此。

她想伸手扶什么人，手伸到半路，想起身边是什么人，又默默把手缩了回去。

加油“曼曼子”，你行的！

她如同一碗盛得太满的酒，在原地摇晃的样子，像极了别人端着一碗酒走路时，酒水在碗里小幅度地荡来荡去的模样。

就这么晃了会儿，有一下实在没站稳，不小心倒在了周熙昂身上。他稳稳揽住她的腰，另只手托住她的手臂，没让她摔。

“谢……谢。”

方曼姿赶忙站直，好像周熙昂这个人有多烫手一样，她一秒都不想跟他接触。

周熙昂见她这样，懒懒掀起眼皮，说：“你是退伍女兵？”

“什么女兵，我没当过兵。”

“你站这么直。”周熙昂刻薄点评，“以为你今天刚退伍。”

我要是女兵，第一个把你过肩摔。

方曼姿无语，转过身子，懒得跟他对话。

周熙昂把手臂伸到她面前。

她余光瞥见了，悄悄看了眼，装作不经意地问：“你干吗？”

“免得你再投怀送抱。”

她恨不得立即入伍，去军队里学两招，好回来给这个男人痛扁一顿。

不过，不扶白不扶。

她搭上他的手臂。

不得不说，重量得以支撑，她整个人站得比刚才舒服多了。

又站了会儿，泊车小哥可算把车开了出来。

钥匙递到周熙昂手里，那只被她扶着的手臂反手牵住她，说：“走了。”

“去哪儿？”

“回家。”周熙昂说着，瞥她一眼，“该入洞房了。”

“……”

那我还是比较想入伍。

上了车，方曼姿穿的是高开衩旗袍，她屈起腿，赶忙把鞋子脱掉，解放双脚。

女人有三个精神高度愉悦的瞬间，脱高跟鞋，摘掉胸罩，买了新包。

她这会儿愉悦地眯起眼，在副驾驶上蜷了起来，嘴里还自言自语地说：“结婚可太累了，结一次就不想结第二次，谁爱结谁结，我死也不结了。”

车内只有驾驶的声音，她缓缓睁开一只眼睛去看周熙昂。

“你觉得呢？你不是也累了吗？”

周熙昂正在开车，听见她的问题，他目不斜视，眼睛仍然看着前方。

“是。”他应着，“只结一次就够了。”

两人匆忙结婚，加上大部分时间周熙昂都不在海城，婚房还是用的沈宅，反正是暂住，方曼姿也没有挑剔什么。

路过方家时，她很想回家，但这场婚姻的真实情况只有她跟周熙昂两个人知道，新婚夜跑到娘家睡觉，估计她得被她爸妈连人带床一起打包到沈家去。

车停下，已是夜里，沈家别墅灯火通明，院内也亮着灯。

白天宾客太多，方曼姿被喧闹氛围包裹，没来得及细细打量，此刻抬眼望去，别墅的墙壁上贴着红纸剪的双喜，上下张灯结彩，夜色为别墅笼上一层静谧的纱，西式建筑与中式俗礼碰撞，按说本来不搭的，却有股难言的和谐。

周熙昂开口打断了她的思考。

“你先下车，我把车停到地库。”

她“哦”了一声，去穿鞋，脚跟贴上鞋底，才刚发力，就感觉脚踝一阵酸痛。

她倒吸口凉气，周熙昂侧头问她：“怎么了？”

“没怎么。”她摇头，“脚疼。你直接开到地库吧。”

他没言声。车进了地库，里面停了不少辆车，他倒车进车位，方曼姿眼见着这么小的距离，他也能稳稳开进去，不由得惊叹。

她不行，她是一个停车杀手，每次停要么刮要么碰，没少出事故。

她有点犹豫，脚踝太疼，她在想要不干脆光脚走回去。

身侧一声门响，周熙昂推开车门，临下车前想到什么，说：“别动，等我。”

方曼姿身子一倾，下意识地抓住他的手臂，问：“你要去哪儿，多久回来？”

大晚上地库又没人，留她一个很可怕的好吗？

周熙昂扫过手臂上那只纤细的手，在他的注视下，那只手暗暗缩了回去。

手的主人乖乖把手搭在腿上，一双乌黑水润的眸子盈盈瞧着他，红唇轻咬，陷下一块软肉，看着可怜兮兮的。

没来由地，周熙昂想起她曾在微信上给他发过的，柴犬捏脸表情包。

她莹白的小脸看着又软又嫩，尤其这样自下而上地看着他，垂在身侧的手不禁有些痒。

他也想学做那个捏脸的手，捏一捏她的脸颊。

一看就很好捏。

他拇指无意识轻搓食指指侧，不着痕迹地移开眼，侧颜线条清淡，说：“马上。”

“马上是多久？我约会迟到也是这么骗人的。”

周熙昂掏出手机，在屏幕上很快操作了什么，然后把手机递过来，交到她手上。

“等我。”他说。

她拿起手机，低头看了一眼，是一个两分钟的倒计时。

秒表数字跳跃，周熙昂关门离去，只余车顶的小灯，昏黄映下来，照亮一方天地。

她握着手机，乖乖地等。

时间一秒一秒地流逝，地库里只有她一个人，静得要命，每当心慌的时候，就低头看一眼手里的手机，就觉得没有那么怕了。

在倒计时只剩下58秒的时候，她身侧车门突然被人拉开，把她吓了一跳。

“这么快？不是两分钟吗？”

周熙昂把手里的拖鞋递给她，说：“穿这个。”

她一手接鞋，一手交机，像在进行什么黑道交易一样，又有些说不出的滑稽。

她被自己的想法逗笑，穿上拖鞋，小心翼翼地从车里钻出来，把高跟鞋拎在手里。

拖鞋绝对是世上最舒服的鞋子。

方曼姿的双脚得以解放，人也活了过来。

周熙昂在后面锁车，两人一齐向别墅走。家里请的阿姨还在到处收拾，见他们回来，赶忙上前打招呼。

阿姨帮方曼姿放了鞋，直接请两人上楼。

到了新房，推门只见卧室大且视野辽阔，落地窗将这一片的风景尽览。

方曼姿自然是无心欣赏的，她累得直接坐到了床上。

这一坐不要紧，只听到接连的稀里哗啦声，似乎有什么东西在碎，硌得她直接从床上弹了起来。

“床上怎么有东西啊？”

她站在边上，皱着眉头不满地抱怨。

周熙昂正在解领带，听见声音，他转身看了一眼，随后迈着一双大长腿走过来，一边走，一边顺手把领带扯开。

做这个动作时，隐隐可见衬衫里面略有起伏的胸肌，还有大臂展现出来的力量感。

周熙昂走到她身前，俯下身掀开被子。

大红的被子下面放了不少大枣、花生、干桂圆、莲子之类的，被坐过的地方碎了一些，更尴尬的是，有两个大枣还被她坐扁了。

方曼姿：“……”

周熙昂看了她一眼，问：“硌着你了？”

他手一扬，把被子扔在一边，然后站直身体。

他腰身修长，肩膀宽阔清瘦，站在她面前，那股男人特有的荷尔蒙扑面而来。

方曼姿避开视线，脸颊不由得有些热。

她本就害臊中，加上周熙昂平时一贯不会好好说话，她没那个脑容量去分辨他什么意思。

她理直气壮道："硌着我不是很正常吗？《豌豆公主》看过没有？就算睡在三十二层鸭绒被上，也会被一颗豌豆硌到，这就是我。"

周熙昂瞥她一眼，出门把阿姨喊了上来。

"少爷，有什么吩咐？"阿姨进门，殷勤地问。

周熙昂："把床上东西收一下，再换一床被子。"

阿姨"哎哟"一声，说："这可是'早生贵子'，好兆头，换不得。"

"换吧。"周熙昂解开两颗扣子，露出一截锁骨，"硌人。"

"啊？硌着谁了？"阿姨的眼神在两人中间来回转。

"我。"

"真不好意思少爷，我这就换。"

阿姨面色歉然，赶忙把被子叠起来，抱着就出了门。

卧室内只剩下他们两个，二人对视一眼，方曼姿错开目光，不自在道："我去洗个澡。"

"嗯。"

她找出浴袍，进了浴室，卸妆泡澡护肤，一套下来，已经是一个小时后。

浴室跟卧室挨着，从浴室出来，就看到周熙昂坐在落地窗边的靠椅上，正在灯下看书。

一旁的矮几上放了杯红酒，是他伸手就能够到的位置。

在他身后，远远还能看到大海，以及海平面上遥远的灯塔。

似是听到了声音，他从书中抬起头，那张脸清俊、斯文、冷淡而克制。

正是她曾经爱过的模样。

一时间，方曼姿有些恍惚，假如他们当初不曾分手，这一幕应当是他们梦寐以求的场景——

今天新婚夜，是她正式嫁给他的日子，她从浴室出来，他会给她一个吻，他们都会感到幸福。

可是上天总是喜欢开玩笑，总是想要的时候让你得不到，不想要的时候又送到眼前。

"洗完了？"

他突然开口，打断了她的思绪。

"嗯……"她点点头，抬手扶住干发巾，去擦头发上的水。

周熙昂合上书本，站起身，说："我去洗澡。"

"好……"

他走进浴室，她站在原地，不多时，就听见了浴室的水声。

那水声淅淅沥沥打在她心头，她用力擦干头发，用一种声音来掩盖另一种声音，转移自己的注意力。

床上的被褥已经换好，少了鲜艳的大红色，婚味也少了许多。

她吹干头发，涂好护发精油，换上睡裙，忙完这些，已经过去了好一会儿。

她正纠结到底要睡这边还是睡那边的时候，浴室的水声突然停了。

最怕空气突然安静，方曼姿头皮一麻，连想都没想，抓起遥控器关掉卧室灯，掀开被子直接钻了进去。

她闭眼假寐，心跳如擂鼓，等半天都没见周熙昂出来，她心里一轻，偷偷睁开眼睛，身体缓缓放松。

“咔哒”一声，门锁打开，被水打湿的拖鞋沉闷地拍打地面，她赶忙闭上眼睛，继续装睡。

那脚步声停了一停，很快地，她听见那脚步声朝自己走来，然后站在床边，静静立了半晌。

不知他在想什么。

她偷偷地把眼睛眯起一条缝，只看到他穿浴袍的腰际，然后，他俯下身来。

她紧张地闭上眼睛，在脑海中拼命思索万一他来真的，她应该攻击哪里才比较有分寸。

面前轻轻掠过一阵清风。

再然后，她听见后方落地窗的窗帘自动合上。

原来是拿遥控器的。

她松了口气。

卧室里黑漆漆的，她做好了他会开灯的准备，等了半天都没感觉到光线晃眼，只等到了他重新放遥控器的声音。

拖鞋声离开耳边，绕到床的另一侧，又停了一会儿。

她此刻背对他，是安全的角度，她放心地睁开眼睛。

黑暗中，听见身后传来他喝红酒的声音。

水晶杯轻触桌面，发出一声脆响，脚步声逐渐接近床边，垂在身后的被子被人轻轻掀开，感觉身侧的地方一陷，明显躺进来一个人。

他身上还有刚洗过澡的沐浴露香，还有刚刚喝过的红酒味道，淡淡的，不重，也不引人反感。

事实上他们用的是同一款香，他身上的味道，她也有。

可从他身上飘过来，就莫名地添了些旁的东西。

她惴惴不安地躺在那里，为了装睡始终保持一个姿势，但对一个清醒状态的人来说，是一件十分煎熬的事。

等了半天，都没见他有什么动作，她暗暗松了口气，然后，装作睡梦翻身的样子，给自己换了个舒服的姿势。

“你在想什么？”

寂静的卧室，突然响起一道清淡的声音。

刚刚放松的方曼姿心里又是一紧，他是在跟她说话吗？但她现在的人设是已经睡着的人啊，贸然接话岂不是很尴尬？

她硬着头皮，装作没听见。

下一秒，又是一记暴击。

“我知道你没睡。”

“你怎么知道我没睡？”她平躺着，把手臂从被子里拿出来，放在身体两侧，静静看着天花板上的灯。

周熙昂：“你睡着的呼吸不是这样。”

方曼姿不服：“你又没——”

她本想说，你又没听过，你就知道我睡着呼吸什么样了？转而一想，他可能还真的听过。

可是这么多年过去，他为什么还会记得？这么微小的一件事，有什么值得记住的地方？

再一想，也许这就是高考状元吧，能记住别人记不住的，所以才会比别人厉害啊！

她把话憋在嘴里，说：“谢谢你今天帮我赶走蒋驰。”

“没什么。”

他的声音就在另一边，两个人躺在同一张床上，平心静气地说这些事，放在从前，这是她想都想不出来的画面。

她犹豫半晌，决定把思索了好几天的话说给他听。

“你问我在想什么，我在想，如果有一天你遇到喜欢的人，你直说就好，我不会纠缠，也不贪图你的家产，有必要的话，我也可以出面，对她说明我们的情况，肯定不会让她多想，也不让你为难。”

周熙昂在一旁静静听着，没说话。

她说：“当然，这不是没有条件的，你也看到了，今天婚礼来了多少人，你有喜欢的人一定要提前告诉我，不然本小姐的面子可全丢光了。”

“好。”他应得爽快。

方曼姿松了口气，又说：“同样的，我也不会公开做对不起你的事情。我们两家的家庭摆在这里，面子上的事情我肯定会做足。我有喜欢的人，肯定会先告诉你。”

他又没有说话。

方曼姿看着黑洞洞的上方，轻轻地念：“我们都不要纠缠，好好放手。

周熙昂，这一次，我想好聚好散。”

周熙昂“嗯”了一声。

得到他的回应，她放下心，本想闭眼入眠，忽地又问：“那你呢？你就没什么条件吗？”

“有。”

“什么？”

他的声音听起来毫无起伏。

“在我们找到那个人之前，谁也不要轻易离婚。”

方曼姿不禁问：“为什么？”

“已婚的身份能解决很多麻烦，相对的，对一个企业管理者来说，已婚要比未婚听起来更靠谱一些。”

好像也是。

结了婚，就不会有亲戚在过年的时候追问你“有对象了没”“打算什么时候结婚”“谁谁的孩子已经一岁了，你怎么还不知道急”之类的内容，耳根子也能清静不少。

她暂时还没想那么远，就这么得过且过也好，过一天算一天，等真有情况再说。

她也应了：“好。我答应你。”

翌日一早，方曼姿悠悠转醒。她略微动了动，只觉浑身疲惫，似乎被什么东西禁锢着。

她迷迷糊糊地睁开眼，室内光线迷蒙，日光被窗帘遮挡，没有透进来分毫。待到稍微清醒了些，明显感到背后被温热胸膛紧贴，腰上似乎还搭了一只手。

方曼姿吓了一跳，赶忙拿掉那只手，狠狠丢到身后，仿佛那不是胳膊，而是什么夺命的触手。

她整个人向前挪了挪，脱离周熙昂的怀抱，直到中间跟他隔了一人宽的距离，她翻过身，狠狠朝周熙昂的腿上踹了一脚。

“你怎么占我便宜！”

真是气死了，虚假夫妻也要有底线。

周熙昂被她踹醒，睁眼就看到她用被子护住胸口，一副遭到侵犯严防死守的模样，眉头紧蹙，戒备地盯着他，小表情凶巴巴的。

他道：“是你自己过来的，我没有碰你。”

“不可能。”她死不相信，“就算是我过去，我总不能把你的手放我身上吧？你怎么不认账？”

“我没做过，为什么要认？”

“那你怎么解释？”

周熙昂目光如水，落在她的脸上，说：“我要真想对你做什么，你以为，你现在还有力气跟我说话？”

“你……”

她咬牙，想辩驳，又一句话也说不出。

周熙昂的视线从她脸上移开，他起身下床，一边走，一边解睡袍的腰带，裸露的胸膛结实性感，肩颈线条修长，怎么瞧都是一个迷人的雄性生物。

这样想着，方曼姿又暗自开解自己，谁占便宜还不一定呢吧？再说，自己还踹了他一脚呢，怎么算都不亏。

她又在床上躺了会儿，打开手机刷朋友圈。

随便往下翻两条，都是她婚礼上的照片。

她昨天一直在结婚，都没时间拍照，这会儿从别人那看到婚礼现场，星河璀璨，闪耀夺目，她穿着白色婚纱，与周熙昂站在一处，互相挽着手臂。

从照片上看，这场婚姻，倒也幸福。

她觉得角度不错，长按图片，保存到了手机里面。

方曼姿在梳妆台前化妆，周熙昂坐在靠椅上，迎着落地窗边的晨光看书。

她顺着镜子看他一眼，他捧着书，认认真真在看，很安静，也好像什么事都打扰不到他。

学生时代他就是如此，别人在玩，他在看书；别人在偷懒，他还在看书。

总有人嫉妒周熙昂常年居于成绩榜首，又有多少人能付出跟他一样的努力呢？他的成绩是在别人放松时一分一分学来的，在她看来，他有什么样的成就都是应该。

这么多年过去，似乎什么都变了，唯一不变的，就是他在看书时，眉宇凝结间化不开的心事重重。

她那时就问过他：“周熙昂，你这么小，怎么总皱眉啊？”

她伸手轻轻帮他抚开，他便不皱了。

有时忘了抚，他还是会皱。

他没有回答过她的话，她每次抚平他的眉宇，他都不会躲。

她以为他的心事只是考试。

而今他们离开校园，他似乎已经留下了这个看书轻轻蹙眉的习惯。

她化好淡妆，站起身道：“我化好妆了。”

周熙昂把书放到一边，“嗯”了一声：“下楼吧。”

两人先后出了卧室。

一楼的阿姨看到他们从楼梯上下来，道了句："先生，少爷他们下来了。"

沈修远放下报纸，抬头看了一眼，脸上满是笑意，道："吃饭吧。"

等方曼姿跟周熙昂走到一楼，餐桌已经备满了早餐。

早餐种类很多，吐司，煎蛋，各种酱，也有清粥小菜，豆浆油条，很丰盛。

沈修远笑呵呵跟他们打招呼道："起床了？睡得怎么样，没有不习惯吧？"

方曼姿也笑："怎么能不习惯，我从小就在这儿长大，伯伯这里就是我第二个家。"

沈修远率先入座，又招手让他们两个也过来坐。

"说得对，以后这里，真就是你家了。"

沈修远年逾五十却丝毫不显老，人看着儒雅有风度，此刻说出这番话，明显心情很好。

方曼姿明白他话中意思，虽说能跟沈伯伯成为一家人是件开心的事，但因着周熙昂的关系……总归不太自在。

她点头道："好的，伯伯。"

"还叫伯伯？"

"……爸。"她别别扭扭地叫了一声。

沈修远笑容加深，夹了一片吐司到她面前的空盘里，又准备给周熙昂夹一片。

"来来，你们多吃点。"

周熙昂伸手，在吐司马上要放到盘子里的时候，突然把盘子推开。

"谢谢，我自己来。"

他夹了半根切好的油条，放到盘子里，又盛了一碗豆浆。

全程对沈修远的吐司视若无睹。

夹吐司的手还僵在餐桌之上。

她暗暗抬眼，看到沈修远脸上的笑容逐渐尴尬，她在心中哀叹一声，就周熙昂这个臭脾气，一般人真就没法接受。

她端起自己的餐盘，上面那片吐司刚被她抹好果酱，她用餐盘接住沈修远夹给周熙昂的那片，嘴里说着："我正好一片还不够吃呢。爸你不要给他夹，太惯着他了。"

放下盘子，她拿起一个鸡蛋，磕碎了，边剥边说："我给你剥个鸡蛋吧。我小的时候，你经常给我剥，如今换我给你剥了。"

僵硬气氛被她打破，沈修远笑着说好，然后看了周熙昂一眼。

后者敛眸，表情温和且淡漠，对这一切视而不见，如同一个旁观者，一个局外人。

他周身的冷意，硬生生将这其乐融融的氛围划开，他站在气氛之外，任何人都打不破他心里的坚冰，他也无心参与。

沈修远道："熙昂，安城那边业绩很好，总部这边也不及你们，你做得不错。"

"谢谢。"

周熙昂一句话又把话题直接掐灭，没给人往下说的机会。

沈修远也不介意，又道："你难得休息，借着这次机会，跟曼曼好好放松一下，一起出去度个蜜月吧？"

"噗——"

方曼姿一口牛奶呛住，咳嗽起来。

"不用了，爸，真的不用。"她摆手，"公司还有事，蜜月我们自己会找机会补，您不用操心啦。"

沈修远看向儿子，问："你的意思呢？"

周熙昂瞥了眼不断拍胸口的女人，还有她因为咳嗽而发红的脸颊，说："都听她的。"

话题又停在这里。

方曼姿嚼着吐司，用眼睛打量这对父子，不得不说，这个气氛真是太奇怪了。

沈修远几次欲言又止，明显有话要说，再看周熙昂一直敛眸，对一切都漠不关心。

唉！

结婚不易，姿姿叹气。

早饭吃罢，沈修远先行离开，餐桌上就只有她跟周熙昂两个。

方曼姿喝了最后一口牛奶，舔了舔唇上的奶渍，问："我们什么时候回安城？"

"三天后。"

"为什么？你留在这儿有事？"

周熙昂放下筷子，看她，说："后天你要回门。"

她自己都不清楚这些，他倒是很懂这些俗礼。

他站起身，临走之前留下一句话："我出去一趟，你慢慢吃。"

"……"

他出了别墅，往地库方向走去。

她早就吃完了，完全是觉得留他一个人在这里吃东西，不够夫妻同心。

他倒是走得干脆。

她回到房间，拿起手机，看到鞠恬恬半小时前给她发的消息。

鞠恬恬：步入婚姻殿堂的感觉怎么样？

方曼姿连发了三个大拇指向下的表情，回：不怎么样，刚才一声不吭就走了。

鞠恬恬：你有没有想过，其实你们这样也挺好的。

曼：好从何来？

鞠恬恬：你们以前在一起过嘛，彼此都很了解，而且家世相当，门当户对的，要能好好过一辈子，真就挺不错。

方曼姿看到这些话，决定必须好好纠正一下好朋友的不健康思想。

方曼姿对好朋友发出谆谆教诲：己所不欲，勿施于人，谢谢。

鞠恬恬：可我们这情况不是不一样嘛，虽说你跟周熙昂可能也分得不太愉快吧，但你们这都结婚了，能不能好好聊一聊，毕竟不是特别的缘分，就不能一路走来变成一家人！

方曼姿皱眉，这说得好好的，最后一句怎么还唱上了？

鞠恬恬：你看昨天你们结婚，参加婚礼的老同学都挺高兴的。我是琢磨着，结婚的意义毕竟不一样，能不结第二次就不要结第二次。

曼：你这么封建？

鞠恬恬：就比如说，我跟欧阳要是分手了，就像你跟周熙昂这种情况，我不知道你，换作是我的话，我肯定会不甘心。

鞠恬恬：既然你们已经结婚了，说明上天就有这么一场安排。我就觉得，上天能让你们重新相遇必然有它的道理。

能有什么道理？

方曼姿不觉得。

她回复：这才结婚第一天，以后的事情以后再说，走一步看一步吧。能过就过，不能过离了就是。我都看开了，你还有啥看不开？

这边聊着，有朋友约她出门看艺术展，左右一个人在家没事，她就答应了。

放下手机，方曼姿去衣帽间换了条裙子，背上最爱的包，下楼要出门。

沈修远从楼上下来，见她要走，不由得叫住她。

“曼曼，等一下。”

她把脱口而出的伯伯硬咽回去，换上一句叫不太熟的爸，问道：“您找我有事？”

沈修远朝她招手，示意她在沙发上坐下。

反正时间还早，方曼姿就先坐下了。

沈修远问：“熙昂出门，没有叫你一起？”

方曼姿心里警铃大作，以为沈修远看出了他问题，赶忙摆出甜蜜的姿态，将耳边鬓发掖到耳后，故作娇羞道：“没有啦，他说一个人去就好，让我在家里休息呢。”

天知道，她连他去干什么都不清楚，谎话张口就来，闭眼就编。

沈修远叹了口气，说：“曼曼，我跟熙昂的关系，想必你也看出来了，他对我并不亲近，我知道，他对我是有怨恨的。”

方曼姿想起跟周熙昂在海边的谈话，没吭声。

沈修远道：“他不让我去，我不意外，这么多年都是这样。但你不能不去，他也不该针对你。”

方曼姿听得云里雾里，问：“您在说什么？”

沈修远站起身，从不远处的柜子里掏出一个笔记本，又拿出一支笔，走回到沙发这边，俯身在茶几上写下一长串文字。

写好后，他把这页纸撕下来，递给方曼姿。

她接过。

沈修远合上笔盖，说：“你去这里找他吧。”

她低头，上面的地址是郊外的一处墓园。

“他应该正在看他的母亲。”

沈修远的声音变得有些悠远。

“细数起来，我也有好多年没有见过她了。”

第九章

烈女怕郎缠

墓园在城郊一座山上，沈修远派了司机送方曼姿过去。下车后，方曼姿不好意思让司机等，就让他一个人回去了。

明明早上还是个艳阳天，这会儿天上飘来一大块阴云，将日光遮住，天空灰蒙蒙的，一副随时会下雨的架势。

她站在山脚下，风吹动她的裙角，抬手在额间搭了个凉棚远远向上看，绿树掩映间，能看到不少白色的墓碑。

今天不是什么祭拜的日子，墓园门前还是停了不少车辆。在墓园山脚下，开了不少花店、殡葬店，招牌肃穆，顾客寥寥，看着十分冷清。

方曼姿走进一家店，买了一大束花，随后进了墓园。

园区内绿树环山，环境清幽，她一路上山，时不时还能看到落鸟惊飞。

每一座墓都有对应的号码，方曼姿找了半天，最后还是问了别人，才寻到正确方位。

她一层一层走上台阶，空气中隐隐有从山下烧纸炉传来的味道，她掩住鼻息，上山太累，她走走停停，足足走了十几分钟。

回头向下看，山下风光一览无余，远眺可见山下的公路长而狭窄，通向未知的远方。

墓园很大，这一片位置人不多，她很快就看到了周熙昂的身影。

她喘了口气，幸好他还没走，她没有扑空。

周熙昂半跪在墓前，她能看到的，只有一个清瘦的背影。

她走过去，越过他，在他身旁停下，然后，俯身把怀里的鲜花放到墓前。

贴近身体那一侧的鲜花已经被体温焐热，此刻跟他买来的花放在一处，紧紧挨着，就像此时站在墓前的他们两个。

石碑上，贴着周熙昂妈妈年轻时的照片，那轮廓眉目与周熙昂七分相似，是个美人。

她只在高二时见过他妈妈一次，不过也没看真切，当时人多，情况又混乱，她没顾得上多看，只记得他妈妈穿得很朴素，和和气气。

以至于后来她还想过，周熙昂这个性格不像妈妈，那肯定是像爸爸了。

现在看来，他的爸妈都是温和的人，怎么他的性格就这么……难以接近呢？

周熙昂蓦地开口："你怎么来了？"

"嗯……"

他这副拒人千里之外的语气，真让人有再多的话也咽了回去，有时候她都怀疑他其实是石头做的。

她如实回答："沈伯伯让我来的。"

见他没吭声，她想了想，认认真真地朝周熙昂的母亲遗照鞠了三躬，算作行礼。

他没有看她，也没有阻拦。

拜祭完，她决定先发制人："你来拜祭阿姨，怎么没叫我？"

"这是我的事。"

"行。"方曼姿搓了火，"那我多管闲事了，我不应该来，再见。"

她将肩上的包带提了提，转身就走，垂在身侧的手腕蓦地被人抓住。

周熙昂借着这力道，缓缓站起身，认真地看向她。

"我以为，你不会想来。"

"你问过我了吗？"她抬眼，"你一声不吭就走，问都没问过我的意见，就知道我不想来？"

"结婚协议里没有这种义务，我也不喜欢强人所难。"

"……"

方曼姿脾气来得快，去得也快，发泄出来就好多了。

这会儿经由周熙昂提醒，她才想起来，婚姻是假的。

她缓和语气道："昨晚不是说过嘛，该做的事我自然会做。你来看阿姨，她肯定盼望你能早日成家，你跟阿姨说你结婚了，然后自己一个人过来，阿姨说不定以为你在骗她。"

周熙昂没说话。

这毕竟是他妈妈的墓前，再谈这个不太好，她也不想因为一件事没完没了，她绕过他，重新回到墓碑前，礼貌地弯唇。

"阿姨您好，虽然不是第一次见您，但我想，您应该不记得我了。您放心，熙昂他现在很好，您泉下有知，也一定会感到骄傲吧。"她语气柔柔的，"我会替您照顾他的，您就放心地把他交给我吧……"

从墓园离开，天气仍旧是阴的。

两人一前一后从山上走下来，到了山脚下，方曼姿走得累了，不得不在原地歇一会儿。

早知道要过来爬上爬下的，她穿运动鞋出来好了。

周熙昂在她前面，这会儿已经走出了好几米远。

她看着他的背影，小脾气忍不住又要发作。

虽说是塑料夫妻，不求你同甘苦，起码也要共进退吧？

她喊他："周熙昂！你就不能等等我吗？"

周熙昂闻言驻足，回头见她站在上山的台阶旁边，身后是被人精心修剪过的绿篱，她累得额前出了一层薄汗，微微喘息，有些幽怨地看着他。

他调转步伐，向方曼姿走去。

眼见他一步步走到近前，她越想越觉得之前的想法没错，他就是没有心。

她道："我要是不喊你，你这会儿是不是都开上高速了？"

周熙昂不理她，问："你还能走？"

她生气道："我走不了了。"

"怎么？"

他上下打量她一番，哪里都好好的，并没见到有受伤。

方曼姿说："我的双腿刚化成人形，现在每走一步，都像走在刀尖上一样疼痛。"

"……"

周熙昂面无表情地把手臂递到她面前。

"干吗？"

"扶公主回宫。"

回门那天早上，方曼姿睁开眼睛，发现自己又在周熙昂怀里。

一共睡了三个晚上，她每天早上都在他怀里醒来，这件事怎么说都很离谱。

可要说他做了什么，也没有，就好像只是她不小心钻进了他的怀抱，他顺手搂住了她一样。

自然得像一对老夫老妻。

她内心当然是生气的，恨不得再来一脚，可惜理由不够充分。

他不喜欢她的态度足够明确，更没可能大半夜把她紧搂怀中，真要踹他，他问她为什么，说起理由来显得她有点自恋。

她只好忍耐，压下这些情绪，若无其事地起床。

简单吃过早饭，两人一齐出了门，开车驶向方家。

本来住得就不算远，车程十分钟不到。

到了大门口，方曼姿突然想到什么，侧头道："糟了，忘了给爸妈买礼物。"

眼见车已经驶进大门，她赶忙阻止道："趁现在还来得及，我们快去快回。"

周熙昂像没听见似的，双眼看向前方，将车开进院里。

她在一旁急死了，说："我们总不能空手进去吧，你快倒回去。"

别墅大门一动，方家父母的身影出现在视线之中，方曼姿握紧拳头放在膝头上，嘴里念着："完了完了。"

车停好，周熙昂不为所动，解开安全带开门下车。

方曼姿坐在车里，一个人生闷气。

她一方面清楚发生这种情况很正常，另一方面还是忍不住，这种面子工程不应该做足吗？他连这都不肯，亏她还在沈修远面前努力活跃气氛。

算了。

方曼姿摘掉安全带，从车里出来，大不了就撒个谎，说自己忘了带，晚点再补送过来。

她一下车，就见周熙昂拉开后排车门，从车里拿出两个礼盒，分别交到她父母手上。

"爸，妈，这是送给您二位的礼物。"

他斯文有礼，颀长的身子站在那儿，长辈见了就算不喜欢，也挑不出一句错处。

礼盒上价值不菲，方夫人见了，嘴上不说，心里也赞了一句用心。

这份用心不是用在他们身上，而是用在方曼姿身上。

如果不是对她的重视，断不会买这么贵重的礼物送给他们。

方父看了也没说什么，那张脸没见什么表情，只道："先进来吧。"眼睛扫过方曼姿，"怎么干站着？"

方曼姿回过神，上前跟爸妈叙话："爸，妈，你们怎么还出来了，我们也不是客人。"

方夫人道："还说呢，这不是你爸一直着急，早早就盼着。"

方父闻言，板脸看了方夫人一眼，不自在地咳了一声。

方曼姿赶紧跟爸妈亲近两句，待他们进门，她收起笑容，拉住一直走在后面的周熙昂的袖子，问他："你什么时候买的礼物？"

周熙昂道："昨天。"

她气得想打他，说："那你刚才怎么不说？我都要急死了！"

"本来想说。"

“……”

“但是看你那么急，也挺有意思的。”

“……”

是什么让她忍住了打他的冲动？

是大小姐的淑女形象。

方曼姿甩开他的袖子，愤愤进了门。

他们这婚结得匆忙，婚前周熙昂跟她爸妈连面都没见过几次，双方都谈不上了解。

这会儿四个人坐在沙发上，方父不怎么说话，都是方夫人一直在与周熙昂客套寒暄，也是没话找话。

稍微熟悉了一些，方夫人温和地问：“熙昂，一直还没问过，这么多年，你妈妈都是做什么工作？”

方曼姿没想到妈妈会问这个。

是正常的问题，可她没来由地紧张了一下，于是下意识地看向身边的周熙昂。

他看着没什么反应，平静地回答：“做一些零活，后来开了个小店。”

“哦哦，这么多年，她一个人养你，肯定很不容易吧。”

“是。”他应着，“很辛苦。”

“唉，要是她能看到你有今天，一定会为你高兴。”方夫人叹了口气，又问，“是生病去的吗？”

方曼姿感受到身边人的气息有些冷。

不是那种被人触犯怒点的冷，而是被人揭开伤疤，身体发抖的冷。

“不是。”他看起来并没有什么波澜，“车祸。”

她注意到他的手指骨节有些泛白。

出卖了他的平静。

从小到大一直与他相依为命，她能意识到妈妈对他的重要性。

他一定很难过吧。

方曼姿怕妈妈再问下去，不由得打断道：“妈，我们什么时候开饭？我有点想吃刘姨做的油爆虾了，今天有这道菜没有？”

几年前方曼姿去过一次杭城，回来对那儿的油爆虾念念不忘，恰好刘姨是杭城人，自己试着做了那道菜，从此方曼姿几乎每周都要吃一次，也不嫌河虾扎嘴。

话题被打断，方夫人的语气无奈中透着宠溺：“这么快就饿了？你要是饿，现在就让刘姨煮饭吧。刘姨还说呢，这哪道菜都少得，唯独这道菜少不得。”

这时，只听方父对周熙昂道：“我们曼曼什么都好，就是有些贪嘴，左右无伤大雅，我们就都纵着，你别笑她嘴馋。”

方曼姿不满亲爸在人前揭短，赶忙阻止：“爸！”

话题顺利从周熙昂身上过度到她这边，家庭氛围和睦，其乐融融。

他坐在沙发上，看着方曼姿对着父母撒娇，看到他们脸上都带着幸福的笑。

这明明不算是他的家，有那么一时间，他那颗漂泊孤苦的心竟也从中找到了一丝家庭的感觉。

回安城是在第二天，早上的机票。

蒋驰带来的危机暂时解除，方曼姿跟妈妈悄悄想了一下，能不能把她的卡解冻。

方夫人是心疼女儿的，哪放心她一个人在外面身上没钱，自然答应了她。

“我跟你爸商量过了，你就继续在诺顿吧，不指望你赚多少钱，有份工作历练一下。”

事实上方曼姿也没想过结婚就辞职不干的事。

主要是，她辛苦干这么久，第一个月的工资还没到手呢，就这样走了，她这段日子岂不是白干了？

再则，她新婚就跟丈夫异地，落在外人眼里毕竟不好看，说好面子做足，就绝对不能给外人留下话柄。

还有一个小小原因，就是她这个班上得也蛮舒服的，虽然她也明白，哪有什么岁月静好，是有周熙昂替她负重前行。

不过既然负重的不是她，那上个班玩玩也挺好的。

落地安城是下午，正是一年中最热的月份，从航站楼出来，那股热浪扑来，方曼姿差点没晕过去。

她举着伞，默默地靠近周熙昂。

有黑色蕾丝边的伞遮住周熙昂头顶的日光，也遮住了他一部分视线。

他面无表情地偏头看向她。

常言说事出反常必有妖，这话用在方曼姿身上绝对不假。

他是了解她的，突然离他这么近，能有什么好事？

方曼姿心虚地眨了眨眼，与他在伞下对视。

“怎么了吗，周总？”

“周总？”

“对啊。”她振振有词，“在海城是夫妻，回安城不就变成上司了吗？”

“哦。”他应了声，“那你离上司这么近？”

“……”

要不是航站楼外面人太多，她绝对会用高跟鞋踩他。

她快步跟上他，笑呵呵道：“哪敢，我这不是怕您晒着，想给您撑伞嘛。”

这世上还有她不敢的事？

周熙昂似笑非笑地看了她一眼，以她对他的了解来说，这眼神绝对算不上什么好事。

他抬手，两根手指把头顶的伞推高，方曼姿这才注意到，原来她一个人撑伞，保持那个高度撑习惯了，忘了他比她高这件事。

走这一路，伞都贴着周熙昂的头发，估计把他压得挺难受。

“原来是想给我撑伞。”

他的笑容几番变幻，让方曼姿下意识地觉得，他下一句绝对说不出什么好话。

尽管她早有准备，但还是紧张地挺了挺身。

果然，周熙昂勾了一边嘴角，不无嘲讽道：“我还以为是魔礼红下凡，要把我收进混元伞呢。”

方曼姿迟钝了一下，仔细思索了一下魔礼红是谁。

过会儿反应了过来——不是四大天王里，拿伞的那位虬髯大汉吗？

无语！

方曼姿白眼乱翻，气得伞也不给他打了，一个人尽享伞下阴凉。

要不是看在他身上冬暖夏凉的份上，她才不离他那么近呢。

周熙昂就是那种，到了夏天特别耐热，身上皮肤摸起来仍然很凉的那种人。

以前天热时，她就爱往他身边凑。

是为居家旅行必备降温利器。

没错，他就是个工具人而已，他以为他是谁！

她一个人在旁边走，最后干脆看都不往他那边看，生气。

周熙昂将她这番举动都看在眼里，没说什么，只是伸手抓住她的手腕，一把将她扯了过来。

突然被人拉过去，她险些没站稳，直接撞进他怀里。

他握住她撑伞的手，她人不稳，伞仍然是稳的，将他们两个笼在伞下。

“你干吗呀！”方曼姿不满他的行为，站直后在他胸口捶了一下。

“不是打伞吗？”

方曼姿哼了一声：“怎么，你不怕本天王收了你？”

“给你收。”周熙昂不易察觉地弯了嘴角，“怎么收都可以。”

反正他早已是她的手下败将。

入了她的伞，未必不能被她收入怀中。

方曼姿小脾气未消，又哼了一声：“你想得美。”

上了车，周熙昂报了地址：“去长提湾。”

方曼姿本来没觉得有什么，车开出一段才意识到，他没提送她回兴和苑的事。

她补了一句：“先到兴和苑。”

周熙昂坐在她身边，闻言偏头，眉梢微微挑，等待她的答案。

方曼姿说：“既然不在爸妈身边就不用演戏了，我们还是分开住比较好。”

同居什么的，还是算了。

周熙昂没说什么。

话题既然说起来了，那就别轻易撂下，方曼姿心里这样想，当下决定把握机会。

“还有，我们结婚这件事毕竟是做戏，对外的话，就跟以前一样，多保持距离吧。”

“保持距离？”

“当然。”她善解人意地笑，“我不好挡你的桃花嘛，说不定哪天你的意中人出现，看到我在你身边怪碍眼的。”

他们的婚姻是怎么回事，双方心里都有数。

她又说：“而且公司人多眼杂，我也怕别人讲你的闲话。为了避免不好的风言风语，还是多避嫌吧，你觉得呢？”

周熙昂移开眼，修长手指正了正领结，懒懒地掀起眼皮，说：“随你。”

她的语气很是为人着想：“放心，我不会给你添麻烦的。”

他险些被这句话气笑，不过他一向善忍，便将视线落到窗外，看着不断飞逝的街景。

“哦，那就多谢了。”

方曼姿暗暗皱眉，心道这人什么态度，她如此推心置腹，推己及人，还这么善解人意，他不感激就算了，还阴阳怪气的，这人怎么回事啊？

还是说，男人是真的都喜欢她娇滴滴地说上一句“熙昂哥哥，我们每天都在一起，万一你遇到喜欢的人，她不会误会吧”？

或者“你这么好的人，将来的妻子怎么还不来找你，她可真不懂得珍惜，再这样下去我都不舍得放手了”，他是不是就舒心多了？

这样想着，方曼姿心里冷了冷，不禁哼了一声。周熙昂，你也不过如此！

因着他没领她这个情，直到车开到兴和苑，司机从后备厢帮她取了箱子，她招呼没打就下了车。

并且，摔门而去。

周熙昂隔着窗子看她，她穿了一条杏色的裙子，裙角摆动，一手撑伞，一手拉着箱子向大楼走去。

不知道又从哪儿来的小脾气。

她的身影消失在视线，他收回目光，对司机道："走吧。"

方曼姿上楼后的第一件事就是打开空调，然后瘫在沙发上，吹着扑过来的冷风，感觉自己重新活了一遭。

她四处打量，在重新有钱之后，她顿时觉得家里空了很多，就拿这个客厅来说，灯就得换个浪漫一点的。

她注意一个木星灯很久了，是国外一个小众设计师的牌子。

再一想，还是安在卧室比较好，看着温馨。

她左右安排一番，余光瞥见阳台附近，似乎有一摊反光的东西。

起身去瞧，发现不是别的，而是一摊水。

她走时怕室内不通风，就开了窗。小区是高档小区，安保问题不用担心，这里又是高层，就算有贼人也爬不上来。

也许是吹进来的雨，就没多想。

她找出拖把，把这摊水拖干净，之后，四处查看了一下，没发现别的地方还有水，便没再管。

翌日上班，方曼姿又是踩线来的，在迟到的边缘"大鹏展翅"。

幸好不用跟人挤电梯，她不由得有些庆幸。

到了座位上，潘柔一早就到了。

再联想自己总是擦线上班的行为，方曼姿对自己检讨了一番，却并不打算改。

潘柔的爱岗敬业固然值得钦佩，可是，她本来就不是为了上班啊？

这样想着，方曼姿又释然了。

潘柔看到她，笑意温柔："你来啦？"

"嗯。"她温和回应。

把包放好，方曼姿假借泡咖啡的机会，暗暗向办公室里边看，想知道周熙昂来了没。

他来了看到自己位置还空着，这多尴尬，可别被他发现自己迟到吧。

潘柔注意到她的动作，说："不用怕，周总后天才回来。"

他不是早就回来了吗？

见她疑惑，潘柔道："我还想问你呢，你怎么比周总还先回来了，你们不是一起去的意大利吗？"

方曼姿并不知道自己的请假理由是什么，潘柔这么问，她只得这么接："啊……是的，但是我家里……有人结婚，我先回来参加婚礼了。"

她在心里补了一句：参加自己的婚礼罢了。

她坐下，打开电脑。

潘柔拿出一盒巧克力曲奇，递到她面前："你不减肥吧？尝尝。"

方曼姿抵不住诱惑，拿了一块，说："谢谢。"心里还纳闷着，他人明明都回来了，怎么还假装在意大利呢？

该不会是为了她说的那句"避嫌"吧？

她咬了一口曲奇，可可味道在嘴里化开，有点甜，配咖啡刚刚好。

疑问被这股甜意盖过，方曼姿索性不去想了。

管他呢。

两天后。

周熙昂"回"公司。

总裁回归就是不一样，从早上进大楼开始，方曼姿就感受到了整个公司上下一副严阵以待的紧张，她早上惯例踩线上班，连挤电梯的人都少了不少。

她到工位开电脑，听潘柔教她做今天的工作，不多时听见电梯一声响，正是周熙昂的专属电梯。

潘柔停下手头动作，赶忙站起身，方曼姿也一样。

周熙昂从电梯间走过来，他穿着白色衬衫，身后跟了三五个助理，乔楚在他右后方，一边走一边汇报工作。

"周总早上好。"

"周总早上好。"

两个漂亮秘书齐齐问好，周熙昂恍若未闻，目不斜视地从她们面前走过，径直走进办公室。

办公室的大门闭合，二人坐下，潘柔一边整理行程表，一边惊奇地"咦"了一声。

"怎么了？"方曼姿问。

潘柔说："之前我们说早上好，周总都会回一句，今天怎么没理我们呢……"

方曼姿原本还没注意到，这样一说，倒更验证了前两天猜测的想法。

她装傻充楞，含混过去道："有吗？还好吧，我感觉周总一直没怎么理我们，不过这个不重要啦，就不要再想了。"

"也是。"

这本就是无关紧要的细节，潘柔能跟在周熙昂身边，自然是心细如发，凡事打着十二分谨慎去伺候，这些反常的地方，她不得不去注意，眼下从方曼姿这儿得到了合理答案，又忆起周总以前，一直都是不回应的。

硬要说起来，还是从身边的人到这儿上班开始，周总才开始回应她们的问好。

潘柔好容易适应了这件事，没想到周总出差半个月，回来就又变回原来习惯，搞得她又要重新适应，这中间到底发生了什么？

她反复思考，似乎……两件事的转折点都跟身边的方曼姿有关。

潘柔侧头，打量旁边的同事。

方曼姿今天穿了一件衬衫裙，风格成熟中又带着几分靓丽，脸不大，五官精致玲珑，清透明艳，那双明亮眼睛，每次看人时，一旦转得快了，就总让人觉得她心里又有了什么鬼主意，但这狡黠只让她显得可爱，并不讨厌。

潘柔怎么想都不能把她跟周总联系起来，如果真的有什么，她怎么会只在他身边做秘书？可要说没什么，仔仔细细地想，又觉得周总对她好像是有一点点不一样。

潘柔本是为了弄清周总为何有这些转变，顺着这条线想下去，她突然发现，好像在方曼姿来了以后，周总找自己的次数要比从前多了一些。

而且每次都跟方曼姿有关。

比方说，方曼姿过来上班第一天，他就曾叮嘱过她，工作中多教方曼姿一些，也不要教方曼姿太多复杂的事情。

没两天又告诉她，方曼姿要去做别的工作，可能会提前下班。

周总还问过她一些奇怪的问题，譬如问过她坐在办公桌那里，会不会觉得空调温度太低，需不需要调高。

再者，咖啡豆子有没有喝腻，是不是应该换一些其他口味。

她记得很清楚。

二十一层的咖啡口味自然是以周熙昂为主，她当初为了找准周熙昂的口味，连续几天换了几种不同的豆子，最终发现他在喝现在这种豆子时不会皱眉，这才定下这个。

周熙昂突然提出想换口味，她愣了一下，紧接着道："好的，没问题，周总想换什么口味？"

"都可以。"他看着没要求似的，盖上钢笔的笔帽，放回笔筒里，"也可以参考一下其他人的意见。"

她回去后，想了半天，二十一层本来就没什么人，要说有谁的意见能参考，也只有方曼姿了。

她问方曼姿，现在的咖啡合不合口味，后者顿时兴奋，建议道："我觉得现在的咖啡味道太酸，不过我知道一个牌子，我经常喝那一种，你可以买买看……"

换了咖啡后，再问周熙昂意见，他没说好，也没说不好，就这么定了现在常喝的豆子。

这样的小事情还有很多，当时没注意，现在想来都透着一丝不对劲。

可是潘柔想不通到底不对劲在哪里，明明没关系的两个人，甚至看着还有些不熟，如果真是有什么，就算能装不熟，可眼神总骗不了人吧。

周总跟方曼姿，这两个人的眼神明明就很坦荡，更没有情侣那种如胶似漆的亲密，怎么会呢?

潘柔百思不得其解。

这天，潘柔交给方曼姿一份资料，说："明天周总要去见客户，这是合作项目还有资料，你今晚熟悉一下，明天跟着周总一起。"

方曼姿接过，说："好。"

在国内一直没开专柜，主打高端香水品牌，概念清新、奢华，此次入驻中国市场，当然需要好好宣传，让不熟悉他家的人知道这个品牌。

她还挺喜欢这个牌子的香水的，想不到能跟这些牌子有除了消费者之外的联系，感觉有点奇妙。

如潘柔所言，方曼姿认真地把这份资料过了一遍，方便周熙昂在明天开会时用到。

第二天，方曼姿特意穿了一条黑色的裙子，可日常又可出席重要场合，很适合今天穿。

客户的公司地点在另一个区，她坐上周熙昂的车，两人一同前往。

路上，周熙昂问了一些关于客户的问题，都是资料上的，她对答如流，周熙昂不禁多看了她两眼。

"不错。"他赞许，"很用心。"

"那当然啦。"

下了车，一进客户国内公司的大楼，就能闻到属于他们家高端香水的味道，装修低调奢华，典型的法式风格。

一位助理将他们引到会议室，那位经理早已在那儿等待，身边还跟了一个翻译。

经理一看就知道是法国人，典型的深发褐眼，面颊较窄，鼻子又大又挺，见到他们，便用蹩脚英文来问好，表示欢迎和礼貌。

在见到方曼姿时，经理眼睛一亮，与她用贴面礼打招呼，以示友好。

分开时，经理不禁用法语赞了句"美丽的女孩"，方曼姿听见了，又用法语回了句"谢谢"。

双方经过一阵寒暄，直接进入主题。

本以为这次合作是讨论广告拍摄制作的事，没想到聊的竟然是，争取促成合作。

客户还没定好到底跟谁合作，所以周熙昂此次过来，是为了谈成生意。

方曼姿这个秘书的作用，就是在双方的话题进行到有些僵持的地步时，出来用法语解释周熙昂的用意，或者言明诺顿的诚意，让交流得以愉快进行下去。

能在异国他乡听到母语，让交流变得更加直接，这对经理来说，自然心生好感。

会面进行了差不多两个小时，这位经理又带着他们参观了一下他们的中国公司。临走前，他还以私人名义，送了方曼姿一个礼盒，里面装的是一些新品和经典品。

方曼姿有些意外，表达感谢后，大方地收下礼物。

对外国人来说，他们是理解不了“先拒绝再收下”这套中式礼节的，反而会觉得是真心拒绝，所以面对他们，想收大可直接收，不必扭捏。

这次会面总体称得上愉快，经理亲自将他们送到楼下，与他们分别，并用蹩脚中文邀请方曼姿有空过来玩。

方曼姿笑意盈盈道：“好呀。”

两个人向停车场走，周熙昂毫无表情，方曼姿抬手放在额前，遮住太阳，不经意侧头看他一眼，问：“怎么了周总，交流不愉快吗？”

周熙昂问：“你跟他很熟？”

“谁？”

他不说话。

方曼姿眨了眨眼，恍然大悟道：“哦，你说那个法国人，怎么可能，我们明明第一次见。”

“才见过一次，就敢答应？”说罢，扫了一眼她手里的礼盒，淡然移开眼。

方曼姿没想到他会在意这个，解释道：“这有什么，法国人就是比较……热情，嗯，不用放在心上。你知道意大利人比这还夸张，他们第一次见你，就想邀请你回家。”

周熙昂表情更冷，脚下步伐加快。他个子高，腿长，很快把方曼姿甩在身后。

方曼姿还在嗅礼盒传出的清新味道，身边人蓦地走远，她不由得快步跟上。

“哎，周熙昂，你等等我！本公主每走一步都像走在刀尖上你忘了吗，你这人怎么这样啊！”

她这边喊他，只顾前方，没注意身边走过来一个男人，一把拉住她的手腕。

“方曼姿？”

蓦地被人扯住，她吓了一跳，赶忙甩开对方的手。

她皱眉，正要发作，待看清来人，紧蹙的眉头舒张，她喜笑颜开道："陈北望？好巧啊！怎么会是你！"

来人一身休闲装，惯常打篮球的人，身高总是出众的，那一身玩世不恭的气质，并未因为他有些正式的着装而有所收敛，反而显得像个雅痞。

他弯着嘴角，温文地笑道："看你刚才表情吓得，以为你不认识我了。"

"怎么会，那也太不够朋友了吧！"她忍不住在他肩上捶了一下，像男人与男人之间，"高中毕业都这么久了，你还能把我认出来，说真的，有被感动到。"

"起先也没敢认。"陈北望懒洋洋翘起一边嘴角，"以为是哪个女演员呢，哪敢乱认。后来听见你喊周熙昂，我才敢确定是你。"

"跟他有什么关系。"

陈北望比她高很多，看她时微微垂着眼，这个角度看过去时，显得他眸色更深，配合他这玩世不恭的笑，总觉得里面藏了什么东西。

他说："你行不行，以前你就总跟在他后边，这么多年过去，怎么一点长进都没有？那时候，每次叫你出来玩你都不来，你可是当初重色轻友的典范，放在过去，抓典型就专抓你这种，知道不知道？"

他一面说，一面竖起食指在她额头上戳啊戳，不过力道不重，就这秋后算账的气势有些吓人。

"我哪有！不是我！你不要乱说！"

她一个否认三连，头摇得跟什么似的，陈北望也不跟她计较。

他挑眉，问："怎么，还谈着呢？我记得你们后来不是分了吗？"

"啊，没，现在是有些工作关系。"她不想多谈这个，便把问题抛了回去，"那你呢，你来这边干什么？我记得你不在安城？"

"嗯。"陈北望懒懒地应了一声，"过来开个会。"

"哦哦。"

她没多问，只是点了点头。

陈北望见她还跟以前一样，不禁在她脑袋上揉了揉，说："哦什么，见到我就拿这种话来敷衍我，嗯？"

方曼姿拍掉他的手，捋顺自己的头发，说："谁让你乱碰，都弄乱了！"

见她这样气鼓鼓的，陈北望愉悦地勾起嘴角。

似是察觉到了什么，他微微偏头，看到前方不远处，周熙昂单手揣进口袋，静静立在那里，凝视这一边。

陈北望看见了却没说。

他抬手，帮方曼姿理好刘海，动作自然随意，像是早就做过无数次那样。

“好了，瞧你笨的，这么半天都弄不好。”

“那不是很正常嘛，我眼睛又看不到，我怎么知道理好没有。”

陈北望看了眼时间，说：“我还有会要开，这样，先加个微信。”

当初他出国，就跟国内同学断了联系，并没有彼此好友。

“哦，可以。”

方曼姿掏出手机，亮出二维码。

“叮”一声。

陈北望就这样，拿到了周熙昂当初费尽心思才加到的方曼姿的微信。

顺利加上微信，二人没再多聊，陈北望离开，方曼姿晒得不行，赶紧上车。

车内开了空调，一进去就驱走身上的燥热感，像是跑毒的人突然进了安全区，舒服得紧。

周熙昂发动车子。

方曼姿看了眼时间，说：“中午了，你饿不饿，我们去吃饭吧？”

“想吃什么？”

说到吃，方曼姿的心思立即活络起来，她认真想了半天，说：“安城有一家私房菜不错，我们去吃那个吧！”

“行。”周熙昂说。

在吃这件事上，他一直尊重她的意见，这么多年始终如一。

她心意得到满足，不禁有些开心。

周熙昂导着航过去，路上时不时传来电子女声，听着冷冰冰没什么感情，显得车内气氛更差了。

她莫名觉得车里很闷，说不上为什么，气压都很低。

她侧过头，见到周熙昂毫无表情的一张脸，一如既往的清俊冷淡。

到底是哪里出了问题呢？

她懒得多想，拆开送给她的礼盒，打开一看，黑色的丝绒内盒盛放着五瓶 30ml 的香水，味道不一，她挨个打开试了试。

他家的香水有一点好，即使这个味道不是你喜欢的，你也不会觉得很讨厌，调香师很懂气味。

方曼姿闻到一个觉得符合心意的，她拿着香水盖子，凑到周熙昂那边，说：“这个味道不错，你闻闻。”

“难闻。”

方曼姿拿回来，又闻了一次，说：“明明很好闻啊，你闻错了吧？”

“不怎么样。”

被他这样一说，方曼姿兴致立即少了许多，把盒子重新扣上，心里想着，原来周熙昂就是他家调香师这张横扫全世界消费者细密大网的漏网之鱼。

她把盒子放在腿上，抚着盒子，说："哎，你知道吗，我刚才看到陈北望了。"

他淡淡应了一句："哦，是吗？"

"是呀，他比以前变了不少，我还以为他会一直待国外不回来了呢，想不到这么巧，竟然在这里碰到了。"

陈北望跟她是高中同学。

在她跟着周熙昂之前，她身边最常出现的异性就是陈北望。

两人高一军训时就成为了好哥们，为什么呢，陈北望这人有点嘴贫，在一群人互相不熟的时候，最让人心生好感的，绝对是人群中讲话最好笑的那个。

陈北望就是这么一主儿。

军训站位是男生两列，女生两列，方曼姿身为女生中个子较高的那个，就站到了第一排，与陈北望紧挨着。

每到休息时，陈北望这个嘴贫的，就捅捅她的手肘，跟她说些有的没的。

有一次，他就捅她，指了指树下"病号连"，说："看到睡觉那位姐姐了没？"

操场边上有排水的沟渠，为了区别沟渠，会在两边建筑几十厘米高的水泥台。

"病号连"的同学就在有树荫的水泥台周围休息。

而陈北望所指的那位同学，就躺在水泥台上睡觉。水泥台很窄，一旦这位同学睡熟了，说不定就会翻身掉进沟里，确实有些危险，危险中又透着些好笑。

那画面，恐怕只有星爷的电影中才会出现。

方曼姿收回目光，点头："看见了。"

陈北望的语气有些欠，说："我看了她一个小时。"

方曼姿忍不住吐槽："你偷艺呢？"

陈北望不禁看她，他碰见这么多女生，看到他要么害羞，要么不敢说话，就算说话也不像她。

怎么说，他一下子来了兴趣，吊儿郎当道："我还用偷？按我的水平，我得指点她两招。"

方曼姿也是个口齿伶俐的，顺着跟他侃："怎么，这还是江湖失传的绝技？"

"这是一种少林武功。"陈北望有了瞎侃的劲头，"睡佛知道吗？

这招就是他自创的。”

方曼姿想了一下睡佛侧卧的睡觉姿势，再看这个女生侧睡的样子，的确有点像，不禁笑了。

军训的休息时间短，侃了没两句，连长就吹了哨，他们不得不起来。

因着这一回，他们俩一到休息时间就聊天，越聊越投机，就这么成了好兄弟。

不过也不仅仅是这些，让方曼姿决定跟这个人做朋友的，还有一个很小很小的细节。

是休息时她口渴，买了一瓶可乐，喝了几口，又开始训练了。

这次训练结束就到了吃饭时间，从训练场地到食堂有好一段路途，通常每个队列都是跑步前进。

方曼姿看着瓶子里的可乐，有点进退两难。

扔掉浪费，她刚喝了几口，还没喝够呢。不扔，她拿在手里没办法，跑步碍事，兜里装不下，更重要的是，跑步颠簸会让可乐瓶里面充满气体，再打开，说不定溢得满身哪儿都是。

她当时纠结了一分钟，难以取舍。陈北望习惯性侧头看她，见她呆呆站在那儿，伸手在她额头弹了一下。

“你冥想呢？”他问。

“没啦，我是在想这瓶可乐，我到底是要拿着还是扔掉。”

“当然拿着。”

“我怕晃得里面都是气泡。”

陈北望朝她伸手，说：“拿来，我帮你拿。”

她不信任地睇他，说：“咱们不是一起跑步吗？我拿晃，你拿就不晃？”

陈北望嗤了一声，说：“我有睡佛之力，不让它晃，它肯定就不会晃。”伸到她面前的手又招了招，“给我，要是晃了，我赔给你。”

他这样说，虽然还是有些不信任，但她还是把可乐递给了他。

前面的连队已经离开，轮到他们连队，教官一声令下，所有人都跑步前进。

跑步的过程中，方曼姿不禁向陈北望那边垂眸偷瞄，他的右臂稳稳握着可乐瓶身，手臂不动，可乐就算偶有轻晃，也只是很轻地漾了漾。

看着很稳。

她不禁又看了陈北望一眼，这人个子比他高，人长得痞帅，看着就像个招猫逗狗的，不是什么老实人。

但那一瞬间就很奇怪，他莫名在她心里种下了，名为可靠的种子。

等他们到了食堂，陈北望把可乐交到她手里，里面的深色液体一点气泡都没，他得意地挑眉道：“看看，什么叫稳。别说一瓶可乐，我就是端一碗水跑过来，都不带洒出一滴的。”

就是这么一个人，满嘴跑火车，这样小的一件事，她从此将他视为朋友。

可在后面的高中生涯中，经历过的每一件事都让她深深觉得，她没有交错这个朋友。

直到她遇到周熙昂。

高三转了班，她跟其他同学关系多多少少淡了些，唯独每次见到陈北望，二人还是多年如一日。

是因为她觉得，她跟陈北望就是不一样，他们是一起侃山吹水的革命友谊，就算所有朋友都会背叛她，陈北望也不会。

她当时高兴地告诉陈北望，说她有了喜欢的人，陈北望当时在操场上打球，不知是不是太为她高兴，向来投篮必中的他，那一次竟失了手。

篮球砸了篮板，反弹回来，一下一下砸在地上，他也没捡。

“哪个班的？叫什么？我得帮你打探打探这人怎么样。你这么傻，可别再让人骗了。”

“你才傻呢，我的眼光不需要怀疑，谢谢。”

方曼姿翻了一个白眼表示不满，但还是害羞地说了名字：“他是十三班的，叫周熙昂。”

“这不是那个学霸吗？”陈北望捡起篮球，抱在怀里，“怎么就看上他了？他哪点好？我倒要听听你眼光的标准在哪儿。”

他漫不经心地一边投篮一边听她讲。

方曼姿总不能直说看中人家长得好看，显得她太过肤浅，于是双手负后，念念有词：“就是，崇拜优秀的人不需要什么理由吧？你看他数学成绩，几乎满分，还有他英语成绩，140 分，多厉害啊！”

“就这？”

“这怎么了？”方曼姿不满他这副鄙视她审美的样子，“这标准很简单吗，你数学 80 分都没有呢，英语更是差，你没资格说人家吧？”

陈北望啧啧两声：“你看看你，我还没说什么呢，你这就护上了？我已经预见到了你将来重色轻友的样子，怕是连我是谁都忘了吧？”

“怎么可能！我是那样人吗？”方曼姿不满道。

陈北望是这样说的：“俗话说得好，烈女怕缠郎，你每天缠着他，润物细无声，懂吗？让他习惯你，慢慢就成了。”

没想到他的办法果然奏效。

第二天，她兴高采烈到操场去找陈北望，说：“谢谢你啊陈北望，幸亏有你！”

陈北望一失手，球又没扔准。

“你成了？”

“对啊。”方曼姿眨眨眼，很快觉得不对劲，“你什么表情啊，不应该高兴吗？”

陈北望说：“高兴什么，我已经看到了我的未来。”

“放心吧！”方曼姿踮脚，拍拍他的肩膀，“我是不会让这种情况发生的。”

话音刚落，她就看到了操场那边的周熙昂，也许是巧合，周熙昂恰好也在同一时间看到了她。

她收回手，朝周熙昂热情地招了招，然后拍了一下陈北望的手臂，说：“你等着，我介绍一下。”

她颠颠跑到周熙昂身边，脸上是明媚的笑：“你怎么没在班里？正好，我给你介绍一下我的好朋友。”

她牵住他的手臂，扯着他走到陈北望面前，说：“这是我的好兄弟，陈北望，介绍一下，这是周熙昂。”

陈北望接住回弹的篮球，夹在腰间，对周熙昂伸出手，说：“你好啊。”

周熙昂扫了眼他有些脏的手，没握。

“你好。”周熙昂说罢，侧头看向方曼姿，“我还有作业没写完，先回去了。”

“啊，好吧，那我送你回去。”

“不用。”周熙昂说。

他一个人离开，留下一个冷淡的背影。

“他看起来不太欢迎我呢。”陈北望一边拍球一边说。

“不会，没有。”

方曼姿生怕陈北望误会，努力解释道：“他这个人就是这样，对我也是。”

“是吗？”

陈北望又投了一球，重重砸进篮筐里。

“我看不见得。”他说。

第十章

凭什么在原地等你

陈北望认为周熙昂并不喜欢他，但在方曼姿看来，周熙昂对谁都是那样的态度，并没有什么不对的地方。

大部分时间，她都是围着周熙昂转，但她始终记得陈北望说过的话，她也不想做他嘴里重色轻友的那种人。

因此，她跟周熙昂在一起后，有时路上碰到陈北望，她都会停下来，跟他说两句有的没的废话。

陈北望讲话比较好笑，每次都把她逗得大笑，笑完再看一旁的周熙昂，他都敛着眉目，没听见一样。

冷淡气息将他跟他们两个硬生生拉扯开，他独自一人站在无形屏障外，淡漠，孤寂，凡尘俗世的热闹喧嚣都与他无关，他是没有情绪的看客。

一次两次还好，总是这样，方曼姿不得不在意他的想法，问他："熙昂，你是不是不高兴？"

周熙昂语气平静道："没有。"

"他是我朋友，关系一直很好。我怕不理他他会说我重色轻友，所以就多跟他打个招呼。"方曼姿向他解释，"但你好像不太喜欢他，我能知道为什么吗？我感觉可能有什么误会。"

误会。

当一个人信誓旦旦认为你们中间有误会的时候，说明这个人潜意识更相信那个第三人。

为什么是他误会陈北望，也就是说，在她看来，陈北望根本就不会有不好的地方。

她就那样信任陈北望？

周熙昂嘴角动了动，淡淡抬眸，问："重色轻友怎么了？"

这个问题把方曼姿问住了。

她没想到会是这个回答。

她解释道:“就是……会被他们讲,比较难为情。而且设身处地想一下,如果我的朋友冷落我，我也会难过。”

“我知道。”他语气仍旧平淡，“他是你的朋友。”

“那你怎么看起来不太高兴呢?”

“没有。”

“真的没有吗?”

“你想多了。”

她盯着他看了好半天，见那张脸表情没什么破绽，才说：“我怕你不高兴嘛。”

“不会。”

“嘿嘿，你最好了。”

在后来，三个人就这样相处，偶尔也会结伴一起出门，他们两个互相不说话，可也相安无事。

她以为他们怎么也算相识一场，提起来，没想到他还是这个反应。

不过也是。

陈北望是她的朋友，他有什么必要对她的朋友友好以待?

他既然不喜欢她,更不会喜欢她的朋友,恨屋及乌的道理她不是不懂。

方曼姿想到这层，当下闭嘴没有再提，沉默在车内蔓延，空气中隐隐透着些许不快。

过去的事就像一道疤，时间风化，疤淡了，痕还在。

这痕刻在二人心口，一人抚了，两个人都会作痛。

欧阳生日在这个月，方曼姿备了礼，下班后连忙赶过去，跟鞠恬恬一起为他庆生。

来的还有欧阳的两个朋友，方曼姿跟他们不太认识，但她不是内向的人，加上长得美，那些朋友有意殷勤，很快熟了起来。

一众人玩得高兴，吃过饭，商量着去酒吧。

方曼姿在兴头上，也就喝了点酒。

自打出了蒋驰那事，她很久都没有这么放松过。

酒吧音乐吵闹，几个男人在那边玩闹、聊天，方曼姿跟鞠恬恬就坐在一边，喝酒谈着近况。

她把陈北望回来的事跟鞠恬恬说了。

鞠恬恬重重放下酒杯，声音都扬了八个度：“什么？他还知道回来？”

方曼姿打了个酒嗝。

鞠恬恬冷笑一声，说：“也符合他的作风，走是一声不吭就走，回来也一声不吭就回来，要不是突然碰到你，估计是不会跟我们这些人联系了。人家走得多干脆，什么联系方式都不要了，咱们这些人算什么？”

她没有第一时间告诉鞠恬恬，就是猜到鞠恬恬会是这个反应。

鞠恬恬重感情，而陈北望走得那么干脆，根本不顾念同窗之谊，对鞠恬恬来说已然触碰了底线。

她心底也曾有怨，但想到陈北望那个人，还有他们相处时那些点滴，她忍不住想，也许他是有什么苦衷，或者另有隐情，她怨不起他来。

她说：“那改天我把他叫出来，你骂他一通出出气，他肯定不敢还嘴。”

“得，别了，我可不见。人都没说想见我，就别干这不凑趣的事儿了。”鞠恬恬翻了个白眼，“不过他要真有本事，断了就别往人跟前凑，怎么，走也是你，回来也是你，我们就得在原地等着你？”

方曼姿没说话。

欧阳的朋友过来，喊她们过去摇骰子，话题岔开，谁都没再提。

从酒吧离开已是深夜，欧阳的朋友打车把方曼姿送回兴和苑，下车前，对方跟她要微信，方曼姿酒量不错，这时也喝得醉了。

她轻轻晃了晃食指，说：“不好意思，我结婚了。”

虽然无名指上光秃秃的，可也没几个人会拿结婚开玩笑，对方脸上不无遗憾，跟方曼姿挥别，出租车扬长而去。

方曼姿站在路边，大脑微微发昏，醉酒后意识清醒，行动上却有些混沌。

她走向小区大门，一边走一边在包里摸钥匙。

在摸到镜子、口红、粉饼、巧克力、充电器、湿纸巾等等一些杂物之后，唯独没有摸到钥匙。

哎？怎么没有？

她里里外外又摸了一遍，这才发现，自己似乎把钥匙落在了公司。

这会儿是深夜，就算进大门可以把门卫保安喊起来，那住宅大门怎么办？

她还等着回家卸妆，而她现在硬生生被拦在门外，进也进不去。

她身子一晃，气得在门上踢了一脚，即使被酒精麻痹了些许神经，她这一脚下去还是感觉脚尖很疼。

她弯腰躬起身子，在原地缓了半天。

这一躬身，全身血液都聚到了头顶，她的头脑更昏了。

她缓缓蹲在地上，手指穿进发间，醉酒的感觉飘飘然，身体很沉，但思维要比往常更加跳跃。

要是能在这儿吹一晚上冷风，也挺舒服。她快乐地想。

想着想着，她不自觉开始笑，一边笑一边掏出手机，去拨周熙昂的电话。

电话通得快，看来他也没有睡。

她也知道他没有睡。

她说："我钥匙落公司了。"

"……"

"你来给我开门。"

"你可以住酒店。"他的声音十分冷静。

方曼姿皱了眉头，声音随着不满而提高："我不想住酒店，我要回家，我有家回为什么要住酒店？而且我一个女孩子，都这么晚了，你还让我一个人睡酒店，我要是出事怎么办？你想过吗？你没有！你的心里只有你自己！"

她说着说着，情绪太过激动，挥舞的手臂一不小心打在铁门上，"咣当"一声，痛得她眼泪都出来了。

这么大的声音，显然周熙昂也听见了。

他问她："你喝酒了？"

"我喝酒怎么了，关你什么事！"她又疼又气，"你就是不想给我送钥匙，我看出来了，那就不要送了，我也没有求着你送，我这就去露宿街头。"

"……"

方曼姿挂断电话，蹲得太久，大腿血液凝滞，她扶着大门摇摇晃晃地站起身，腿部酸麻异常，她靠在门边上，吹夜风醒酒。

太阳穴那里隐隐发胀，有点难受，又因为刚刚在电话里发泄了一通，有了些不该有的快意。

也不知道吹了多久，路边停了一辆车，车窗缓缓降下来。

方曼姿瞧见了，心想，来得很快嘛。

她站着没动。

那车调转方向开到大门口，陈北望从车上下来，走到她面前，扒拉她的小脸，问她："大半夜不睡觉，站门口干吗呢？"

她看了他一眼，有些不满："怎么是你啊？"

陈北望听笑了，单手揣进口袋，挑起一边眉毛，说："不是我，还能是谁？幸好我今天回家晚，要是早了，你打算在这儿站多久，一晚上？"

方曼姿皱眉道："我以为是周熙昂。"

陈北望笑意残留在嘴角，他一点点收起，抬手在她额头上弹了一下，说："周熙昂，又是周熙昂，你这小脑袋瓜里除了他，就没有别人了是不是？我都站在你面前了，你还想着他，当我不存在是不是？"

她捂住额头，没什么威慑力地瞪他，说：“你别弹我！你就知道欺负我！怪不得你没女朋友呢，你这样，谁会跟你谈恋爱。”

陈北望盯着她瞧，看她揉着额头，眉头不悦地皱着，小表情满是怨念。

他忽地就笑了，轻轻念了一句：“是啊，怪不得我没女朋友呢。”

方曼姿说：“你别管我了，你回你的家去，我等周熙昂来找我。”

陈北望看了眼时间，说：“都几点了，你还等他？你等了他多久？从上学时你就在等，现在又在等，你打算等他一辈子不成？”

“我没有啊，我刚给他打完电话，这不是被你先赶上了嘛，我怎么就等他一辈子了？”

过去这么多年，他说话这个德行还真是一成不变。

陈北望垂眸看她，说：“被我先赶上，可你还是在等他，不是吗？”

“我本来就是要找他……”

闻到她的酒气，他也不跟她争，转过头四下看了看，大街上车流不少，周围没什么人，偶有一些夜跑的青年人，他看着也觉得危险。

他说：“走吧，上车里等。”

“那他来了找不见我怎么办？”

“那就让他多等等。”

“哦。”

她被他搀扶着上了车，有了地方休息，她觉得好多了，闭上眼睛就想睡觉。

副驾驶的车窗是降下来的，他就站在车窗外看她，说：“你是喝了多少？女孩子少喝点酒，多危险。”说完，又念，“他是怎么放心你一个人的？要是我，绝对不会让你一个人去酒吧。”

方曼姿手臂一挥，语气含混地回道：“他都不管我的。”

月光照在她的脸上，这张脸白皙、清透，恬静中沾了些娇。

陈北望伸手，抚掉她额前的碎发，说：“那你还喜欢他？”

她点头：“我就喜欢他不管我。”

“……”

他没说话，到路边看了看，也没见有什么车要过来的样子，他走回来，上了驾驶位，就在车里，陪她一起等。

等了许久，也没等到他来。

时间这么晚，陈北望有些不高兴，身边的方曼姿看着太醉，他拿起她手里的电话，用她的指纹解了锁，找到最近的通话记录，给周熙昂打电话。

电话接得很快。

陈北望开门见山，语气是礼貌的，内容却不怎么友好：“我是陈北望。

你还有多久到？如果今晚不来，人我就带走了。”

“到了。”

就挂了电话。

陈北望面对挂断的界面，不禁在心里想，这么多年，周熙昂真是一点都没有变。

很快，他从后视镜中看到停在路边的车。周熙昂从车上下来，昂首阔步地走到车前。

陈北望也下车。

周熙昂把方曼姿从车里扶出来，后者迷迷糊糊地睁开眼，看到眼前熟悉的人影，当即不满了起来，说：“你怎么才来啊，我都要睡着了。”

她在车里躺了这么久，酒精上头，身子沉得更厉害了，站都站不直。

周熙昂揽着她的腰，软软的娇躯信赖地贴上他，抱怨的尾音更像撒娇，平添几分磨人的意味。

他身子僵直，没有回应她的话，凉凉目光如水一般落到陈北望的脸上，问：“你怎么在这里？”

陈北望挑眉笑道：“你说呢？”

周熙昂不置可否，说：“谢谢你照顾她。”

“哦，不用谢。”陈北望很快反应过来，语气随意，“我也是习惯性操心，想不到过去这么久，她还是这么不省心，辛苦你了。”

“没什么。”薄削的嘴角微翘，不是什么太明显的弧度，“分内之事。”

二人的视线在空气中交汇，气氛逐渐微妙，四周弥漫了些许硝烟。

方曼姿从周熙昂的怀里抬头，抓他腰间衬衫的手晃了晃，说：“走不走，我好累。”

隐形战场被她打断，周熙昂收回视线，去看怀里的女人，说：“累了还不早点回家？”

“欧阳今天生日，而且我钥匙都忘了，早回家晚回家不还是一样进不去嘛。”她说完，补了一句，“你少管我。”

周熙昂抬头，对陈北望道：“抱歉，我要带她回家了。”

不待后者说什么，他揽着她向大门走去。

陈北望看着他们的背影，眸光隐隐跳跃。

周熙昂赶到兴和苑正门时，方曼姿正在被一个男人搀扶着，上了一辆车。

在此之前，他远远看到一男一女在门前举止亲密，他都没有想过会是他们。

直到近了，看到熟悉的身影，即使没有看到对方的正脸，他也一眼就能够确定，那个男人就是陈北望。

他怎么会忘呢。

这样的场景，他看过太多次，太多太多次。

曾经，他们一起走在校园的路上，教学楼走廊里，上学放学的校门口必经之路，还有很多很多角落，他都会看到陈北望，看到他们一起笑闹的样子。

有时他会觉得，也许在他们三个人中，他才是多余的那个。他们一起谈笑什么内容的时候，他就像一个怎么也闯不进他们之间的外人，什么也插不上，什么也接不了。

而他们，却有太多说不完的话题，讲不完的笑料。

她说，他们是朋友，她不想冷落了陈北望。

那么，为什么不能冷落呢？他想过无数次，却怎么也想不通。

看到她坐进陈北望的车里，他甚至卑劣地想要去计较，假如他不出现，她会在多久才会想到他？会不会永远也想不到他，毕竟她和陈北望两个一旦碰见，就那么快乐，他去干什么，破坏气氛吗？

他的车就停在对街，有树挡着，他们看不见他。

他像一个阴暗的窥视者，被那种阴暗的情绪笼罩，他觉得自己卑劣而见不得光，一边鄙薄自己，一边又控制不住自己的心绪。

直到那一通电话，让他彻底清醒过来。

在听到陈北望声音的那一刻，他忽地释然了。

卑劣又怎么了？阴暗又怎么了？不是什么事情都要讲先来后到，他凭什么要做那个放手的人？

此时，他带着她走进园区，夏日蝉鸣清脆，月光透过树叶缝隙，二人交叠的身影不断掩映。

她身上的酒气缭绕，柔软娇躯倚着他，与他紧密相贴。

“怎么还没到啊，周熙昂，你是不是故意骗我？”她喝醉了，在他怀里哼哼唧唧的。

她任性时，总是对他多有质疑，却能做到对陈北望无条件信任。

他声音微冷：“那他呢，他就没有骗过你？”

方曼姿哪里知道他说的你呀他呀的到底是谁，她偏不肯叫他如意。

她说：“对啊，就是没有骗过我，只有你骗我。”她胆子大了起来，“反正你对我一点也不好。”

他不理她，她就开始顺杆爬：“你让我睡酒店。

“还不肯给我送钥匙。让我等这么久。

“要不是陈北望，我一个人遇到危险你都不知道。

“他还让我跟他走，要不是怕你来了找不见我，我真的要跟他走了。”

她住的楼离大门不算远，说着话已经进去了。

他单手揽着她，刷卡按梯。

她昏沉沉地靠在他肩上，嗅着这股子味道，她微微皱起眉头。

这个男人，怎么就该死的那么好闻呢。

可他心里一点都没有她。

她从小到大要什么都有，唯独周熙昂，她每次回想，都觉得尝尽了挫败的滋味。

她又小小声念："周熙昂，你一点也不好。"

"叮"一声，电梯门自动拉开，已经到了楼层。

他带她走到房门前，将她放在门边上，掏出钥匙开门。

方曼姿侧头间，看到他的动作，他身材修长，伸手拧门锁，眉目清冷俊逸，下颌线轮廓分明。

她去夺他手里的钥匙，说："我自己开。"

她把钥匙握在手里，看半天都分不清哪个才是真正开门的钥匙。

试了半天没结果，她转身，把钥匙摔到他怀里，问他："你是不是在拿假钥匙骗我，你根本不想让我进去？"

为什么，他就那么讨厌她吗？连这也要戏弄她？

周熙昂接住，凝视她半晌，最终把钥匙揣进口袋，定定回答："是。"

"你——"

"我骗你，我一点也不好，既然他那么好，你当初为什么要来招惹我？为什么不去跟他在一起？"

他说着，步步逼近。廊灯被他的身影遮挡，她笼罩在他的高大身形里。

退无可退，她微微蹙眉，说："周熙昂，你到底在说什么？"

"方曼姿，你真的喜欢过我吗？"

他单手撑门，拦住她一边去路，这姿势有着绝对的压迫性，她只得看他。

这双寒潭般的眼眸直直地盯着她，无数情绪潜藏在那寒潭之下，汹涌暗流，表面却没有任何波澜。

这个问题犹如一根刺，刺进方曼姿的心口，让她觉得自己像个笑话。

胸腔中憋了一股气，热血逐渐上涌，她握了握拳，扬手就是一巴掌。

"没错，你猜对了，我没有喜欢过你。以前那些都是开玩笑的，你不会当真了吧？"

她嘲弄地发笑，喝了酒的眼有些迷离，这时看着，则成了轻蔑。

"周熙昂，你有什么值得我喜欢？你凭什么让我喜欢？我就是玩玩而已，玩够就算了，想不到你还会在意这种小问题，真让我觉得没劲。"

她不想再看他，转身就要走。

周熙昂强按住她的肩膀，把她按回在房门上，捏住她的下巴，重重吻了下去。

她已经败在他手里，却还是装作不为所动的样子，静静地看着他。

“周熙昂，你疯了？”

“是，我疯了。”

这一刻，他没什么不能承认，也没什么底牌不能亮。

他紧紧盯着她，道：“如果不是疯了，我也很想知道，为什么开始的人是你，最后却是我陷进去更多了。”

她的身子轻轻一震，酒意散了些许，吃惊地看向他。

“现在，我只想知道一件事。”他停了停，抬眸凝视着她，“方曼姿，你对我到底有没有过真心？”

这问题，更让她觉得不值，青春也像一场笑话。

连她有没有喜欢过他都看不出来，那她算什么，一个人的独角戏？

她回答他的话：“没有。”

周熙昂周身的气息冷了冷。

她以为会迎来他的怒火，她甚至想要看他发怒。

“那现在呢？”他的语气意外平静。

她暗暗蹙眉，道：“周熙昂，这很重要吗？”

“对我来说重要。”

“我们结婚本来就是错，你还嫌不够？”

周熙昂定定看着她，说：“反正已经错了，倒不如将错就错。”

话音淹没在黑夜里。

久久没有等到她的回答。

酒精使她身子疲乏，反应迟钝，她甩了甩头，平静地说：“不。”

她想起酒局上，鞠恬恬拿来形容陈北望的一句话，此时拿来形容周熙昂刚好。

她淡淡复述：“周熙昂，当初分手是你，将错就错也是你，我凭什么要在原地等你？”

他没有动。

“过去的事已经过去了，我们谁也别提，婚是假结的，假的真不了，保持现在这样的关系也挺好的，不是吗？”

她语气冷静。

周熙昂嘴角微抿：“你这样想？”

“当然。”

不想气氛僵在这里，她转过头，用手指抓了抓头发，满不在乎道：“今晚的话我当没听过，你回去吧。”

是他一次次把尊严双手送上，供她如此践踏。

他抿唇，转身大步离开，背影十分干脆。

宿醉的滋味并不好受。

方曼姿第二天睡醒，只感觉自己像被人打了一顿那样，浑身难受，头痛欲裂。

她坐在床上，一边敲打太阳穴，一边在头脑中复盘昨晚发生的事。

她喝醉了，之后回家……

不对，她好像……见到了陈北望？

陈北望。

怎么又看到他了？

她仔细回想半天，怎么也想不通其中关联，就没再勉强自己。她下床，到卫生间洗漱。

电动牙刷轻轻嗡鸣，她一边刷一边看着镜子里的人，眼睛半睁不睁，还是一副没睡醒的样子，头发也乱糟糟的。

电光石火间，她又想到了什么。

——周熙昂昨晚是不是也来了？

怎么陈北望来了，他也来了？她这里是什么风水宝地吗，全都要过来蹭一蹭？

她暗暗翻了个白眼。

她吐掉嘴里的泡沫，接水洗掉嘴边牙膏，指腹与嘴唇摩擦的瞬间，她零零散散想起了一些片段。

……

喝酒果然误事！

她酒量称不上多好，比起那些不太能喝的人还是不错的，但她很少喝醉，因为她知道，她喝醉后酒品不是那么行，会稍微有那么一点点……不讲道理。

方曼姿一拍额头，整个人都清醒了。

能记起来的这些都这么心惊胆颤，那些记不起来的部分究竟发生过什么，她不敢深想。

她化好妆，起早到公司去，连早饭都没吃。

难得有一天她比潘柔来得还早。

潘柔问："这么早？"

"你来了。"方曼姿从打包的麦当劳早餐里抬起头，无精打采跟她打了个招呼。

潘柔到座位上，问："今天怎么了？来得太早，不像你的作风。"

“没怎么……”她答，“有点失眠，反正睡不着，早点来上班。”

“这样啊。”潘柔点点头，打开电脑。

方曼姿一边吃东西，一边看时间，想着他要是来了，她应该怎么跟他解释。昨晚她喝醉了，都是酒精惹的祸？

她琢磨着，等他来了之后，是不是得跟他好好道个歉。

她在座位上等了很久，每分钟都很煎熬，上班时间一过，几个助理都来了，周熙昂还是没有出现。

会不会是有什么事？

她一直探头探脑，工作也不专心。潘柔注意到了，问她：“你在等周总吗？”

方曼姿有种被抓住小辫子的心虚，脸颊微微发热，解释道：“他之前交给我一份工作，想找他汇报一下。”

潘柔问：“很急吗？”

“嗯……也不是特别急。”

潘柔说：“那你可以等周总明天上班再找他。”

“好的，谢谢。”方曼姿点点头，转回身去才品味出不对，“明天？他今天不来吗？”

“对的，周总今天有事，不过来了。”

“……”

他怎么就不过来了呢，有没有点敬业爱岗的精神？

这个总裁能当不能，不能当就换她来当！

方曼姿再一次上演了一下“美女无语”，但不知道是不是自己太自恋，她总感觉他今天没来公司是跟自己有关。

她找到周熙昂的微信，面对着对话框，手指悬在键盘上，落了又放，放了又落，有点不知道如何开口。

算了。

快到午休，她提前离开公司，打车买了份滑蛋牛肉饭，又买了餐后甜品，直奔长提湾。

她记得他住这儿。

到了长提湾，这一片是市中心的江景小区，应该是安城最贵的地段。她望着这一栋栋耸入云霄的大楼，再想想自己住的地方，贫富差距顿时就显出来了。

她叹了口气，到小区入口，门还没进去，直接被保安拦在门外。

“您好女士，请问有什么事吗？”

“我找人。”

“找人？哪栋住户，叫什么名字？你是他什么人？”

"……"

她一个问题都回答不上来，保安看她的眼神逐渐可疑，对讲机拿到嘴边，就要喊人过来。

"等一下！先别喊！"她连忙伸手阻拦，掏出手机，拨通周熙昂的电话，边拨边说，"我打个电话先问问。"

电话拨过去，半晌没人接。眼见保安的眼神越发危险，她心里急得直冒火，在保安面前还要保持从容不迫的样子。

接啊接啊，快接啊！

电话响了第二轮，眼瞧着就要挂断的时候，手里的手机猛然通了。

周熙昂冷淡的声音传来："什么事？"

方曼姿脸不红心不跳，谎话张口就来："周总，这边有一份文件急着要您签字，您家里地址给我一下，我同城给您寄过去。"

以她对他的了解，如果她直说自己在他小区门口，他肯定是不会让她进来的。

果然，她这样一说，电话那头的人顿了两秒，随后报了一串地址。

方曼姿赶忙记在心里，说："谢谢周总，周总辛苦了。"

对方一声不吭地挂断电话。

"……"

她已经意识到今天有多么不妙了。

收了手机，她对保安报出地址，随后说："我是他的秘书，找他是为了工作上的事，现在可以进了吗？"

保安登记了她的个人信息，这才放她进去。

她在小区里找了半天，终于找到了周熙昂住的那一栋。

乘电梯上楼时，她还在想，估计他见到她，脸色肯定不会好到哪儿去。

他住在顶层，一整层就只有他一个住户，方曼姿站在门前按门铃，心里微微忐忑。

如果用寓言故事来描述她的行为，那大概是东郭先生和狼，农夫与蛇，种菜人与狗。

当然，她是一切恩将仇报的故事中，充当禽兽的那一方。

这么一看，她可真不是人啊……

方曼姿悻悻地想。

她这个想法，在看到周熙昂后，瞬间从心头蔓遍全身，扩大再扩大，一下子从忐忑变成了心虚。

周熙昂衣着随意，腰身挺拔站在门内，他一双眼眸清寒，面无表情地睨着她。

四目相对，他没开口，她也不好意思讲话。

就这么在门口静静对立着。

她手里拎着打包的外卖，手指紧了紧，酝酿着能缓解气氛又不尴尬的开场白。

结果半天没酝酿出来。

她伶俐的口齿在这一刻全发挥不出作用，可在那双眼睛的注视下，又不能什么都不说。

“你……”

她“你”了半天，一句话都没憋出来。

周熙昂等不下去，他也没有那么多耐心陪她耗。

“你来干什么？”

“听说你没来公司，我过来看看……”

“看完了？”

“什么？”

周熙昂别过眼，就要伸手关门。

瘦长的身子向前倾过来，与她的距离瞬间拉近，漆黑的眼眸如寒潭，她怔愣一瞬反应过来，连忙用手撑住门沿，秀气的眉头不满地皱起。

“我来都来了，别关门呀，这房子还是我们的共同财产呢，你就当我回家还不行吗？”

她也不给他辩驳的机会，一手撑门，整个身子一伏，顺着他手臂下面的缝隙就钻了进来，收回手时，他那股劲儿刚好把门关上。

“嘭”一声，房门闭合，玄关处只有他们二人。

周熙昂的面色如同一碗凉水。

算了，来都来了。

方曼姿将心一横，她毕竟有错在先，也没什么身段放不下，于是别别扭扭换了个缓和的语气道：“那个什么，你吃饭了没，我过来的路上买了饭，你没吃的话就吃一下吧，不想吃也可以扔掉……”

周熙昂一动不动地站在门口，一直盯着他，表情并没有因为她的话而好看到哪儿去，跟一尊雕塑似的。

看到这样的他，方曼姿忽然有些佩服自己，她当初是哪儿来的勇气跟着他？

或许这就是年轻人吧，精力无限，感情丰沛，喜欢一个人，即使那个人不喜欢自己也能勇往直前。

换作现在的她，稍微试探一下，对方要是没那个意思，她早跑了。

她又不是不漂亮，两条腿的男人不是多的是嘛，何必非在一棵树上吊死。

他不理她，她也不强求，把买来的午饭放到玄关处，本来是想走的，但是瞥见他，那种愧疚感又上来了。

她也没敢看他，目光虚虚在空中浮着，也不知在跟谁道歉："我昨晚，可能喝得有点多，有些事我不太清醒，你别往心里去，就……反正不是故意的，你明白吧？"

他还是不说话，不说话就算了。她话是说完了，歉也道过了，他们关系就这样，他接不接受是他的事，反正她该做的都做了，也能心安理得一些了。

她收回眼，提步要走。

手臂突然被人握住。

力道不轻，不是她能够轻易挣脱的。

周熙昂侧过头，双眸攫住她，清俊面容棱角分明。

"不是故意的。"他重复着，语气不明，"可我会往心里去，怎么办？"

被他握住的地方，血液逐渐凝滞，像有火在烧。他周身带着强大的压迫感，云层一样向她袭来，将她紧紧包裹。

她咽了咽口水，总觉得不妙，但还是强作镇定，说："你可以把午饭吃了，这样就能往胃里去了……"

周熙昂没接她无厘头的话，手下微微用力，将她拉近自己。

"方曼姿。"他叫她的名字，"这就是你来道歉的态度吗？"

她想了想，她这副避重就轻的道歉态度，可能是比较让人恼火。

她洗心革面，决定郑重跟他道个歉。

"不好意思，我是真的喝醉了。喝酒的人都不太理智，你也知道，一个人在不清醒状态下说过的话，做过的事，那怎么能算数呢，对不对？我怎么感觉好像看到陈北望了？"

她说到这儿，原本有些心虚的语气，这一刻不知因为什么，突然硬气了起来。

"那你就一点错都没有吗？你是不是应该反思一下你自己的行为，是不是哪里惹急了我，而不是一味指责、谩骂。"

方曼姿越说越觉得不对劲："凭什么错都是我一个人的，我看你也挺有问题的，你少在这里指责我，凡事要多从自己身上找原因，你多反思反思你自己吧！"

说着，她从周熙昂的手中抽回手，却怎么都抽不出来。

她拧眉，不满地抬头，说："你放手啊，你还不快从自己身上找原因。你现在这个样子，我越想越觉得你有问题。我就是人太好了才想着给你道歉，你给我放开！"

周熙昂不理她的情绪，而是定定地凝视着她。

"凭什么每一次都是你要怎样就怎样？"

她感到莫名，问："你在说什么？"

"就算说出伤人的话，也能笑嘻嘻当作什么都没发生；喝醉后说一句忘了，就什么都不存在，是这样吗？

"方曼姿，你果然很熟练。"

眼看他越来越近，她不由得向后退。那种压迫感越来越强，她几乎要喘不过气。

"我不知道你在说什么，可我的确是不记得，我没有必要撒谎。"她避开他的目光，"该道的歉我都道过了，我不欠你的。"

她是如此理直气壮，好像全天下的道理都站在她那边，表情含怨，怨中又沾了委屈，小情绪都写在脸上，丝毫不掩藏。

如此不讲理。

也如此让人没辙。

出口伤人的是她，什么都是她惹的，到最后他一个人夜不能寐，为此折磨，她却沉沉睡去，第二天把这一切忘光，没事人一样出现在他面前，问他怎么了？

他怎么了？

他要被她逼疯。

周熙昂恨不得把她捏碎，可看她皱一下眉头，就没法再下狠手。

这么多年，他还是跟从前一样，拿她一点办法都没有。

他没有放开她，凝视她半晌，忽道："你说得不错。既然忘了，那就忘了吧。"

他像是释然了，嘴角自嘲地勾了勾，蓦地松开她的手腕。

她重获自由，连忙按揉被捏痛的腕骨，不由得在心中痛骂周熙昂。

他道："不是来道歉的吗，来都来了，打了人就想走？"

方曼姿警惕地护住手腕，看着他，说："那你还想怎样？"

他不管她，自顾自向房内走。偌大空旷的大平层，视野开阔恢弘，难以想象住在这种地方的人，心胸竟然如此狭隘。

料想他应该也不会对自己怎么样，她稍作犹豫，跟了上去。

周熙昂找出医药箱来，轻轻搁在茶几上，随后坐到一旁的沙发，双腿微张，就那么看着方曼姿。

"帮我上药。"他说。

方曼姿心里不大情愿，说："你又不是没长手。"

他眸色冷了冷："你不认？"

"……"

她双腿灌铅似的走过去，忽然有些悔恨自己为什么要喝多？

她坐到一旁，打开医药箱，从里面找出药酒来，用医用棉签沾湿，然后捏住棉签，手臂伸远了，往他脸颊有指痕的地方涂。

隔的距离不远不近，秉着敷衍了事的原则，她下手没拿捏，想着随便擦一下算了，手下力道不觉中重了些。

“嘶！”

他倒吸一口冷气。

方曼姿听得手一抖，她本身怕疼，看到别人疼，就觉得自己下手重了，下意识身子前倾，朝他脸颊吹气。

“这还疼吗？我下手有那么重吗……”

吹气时与他面颊贴近，他身上那股气息拂过来，短距离四目相对，她不禁想起有一次，她不小心磕到门上，其实疼过那个劲儿就好了，可她就想看他紧张，故意哼唧了好久，周熙昂就把她按在怀里，一手揉她额头，一边细声哄她，哄她好久她才不疼了。

那时，他也像她这样，朝她受伤的地方吹气。

凉凉的，又那么温柔。

现在轮到她来吹吹他。

周熙昂看着她有些紧张的小脸，知道她是自言自语，破天荒地也回答了她的话。

“疼的。”

“啊……”她发出一个单音节，有些不知道怎么办。

周熙昂说：“你多吹两下。”

等周熙昂再回公司的时候，如果不是知情人士，根本看不太出来什么。

一晃到了月末，诺顿这个月业绩不错，按照惯例，公司上下要在周末出去搞团建。

方曼姿没有团建过，对此兴趣寥寥。

好好的周末就应该躺在家里吹空调啊！为什么还要跟同事待在一起，这不是反人类吗？

不过她也不好意思直言。

周六当天，方曼姿带了一个行李箱出现在公司楼下，有同事看见了，问她：“你也带太多东西了吧？里面都装的什么啊？”

“日用品……”

她没好意思说，除了带的衣服睡裙之外，她还带了不少床单薄毯之类的，电蚊香、香薰蜡烛、小夜灯等等，杂七杂八什么都有。

雇来的大巴车驶过来，众人陆续上车，方曼姿迟疑半晌，没上。

有人招呼她：“快上车啊，好座儿都让人占了。”

方曼姿嘴上说谢谢，还是没动。

不为别的，她坐这种不能开窗的密闭大巴车会晕车。

她想着，要不要干脆打一辆出租车跟着算了，应该也没多少钱。

要跟谁说呢？

正犹豫，身后突然传来一道熟悉的声音。

“方曼姿。”

“来了。”

听到总裁传召，她忙不迭转过身，等待他的吩咐。

有人注意到这一幕，纷纷看过来，等他下文。

周熙昂没说话，朝方曼姿勾勾食指。

方曼姿走过去。

周熙昂说：“上来。”

“这不好吧。”方曼姿心里有点点介意，“这毕竟是你的车，让人看到不好。”

“什么不好？”

“就是，影响不好……”

附近没什么人，公司同事都在大巴车上，没有人能听到他们两个私下的谈话。

周熙昂道：“怕什么，反正这车是共同财产，传出去你占理。”

共同财产。

想到那天去他家门口，她随口说他的房子是共同财产，他竟然记到现在。

有必要这么记仇吗？

方曼姿哼了一声，反正她是他秘书，坐在一辆车上又怎么了。

这样想，她大方走到车前，任由司机把行李箱收到后备厢，然后上车，与周熙昂肩并肩，坐在车子后排。

大巴车率先开走，他们的车紧随其后。

这一路上，她都没有晕车。

第十一章

酒后游戏

许是周末也没能睡懒觉的缘故，方曼姿这一路未曾晕车，却在车上睡了过去。

车开得稳，方曼姿睡得也香甜，迷迷糊糊间做了个梦。

梦见前阵子喝醉了酒。

惊醒之后，发觉自己的脑袋枕在身边人的肩膀上。

他眸色如水，淡漠而深沉地凝望着她，也不知看了多久。

谢天谢地，以后可千万不能再喝醉了。

不对，现在不是想这个的时候。

方曼姿仿佛安了弹簧，赶紧从他肩膀上弹起来，坐直身体，理了理自己睡乱的头发。

心跳得怦怦响，像是做了什么亏心事被发现一样。

方曼姿暗自在心底懊恼，然后，默默拉开了与周熙昂在后排座驾的距离，紧紧贴在门边上，中间隔了那么大的空，再坐两个人都容得下。

周熙昂看了一点点挪到窗边去看风景的女人一眼，没出声。

又开了十多分钟，终于到了团建地点。

一行人从车上下来，身上背着背包。行李带得多的人，围站在大巴旁，等着取行李。

周熙昂的车到得晚，方曼姿下车时，那些在大巴旁等待的人，不禁投来探究的目光。

同为秘书，潘柔都没有坐周总的车，她却坐了，周总什么时候跟员工关系这么好了？

方曼姿没注意这些，她走到车后面，拉开后备厢，伸手提自己的行李箱。

她力气不大，平时锻炼不多，从小到大也没干过什么活儿，周熙昂这车底盘高，她根本不方便发力，抬了两下又放下了。

“方小姐，我来吧。”

乔楚从身后靠近，从她手中接过行李箱，轻轻松松就把箱子从后备厢里拿了出来。

意识到男女力量的悬殊，她不禁想，要是她自己拿，估计行李箱就砸脚了。

她说：“谢谢乔助理。”

乔楚礼貌地笑了笑，说：“不客气，都是周总的吩咐。”

方曼姿抬头，顺着后视镜去看，刚好对上周熙昂的视线。

她脸颊滚烫，赶紧收回目光，跟乔楚说了声再见，后者回到座驾。她提着行李箱，到大巴那边寻找潘柔的身影。

一行人看到方曼姿，不少人的眼神都有些不对味。

主要是周总对她就有点不对味。

不过大家也没有说什么，相熟的互相打个招呼，就一齐往住处去了。

住处也是统一安排的。山下有一家很大的客栈，诺顿直接把客栈包了。

方曼姿跟潘柔一间，两人放好行李，换上爬山要穿的运动装。

潘柔忽然问她：“曼姿，你背包吗？”

“背的吧。”她装了遮阳伞、小风扇、防晒喷雾等，随时准备补涂。

潘柔从镜前走到桌边，从包里掏出一罐防晒喷雾，递给坐在床上的方曼姿，说：“那辛苦你帮忙背一下，方便吗？”

方曼姿抬头，笑着拍了拍自己腰间的包，说：“你用我的吧，我带了。”

潘柔说：“这不是我的，是帮周总带的，以防万一。”

方曼姿僵了两秒，暗自汗颜。自己这个秘书当得真不称职，一点都没替人家着想，更别说还扮演了周熙昂合法妻子这个角色，从哪个角度来说，都有够失职。

她低头一看，自己的包容量有限，她也不爱多背一罐东西。再者，刚在车上梦见了那样的一幕，她暂时还不太能收整心情去面对他。

她抓起充电器往包里装，说：“不用带，他晒不黑的。”

潘柔看她的眼神逐渐变化，先前的疑问重新浮现，问：“你怎么知道？”

“啊，这个。”方曼姿拉上拉链，从床上站起来，张口就编，“看周总那么白，一看就不像会晒黑的。”

潘柔的目光充满怀疑。

“而且山上有树，也就偶尔晒一下啦，周总是男人，小小晒一下没什么吧，主要是我的包真的装不下了，要是真有需要，别说我有，咱们公司这么多人，还能少了周总的防晒吗？”方曼姿推着潘柔向外走，“快走啦，待会儿就迟到了。”

不知是不是被她说服了，潘柔真就没再说什么，任她推着走。

方曼姿松了口气，以后说话一定要小心再小心，千万不能暴露他们两个的关系。

到了集合时间，各部门的人都到齐了。

一群人以部门为单位，向山上进发。方曼姿跟潘柔两人一直跟在周熙昂身边，还有二十一层那些个助理。

摄影部的同事举着相机走在最前方，时不时停下，抓拍公司同事爬山的照片，回去写进企业公众号。

阆苑山高而巍峨，树木葱郁参天，受地势影响，山上怪石嶙峋，越是向上走，山坡越是高且陡峭，需要相互搀扶前进。

一众人起先还兴高采烈的，碰到什么奇树美景还能停下来拍拍照，关系好的说说笑笑，气氛十分融洽。

过了一个小时，大家前进的速度不由得慢下来，说笑的人都少了。

方曼姿换了一身运动装，她怕晒黑，长袖长裤裹得严严实实，还戴了帽子。

此刻她出了一层薄汗，外衣微微湿了，走了这么久，双腿发胀，脚掌也有些酸痛。

她抬头看周熙昂的背影，他也穿了运动装，脊背清瘦宽阔，看着没有往常那般疏冷成熟，比往日显得年轻。

他步伐稳健，面不红气不喘，体力很好的样子。

方曼姿看着看着，心里生了点怨气，你自己体力好，想爬山就自己爬啊！凭什么要拖着全公司的人陪你爬，就差也把保洁拉来一起了。

她暗中腹诽，埋怨都写在了脸上，缓了又缓，深吸一口气，继续向上走。

虽说是有一点点受不了了，可除了自己，也没别人喊累，就显得她有那么一点点矫情。

又坚持了半个小时，方曼姿实在是撑不住了。

她累得大脑发晕，抬头遥望一眼山峰，根本望不见头，似乎这山直接长到了天顶上，顺着这条路走下去，能直达凌霄宝殿。

她憋了口气，稍微偷懒一下下，走得慢了一点。没想到这一慢，直接落了他们几步，混入了后面创意部的队伍中。

葛部长见她走路灌了铅似的，扶了她一把，说：“方秘书，平时不锻炼吧，还走得动吗？”

不停还好，这被人一馋，骨子里那种懒劲儿汩汩往外冒，她扶着腰，摆摆手，说：“谢谢葛部长，我自己歇一会儿就好。”

公司同事一个一个打她身边路过，神色或多或少都有些疲惫。葛部长也不想掉队，当即放开了她，说：“那你好好歇着，不用太着急。”

方曼姿并不想为难自己，当即避到山路边上，不挡别人的路，眼睛四处寻找什么能休息的地方，好好坐一会儿。

矫情就矫情吧，矫情怎么了？她现在赚的是自己家的钱，又没去别人腰包里抢，她今天就走不动了怎么着！

她摘掉帽子，抓着帽檐不断扇风，心里暗暗咒骂周熙昂，干什么不好，大周末跑来爬山。

“周总，您怎么过来了？”

听见这声音，方曼姿扇风的帽子一顿，难道他听见她骂他了？不能吧。

她转头，就见周熙昂逆着人群，从山上走下来，身姿挺拔修长。

上山的人自动让出一条路来，他毫无阻碍就走到了她的面前。她热得面颊发红，被帽子压过的地方，发丝紧贴头皮，鼻尖渗了汗。

她在这儿累得不行，他倒是啥事没有。

方曼姿内心一阵不平衡，然而周围这么多人暗中打量这边，她还得装出恭谨的样子。

“周总。”

“累了？”

那不然她在这儿站着干什么，蓄力登顶啊？

她脑袋发晕，开口回答：“我没事，不用管我。”

“累了还不说？”周熙昂看了眼身后的山，“这才走了三分之一。”

一听还有三分之二，方曼姿当即双腿发软，恨不得躺在地上。

见她打颤，周熙昂一把扶住她，喊了一声“乔楚”。

方曼姿真的不想再走了，忍不住想发小脾气，说:“跟你说了能怎么样，不还是得参加什么团建，爬个什么山嘛。”

乔楚闻声赶过来，潘柔站在前方不远处回头看，其他人也在往这边瞧，就显得她特别“弱”，成了拖累队伍的那个废物。

乔楚问：“周总？”

周熙昂说：“走了这么久，大家休息一下吧。”

乔楚本想说还没到休息时间，可再一看周总手下的方曼姿那热得发红的脸蛋，疲色已经很明显了。

他当即了然，赶紧到队伍最前方叫停。很快，爬山的队伍全都停下了，偶有路过的散客还在坚持向上走。

这一停，明显听到不少人放松地长叹一声，有的干脆席地而坐，也不管什么形象不形象，扯着胸前的衣襟拼命扇动。

方曼姿也是如蒙大赦，当即蹲在地上，缓了好大一口气。

她摘下背包，掏出矿泉水，润一润发干的嗓子。

然而她累得一点力气都没有了，连一瓶矿泉水都拧不开，她试了两下便放弃了，左右看了看，不知是不是有周熙昂在的缘故，她周围人很少，自动跟她隔离开来，方圆一米之内根本没人。

周围同事不认识，她懒得站起来走动。

看来只能跟周熙昂说话了。

她抬起头，周熙昂刚好也在垂眼看她，站在她旁边，居高临下的。

她舔了舔发干的嘴角，眼巴巴看着周熙昂，自下而上看人时，像一条被主人抛弃的宠物狗，娇贵中透着那么一丁点惨。

她把矿泉水递了上去，有些僵硬地说："帮我拧一下。"

周熙昂淡淡睨她，说："怎么，这个时候就知道跟我说有用了？"

知道他肯定说不出什么好话，她被他这么呲，倒也不是特别意外。

她试图辩解："刚才累昏了，一时没想到嘛。"

周熙昂冷笑一声，从她手里接过矿泉水瓶，一边拧一边道："我看你刚才也没想找我帮忙，别人离你太远，才想起我来是吧？"

啊？她有表现得那么明显吗？

这不尴不尬的，她总不能再贴上去吧。

"我这不是……怕累着你嘛。"

她心虚地回了一句，赶忙接过他递回来的矿泉水，连喝几大口，喉咙终于不再冒火。

她擦掉嘴边的水渍，抬头去看周熙昂。他仍旧站在她身边，双手揣进口袋，一派悠然看着周围的山色。

她扯了扯他的运动裤，好奇道："你不休息吗？喝口水，吹吹风什么的。"

"没水。"

方曼姿闻言，轻轻"啊"了一声，默默把自己的水拧紧，装进包里，说："那没办法，你只能渴着了。"

周熙昂本不欲计较，可看她这遮遮掩掩的态度，还非要较个真。

他下巴一抬，朝她的背包示意了一下，说："没关系，你的水借我。"

"干吗？"方曼姿心中警惕，有意无意地按住自己的包。

"渴了。"

"渴了就……跟别人借一瓶新的吧。我的水喝过了，已经不干净了。"

"没关系。"他接得自然，"我又不嫌弃你。"

她说："你不嫌的话，那不是喝谁的都一样嘛，怎么不找别人借？"

她推三阻四的样子，还不敢跟他对视，周熙昂总觉得她心里有鬼。

"不一样。"他慢悠悠地回答。

"有什么不一样。"

“别人的水，没你那瓶甜。”

“……”

方曼姿脸红得彻底，她猛地从地上站起来，不料动作太急，眼前一黑，差点栽倒，幸亏周熙昂扶了她一把。

不扶还好，这一扶更糟，她像甩什么烫手的东西一样甩开他，低着头急匆匆就溜了。

刚爬山时看到这边有个公共洗手间，方曼姿用冷水冲了冲手腕，也把梦里那些破碎的片段从脑海里冲走，终于能够直面人生了。

她用沾了水的手拍打面颊，给自己降降温，又从包里掏出小风扇，一边吹一边掀起门帘，向外面走去。

一出门，正看到周熙昂抱臂站在树荫下，像在等什么人。

不会是在等她吧？怎么可能，没道理呀。

方曼姿手里举着小风扇，迟疑地朝他走过去，这边人多，她小声道：“周总，在等人吗？”

周熙昂放下双臂，揣进口袋里，回道：“在等你。”

“等我干什么？”她不自在地别过头，小风扇吹动两边的碎发，“您来等我，一公司的人可都等着您呢。”

“我让他们先上去了，有乔楚带着。”

“你怎么没跟着上去啊？”

“你说呢？”

“我怎么知道……”

周熙昂一直看她，总让她觉得奇奇怪怪的，她当即绕过周熙昂，朝山路上走。

周熙昂在后面慢悠悠地跟着，问她：“你走得动？”

“走不动不也得走。”提起这个，她就有气，“好端端的，搞什么团建啊？天天在公司见面还不够，连员工休息时间还不放过是吧，你还真以为同事之间会愿意在不上班的时候跟老板见面？”

面对她的负面吐槽，周熙昂不置可否，只说：“不想走可以不走。”

“真的？”

“我是老板。”

“其实团建也有团建的道理，有助于同事之间的团结互助，增进感情，还是有必要的。”方曼姿能屈能伸，刚骂完人也能毫无芥蒂地吹捧起来，“那我是不是就不用爬山了？”

“是可以不用爬。”他点点头，视线又落到她的背包上，“我等了你这么久，有点口渴，是不是该借我一口水喝？”

"……"不是，怎么就这么执着于她的水呢，真要这么渴，那公厕水龙头的水也不是不能喝。

方曼姿期期艾艾道："这不合适吧，周总。"

"还是你更想爬山？"

"……"

方曼姿一万个不情愿，还是把矿泉水从包里掏了出来，不太舍得地递给了周熙昂。

现在这个关系，喝一瓶水，他就不觉得哪里不对吗？

周熙昂见她如此犹豫，接到手里拧开，一边拧，一边注意她的表情。

她双手绞在一起，一直盯着他的动作，生怕他会做什么似的。

他不动声色，本来没多想喝，看她这样，便对准瓶口喝了下去。

方曼姿伸出手臂，"哎"了一声想阻止他，可是瓶到唇边说什么都晚了，她眼睁睁看着他就着她喝过的地方，连喝了几大口，看来是真的够渴的。

周熙昂擦掉水渍，拧好盖子，把瓶子交还给她。

"走吧。"

幸好天气热，也就不会让他对她红脸的原因起疑。面对眼前的矿泉水，她没再伸手接，而是侧过身去，说："我不渴，你要是不喝的话就扔掉吧。"

"帮我背一下。"他说。

"……"好吧。

她这才伸手接过，乖乖装进包里。

周熙昂没再说什么，带她朝山下走。

她以为他也想偷懒，不愿爬山，就没多问，走了六七分钟，他带她拐进岔路。

方曼姿心下警惕，问："这是去哪儿？"

周熙昂不答，继续向前走。见这附近还有游客，他应该也不能怎样，她才放心大胆跟着。

直到进了一个收费点的地方，方曼姿看到上面写的招牌：观光缆车。

等等。

他所说的不用爬山，跟她以为的不用爬山，好像是两个意思吧？

不过不管怎么说，山是不用爬了，这可是老板带她坐缆车，可不是她自己要坐，有人怪罪也怪不到她头上！

这样一想，方曼姿又心安理得了。

两人稍微排了会儿队，要坐缆车的游客还不少。

太阳晒得很，方曼姿惦着毕竟有缆车坐，不管怎么说，自己也是比别人偷了懒，她当即把小风扇转到周熙昂那边，说："周总，很热吧，给您吹吹。"

这会儿知道殷勤了，又不是刚才不愿意给他喝水的时候了。

周熙昂静静地看着她的举动，未发一言。

毒辣的太阳照在他脸上，估计他也不好受，方曼姿叹了口气，从包里掏出昂贵又很小罐的防晒喷雾，对准他的脸，道：“别动。”

周熙昂果然没动。

“闭眼睛。”

他依言闭眼。

他的睫毛漆黑浓密，这样闭合，像两把小扇子，这张脸清俊秀美，近距离观赏下，棱角分明，赏心悦目。

她心头闪过一瞬间的恍惚，让他闭眼就闭眼，他就不怀疑她害他？

食指按下压嘴，绵密喷雾对准他那张优越出众的脸，哧哧喷了起来。

喷雾的清香味道散开，弥漫在二人周围。

“好了。”方曼姿收起喷雾，对他说道。

身后一对情侣见了，男方不由得对女方表达不满：“你看人家女朋友都知道给男朋友喷防晒，你怎么不给我喷点？”

方曼姿：“……”

不是，我们不是……

那女方瞟了一眼前方的“情侣”，说：“你要是长成人家那样，我也给你喷，晒坏了谁不心疼。”

周熙昂闻言，静静扫了一眼她包里的东西，又深深看了方曼姿一眼，似乎懂了什么。

方曼姿：“……”

不是，哪来的小情侣，在这儿乱多嘴什么！

不知道说的话很让人误会吗？

方曼姿解释：“周总，我没有那个意思。”

“嗯，我知道。”

“……”我看你不太知道。

怎么解释都说不清，索性不再多描，就怕越描越黑。

好在很快排到了他们，缆车 80 元一位。

到了上缆车的地方，缆车速度不算快，可也不会停，要想上去必须找时机，就像中学时跳大绳那样，得自己把握时机。

周熙昂率先上去，可以在缆车内拉她一把。

她上车时有些怕，稍微晚了那么两秒，工作人员怕她上不去，索性推了她一把，紧接着快速关闭缆车门。

她被这么一推，才刚抓住周熙昂的手，就直接被推进了他的怀里。

她栽在他身上，被迫搂住他的脖颈，在他怀里瞧他。

缆车徐徐上升，周遭皆是一片苍翠之色。

四目相对。

两人呼吸可闻。

一切又回到了那个梦中，她再次落进了他的怀里，他的唇就在眼前。

方曼姿心里“咯噔”一声，好在梦境跟现实是可以分开的，她当即松开手，打算从他怀里坐直坐稳。

她想跑，可有人不让她跑。

周熙昂一把揽住她的腰身，缆车内空间不算大，坐下两个人就刚刚好，她逃无可逃。

烫人的温度从腰间传来，两人挨得那么近，低沉声音自耳边响起。

“已经一上午了，方曼姿。”他的语气肯定，“你在躲什么？”

“我……我躲什么了。”方曼姿试图从周熙昂怀里挣扎，拿掉腰间的手，不想他力道太大，她不禁怀疑他是铁臂阿童木“安城分木”。

“没躲？”他向下扫了一眼，落到她的手上，“那现在是在干什么？”

“你离我太、太近了，我有点热……”

缆车内没空调也没风扇，悬这么高被阳光直射，四面都是玻璃，是一个很好的盛放热量的器皿。

她脸颊红红的，是那种自然健康的粉嫩，她长衣长裤捂得严，叫热不像作假。

腰上力道一松，周熙昂放开了她，可该揪的小辫子仍然没有逃过。

“你躲躲闪闪一上午，到底在怕什么？”

这一副审问的语气，让她心中更加紧张，她怀疑他是不是偷窥了她的梦。

“嗯？没有啊。”方曼姿装傻充愣，“我就是太累了，没缓过来，没躲，真的没躲！”

她推开小风扇的开关，对着周熙昂的脸，嗡嗡嗡吹了起来。

“周总热不热？给您吹吹，这山上的风景真好看啊，不坐缆车真就看不到了，谢谢周总带我坐缆车。”

方曼姿一边吹捧，一边转移话题，可快别说这个了。

她这马屁拍进周熙昂心里，见她扒着车门扭身向外看，随着缆车升高，安城面貌也一点点展现在眼前。

参天巨树比缆车还高，斜出的树枝刮在缆车玻璃上，发出难听的声响，像是在努力钻进缆车，所以费尽心神要把玻璃划破。

方曼姿吓了一跳，效果比直接刮在她脸上也差不多，她忍不住向前探身，去看缆车与头顶钢索的接触，道：“这缆车真的结实吗？我们不会掉下去吧？”

周熙昂说：“不会。”

方曼姿说：“可是钢索细细的一根，怎么能经得住这么多缆车还有这么多人呢？万一真的掉下去，这么高的山，那我岂不是……”

见她忧心忡忡的，周熙昂开口解释：“别乱想，机械远比电子要稳定安全，许多跨江跨海拉索桥用的都是钢丝，吊着整个大桥也没有发生事故，在建设高空索道时都会有严格的安全检测，绳索断裂的情况绝对不会发生。”

方曼姿只是随便担心一下，并不是真想听到这么多理论。

她听得枯燥，但还是很给面子地敷衍：“原来是这样，好厉害。”

本以为对话到此结束。

身后的周熙昂蓦地开口。

“如果真的掉下去，我会护住你。”

好吧，女人的确是奇怪的动物，听他这么说，那种想痛批他的心情立刻就烟消云散了。

她坐直探出去的身体，缆车平稳上升一段时间之后，突然开始以趋近九十度的大锐角徐徐升起。

后面的缆车在他们缆车的斜下方，要矮身才能看到，确实有些吓人。

她小小声道：“都要掉下去了，就算你护住我，还是会死，有什么用。”

“直接摔在地上会很痛，我接着你，就不会那么痛了。”

她的确是有些怕痛。

不只是痛，她还怕累，怕晒，怕烫，怕冷，怕的事情很多。

可他记得，那时夏日炎炎，她一直跟着他，他喜欢什么，她就千方百计搞到他面前来。从夏日到寒冬，她跟他放学，陪他走路，她没喊过一句冷，没嚷过一声累。

什么都怕的人，在那个时候，又什么都不再怕，什么都打不倒她。

而现在，这么多年后的现在，他不舍得她再痛，一点也不。

方曼姿：“哦。”

周熙昂的眉头轻轻挑了下，问她：“什么反应。”

方曼姿睫毛轻颤，说：“大白天的，怎么尽说这些不吉利的话，不要再说了。”

缆车抵达山顶，工作人员从外面打开车门，朝里面伸手。

二人先后下了缆车，此处虽是山顶，却并不是视野开阔的地方，山路外的地方尽是树木。

方曼姿："我们现在去哪里？"

周熙昂四下环视，又看了眼腕表，说："时间还早，其他人还要很久才能上来。"

到达山顶的缆车陆续下来游客，他俩站在一起频频惹来注视，方曼姿转头看他，说："那我们找地方休息吧，我要累死了。"

二人沿着山路走，走了没一会儿，就看到有卖零食饮料的小亭子，还有烤肠等小吃。

方曼姿想起刚才的矿泉水事件，侧头道："前面有卖水的，我去买瓶水。"

免得还要再喝一瓶。

你一瓶我一瓶，平均分配。

到了小亭子前，方曼姿直接买了两瓶冰水、一支梦龙、一根烤肠，又买了包薯片。

她问周熙昂要不要吃，被后者拒绝。

零食装进方便袋里，她一手拎着，另只手吃烤肠，跟着周熙昂乱走。

反正她没来过，也不知道要去哪儿，跟他走就对了。

四周都是山林，鸟鸣清脆，游人在岔路分散，道路一下子明朗了起来。

周熙昂道："这山上有猕猴，你想看吗？"

方曼姿心想，来都来了。

"看看也行。"

沿着石阶向下，偶尔见到树木晃动，路边还有标语牌，提醒游客"山中有猕猴出没，请在一米外观看，勿伸手触摸"。

她暗暗吐槽，谁会想不开跑去摸猴子，猴子手劲儿那么大，被它抓住了，轻易可不会松手，滋味可不好受。

狭窄山路仅容二人并行，但是别人并行，要么是好朋友，要么是情侣，要么是夫妻，像他们这种，并排走就有些不大合适。

因此，周熙昂在前方带路，她一个人小口小口吃完烤肠，把竹签装进袋子，又掏出梦龙来吃。

不远处传来游客惊喜的呼声，好像前面有一只猕猴拦路，在跟游客要吃的。

中年游客从口袋里拿出专门买的枇杷，扔给蹲坐在路边的猕猴，猴子接住就跑，一跃到树上，当场啃了起来。

方曼姿远远瞧着，也感觉很新奇。这些山林野生动物，竟然这么有灵性，看到过往游人还会拦路要东西，没有人教它们的话，又是从哪里学来的呢？

石阶有些高，她小心向下走，耳边树影响动，有什么划破风声，下一秒，一个重物“扑通”一声砸到她身上，下落的重力差点把她扑倒，她吓得当场哭出来。

竟是一只猕猴从树上跳到了她的肩膀上！

猕猴手劲儿大，揪着她的头发，就在她身上扒。

她僵在原地，一动也不敢动，一边哭一边大声喊：“周熙昂！你快救我！”

那猕猴伸手就去抢她手里的梦龙，她才刚吃两口，猴子抢得急，巧克力脆皮和里面的奶油直接蹭到了她的脸上，黏黏腻腻。

周围的游客听见叫声，全都停下脚步，站在山路上围观。

方曼姿感觉自己就像一只猴，被这些游客围观着，还有人掏出手机拍照。

怪不得演员身边总有一个助理，在看到路人偷拍时上前勒令对方删除照片，谁愿意没事被人拍啊！

周熙昂听见喊声，三步并作两步赶来，那猕猴抢了方曼姿的雪糕还不够，还要继续抢劫。

他走上前去，见到这棘手的一幕，当机立断，夺过方曼姿手中的方便袋，朝远处用力一丢。

猴子看到，当即抛弃方曼姿，奔着那袋子跳跃，手里还握着那支梦龙。

方曼姿肩上一轻，猴子跳得太猛，还带翻了她头上的帽子。

她穿的白色运动服，肩膀已经留下猴子身上的灰尘，还有被猴子抓过的痕迹。

猴子手劲大，抢东西时一旦被拒绝，保不齐就会暴起伤人，方曼姿吓得不轻，猴子一走，她也不顾形象，哭了出来。

周熙昂俯身捡起帽子，拍掉上面的灰，小心帮她戴上，仔细打量她一遍，问：“抓伤了？”

方曼姿一直在哭，没理会他的话。

见她没有哪里受伤，周熙昂悬着的心放下，道：“这些猴子野性难驯，看到手里拎东西就抢，没伤到你就好。”

听他这平淡的语气，她心里堵了口气，偏又发泄不出来。她用手背抹掉眼泪，说：“我要是早知道这些猴这么讨厌，我死也不会上来。”

她掉头往回走，步子迈得大，也不害怕摔下来。

围观的人群散去，该下山的下山，没被扑到的暗自庆幸，谁能保证这些动物不会伤人呢。

周熙昂看着她离去的背影，怕她再遇到猕猴，赶忙跟上。

一直到山顶，方曼姿都没停，周熙昂上前拉住她，道：“下山的路在另一边，你要去哪儿？”

她的眼睛是漂亮的杏眼，一向莹润明亮，此刻蓄满泪水，红红的，仿佛下一秒眼泪就会流出来。

她呜咽着说："我要坐缆车下山，我讨厌团建。"

都说女人的眼泪就是她们的武器，周熙昂不是第一次体会到个中滋味，这么多年过去，却也还跟当年一样。

他抬手，不甚熟练地擦掉她脸上水痕，说："是我不好，我不该带你看猕猴，没料到它们会扑到人身上。"

方曼姿小声道："本来就是你不好……"

他看到她脸上有些凝固了的雪糕奶油，问她："带纸巾了吗？"

"在……在包里……"她抽抽搭搭的。

周熙昂去拉她的包链，掏出那瓶水，接着翻出纸巾，把纸巾用矿泉水沾湿，去擦她脸上的奶油。

方曼姿向后躲，讲话还有哭腔："这水你都喝过了。"

他无奈地看了她一眼，说："这个时候还不忘嫌弃我？"

"反正……我不用。"方曼姿转过头去。

"那你在这儿等我。"

他找到垃圾桶，把沾湿的纸巾跟矿泉水全都丢进去，又回来，把她移动到树荫下，防止她晒着，这才说："我很快就回来。"

"哦。"

她一个人站在树下，想到刚才那么多人围观，还拍照，还有猴子骑在她身上，又可怕又丢脸。

她都这么惨了，他也不知道说点好听的哄哄她，谁要听他说那些没有用的废话！

她一个人独自落了会儿泪，没想到哭着哭着自己就没那么难受了。

方曼姿："……"

可不可以让我的悲伤再多持续几个小时。

周熙昂回来的时候，她刚止住眼泪，他从卖零食的小亭子走过来，手上拎了个方便袋，里面装着两瓶水，她刚刚买过那个口味的薯片，还有全新的梦龙雪糕……

这人怎么回事啊，她没有让他买这些啊？

周熙昂走到她面前，把方便袋交到她手上。她想说谢，又觉得自己现在不适合说这个，嘴唇翕动，没说话。

他重新取了张纸巾，用刚拧开的全新冰水浸湿，一点一点擦掉她干在脸上的雪糕奶油。

做这个动作时，他微微俯身，那股混着杜松子酒的香水味轻轻袭来，必须凑近她的脸才能瞧得仔细，她略微侧头，眼睛别过去，没有直视他的脸。

余光仍然能看清他专注认真的表情，感受到他一直盯着她的脸颊，遇到难擦的地方，他也会轻蹙眉头，但动作始终是温柔的，没出现过那种用力摩擦她皮肤的不适感。

很奇怪，在他身上会找到很多矛盾的形容词，冷淡、温柔，这两种特质竟然会同时出现在一个人身上。

她也全都领略过。

周熙昂放下手臂，见她还愣愣看着不远处出神，他在她脸上吹了一下。

被这么一吹，她身子轻颤，立即回过神来。

这一抬头，发现他们站得如此近。

“想什么呢。”

他站直身体，把用过的湿纸巾抛进垃圾桶中。

方曼姿随口胡诌：“我在想……你刚刚把我的防晒擦掉了。”

“哦，抱歉。”周熙昂知道她在意这个，朝她伸手，“我再帮你补好。”

“你？”方曼姿将信将疑看他一眼，最后摇头，伸手去掏防晒喷雾，“算了，我还是自己来吧。”

周熙昂说：“你知道我都擦过哪里吗？”

方曼姿的手一顿。

周熙昂自然地接到自己手里，说：“闭上眼睛。”

她想了想，乖乖闭好。

刚哭过不久的她，鼻尖还是红红的，睫毛还沾着水痕，这张脸白皙清透，这么闭上眼睛，远比睁开眼睛要乖巧得多。

她一睁眼睛，那双眼睛眨啊眨的，就像只张扬的小狐狸。

周熙昂嘴角微微扬了下，喷雾对准她刚被擦过的地方，喷了下去，他稍微喷了一下，就松开食指，说：“好了。”

方曼姿不满地指挥：“你就喷这么一点，那不是白喷了嘛，多喷点。”

她这副样子让周熙昂觉得很好笑，他耐心地道：“遵命，方总。”

这一回喷得够了，方曼姿赶紧握住他的手腕阻拦，说：“好了好了，别喷了，是让你喷喷雾不是让你喷灭火器。”

周熙昂垂眸，视线落在自己腕上那只莹白细瘦的手上。

方曼姿注意到他的眼神，烫手一般缩回来，从他手中拿回自己的防晒，低头红着脸装回背包里。

也不知道是自己穿多了，还是天气太热了，她的脸颊竟然在发热。

周熙昂看了看时间，说：“我们往集合地点走吧。”

等公司的登山大部队爬上来，已经是几个小时后。

一群人拍了团建照片，就在原地休息。

结束完爬山环节，愿意走下山的可以走下去，不愿意的也可以坐缆车下去，自然是没有多少人会选择走下去。

方曼姿也说不好这次团建到底是累还是不累，不过她肯定不想再有下回，真的能有人从这种无意义的社交活动中找到乐趣吗？她觉得无。

回去后洗个澡休息一番，再出来活动已经是傍晚了。

同事们分组协作，在客栈后院的空地上准备烧烤。

男同事负责支烤架生火串肉，女同事洗菜切菜准备餐具，各有分工。

等全忙完吃到嘴，天都已经黑了，客栈支起了灯。

山上还有游人，路灯照亮狭窄的山路。

方曼姿跟潘柔都被归在客户部这组，周熙昂这种级别没有固定位置，走到哪儿都会有人请他入座。

每个组都有好几个烤串的男同事，随烤随吃，在这种大家需要抢食的情况下，客户部这边每次串烤好一把，都会先送到方曼姿面前，让她先选。

晚上聚餐氛围足，客栈老板主动拉了KTV设备，有人吃嗨了激情献唱，这一天的无意义社交活动，在这一刻才有了些许融入公司的氛围。

就觉得，原来当个融入社会的“社畜”，居然也挺不错的。

方曼姿又喝了点酒，不是她想喝，是大家都在喝，她也不得不喝。

那些男同事一直跟她敬酒，不喝显得不合群，她在社交上一向能手，自然不会拂别人的面子。

周熙昂从别的组过来的时候，看到的正是方曼姿跟别人激情碰杯的画面。

好几个男员工围在她身边，争着跟她说话，其他女同事见了，表情未免不平。

他仔细看了会儿，发现她喝醉酒以后，跟别的男人说话就能谈笑自如。

他不禁想起那天送她回家，她在他面前凶巴巴的样子……

区别对待？

未免差别太大。

周熙昂黑着一张脸过去，把方曼姿叫了过来。

其他人看到周熙昂，纷纷起身打招呼，周熙昂表示不用，直接把方曼姿带走了。

方曼姿的啤酒罐还在手里，她随周熙昂走到僻静处，后者抽走她手里的啤酒，沉声道：“少喝点，一个人也敢喝这么多酒？”

“你干吗抢我酒啊？我还没喝完呢！”她伸手去够，周熙昂把啤酒举高，她够不到，一手搭着他肩膀，一边跳起来去够。

“不许喝了。”周熙昂拉着她的手臂，把她从身上扯下来，另一只手直接把啤酒抛到了附近的垃圾桶中。

两人在暗处，大家都在院子里激情烧烤，没太多人会注意这边。

方曼姿气得咬牙，小声警告：“周熙昂，你管太多了，这可不是咱俩结婚约定的范畴。”

周熙昂低头凝视她，语气凉凉道：“你还记得我们是夫妻关系吗？我以为你忘了呢。那你记不记得，你新婚之夜是怎么说的？”

“啊……”

她稍微回想了一下，好像是说过，她会做好本分，不会公开做一些对不起他的事情来着。

“怎么，想起来了？”

“咳咳！”

“方曼姿，当着我的面和别的男人喝酒。”周熙昂继续死亡凝视，“你对得起我吗？”

“那、那他们不是同事嘛。”方曼姿理不直气也壮，“好了，我知道错了。我不喝就是了，你少管我。”

她掉头回去，周熙昂在后面静静跟上。

再回去的时候，他们这组已经换了氛围，一群人正在笑闹，见她回来，赶忙招呼她：“小方秘书回来得正好，快来，这边正玩着呢。”

见周熙昂也在后面，一群人吓了一跳，赶紧加了把椅子。

方曼姿是他的秘书，两人在一起，倒没有人说什么。

原本热闹的气氛，因为周熙昂的到来，变得冷清很多。

周熙昂也发现了这一点，他道：“你们继续玩，不用在意我。”

方曼姿在旁边打圆场：“周总就是喝多了酒，过来躲一躲，你们可别再灌周总喝酒了啊。”

气氛再次推动，有人道：“刚才转到谁了？来来，继续转，快点！”

方曼姿一看，这边在玩“真心话大冒险”。

一般这种游戏环节，很能拉近上司与下属之间的关系，平时不能开的玩笑，也可以在这个时候开，所以基本上大家都还挺喜欢这个环节的，只要被问到的人不是自己。

方曼姿参与了几轮，这次再转酒瓶，很不巧，刚好转到了她。

众人登时开始起哄。

一群男人七嘴八舌开始问，说：“你们能不能行，一个一个问。”

有人问：“小方秘书现在是单身吗？”

方曼姿下意识地看了身边的男人一眼，她这种情况，到底算是还是不是啊？

她还是回答："是的。"

酒瓶又开始转动。

不知是不是人为控制，这次竟然又指向了她。

男同事们争先恐后，最后问到她面前的那个问题是："小方秘书，请问你喜欢什么样的异性？"

这是一个很微妙的问题。

对在场的任何一个人来说，都算是。

就连周熙昂，也停止了摆弄打火机的动作，侧耳等待方曼姿的答案。

方曼姿并不打算认真回答，管它正确答案是什么，这些人当中有一个是会追到她的吗？不可能。

所以她瞎说个答案应付过去就算了。

"我呢，喜欢温柔一点的，吵架会主动哄我，不管是不是我有错。还有很重要的一点，希望能够好聚好散。"

好聚好散。

她似乎很在意这个词，新婚之夜跟他说过，此刻又说了一次。

即便她的语气听起来，并不怎么认真。

可有时候，随便说出来的那个答案，更能反应一个人的潜意识不是吗？

在场心思活络的男性听闻这话，心里都有了数，于是赶紧催促再转。

这次还好，并没有再转到她头上，不然再来几次，方曼姿真的想溜了。

其他人选择"大冒险"，方曼姿偶尔也会跟着出一出劲爆的主意，气氛非常好。

然而这边一共就坐了这么多人，每个人的力量都不同，不可能有人一次都轮不到。

很快地，酒瓶子就转到了周熙昂的身上。

当所有人的视线集中到他身上时，众人不约而同地沉默了。

谁敢跟周总开玩笑？谁敢？

转瓶子那个女同事颤颤巍巍道："周……周总既然喝醉了，那就、就'真心话'算了……"

周熙昂不想气氛太僵，随意道："都可以。"

其他人没想到他会这么随和，一时间都有些受宠若惊。本来想问周熙昂一些正经问题的同事，这个时候脑子也纷纷活络起来。

有女同事摆出八卦脸，问："周总，您是单身吗？"

"已经结婚了。"

"什么？"

"周总已经结婚了？"

“年纪轻轻怎么就结婚了呢……”

“好端端的，英年早婚了，唉！”

同事之间的小声讨论没逃过方曼姿的耳朵，不知怎的，她在桌下一直合并的双腿，不自在地动了动。

既然八卦到了周熙昂身上，瓶子转了几轮，就有人故意操控，专门转到他。

这一次，却是一个男同事问的。

“周总，有点好奇您的太太，能问问她是什么样的人吗？”

周熙昂的嘴角似乎轻轻勾了勾，说出的话也是轻柔的语气。

“她……笨手笨脚的，什么事都做不好，所以总哭鼻子。”

——每次哭鼻子，她都要凶他一句：周熙昂，都是你不好。

“遇到事情会退缩，常常轻言放弃，但也能为了做不到的事情，坚持很久很久。”

——那时她走到他面前，对他伸出手：“周同学你好，我是方曼姿，很高兴认识你。”

就这么一直追随他。

“会为了别人的好事感到开心，也会因为别人的难过而难过。”

——他考了年组第一，她比谁都要高兴，第一个跑到他面前来恭喜他：“你太厉害了吧！”还会装模作样地感叹，“怎么又拿第一，我都看厌了。”

而他稍微有阴沉情绪的时候，她也会搂住他，语气轻轻道：“周熙昂，你别不开心。”

……

“她是一个普通人，跟大家没什么不同，但对我来说，是独一无二的心上人。”

周熙昂这番话说完，场面突然变得有些奇妙。

原本大家只是想八卦问问，最后还有点感动是怎么回事？

为什么他们周总人帅多金还这么深情？是哪个女人这么幸福，能嫁给他们周总？可也太令人羡慕了吧！

方曼姿喝了酒，这会儿大脑麻痹，神游天外，听见周熙昂的这番话，她脑子里只有一个问号。

——不是，这说的谁啊？既然承认自己结婚了，那就好好夸夸她不行吗？干吗非要硬编一个？

还什么“笨手笨脚”“什么事都做不好”“是个普通人”，这是为什么？

她这个现成的、一点都不普通的，甚至还会闪闪发光的正牌总裁夫人不香吗？说出去没有面子吗？

有必要讨厌她到这个地步吗？哼！

方曼姿非常生气，甚至想用高跟鞋踩他几脚。

一群人吃了狗粮，继续转酒瓶子。

方曼姿生气之下，又喝了一罐啤酒。

眼见她又要喝醉，周熙昂趁她不备，暗中把她面前那罐酒给扔了。

方曼姿一转头的工夫，伸手一抓，抓了个寂寞，心里更生气了。

这时候，酒瓶子又转到了周熙昂身上。

最重要的八卦都问了，其他别的问题也就没有不敢问的了。

到最后，一个领导层的同事，问了个中规中矩的问题。

“周总做过什么后悔的事情吗？”

这个问题一出，倒是令人起了兴趣。

在他们看来，周熙昂人虽年轻，但是沉着冷静，所做的每一件事、每一个决定，都像在大脑里经过了周密计算，永远不会出错。

这样的一个人，会有后悔的时候吗?

听见这样的问题，周熙昂沉默片刻，再开口时，语气有些晦涩。

一旁的方曼姿还迷糊着，胳膊在桌子上到处乱摸，一边摸一边嘟囔着:“我酒呢，谁把我酒拿走了……烦死了，讨厌鬼。”

眼见她要摸到他这边来，周熙昂按住她的手腕，静静回答。

“最后悔的，是没能跟初恋好好说过分手。”

从小到大，人人都羡他读书好。

可他读了这么多年书，学过那么多知识，却还是没能学会告别。

第十二章

草莓慕斯

从阆苑山再回市区已经是第二天下午的事了。

喝酒虽然快乐，但是醒后身躯的疲惫感，非常不怎么样。

每次醉酒醒来方曼姿都发誓再也不喝酒。

这东西，真的不能喝。

回去还是坐的周熙昂的车，乔楚在前边开车，周熙昂在后面用平板电脑处理事情。

她就在车上悄悄捶脑袋。

毕竟睁开眼睛就是中午，吃了个午间早饭就要集合出发了。她连化妆都来不及，幸好天生丽质，戴个墨镜出去一样好看。

这会儿上了车，头就难受了。

她又是捶又是按，自以为动作很小，周熙昂余光瞧见了，平板电脑上的字入眼不入心，他熄灭屏幕，问："用不用给你找把锤子？"

听听，这说的是人话吗？

方曼姿拳头硬了，说："你干脆把华佗找来给我开颅算了。"

周熙昂淡淡道："还有闲心斗嘴，看来还是不怎么疼。明天上班我会通知潘柔，以后办公室不用备咖啡，全都换成酒怎么样？"

方曼姿抗议："那这不是公司团建嘛，同事敬酒我不喝不好吧，而且我就喝了一点点。"

面对周熙昂的眼神，她伸出手，食指拇指捏合在一起，中间空了一条小缝："就这么一点点。"

周熙昂不说话，还是看着她。

虽然她经常脾气大，不讲理且任性，但一般理亏的时候，她在他面前还是硬气不起来，就如同现在。

她把手放下，讪讪垂下头，说：“我以后少喝点就是了，干吗用这种眼神看我。”

“小酒鬼。”

灼热视线从她脸上离开，周熙昂没再说什么。

方曼姿被他这句话的语气念得有点怪，又说不出是哪里怪。

车开到兴和苑，乔楚帮她把行李箱拎上台阶，她谢过乔楚，随后目送周熙昂的车离开。

他也没跟她说句拜拜什么的。

算了，爱说不说。

方曼姿拉着行李箱上楼回家，到家洗了个澡，换上睡裙，开始收整行李箱。

箱子一打开，正中间躺着一包薯片。

昨天买的薯片被猴抢了，这包是周熙昂补给她的，她后来没心情，就一直没吃。

其实仔细想想，他一直都很细心。

她爱吃什么，不爱吃什么，跟他吃过一次饭，下次他都会记在心里，不管以后吃什么，他都清楚她的口味，不让她吃到讨厌的东西。

那时，所有人都觉得她一时新鲜，三分钟热度，坚持不了多久，她并不是一个特别能坚持的人。

可她对他的喜欢非但没有减少，反而越来越多。

过去这么久，他还是这么细心。

昨天在气头上忘了这茬，这会儿见了，莫名就有些馋。

她抓起薯片，坐到沙发上，撕开锯齿口，一边看电视一边吃。

播的是古装小甜剧，女主角被恶毒女配从二楼推下，男主角当街飞起，接住下落的女主。

好几个机位全方位拍摄这一段，还有对视的特写。

方曼姿一边吃，一边吐槽：“俗套。”

她话音落下，不由得想起昨天，周熙昂给她补防晒的时候，他垂着眼，凝视她的脸，一手托着她的下巴……

贴得比这小甜剧的特写镜头还近。

她心虚地抓薯片往嘴里送，这一抓发现，薯片也是他买的。

不吃了，烦死了，怎么到处都是他！

她抓起遥控器关闭电视，掸掸手上的薯片调料，洗了手后继续收拾行李箱。

没多久，有人敲门。

她从卧室走到门口，顺着猫眼向外瞄了一眼，门口站着一对中年夫妻，一边敲一边在外面说话。

她把门打开一条小缝，问："请问有什么事吗？"

"可算是开门了，这两天我们天天过来敲门都没人在家。"

这位中年女人穿着丝绸半裙，脖子上戴了一条珍珠项链，短发烫卷，看着有些许强势。一开门，她就用半是抱怨半是生气的语调控诉起人来。

来者不善，方曼姿生了厌烦的心，又问了一遍："请问有什么事？"

中年男人说："你家漏水了，都漏到楼下去了，能不能把你家的水阀拧一下？"

穿裙子的中年女人补充："楼下也不是我们家，是我哥的房子。房子太久没人住，我们过来打扫卫生，这幸亏是过来了，不然家被你淹了还不知道，那沙发一坐全都是水，地板都要泡开了。"

方曼姿的大脑空了一下，道："抱歉，我家没有漏水的情况，我也不知道水阀在哪儿。"

"是，被淹的不是你家，你当然不知道了。"女人的语气很气愤，"你不知道，就给物业打电话，让他们找人过来拧，再不拧我哥的房子就成水帘洞了。"

"……"其实她连物业电话也不知道。

不过她并没有说，而是从善如流道："好的，我这就给物业打电话，给您添麻烦了。"

猜测那女人也说不出来什么好话，方曼姿抢先一步关上了门。

空荡房间回荡起"嘭"的一声。

隔断了门外那对夫妇的抱怨。

方曼姿倚在玄关处，头痛地扶了扶额头。

这都什么事啊？

她先是到处找水阀开关，可是这房子装修太好了，根本不知道水阀藏在哪里，从小到大她都没操心过水阀的事。

找一圈也没看到，于是掏出手机，打开百度搜索：兴和苑物业电话。

字打一半，关联搜索有各种关于兴和苑物业的吐槽。

方曼姿突然清醒过来，为什么要舍近求远百度搜索，直接给周熙昂打电话不行吗？

她拨过去，电话很快接通，不等他开口，她率先甜甜地问："周总，您到家了吗？"

那边的周熙昂眉头一凝，直觉不对，但还是淡然地应了一声："到了。"

"到了就好。"方曼姿说，"那就麻烦您再过来一趟吧。"

周熙昂："？"

二十分钟后。

周熙昂出现在她的房门口。

方曼姿打开门，他穿了件淡粉色的衬衫，这个颜色十分显白，衬得他的五官格外英挺，肩膀手臂线条瘦长，身材比例完美。

她不禁咽了下口水。

谁看了不说一句周总真绝。

顿了两秒，她连忙把视线从他脸上移开，转头指了指房间里面，说："你去关一下吧，我找不到水阀在哪儿。"

周熙昂站在门口，道："现在让我进了？"

还有比他更记仇的人吗？

方曼姿暗暗翻了个白眼，转回头笑脸相迎，说："当然啦，您是这个家的男主人嘛，除了您还有谁能进呢？"

他看出她言语间的虚伪，也不戳穿，换上拖鞋到处检查漏水的地方。

这屋子装修风格冷淡，因为她的居住，多了一些格格不入的日系家具，而他不管走到哪里，衬衫撑起来的线条都非常好看，瘦长背影堪比男模，随手一拍都像杂志封面。

她站在卧室门口陷入少女沉思，周熙昂站在沙发处，靠近阳台的地方，低头对着地板和墙壁端详半天。

再然后，他回头深深看了她一眼，视线中夹杂些许无奈。

方曼姿：？

关她什么事啊！

周熙昂顺着水管继续找，最终走进卫生间，进里面看了半天，也不知道是在干什么。方曼姿一个人怪无聊的，就拿起之前还没吃完的薯片，一边吃一边等。

过了会儿，他从卫生间里面出来，手指似乎沾了水。

他从纸抽里抽了两张纸，一边擦手一边看着她，慢条斯理道："这儿你不能住了。"

方曼姿嘴里的薯片都忘了嚼，问："那我住哪儿？"

周熙昂瞥了她一眼，把擦完手的纸巾团成一团，丢进垃圾桶里："你说呢。"

方曼姿心里一抽，说："你要赶我走？我房租都交了！"

周熙昂道："住我那儿。"

住他那里？

那不就是同居？

方曼姿本在舔手指上的残渣，听见这话，她缓缓拿出含在嘴里的食指，吸掉拇指上的调料，说："当初结婚不是说好到安城这边各过各的嘛，也没说要同居啊。”

周熙昂说：“这间房子的管道有问题，随时有水管爆裂的危险，你一个人住这边，到时候怎么办？”

“那不是可以找人来修……”

“修也要修很久，管道全都要重新安装，短时间内装不完，这里没有生活用水，你怎么住？”

她不说话，拿着薯片站在卧室门口，眼睛虚虚落在他们中间的某一点，也可能是透过那一点，思绪飘向了更远的远方，嘴唇翕动，好像有话要说，又无数次被她咽下。

周熙昂向前走了两步，更加逼近她。

“方曼姿，你连跟我结婚都不怕，同居就怕了？你在怕什么？嗯？”

他偏用这种语调跟她说话，她听得心肝都在颤，眼神闪闪躲躲，不敢跟她对视。

她磕磕绊绊地辩解：“那这也不是不能住，我再住一阵子也可以……”

“哦。也就是说，您宁愿面对说不定什么时候就会爆开的水管，也不愿面对我，是这个意思吗？”

“不是……周熙昂，咱们做人不要有这么多歪理。”

她后退都没路，就这么佯作淡定看着他，输人不输阵。

周熙昂静静凝视了她一会儿，半晌移开目光，说：“行。”

“嗯？”

“你不愿意就算了，我不喜欢强迫别人。”

“嗯嗯。”

方曼姿猛点头，仿佛他讲了什么醒世恒言。

周熙昂道：“你去杂货间，把工具箱拿到卫生间。”

“知道了。”

“认识工具箱吗？”

“……”

想起以前陪他做实验时，他让她拿工具，她就分不清扳手和钳子，他还说她幸好没有学医的打算，不然肯定做不好医生，而是屠夫。

她气得把他一通暴打。

唉，过去这么久，她还是那个小傻子。

她一言不发，到杂货间去找工具箱，工具箱放在一个八斗柜里，她拎了一下，发现还挺重。

她改双手拎，从杂货间拎到卫生间门口，“嘭”一声放下，起身就见周熙昂身上已经溅了不少水。

淡粉衬衫遇水变深，他的头发、脸上，都已经溅湿，身上是不规则的水痕，就连墙壁上的瓷砖也在往下淌水。

方曼姿一看，卫生间内并没有什么水管在喷水，她不禁问：“你……怎么弄的？”

周熙昂没答，而是道：“帮我拿条毛巾。”

“哦哦，好。”

她转身出去，到阳台拿了条晒干的浴巾给他。

回到卫生间光顾着避过门口的工具箱，却一脚踩了在地砖的水渍上。

她脚下一滑，整个人身子后仰，周熙昂眼疾手快，扯住上扬的浴巾，浴巾那端还在她手里，她被浴巾带得向前一扑，直直朝前扑去。

惯性不受控，她就这样落进了他的怀里。

她攀住他的手臂，自他怀里抬头看他。

湿答答的衬衫紧贴腰身，勾勒出他瘦削的身材，甚至他身上有哪些肌肉，她都看得一清二楚。

他抬眸，一滴水滴沿着他的发丝向下，缓缓流过他凸起的眉骨，到眼睫处倏然下落。

水滴落到地砖的瞬间，也落进了她的心池。

有那么一时间，她居然有点庆幸。

好像结了这个婚……也没有那么吃亏？

被水溅湿的衬衫轻薄，周熙昂的体温隔着衣料，传感到方曼姿与他相接触的皮肤上，不知为何，擦起了灼热的火。

她攀着他的手臂忽然就有些烫手，不由得想要把手松开。

身子又是一滑。

他再次搂紧她的腰，垂头凝视她的脸。

被他这样近距离注视，不知是不是错觉，她周围空间在隐隐升温。

也可能，变热的只有她的脸而已。

不是没有过亲密接触，可这一刻的拥抱与对视，都是那么的不该。

她在他清寒的眼眸中看到失措的自己，立刻清醒过来，试图从他怀中离开。

哪知腰上力道没松，那只手硬把她箍紧，没让她走。

她抬头看他，话语里带了连她自己都没注意的颤意：“周总，这……不太合适吧。”

不可否认她现在心很慌，孤男寡女共处一室，真要冲动起来，算怎么回事啊！

“是不合适。”

周熙昂从她手里抽走浴巾，去擦身上的水痕，说：“平地你都能摔，不能稳点走路？”

他一句话打破所有旖旎氛围，方曼姿噎了一下，道：“地上有水，拖鞋鞋底滑，也不是我想摔。”

“那就走慢点，卫生间卫具这么多，你冒冒失失，磕到怎么办？”

“是因为有水才会滑，我都这么大的人了，我当然知道小心。”

摔都摔了，还要被他这样说一顿，心里的火气噌噌涨，她说：“每次有什么事，你就只知道凶我、骂我，那难道是我想吗？我愿意摔一下吗？”

她鼻子发酸，不由得瘪起了嘴。

让她想起了那么多次，无一例外，他总凶她，对她冷脸，不管她做错没做错，都听不到一句好话。

他就不能来哄哄她，偏心地维护她一下吗？

她越想越委屈，深深看了周熙昂一眼，拔腿离开卫生间，大步走进卧室，转身关上房门。

她抱着膝盖坐在床上，想了半天都觉得不解气，抓起床头的娃娃，捏住它的耳朵一通爆捶，势要夺它小命。

没过多久。

客厅传来一道脚步声，那脚步声停在卧室门前，再然后，卧室门被敲响。

“开门。”

她听见了，也不理他。

“方曼姿。”

听见他这样连名带姓叫她名字，她下意识心里一紧，总好像自己又做错了什么事。

冷静下来想到自己这个丢脸的条件反射，她更加生气了，他以为他是谁？

她半天不答，他不再敲，伸手拧了拧门锁。

没拧开。

门外静了半晌，被拦住的那人换了个语气。

“方曼姿，我没有怪你的意思。”

没有？那你是什么意思，你倒是说啊！

她抻着脖子，想还口喊出去，可气还没消不想跟他说话，索性还是不理他。

她等他下一句。

等了半天，只听外面门锁响动，房门“嘭”一声闭合。

她还以为自己听错了，不敢相信自己的耳朵，穿上拖鞋走到门边，小心翼翼打开一条缝，顺着门缝向外看。

偌大客厅空无一人。

方曼姿先是皱眉，紧接着气不打一处来，她摔上房门，回去抓起床上的猪猪玩偶又是一顿爆捶。

她也是够没有用的，几年前从他身上找气受，几年后还要从他身上找气受，他是上天派来给她渡的劫吧？

她仔细想了想，这个地方暂时是不能住了，毕竟说不定什么时候水管就坏了，她应该换一个住处。

可是房子要去哪里找呢。

她思考半天，在好友列表里翻看半天，就看到了陈北望的名字。

对，陈北望也在安城，问问他吧。

她戳开他的对话框。两个人加好友之后还没聊过，幸好重逢之后，两人见面惊喜大过生疏，不像她跟周熙昂，重逢只有别扭。

她先是发了个柴犬表情包，随后问了一句：在吗？

陈北望：不在。

方曼姿不理他，直接说明来意：我想换个房子，现在租的房子不太好，你知道哪里能租房子吗？

她对安城人生地不熟的，没租过房子，是完全不懂。

陈北望：租？

陈北望：你不是跟周熙昂住一起吗？

曼：谁说的，我独居好不好。

陈北望：那上次你喝醉酒，怎么哭着闹着要等他来接你？

曼：……员工宿舍。

曼：老板有钥匙。

陈北望：那是该换个房子。

方曼姿看到这句话，没懂他为什么会这样说，眉头疑惑地一皱。

很快地，屏幕上又跳出一行字。

陈北望：不怎么安全。

方曼姿听见这话，眉头皱得更深了。

大脑还没来得及思考，手已经比什么都诚实。

曼：乱说什么啊，他不是那样的人。

陈北望：你不懂男人。

透过屏幕，她都能想象出他说这话的傲慢和轻蔑。

她无语地打字：你懂。

消息发出去，她熄灭屏幕，把手机丢到一边。

这些个男的除了会让自己生气，还有什么用啊！

她又捶了玩偶两拳，这下不打周熙昂，改揍陈北望了。

正揍着，就听见门口有人按门铃。

她放下玩偶，一边穿拖鞋一边大喊一声“来了”，哒哒哒跑到门口打开房门。

“你找……”那个“谁”字还没说完，在看清门外站着的男人后，自觉咽进喉咙里。

周熙昂站在门外，身上的浅粉色衬衫还湿着，手里拎着包装精致的礼盒，淡紫色丝带缠绕盒子四周，于盒顶上方打了个漂亮的蝴蝶结。

她反手就要关门，被周熙昂抬臂拦住。

僵持不下，她收回手，只得作罢。

方曼姿双手环抱，别过脸，露出防备的姿态，一脸的不欢迎，说：“你不是走了吗，怎么又回来了？”

他不说话，把手里的盒子递到她面前，说：“给你。”

她用余光瞄了一眼，微微皱眉：“什么啊？”

“送你的。”

“哦，我不要。”

她很有骨气地收回眼，心想，你休想用这些糖衣炮弹迷惑我。

周熙昂见她这样，语气中多了些无奈。

“我不是骂你，也没有故意凶你。”他向她解释，“我是希望你能够多小心一点，你一个人住，真摔了连能扶你的人都没有。”

她听着他的解释，不服气地还嘴：“我又不是天天摔，都讲了是地太滑了，地砖也不是天天有水，难道在你心里，我就是一个连生活都不能自理的人吗？”

周熙昂静静注视着她，听她皱眉发泄不满。

等到她彻底说完，他才缓缓开口。

“没错。”他这样说，不顾她快要发火的目光，自顾自说下去，“我不在你身边的时候，总觉得你照顾不好自己，担心你出门会迟到，看不好钱包和手机，走路不认真看路，吃饭也挑食。”

“……”

方曼姿起先一肚子火，听他这样说，膝盖逐渐中了无数箭。

的确，他说的每一条，全都是她能干出来的事。

“你不知道，你有多么让人放心不下。我怕我少说一句，你就多忘一句，怕我不在你身边，你就什么都做不好。”

方曼姿的视线从玄关处，一点点向外挪动，掠过门口的柜子，脚下的地垫，缓缓地，扫过他的鞋子，他修长的腿，扫过他挺直的腰身，扫过他的胸膛与喉结，直到落在那张清冷如玉的脸上，她的视线终于停下。

“没错。”她很轻地应了一声，“我是什么都做不好，什么都要人照顾，都要别人来帮我做。可我已经在学着照顾自己了。

“即便是父母，也不是那个可以依赖一生的人，明白这个道理以后，我就知道了，太依赖别人，别人也早晚会离去。”

她不是当初那个小女孩了。也能像成年人一样，平静地说出这些话。

“没关系。”周熙昂面色平静，“我们结婚了，以后我来照顾你。我们不是说过吗？不要轻易离婚。这一次，我不会离开你。”

他再一次把手里的东西递给她，说：“再怎么生气，也要先把它吃完。拿着。”

他硬把东西放进她手里，她都猜到是什么了，还是假装不知道，嘟囔了一句：“买的什么啊……你知道我喜不喜欢吃？”

她拎着走到餐桌，解开蝴蝶结，一层一层打开，见到里面一个圆形的、完整的慕斯蛋糕，心里不可避免地雀跃了下。

周熙昂走过来，站在她侧后方看着她，说：“来的路上看到一家新店，不知道好不好吃，你尝尝看。”

“哦。”方曼姿嘴上装得冷淡，身体很诚实地掏出了塑料刀具，小心翼翼切了一块。

她用叉子挖了一口，草莓果酱下的进口奶油口感香醇绵密，味道酸甜可口。

真就挺好吃的。

周熙昂固然可恨，但这蛋糕是无罪的啊！

她这样想着，心里就稍微原谅了他一层，毕竟能找到这么好吃的蛋糕，也算他功劳一件。

周熙昂问她：“味道怎么样？”

她不想他这么快得逞，嘴巴不松口：“不怎么样。”

话虽如此，她又用叉子挖了一勺送到嘴边。

他看出她不诚实，故意道：“不好吃？那就扔掉吧，等下次我换一家买。”说着，就要上前重新装蛋糕。

方曼姿连忙放下手里的餐具盘，按住他的手臂，急道：“你干吗呀！不好吃……也不能扔啊！你知道农民伯伯种出粮食有多辛苦吗，西点师做蛋糕也不容易，就算不好吃，也别浪费人家的心血啊。”

周熙昂说：“我怕你吃着太委屈。”

“没关系，我勉强能够承受。”

“会不会太勉强？”

“……勉强当然是勉强，倒也没有那么勉强。”

“既然这样。”他收回手，“那就委屈我们方总了。”

她的心这才放回肚子里，说："嗯嗯，我还能承受。"

她端起小盘子，一口口吃蛋糕。向来张牙舞爪的女孩，这会儿倒是流露了几分温顺和乖巧。

他提醒："别吃太多，当心拉肚子。"

"知道了。"

"也别在冰箱放太久，会不新鲜。"

她又看他一眼，说："我不是小孩子了。"

周熙昂不再多言，到卫生间把该修的地方修好。

她在客厅里听着卫生间时不时传来的声音，心里还挺奇妙的，想不到他还会干这个。

她实在不能把他跟修水管联系起来。

等他从卫生间出来，方曼姿正把蛋糕收进冰箱，他把工具箱送回杂货间，挽起的袖口露出一截白皙的手臂，看着莫名有种力量感。

她没忍住，道出心中疑惑："你怎么还会干这个啊？"

周熙昂本来在擦手，听闻此言顿了一下，淡淡回答："为什么不会。"

"……感觉你不像干这个的人。"

"是吗？"他应了一声，"以前也不会，修得多了就会了。"

她从未听他说过这些，一时间愣了，问："你……经常修吗？"

"以前的时候。"

她很想问，是有多以前。

可又怕这样的问题会触及隐私，她没有窥人隐私的爱好。

"以前跟妈妈四处租房子的时候，妈妈没有多少钱，所以住的地方总是漏水。"他的语气很平静，"现在终于不用再住漏水的房子，可惜，她却已经不在了。"

他的语气明明很淡然，不知是不是她的共情能力太强，她忽然感到难过。

嘴唇动了又动，她不算很会安慰人，这时也不知道说什么。

她指了指冰箱，问："那个……你要不要吃蛋糕？吃点甜的，就不会难过啦。"

她的语气动作都有点小心翼翼的样子，让他想起了很久之前。

那时，他对她的印象，只停留在总是喜欢纠缠他这一点上。

那天他在上晚修，门口突然来了个女孩子，说要找他。

他不用抬头就知道，那是她的声音。

班上同学都在起哄，他的心里却很烦。

没有人知道，也不会有人知道。

午休他跟每天一样回家吃饭，赶上房东过来敲门，是他妈妈去开的。

房东站在门口抱着手臂，皮笑肉不笑道："我说，你们打算什么时候搬？房租都欠了三个月了，看你们娘俩可怜一直不忍心要，可我也要吃饭的吧？我是收租的，不是做慈善的，这房子我已经租出去了，人家周末就过来。周末之前你们不搬走，我就找人帮你们搬。"

他妈妈站在门口，手局促地揪起围裙，说："不是说好的，我家熙昂帮你孩子补习，就免房租。"

房东翻了个白眼，说："周大姐，要不是你儿子给我家孩子补课，我早把你们赶出去了，现在我合同都跟人家签好了，我也是人，我也要吃饭，也不是只有你们娘俩可怜，好好的房子白给人住，我不可怜吗？"

他妈妈好言好语，语气微颤，不觉中带了几分哀求："那……能不能再宽限几天，我找到房子就搬。"

房东见她这样，也不大落忍，只好移开眼不看她，说："你快点吧，这周必须搬，不能再拖了。"

"好，麻烦你了。"

他妈妈站在门口对房东赔笑，那么卑微。

说是搬，可是他清楚，他们又能搬到哪里去呢？

日子艰难，他们连房租都付不起，海城地贵，房租也在上涨，要想找到像现在这样便宜的房子，确实找不到了。

他们即将露宿街头。

从小就漂泊动荡的生活，令他陡然生出强烈的不安，他知道这意味着什么，即使从小到大面临过无数次，他还是会因为这些变得焦躁。

可他偏偏一点办法都没有。

他妈妈从门口走到餐桌前，用围裙擦了擦手，艰难地笑了一下，说："吃饭，别乱想，妈会找到房子的。"

他眸光闪动，在她的鬓角看到了几丝白发。

事实上，她还很年轻，不到四十岁，是一个女人一生中最好的年纪，可她带着他，太早为生活奔波，起早贪黑劳碌，被重担压弯了背，忧愁爬上她的眼角，化为了岁月的细纹。

他喉结动了动，放下筷子："妈。"

"嗯？怎么了，儿子？"

他晦涩地开口："我不想读书了。"

即使生活再苦，她的神情都没有变过，可是这一刻，她却愤怒了。

"不读书？你怎么能不读书？你不读书要做什么，你能做什么？"支撑家里这么多年，再难的时刻她都没有流过眼泪，可是这一刻，她却止不住泪水奔涌，"你不读书，打算像我一样过一辈子吗？你没出息，将来人家怎么看你！你说这话究竟对得起谁？"

他想说，他不想有什么出息，他只是不想看她这样累。

想早一点去打工赚钱，而不是每天只能在家里看书、学习，靠着妈妈赚来的辛苦钱养活。

他想为这个家分担点什么。

是不是这样，她就不用再那么辛苦，不用一个人扛下家里的重担。

如果他继续上学，还有那么多的学费、生活费，他的妈妈怎么办，她已经够累了，他不想看她再辛苦下去。

可看着母亲的泪眼，他所有的话堵在喉咙里，什么都说不出来。

他说："对不起，妈，我会好好上学的。"

下午回到学校，他的心头一直压着这件事。

自己即将露宿街头的命运。

还有，生活的压力和重担。

他所处的学校是海城最优秀的一所，里面有钱人多，教育资源倾斜，他在其中，即使明确意识到贫富差距，可也从未在意过什么。

可是那个下午，他在门口看到一辆又一辆豪车，同学们一件衣服能抵他几个月房租的时候，他忽然体会到了何谓命运的不公，从未有一刻像现在这样，恨过自己的出身。

那是他第一次尝到痛恨。

他带着这种恨意，一直上到晚修。

门口那个其他班级的女孩，再一次地过来找他。

那一刻，心烦意乱搅得他不平静，他也不想一直沉溺其中，他记得她的话很多。

即使听她说些废话，转移一下自己的注意力也好。他这样想。

他放下笔，视线终于从数学题的习题册上离开，落到了门口的女孩子身上。

她身姿窈窕挺拔，十分漂亮。

他看到她脸颊微微红，一双手背到后面，不知又藏了些什么。

他走了出去。

走廊里偶有同学走动，人并不多，大家争分夺秒地学习着。

她飞快地看了他一眼，很快别开头，藏在背后的手拿到身前来，拎着才买的慕斯蛋糕，捧到他面前。

似是见他不收，她鼓起勇气，说："也不知道你爱吃什么口味，我喜欢草莓的，酸酸甜甜，吃了心情特别好。现在学习压力很大的，可以吃点甜食缓解一下。"

他本来没打算接。

他一向不收任何人的东西。

可那一瞬间，他听到某个字眼，他的心倏然被触动。

他早就过了天真的年纪，可他很想童真地问一句：真的吗？吃了它，心情真的会变好吗？

一方面，他知道这是她的连篇鬼话，是哄他收东西的糖衣炮弹。

可另一方面，他又存了希冀，万一呢？万一真的可以呢？

等他回过神时，他的手已经接住了她送的蛋糕，眼前是她喜出望外的笑脸。

她眼睛忽闪忽闪的，这会儿更是发亮。

她说："你回去慢慢吃！如果不好吃的话就扔掉……不过应该不可能，我买的东西怎么会不好吃呢？"她雀跃地挥挥手，"那我先回去啦，拜拜！"

她走了，周围还有她身上的香气。

他拎着她给的蛋糕，一时不知道该不该扔。

最后还是没有扔。

他把它带回教室，在座位上一层层拆开。

不是没有吃过蛋糕，但也只是仅有的几次，更多时候都是奢望。

此刻看着面前切好的三角草莓慕斯，他尝了一口。

酸甜的草莓味在舌唇齿间化开，奶油与蛋糕混合，甜意弥散开来，是他从未感受过的甜。

那甜意直达心底，像一只温柔的手，将心头那些焦躁、烦忧纷纷抚平。

紧蹙的眉头在这一刻，终于能够得到片刻舒展。

她好像没有骗他。

吃了蛋糕，心情果然会变好。

打那之后，她常常来给他送蛋糕，他也没再拒绝。

也许她从不知道，她送来的不仅仅是蛋糕，而是他生活重压下，难得的喘息时刻。

他不想她知道，他也不需要她知道。

多年后的现在，她再一次提出同样的建议，而他仍然拒绝不得。

周熙昂嘴角微微弯，说："好啊。"

她把刚放进冰箱的蛋糕取出来，本想切一块块，但是想到他现在好像有点难过，刀向右挪了挪，她给他切得稍微大了一点，比她给自己切的还大。

她把蛋糕递给他，说："给你。"

"多谢。"他接过。

她别别扭扭地跟他道歉："我不是故意提这个，就随口一问，其实你不答也可以的。你……也别太难过。"

顿了顿，她声音放缓："而且，如果阿姨能看到你今天的成就，她一定会为你骄傲的。"

是啊。

他妈妈那么辛苦供他读书，什么活计都做，什么零工都接，就只想让他有一个优越的读书环境，想看他出人头地。

可是她再也看不到了。

他捏着叉子，很轻地笑了一下，那弧度很浅。

"谢谢。"

她也想不出还能说什么别的，又或者，说什么都不合适。

他吃完蛋糕，放下叉盘，问："你真的不考虑跟我回长提湾？"

一句话将气氛拉回现实。

方曼姿从他脸上移开眼，说："噢，不了，我这儿还能凑合。"

周熙昂想了下，道："或者也可以住其他地方，只不过，离公司不会那么近。"他掏出手机，"如果你同意，我可以让乔楚安排，今天就能搬过去。"

"啊，不，不用。"她摆手，"我不想住得太远。"

其实这都是借口，主要是她想起陈北望说的话，如果她还是住到他的地盘，那确实有些危险。

寄人篱下肯定不如自己的地盘自在，起码不用下班回家后还有跟他见面的可能。

退一万步来讲，她都拜托陈北望帮她找房子了，这会儿也不好反悔。

周熙昂听了她的理由，并没放在心上。

"没关系，你可以开车上班。"他连退路都为她想好，"会开车吗？我地库的车你喜欢哪辆，随便开。"

难怪女人都喜欢财大气粗的男人，张口就这么阔气。

她弱弱地说："你那些车我开着可能都不太合适……"

她还是喜欢线条比较柔和的车，不喜欢那种大刀阔斧的。

他说："那你喜欢什么，我送你。"

她想了想，说："还是别了，我车技不太好，开车总撞，一年光是修车费就要花出去不少，我爸总骂我败家。"

周熙昂看她委委屈屈的语气，心里头倏然一轻。

"没关系，撞就撞了。"他没忍住，摸了摸她的头，"以咱们家现在的资产，你就是败一辈子也养得起。"

"咱们家？"

"对。"

"咱们……是……"

“你跟我。”他看她迷茫的样子，觉得可爱异常，“我们两个的家。”

少时贫穷，想给她任何承诺都缺乏底气。

好在，那些艰苦的岁月都过去了，一切都还来得及。

不过方曼姿最后也没敢接受周熙昂给她买车的请求。

怎么说呢，关系没到位，这个软饭吃起来就不是那么心安理得。

吃软饭也得按照基本法。

她不打算继续住这儿了，一边保持距离一边还开着人家送的车，她干不出来这事。

陈北望效率很高，说是托人帮她物色到了房子，明天就带她去看。

她上班没空，陈北望托的那个朋友也忙，双方都不是非常有空，房子为大，就只能从她这边让渡时间。

平时上班重要工作都是潘柔处理，她觉得这也挺好的，省得给周熙昂添乱。

所以她就算少出现一天，应该也没什么。

她不想找周熙昂请假，他肯定会问她为什么请假期，没有那么多理由，就是单纯不想让他知道。

她更喜欢先斩后奏。

故而，她去找了人事部主管，反正最后招呼都要打到这边。

她想了想，做戏做全套，这样也显得逼真。她先去微博上搜了一些生病打吊瓶的照片合集，存了几张跟自己手腕粗细相似的高像素照片，发到了微信朋友圈。

曼：【不是吧，三十多度的天还能发烧。】

配图，一张背景在医院病房，手背扎针的网图。

做事需谨慎，她发出去之前，还不忘设置分组权限，从通讯录里查找周熙昂，把他屏蔽掉。

既然都没有找他请假，那就更别再让他看到这些了，反正等他知道的时候，她已经作为一个病号请上假了就是。

没多久，这条动态陆陆续续多了赞和评论，列表好友们纷纷发来安慰。

主管的身影很快出现：没事吧，小方？

曼：应该没事吧，先打一针看看。

第二天早上，方曼姿特意定了个早早的闹钟，这样没睡醒发出去的语音也会显得疲惫。

她给主管发语音消息：对不起啊，主管，我今天要请假。我高烧好严重，实在去不了公司了。

这么早，主管竟然秒回：没关系，好好养病。

曼：谢谢主管。

请假成功，方曼姿把手机扔到一边，翻身继续睡觉。

看房是上午的事。

她化了美美的妆，陈北望开车到楼下来接她。见她出来，他靠在车门边上，当即吹了个响亮的口哨。

“今天这么漂亮？”陈北望为她拉开车门，语气故意拖长，“该不会是为了见我，专门打扮的吧？”

方曼姿坐进车里，不禁翻了个白眼，说：“你配吗？”

“口不对心。”陈北望勾起嘴角笑了下，绕过车头坐进驾驶位，“还没吃饭吧？先去吃个饭？”

“不了，不太饿。”她回答，“先去看房子吧，看完一起吃，反正也用不了太久。”

“那也行。”陈北望发动车子，“你饿了随时告诉我。”

“好。”

车子驶出兴和苑，汇入车流，向东侧行驶。

开了十来分钟便到了。

车停在正门外，陈北望打了个电话，不多时，小区大门内走出来一位三十岁左右的男人，衣着正式，见到他们笑脸相迎。

陈北望带她下车，与那人握手，那人喊他陈总。

陈北望挑眉，说：“你可别这样叫我，都是兄弟，臊我呢。”转头给方曼姿介绍，“他姓耿，你喊他老耿就行。”

“那多不礼貌啊。”她不同意，“叫耿先生吧。”

这位耿先生脾气很好，任人调侃，简单寒暄过后，他便带他们两个进小区看房。

方曼姿跟陈北望走在后面，问：“他怎么叫你陈总，你还当上个什么总了？”

陈北望不满地敲了下她的脑袋，说：“怎么说话呢，哥哥我不配吗？”

方曼姿长长“嗯”了一声，说：“要是让咱们班主任知道，她做梦都得乐出声，当年混不吝的小子，如今也当上陈总了。”

“小瞧我呢？”陈北望揉乱她的发顶。

她打掉他的手，说：“乱抓什么，都让你碰乱了。”

“那我再给你抓好。”他的五指穿入发间，粗暴地帮她理乱。

两人在后面打闹了一会儿。

方曼姿问：“说起来，我还没问过你呢，你在哪个公司？做什么行业？”

陈北望侧头看她，说：“向威。”

“嗯？”

“我在向威。”

如果她没记错的话……

“向威？那不是诺顿的……对头公司吗？”就是上次跟她们在商场抢地盘的那个。

“哦。”陈北望一副没放在心上的语气，“跟诺顿好像是有一些竞争来着，不过同行是冤家，避免不了。蛋糕一共就那么大，跟谁不是争。”

方曼姿心里头怪怪的，有种自己叛变了的心虚。

好像她背叛了周熙昂一样。

见她表情奇怪，陈北望说：“怎么，怕了？放心，你身上唯一值得人图的，就只有色相，你与其担心你家周总，倒不如担心担心你自己。”

他讲话一贯吊儿郎当不正经，方曼姿随口骂了声“去”，他这么插科打诨的，那种奇异感很快就消失了。

的确，她跟他来往都是因为私事，他们也没交谈过关于公司的什么事。他说得不错，同行是冤家，商业上的竞争，总不至于影响私人感情。

这一片的楼盘偏居民区，不像她先前住的地方，离哪个商场都不远，总是热热闹闹的，较为繁华。

这里的环境相对要好得多，绿化做得也不错。

最重要的是，这里离诺顿同样不远，相比之下离地铁站的距离可能要比兴和苑远了一些，但公交发达，整体也不错。

今天看的这间房没有现在住的大，可也绝对不小，一个人住绰绰有余。

老耿说是这家人受不了南方潮湿，跑到北方干燥的地方住了，不然一到阴雨天骨头就疼。这房子闲着也是闲着，索性就租出去看看，看在朋友的份上，价钱也不多要，没事能帮着浇浇花就行。

方曼姿特意问了一句：“这房子装修还结实吧？不会漏水之类的吧？”

“不会，您放心，肯定都是结实的。”

“那就好，那就好。”

一问价格，帮忙浇花的友情价格，八千块一个月。

方曼姿：“……”

她的卡已经恢复了，现在也不至于过贫困生活，但是这个落差……

八千块，都够她在周熙昂那再住四个月的了。

就好比一件衣服你五百块能买来，嫌贵走了，去逛别家发现人家要两千。

不是买不起，而是落差。

兴和苑这套房子的装修问题，是当初周熙昂从海城搬到安城时，他还不懂这些，被不负责任的装修公司坑了。

加上她现在自己挣钱了，觉得自己每天起早贪黑赚的这点工资，交了房租剩下那点可怜的钱，什么都不够干。

就有点心疼。

方曼姿没想到短短几个月能把人改变这么多，要是她爸妈知道她有一天也会开始心疼钱，一定会高兴得再把她的卡停一次。

陈北望问她："你看了还满意吗？"

老耿也说："没事，没看好不租也没关系，这不是强买强卖。"

方曼姿有点不好意思。

她在陈北望面前一向是花钱如流水的形象，要说她嫌这个房租贵，他肯定会笑话她。

她只能说："有点一般。"

陈北望看了她一会儿，道："那要不我先帮你租下来。你那个房子不能住了，先搬出来再说，等找到其他合适的房子，你再搬过去。"

她又不是蚂蚁，很喜欢搬来搬去吗？

陈北望转头，对老耿说："先租半年。"说着就要付钱。

方曼姿拦他，他不听劝，非要给她租下来，让她有个落脚的地方。

她拗不过，只好说："那行，我把钱转给你。"

陈北望一把抽走她的手机，说："闹呢，这点钱还不够我送你个包的，你还跟我计较。再说，暂住而已，钱还能退回来，你怕什么。"

"那也不能让你帮我。"

她伸手抢手机，他把手机举高，让她够也够不到。

她忽然觉得这一幕很熟悉，周熙昂不让她喝酒时，也是这个路数，这些男人怎么回事，全都是狗吧。

他说："你要真觉着欠我，咱俩还有一辈子慢慢算，少在这儿争分夺秒的，要猴戏给谁看呢。"

他把手机交还给方曼姿，说："你要真给我转账，咱俩就绝交，听到没？"

方曼姿接过手机，无语道："你这人怎么这样啊，还非要给我花钱是吧，你是不是就是传说中的 ATM 奴？"

陈北望勾唇笑："那你收奴吗？你收的话，我可以是。"

她被这话狠狠噎了下，一时不知道说什么，只得吐槽着岔开话题。

"别看有些人表面上是个总，私底下其实玩得很大。"

"那也得看是跟谁玩。"

陈北望跟老耿完成交易，老耿把钥匙交给方曼姿，交代了一些房主规定的注意事项，房子就这样定了下来。

看房完毕，方曼姿肚子饿了，刚好跟陈北望去吃饭。

陈北望顺势道："你不是要报答我吗？请我吃饭就行。"

她本来想随便吃一顿，听他这样说，就改了主意。

“你到安城多久了？”

“刚到。”陈北望说，“也没多久，快一个月。”

她说：“那我带你吃安城菜吧。”

“好啊。”

她报了个地址，他开导航过去，是一家老酒楼。

她一直记着鞠恬恬跟陈北望的心结，便道：“其实我一直都很想问，你当初为什么不告而别？”

陈北望啊了一声，说：“我寻思道别太伤感，不符合我的硬汉作风，所以我就直接走了。让你们恨我总比让你们想我要好吧？起码恨我的时候，不会经常想我，更不会睹物思人。”

方曼姿在他小臂上拍了一下，说：“我跟你说正经的。”

“怎么不正经了？”陈北望不服气，“我哪句话骗你？”

“那也不至于把所有联系方式都弃了吧，你对我们这些朋友就一点都不想联系吗？”

“当然想。”

“但是？”

“但是当初出国，是不准备再回来的。”

“那你为什么要出国？”

陈北望听见这话，笑道：“还能因为什么，我崇洋媚外呗。”

跟这人聊天，嘴里没有一句正经话，方曼姿逐渐无语。

她说：“我知道，你肯定有你的原因，但是鞠恬恬，你怎么也该跟她道个歉。她重感情，你说走就走，总归是伤害到了她。”

陈北望说：“知道了。”

车又开了会儿，开过一条主干道，便到达了目的地。

他把车开到停车场，随口跟她闲聊：“别光说我，也说说你吧。我怎么听说，你跟他分手了？”

“是啊，很久之前就分了。”

“那你们现在？”

“普通朋友……”

陈北望侧头，借着看后视镜的机会，扫了她一眼，出言断定：“不可能。”

“怎么不可能？”

他找好停车位，把车停进去，“咔”一声解开车锁，与她双双下车。

他边走边道：“你有没有听过一句话。”

“什么？”她侧头。

“真正爱过的人，是不会甘心做普通朋友的。”

"所以你看，分手之后的情侣，基本都很难看。"

方曼姿想了想这句话，觉得有点道理。

可是想到周熙昂的态度，如果说刚重逢时，他对她的确不怎么样，可是怎么好像结婚之后，他对她稍微有那么一点点……纵容呢。

其实好几次，她自己冷静下来也觉得自己小情绪够多的，一会儿这样一会儿那样，实在有点作。

但是周熙昂好像都挺包容她。

仔细想想，好像是越来越好了的。

那他这样，到底算是爱过还是没爱过？

还是说，她靠人格魅力征服了他，本来挺讨厌的，但是接触下来，发现她好像也挺不错的，就不那么恨了？

可这样听起来她一点魅力都没有啊！难道她不值得他喜欢吗？

她弱弱辩解："怎么就不可能当朋友呢……那也许……和平分手……所以关系和睦。"

虽然说，如果让她跟周熙昂做朋友，她也是不愿的。

在分手还有联系跟一刀两断之间，她宁愿选择一刀两断。

陈北望道："不可能。"

"为什么？"

"因为真正爱过，所以决不允许自己看得见摸不着。"

她只顾思考，并没有看到陈北望在说这话时，语气有多么认真。

两人已经走进酒楼，迎宾带他们走进去，没选包间，就坐在大厅里。

服务生拿平板电脑过来给他们点菜。

陈北望让她点，她没客气，点了些自己爱吃的。安城这边口味清淡，不嗜辣，更喜欢食材的原味，她尤爱海产品，点了些鲍汁、龙虾之类的菜式。

两人继续交谈。

周熙昂从包间出来，乔楚跟着，到吸烟区吸烟。

吸烟区这边有很多绿植，酒楼大且装修豪华，有绿植挡着，楼下看不清楼上，楼上却能看得见楼下。

他来这边洽谈合作，正逢中午，牵头公司做东请吃饭，他便过来了。

他按揉眉心，神色略显疲惫。

乔楚见了，不由得心疼，说道："周总，您晚上早点休息，总这么熬夜，对您的身体也不好。"

"没什么。"

周熙昂摆了摆手，乔楚知道他脾性，寻常人三言两语哪里劝得动，就没再多说。

周熙昂转头向下随意一瞥，正是这一瞥，他的身体微微一僵。

乔楚品出不对，顺着他的视线看过去——

一楼大厅里，客人不少不多，其中一桌一对男女对坐，坐在一起有说有笑，气氛十分和睦。

这本来没什么。

要命的是，那个女人为什么越看越像方秘书？

乔楚心都提了起来，他最近越发意识到方秘书对周总的重要性，不管周总有没有那个意思，这一个男人看到自己在乎的女人跟其他男人吃饭，那肯定是要发怒的。

尤其这个男人还不是普通的男人。

乔楚赶在周围气氛逐渐冰冷之前开口："周总，我仔细想了一下，如果合作，其实……"

"你看那个女人是不是方曼姿？"

"啊？哪儿呢？"乔楚一开口那戏感就上了身，"没看见啊，周总您看错了吧？"

周熙昂不答，道："早上潘柔怎么说的？"

"她说，方秘书今天高烧，所以请假没来。还说，烧得挺严重的，昨晚还挂了水。"

刚好这时，服务员端上了一份蒜蓉粉丝蒸龙虾，他在楼上远远看见她掰龙虾的样子，淡声点评："是有点严重。"

他看得见，乔楚自然看得见，乔楚在心中为方秘书默哀一把，心道老伙计，这下真的帮不了你了。

周熙昂面如平潮，拿起手机，拨通方曼姿的电话。

"周总？"

"嗯。"他的声音听不出情绪，"今天怎么没来上班？"

"啊，我生病了，高烧。"

周熙昂贴着走廊向下走，眼睛一直锁定她。

"高烧？现在在家吗？"

方曼姿听见这话，顿时感觉周围阴恻恻的，四下看了看，并没有发现什么不对。

她坚持撒谎道："对啊，我在家里养病，不过我明天就能来上班了，放心。"

周熙昂已经走到了旋转楼梯处，皮鞋踩在红色地毯上，发不出一点声音。

"嗯，用不用我去看看你？"

"哦哦，不用，没事，就不麻烦您亲自跑一趟啦！"

“不麻烦，我已经到了。”

“啊？你已经到楼下了吗？”方曼姿大惊，“你真的不用来看我，真的，我都快好了，你快回去上班吧，我一个人能行的！”

她吓得在座位上连连摆手，生怕下一秒周熙昂就闯进门来撞破她的谎言。

这时，服务员端上一份生滚鱼片粥来，放到她面前。

她捂着电话说了声谢谢，然后一手舀着粥，一手接电话：“周总，你在听吗？真的不用来看我，我现在病容很难看，不方便见人，你来了也会白跑一趟的！”

“真的吗？”

方曼姿身子一凛，难道科技已经进步到了如此地步，手机听筒已经能够立体传音了吗？

如果不是，那为什么这句话感觉像在她耳边说的一样？

她直觉不对，下意识地回过头，只见周熙昂左手握着手机，面无表情地站在她的后方，寒潭般的眼眸定定锁住她，里面没有任何情绪，又似乎酝酿着暴风雨。

“啪嗒”一声。

手里的筷子当场掉在了地上。

周熙昂挂断电话，幽幽勾起嘴角。

“是病得够重的。”他眼睛扫了眼她面前的龙虾，又扫了眼还滚着的鱼片粥，“这么快就补上了？”

第十三章

夫妻本是同林鸟

方曼姿的心跳从来没有这样快过。

她在空调温度23℃的大厅里，硬生生吓出了冷汗。

他为什么会在这儿？他不应该在公司？或者其他任何地方？怎么会跟她在一间酒楼呢！

方曼姿来不及捶胸顿足，如果上天有重新来一次的机会，她宁可带着陈北望顶着35℃的大太阳去吃路边摊。

手机已经返回屏幕界面，她按灭手机，心虚地搁在桌面上。

“周、周总，您怎么到这边来了……”

“我不能来吗？”

“不是，没有，我就是表达一下我的关心。”方曼姿强颜欢笑。

“那还是生病的人更需要关心一点，你觉得呢？”

方曼姿又一次被他抓住小辫子，高跟鞋里的脚趾疯狂抓地，恨不能溜之大吉。

陈北望目睹眼前这一幕，嘴角动了动，对周熙昂道：“她生病在家，是我硬把她喊出来陪我吃饭的，你不要怪她。”

方曼姿看到救星般，连忙向周熙昂猛点头。

这一唱一和的样子，不知是从前说谎过多少次的默契。

周熙昂没答话，淡淡掀起眼皮，问：“生病了，不去医院？”

“已经……已经去过了。”方曼姿如坐针毡，表面上强装淡定，“我的病已经好了。”

周熙昂抬起手腕，看了眼时间，说：“病好了，那就上班吧。”

“我都请假了，现在正休息呢……”

“那你现在没假了。”

周熙昂无视她所有的小情绪，面无表情地离开。

乔楚两边看了看，认命地走上前："方秘书，周总在楼上的包间有应酬。"

方曼姿自知逃不过去，悔恨交加地闭上眼睛，拿起湿手帕推着砂锅的耳朵，把一锅生滚鱼片粥推到陈北望面前，说："实在抱歉，不能陪你吃饭了，这顿我买单。"

她招手叫来服务生，掏出信用卡递过去。

服务生双手搭在腹部，礼貌地道："小姐您好，已经付过账了。"

"嗯？"方曼姿侧头。

"哦，就是刚才那位先生。"

她收回手，把卡装回包里，更加心虚。

陈北望站起身，道："行了，你先去工作吧，我也还有事。"

"这样也好，那我就不送你了，下次一定好好请你。"

"行啊。"陈北望语气轻松，"吃白食的感觉也不错。"

方曼姿来不及送他，匆匆道了别，抓起旁边的包包就要上楼。

服务生追过来，问："女士，还没上完的菜怎么办？"

能怎么办。

她头都来不及回，说："请你们了。"

方曼姿上楼，本以为还要现打电话询问包间在哪儿，想不到周熙昂非常讲究，一直站在包间外等她。

应该是在等她。

他单手揣进口袋，欣赏不远处墙壁上的画框，眉目淡淡的。

高跟鞋踩在地毯上没有声音，她放慢脚步，走到他身边，轻轻唤了一声："周总。"

周熙昂瞥她一眼，揣进口袋里的那只手忽然牵住她，自然分开她的五指，与她十指相扣。

他的大手握住她，在她还没反应过来的时候，蓦地推开包间门，带她走了进去。

包间里热热闹闹的，进门时刚好发出一阵哄笑，开门声让里面的热闹停滞一瞬，很快有人回过神来。

"周总回来了。"话是这么说，眼睛却一直看着方曼姿，"不介绍一下？"

其他人也道："怎么出去就出去，还带了个美女。"

"看来周老弟这是有情况。"

桌上人不少，除了几个老总外，再有的都是老总们身边的得力下属，出于赏识才会带到这种局来扩人脉，长见识。

周熙昂年纪轻轻便能在安城这么大的地界占有一席之地，独揽广告界半壁江山，这些人论年纪都比他大，却不得不敬他。

因此，桌上这些人全都对方曼姿投以探寻的目光，打趣的话在嘴里转了一圈，谁也不敢开过分的玩笑。

尤其周熙昂的手一直拉着她，若是寻常女伴，根本没必要这么亲密。

他也从不是亲近女色的人。

周熙昂牵着她的手入座，乔楚位置被占，出门让服务生加了把椅子，又让服务生收拾桌面，添一副碗筷，很快都准备好。

方曼姿挨着他坐下，她的手被他握着，自然搭在他的腿上，像从前无数次那样。

她脸上挂着得体的笑，桌子以下，她暗暗使力，想把手抽回来，在跟周熙昂较劲。

他五指收拢，扣住她的手，她怎么也抽不出去。

就在她较劲的时候，周熙昂嘴角弯起一个疏淡的笑容，说："这是我爱人。"

不是秘书，不是朋友，不是女伴，是爱人。

方曼姿听见这句话，大脑静了静，连挣扎都忘记了。

他疯了吗？怎么这样说？以后还想不想找女朋友？

坐在另一边的乔楚本在喝茶，听见这话猛地一呛，茶没喝进去，猛咳不止。

就连乔楚都这样，其他人更别说，一时间目瞪口呆，饭局上有那么几十秒是凝滞的。

周熙昂恍若未觉，挨个给方曼姿介绍这些合作方，场面一时和谐。

一个稍微年长的老总率先道出疑问："周老弟，什么时候偷偷结的婚？"

"对啊，喜酒都没喝上，这就不厚道了吧？"

周熙昂在她手背上拍了拍，说："没在安城结。我爱人不喜欢张扬，婚礼比较简单。"

方曼姿：关我什么事？

"行啊，周总金屋藏娇，也不说让咱们看看，今天才舍得给看，周总，不罚一杯说不过去了吧？"

有人倒了一杯酒，转到周熙昂面前，闹着要让他喝酒。

乔楚见状，忙道："我们周总还要开车，不便喝酒，我来代吧。"

"没事。"周熙昂淡声回绝，"这酒该喝。"

他一饮而尽，其他人连连叫好，趁他喝酒这工夫，有人问方曼姿："弟妹家教这么严啊，出来这么会儿工夫也要过来看看？”

事已至此，方曼姿不能拆穿他——虽说她的确是他的妻子，该配合的演出她不能视而不见，只好道：“我出来逛街，没想到他也在这边，碰巧遇上了。”

“这都能碰到一起，真是夫妻同心，默契到一起去了。”

……她要这默契有何用。

满桌人都在对他们两个进行恭维，说他们如何般配，如何有夫妻相，吉祥话说了不少，周熙昂听在耳中，嘴角是淡淡的笑。

方曼姿听在耳朵里，滋味难言。

这情况无异于祝一对形婚夫妻早生贵子，他们这情况比形婚复杂多了。

她侧头偷偷打量周熙昂，他倒是一派淡定从容。

他就不尴尬吗？

还是太会装？

她一向看不透他，此时更看不透了，男人心海底针，她又不是海底捞的老板，没那个兴趣大海捞针。

周熙昂喊来服务生，要来点菜的平板电脑，不知点了什么。

其他人似乎对她过于好奇，总是问她一些问题，让她无法回答。

譬如问她周总在家里什么样子，是不是跟在外面不一样，会不会妻管严之类的，她哪里说得出来，只能硬编。

“他在家里很好，很照顾我。”

“什么妻管严啦，夫妻之间重在互相尊敬，是他敬我。”

又有人问：“那弟妹跟周总是怎么认识的？你是不知道，他有多难拿下。当初业内一个出了名的女总监，多少人追都追不上，就看上了周总，最后被硬是申请调到了海外，现在都没回来，估计也不会回来了。”

方曼姿听了这话，默默在一边低语：“那我当然知道。”

“周总跟你说啦？他连这都敢跟你说。”

“她是我初恋。”

这句话，成功把其他人的视线引到了他的身上。

“啪嗒”一声。

乔楚的筷子掉了。

“怪不得，周总心里有人，难怪谁来都追不上呢。”

其他人连声附和。

周熙昂笑而未语。

不多时，包间的门被人推开，服务生传菜上来。

方曼姿正饿着，定睛一看，上的是鲍汁豆腐、蒜蓉粉丝蒸龙虾、生滚鱼片粥、豆豉蒸排骨，都是她方才点过的菜。

她转回头，恰好撞上他的视线。这么近的距离跟他对视，她的心里突地一跳。

“怎么了？”他淡声问。

方曼姿低声切齿：“你点这些干吗？”

周熙昂盛了一碗粥，端到她面前，说：“给你补补。”

“那我真是谢谢你了。”

对话声音再小，坐得近的还是听见了，那人不由得点评起来：“周总跟老婆可真是恩爱啊。”

方曼姿：……我也谢谢你。

她这边搅动碗里的热粥，周熙昂夹了一块切好的龙虾放到碗中，细心拨掉上面的蒜蓉，才把龙虾肉放进她的碗里。

她只顾低头喝粥，听其他人交谈，没有注意到这一切。

只有乔楚看在眼里，这一下，他算是彻底明白了。

万幸自己没在周总面前说过方曼姿什么不好的话，不然自己可就职位难保了。

他强收回八卦的目光，暗暗擦掉额角的冷汗。

下午时分，方曼姿陪周熙昂结束应酬，坐上他开的车，一路回诺顿。

乔楚喝了酒，回去就没让他开车，他自己坐后面，方曼姿在副驾。

原本属于他的位置让给了总裁夫人，他一下子就感觉自己像国外中产家庭里，新婚夫妇开车去超市采购，后座就会放一只爱狗，一般是金毛之类的。

他就挺像那只狗。

这会儿没了外人，她跟陈北望吃饭那一幕，乔楚也都看在眼里，她也就不避讳了。

车开了一半，她到底忍不住开口道：“周熙昂，你故意的吧？”

“怎么？”

“你说呢？”

“不知道。”

他前脚捉她发烧，后脚就在饭桌上点她刚跟别人点过的菜，这不就是在羞辱她吗？

——哦，你装病的小把戏我已经看穿了，还跟别人吃饭是吧，那我让你吃个够。

真是够了。

她嘴巴张了又张，到底是自己犯错在先，被他抓住了把柄，这会儿想要发作，难免有些理不直气不壮。

她握紧拳头，气鼓鼓地看向窗外。

“怎么不说了？”

她语气恹恹道：“你想让我说什么？”

“不如就来说一说，你装病旷工，跟别的男人吃饭这件事。”

方曼姿狠狠一噎，说：“我又不是随随便便就跟人吃饭了，跟陈北望好多年不见，不得叙叙旧吗？”

“叙旧。”好好的词从他嘴里说出来，说不清哪里就变了味，“你们有什么旧要叙？我也想听一听。”

方曼姿皱眉看他，说：“你什么语气，好像我跟他有私情一样，我们什么关系你又不是不知道。”

“哦，你们什么关系？”

他这个样子，搞得她十分火大，说：“婚外情关系，这个答案你还满意吗？”

周熙昂一脚刹车。

乔楚坐在后面，心跳如擂鼓，说：“那个……周总，我酒喝多了，胃有点不舒服，先下车了。”

也不管这是哪里，乔楚打开车门，赶紧溜之大吉。

车内只剩下他们两个。

周熙昂目视前方，搭在方向盘上的手微微紧了些，面沉如水。

方曼姿双手环抱，气得也往前看，两个人谁都不理谁。

周熙昂：“如果给你一个重新选择的机会，你会选他还是选我？”

她皱眉道：“你在说什么？”

“回答我。”

她侧头看他一眼，他就如往常一样，周身笼罩着冷淡的气压，瞧不出什么情绪。

她说：“周熙昂，这世上没有如果。”

“如果现在——”

“我从来不做假设。”

车内气氛又凝滞了片刻。

方曼姿讨厌这样，得过且过，没必要把所有矛盾都摆在台面上来说，撕开来太难看。

她道：“回去吧，太阳晒到我了。”

太阳降到西边，他们正在向西行，挡板挡得住脖子以上，挡不住手臂和大腿部分，怪讨厌的。

周熙昂重新行驶。

气压比先前更低了一些。

如果问题真的出在她身上，那她道个歉把这件事圆过去也不是不可以。

她态度很好地道歉："对不起，我不应该装病不上班，我以后不骗人了。"

周熙昂"嗯"了一声，没有多说。

方曼姿心想，反正我道过歉了，你不原谅是你的事，怪不得我。

她一边被他冷淡的态度搞得有些生气，一边又发泄不出这股火来。

只得闷在心里，在体内乱窜，寻个机会发泄出去。

潘柔看到方曼姿来公司上班，还以为自己看错了。

"你不是生病了吗，怎么还来了？"

周熙昂回公司就进了会议室，根本没上二十一层，上来的就只有她一个。

她摆了摆手，随便瞎编道："病好了就过来了。"

潘柔还以为自己听错了，开玩笑道："还真是士别三日，小方也有爱上班的一天。"

她进办公室取了一些文件，说："我先去开会了，待会儿见。"

不多时，电梯上来，方曼姿抬头向电梯间方向看，只见乔楚拎着装好的礼盒走过来，她跟他点点头，算作打招呼，没想到乔楚直奔她这边。

"乔助理？"

"方秘书。"

乔楚把礼盒递给她，格外亲和地道："方秘书，千万别跟周总生气，他不是真有什么意思，就是性格比较硬，你懂得吧。"

方曼姿一头雾水，这礼盒也不知道该不该接，说："你是有什么话要说吗？"

"没有，没有。"乔楚头摇得跟拨浪鼓一样，"刚上来之前，看到楼下的甜品店不错，好像之前看你挺喜欢吃的，就给你带一份。"

"啊……谢谢？"

"别客气，千万别客气，这都是应该的。"乔楚连忙摆手，"你要是有什么需要的，直接跟我说就行，我是周总的助理，也是你的助理，你拿我当自家人就行。"

"自家人？"方曼姿听见这话，感觉怪怪的，"这三个人过，不太好吧。"

"哈哈，方秘书可真幽默。"

"还行。"

方曼姿控制不住自己充满疑惑的表情，可是乔楚又不肯给自己解惑，把礼盒留下，就进总裁办了。

这乔楚，怎么奇奇怪怪的，都在跟她说什么啊？

她摇摇头，一边疑惑，一边打开了乔楚送的小蛋糕。

方曼姿回家收拾了一些东西，她整理能力一般，收半天也没收出个什么成果来，也不强求，就这么睡了。

第二天午休，方曼姿跟潘柔去食堂吃饭，今天食堂做糖醋排骨，去晚了不容易打到。

方曼姿带潘柔坐周熙昂的专用电梯，潘柔不敢坐，她大手一挥道："电梯不就是给人坐的吗，不然建了当摆设啊。"

虽说乘了专用电梯，可还是不比离食堂楼层近的那些部门，两人进食堂还是要排队。

潘柔说："一周就这一天最想吃食堂，多亏有你，不然真就打不到了。"

方曼姿看着前方的队伍，说："有我也不一定排得到，你看，公司明令不让代打，还是有人代打。"

她碰了碰潘柔的手臂，两个人侧头一看，也不知道是哪个部门的，一个人打了三份排骨，确实有些过分。

不是她们两个嘴馋，食堂厨子请得好，尤其做糖醋排骨，排骨肉软烂，汤汁收浓，配饭特别香，一点腥味都没有，简直风靡诺顿。

每周到了这一天，全公司的人都心心念念。

两人排了一会儿，不知谁说了一句"排骨没有了"，队伍前面不约而同传来了几声哀叹，有的直接离开队伍走了。

潘柔道："别的菜你想吃吗？不喜欢的话我们去外面吃也行。"

方曼姿道："我还是想吃排骨。"

"那我们就去外面吃排骨。"

方曼姿一边遗憾，一边跟潘柔离开队伍，外面的排骨哪有食堂厨子做得好吃，真奇怪，餐厅小灶难道还比不上食堂大灶？

"方秘书，方秘书！"

乔楚远远走过来，方曼姿跟潘柔驻足回头，她道："乔助理，你喊我吗？"

"对。"乔楚笑着点头，"排骨没抢到吧。"

"来晚了，下周来早点。"语气遗憾中充满安慰。

乔楚道："正好我打了两份排骨，还没吃呢，这会儿周总有事找我，你们两个帮帮忙，解决一下，不然多浪费。"

"……"

"怎么了，方秘书不会是嫌弃吧？"

“那倒不是……”

乔楚看了眼时间，指了一个位置，说：“就放在那儿，不嫌弃的话就辛苦了，我赶时间，就先走了。”

“哦，好。”

她们两个跟他挥别，按照他指的方向走过来，餐桌上打好了两份饭，连水果都装好了。

看排骨上面的汤汁微微凝固的状态，估计已经等了一阵。

方曼姿将信将疑地拿起筷子，说：“他自己一个人吃两份？”

潘柔说：“我看他可不像是给自己打的饭。”

“那他给谁？女朋友？也没听说他谈恋爱呀。”

潘柔目光暧昧，说：“我看，他这架势像在追你。”

方曼姿斩钉截铁道：“不可能。”

“人家连饭都给你打好了。”

“他不是说了有事要忙嘛。”

潘柔：“我看不像。”

方曼姿当然也知道不像，这不是找不到合理的解释嘛。

她道：“那我想不到有什么理由，能让一个人放弃生命中挚爱的糖醋排骨。”

潘柔思索了下，赞同道：“有道理。”

乔楚乘电梯上楼，到总裁办找周熙昂。

两人一齐到外面吃。

乔楚试探性道：“方秘书中午想吃糖醋排骨，结果去晚了，排骨都被打没了。”

周熙昂脚步顿了一下。

她吃不到喜欢的东西，肯定一整天都不会高兴。

“食堂怎么没多做点？”

乔楚道：“员工不会每天都在食堂吃，做多了怕浪费。”

不等周熙昂开口，他赶忙补充：“周总放心，我提前打了一份留给了方秘书，她已经吃到了。”

公司明令不能代打，公司上下不是不知道。

周熙昂听了，只道：“你做得不错。”

就没再多说。

乔楚听了，心里顿时有了数。

自己猜得没错，方秘书在周总心里果然很重要，只要抱住方秘书这条大腿，就不怕将来哪里惹怒周总，会被他辞退了。

方秘书就是自己的保命符。

这天下午，方曼姿正在做表格，突然接到妈妈的电话。

“曼曼，你在公司吗？”

“在呢，妈。”方曼姿停下操控鼠标的手，“怎么想起给我打电话啦，是不是想我了？”

“没错，妈妈就是想你了。”

电话那头的方夫人笑吟吟的，声音顺着听筒传进她的耳朵：“妈妈现在在机场，你现在有没有空，来机场给妈妈接机？”

方曼姿还以为自己听错了，问：“你在哪里的机场？”

“当然是安城呀，要是在海城，妈妈用得着你来接我吗？”

方曼姿声音都变了：“妈，您怎么……突然来机场了？”

方夫人问：“怎么，不欢迎妈妈？”

“不、不是……”

“我这不是看你那个朋友圈，说你生病了吗？你说说你，这么大个人了，还照顾不好自己，真不让妈妈省心。妈妈先过来看看你，过两天也好跟你徐阿姨一起去港城。”

方曼姿一时间慌得疯狂摆弄桌上的水性笔，在指间旋来转去，说：“妈，我都已经好了，真不用您照顾。您直接跟徐阿姨去港城吧，就别跑一趟了。”

“曼曼，你是不是不想见到妈妈？”

“真不是……”

“妈妈坐了好几个小时的飞机从海城来见你，你连见妈妈一面都不愿意，就要赶妈妈走？”

方曼姿的大脑一阵阵眩晕，真不知道那些脚踏几只船的男人是怎么做到不翻车的，她在这儿假装结婚，连老妈的突击检查都应付不过来，更别说那种爱查岗的女朋友。

她道：“我主要是担心，我跟周——熙昂每天上班，没时间陪您嘛。”

“没事，妈妈也可以去公司看你们呀。”

老天爷，救命，谁来给她一锤子。

方夫人：“好了，妈妈在 T3 航站楼 10 号到达口等你。”

“好的……妈妈。”

方曼姿认命地挂断电话，闭上眼睛缓了好半天。

再然后，她收整心情，从座位上站起来，到茶水间冲了杯咖啡。

她整理仪容，确认自己美艳大方的形象没有丝毫错处的时候，她站起身，走进办公室，路过助理办公桌，乔楚热情地跟她招了招手。

她笑容敷衍，点了点头。

周熙昂的办公室只有他一个人。

她走进去，殷勤地把咖啡放到他面前，甜甜地道："周总，您的咖啡。"

周熙昂侧头看了一眼，咖啡上还用奶泡拉了花，歪歪斜斜的一颗大心。

他淡淡抬眸："我没要咖啡。"

"……"

听听，谁听了这种话不想打人呢？

但她显然不是一般人，能跟周熙昂这种人谈恋爱，自然也得忍常人所不能忍。

她温柔地笑了笑，说："就算不想喝，放在这里闻一闻也很香，提神醒脑。"

周熙昂闻言，又瞥了一眼，见她这么欲言又止的模样，便道："这花是你做的？"

就这个语气，她忍。

"是我做的，周总。"

周熙昂的手指在桌面上敲了敲，说："心勾得这么歪，暗示拉花的人心术不正。你有什么事，直说吧。"

方曼姿听了想要打人。

但她不能打人，她还得忍气吞声。

"嗯……周总，话不能这么说。我画这个心，寓意夫妻同心，夫妻有难互相帮助，这样才能家庭和睦。"

"是吗？"

他又瞥了一眼，淡淡点评："你这两瓣心分得这么开，我还以为是，大难临头各自飞的意思。"

方曼姿道："真要是大难临头，我跳火坑也得拉着你。"

周熙昂不受方曼姿的威胁。

他说："那还真是荣幸。"

方曼姿没时间跟他闲扯，直截了当道："妈妈刚才给我打电话，说她现在在安城机场。"

顿了顿，她也觉得自己挺离谱的。

用着人时就好言相商，事情过去就恢复了一贯高高在上的嘴脸，可谓是过河拆桥、卸磨杀驴、吃饱了打厨子的典范。

她别别扭扭跟他商量："咱俩可能得同居一段时间，也拜托你在我妈面前演得像一点。"

周熙昂看她，极轻地笑了一下，说出的话在她听来，也像在讽刺。

"我说呢，无事献殷勤。"

她就知道，他肯定说不出什么好听的话来。

他不想，她也懒得再求她。她极力克制道：“你不同意就算了，我会跟我妈说你在外地出差，这你总不会不配合吧？”

见她转身要走，周熙昂叫住她：“站住。”

她驻足，回头。

“我什么时候说不同意了？”

他把乔楚叫来，交代一下工作，而后站起身，对方曼姿道：“走吧。”

乔楚闻言，视线在二人中间来回流转：“周总要带方秘书出去吗？”

周熙昂横了他一眼。

他连忙改口：“路上小心。”

从市中心到机场建了个横跨三个大区的快速干道，将原本需要一个小时多车程的路线，缩短到了半个小时左右。

两人停好车，从车上下来，向航站楼走。

方曼姿说：“万一我妈发现你那里没有我的东西怎么办？要不晚上你想办法拖住她，我先把我的东西搬过去。”

她眉头微蹙，身侧的手不自觉握成拳。

周熙昂扫她一眼，说：“你还知道怕？”

“什么意思，阴阳怪气是不是？”

她停下脚步，语气愤愤。

周熙昂移开目光，不予理会，继续向前。

她在心底重重哼了一声，好女不跟男斗，懒得理他。

到达口人来人往，方曼姿给妈妈打电话，得知妈妈在咖啡店休息，两人又朝咖啡店走。

她稍微快他一步，他一直跟着她，快到店前，垂在身侧的手蓦地被人牵住。

带着温度的力量包裹住她的手，都说手握成拳的大小，正是人体心脏的大小，这一刻的方曼姿对这句话有了深刻的体会，她感觉她的心也被他握住。

她整个人静了一瞬，视线从两人交握的手上，缓缓上移到他的脸。

那张成熟而英俊的脸。

分手的时候，也许他们都没想过，还会再有牵手的那一天。

“走吧，阿姨还在等着。”

“嗯……”

一切都是为了在她妈妈面前伪装，她知道。

周熙昂这么积极维护自己的老公人设，倒是令人欣慰，这说明她找了个好演员。

二人手牵手，走进咖啡店，远远就看见她妈妈坐在角落里，用平板电脑打发时间。

她走过去，喊：“妈。”

方夫人穿了裙子，气质优雅高贵，跷起一条腿品着咖啡。

听见有人叫她，她抬起头，眸子微微一亮：“曼曼。”

方夫人视线一移，看到二人紧握的手，周熙昂也开口跟她打了招呼：“妈，您来了。”

方夫人点点头，问：“从公司过来的？”

“是的。”

“让我家曼曼一个人过来就好了，你还特意跑一趟，别再耽误公司的事儿。”

周熙昂含笑回答：“家里人，来接您也是应该的。”

画面温馨和睦，亲如一家，若外人来看，也会为这母慈婿孝的场景感动。

方曼姿打断道：“妈您吃饭了没有？我们先去吃饭吧。”

方夫人要去港城，所以带了行李箱，周熙昂自然提起行李箱拉杆，默默跟在二人身边。

三人出航站楼，方夫人说：“妈妈看你朋友圈说烧了，怎么高烧了？吃过药了？”

“好了，都好了。”方曼姿极力微笑，“妈您放心啦，熙昂一直照顾我，不用您亲自过来的。安城这么热，您还要亲自跑一趟。”

方夫人说：“那怎么了，你是我亲女儿，哪有当妈的不惦记自己的孩子？”

方曼姿心里一阵阵发暖，挽住妈妈的手，听妈妈闲谈海城的八卦。

周熙昂一直在边上跟着，充当工具人。

上车后，方曼姿在副驾系好安全带，不住回头跟方夫人聊天。

方夫人说：“先前李家的小女儿，以前跟你是幼儿园同学，家里联姻死活不同意，嫁过去之后，一个月怀了个儿子，上个月刚出生，白白胖胖，两家都高兴得不得了，现在人家小夫妻感情也好，都说她嫁得不错。”

方曼姿听着心里怪异，不过她对这些家长里短不感兴趣，说：“那还挺好的。”

方夫人：“人家一个月就有了，你怎么不见动静？”

刚结婚就催，有什么好催的？

方曼姿不悦道：“又不是我的问题。”

周熙昂眼角微微一抽。

方夫人说：“趁年轻，身体恢复得好，要生就抓紧，将来年纪再大点，就开始遭罪了。”

知道方曼姿会发小脾气，周熙昂自然接过话头：“已经在备孕了，争取年底有好消息。”

方曼姿疑惑地看他一眼。

什么时候备孕了，他跟谁备孕了？怎么谎话张口就来？

方夫人越看周熙昂越顺眼：“嗯，她身边有你照顾，我放心。”

周熙昂点头：“应该的。”

方曼姿侧头，视线在二人中间来回转换，有些无语。

到底谁跟谁是一家人？

放在包里的手机响了，她拿起一看，屏幕上的来电显示是陈北望。

她心头一跳，上次因为陈北望的关系，她跟周熙昂不欢而散，如今妈跟他都在车里，她莫名不太敢接。

她按了静音键，没接。

方夫人在后面问：“谁啊曼曼，怎么不接电话呢？”

“哦，工作上的事，不急。”

嘴上这样说，方曼姿还是暗暗瞄了周熙昂一眼，不由心虚。

他也在看她，眸光犀利，直射她的心底。

那些心虚和谎言都逃不过他的法眼。

“万一有急事？”他状似无意接话。

“没啦，这个同事话蛮多的，我怕接了说个没完。”方曼姿扬起笑脸，“我当然更想跟你和妈妈聊天啦。”

周熙昂没说话。

她更不敢说话。

到了餐厅。

点菜时，方夫人点了一道，把菜单交给周熙昂来点。

一般来说，周熙昂都会把菜单交给她，所以方曼姿乖乖坐在一边，已经做好接菜单的准备。

平板电脑在她面前掠过，周熙昂对一旁的服务生道：“深井烧鹅。”

“好的先生。”

“等一下……”方曼姿开口，“能不能……换一道？”

方夫人拍拍她的手，说：“曼曼，就算你不吃鹅，熙昂总是要吃的嘛。”

说完，她又对周熙昂解释：“我们曼曼不吃鸭、鹅，你可能还不知道。”

方曼姿心道，他怎么可能不知道，他比谁都知道。

他就是故意的。

周熙昂恍然，取消了烧鹅，对着菜单选了半天，道：“不吃鸭、鹅的话，那就猪肚鸡。”

方曼姿拳头握紧，抬头笑眯眯地对服务生道：“脆皮烧肉有吗？”

“酿苦瓜。”

“板栗煲蹄花。”

……

两人报菜名似的，说了一堆彼此都不爱吃的菜。服务生看出不对来，小心提醒：“先生，女士，只有三个人的话，这边不建议点这么多菜呢。”

方曼姿说：“哦，那脆皮烧肉一定要留。”她笑容不减，“我老公喜欢吃。”

……

最后当然没点那么多，但那道猪肚鸡还是留下了，端上来时，周熙昂先给方夫人盛了一碗汤。

方曼姿看在眼里，他那边放下勺子，她以迅雷不及掩耳之势抢过来，盛了半碗猪肚端到周熙昂面前。

“你累了一天，好好补补。”

她笑起来时，嘴角上弯的弧度恰到好处，看起来比平时多了那么几分温柔体贴。

周熙昂拿起筷子，专门夹起锅里的鸡肉，耐心而温柔地扯下鸡皮，连扯了几块，用汤匙搁到她面前的小碗里。

“你最近一直操劳公司的事，都没好好休息，多吃鸡皮，美容。”

“……”

周熙昂，真有你的。

她用筷子挑了挑那看着就油腻的鸡皮，不禁气得牙痒。她从炒青菜里挑出切成片的大蒜来，放到他碗中，挤出笑容来，说：“多吃大蒜，解毒。”

他不动声色，夹了菜里调味的姜放到她碗里，说：“多吃生姜，驱寒。”

“……”

方夫人本来要喝汤的，看到两人在这里夹来夹去，不由得欣慰点头：“看到你们两个这么恩爱，我就放心了。”

方曼姿：“……”

妈，您是眼神有问题吗？

她心里暗暗生气，好你个周熙昂，欺负人是吧。

她拿出手机一通操作，按灭手机，叩到桌子上，当作无事发生。

周熙昂手肘边上的手机屏幕亮起，锁屏界面是来自方曼姿的消息提示。

他点进去一看，就看到方曼姿给她分享了一首歌。

【《算什么男人》周杰伦】

想到她分享歌曲过来时，可能会出现的心理活动，他心里暗笑。

半分钟后，轮到她的手机振动。

他把手机放回桌子上，她把手机拿起来，点开微信聊天框。

周熙昂也发来一个分享。

【《你的男人》许志安】

方曼姿看到这四个字，心里滑过一些奇异的感觉。

反应过来后，她嫌弃地皱眉，分享了一条新闻过去。

消息再弹过来时，周熙昂正在跟方夫人聊天，他一边倾听，一边点开消息。

最后是周熙昂先休战的。

他叫来服务生，新添了两道她喜欢的菜。听见他的话，她本来打算夹肥肉的手停下来，没再继续跟他斗下去，心里重重哼了一声。

晚上他们陪方夫人到处逛了逛，欣赏安城夜景，到了九点多钟，就回了长提湾。

方曼姿心中不自在，这是她第一次以他妻子的身份到周熙昂那儿，晚上还要睡在一起，她想逃却逃不掉。

她还记得长提湾没有她东西这件事，心里想着把方夫人安排在楼下客房就好，尽量阻止她到楼上去看，应该也不会发现什么。

等车开到长提湾，一进门就发现，她家里常穿的拖鞋居然摆在了鞋柜里。

这是怎么回事？

方夫人对女儿在安城的住处还比较满意，周熙昂把一楼的卧室位置告诉她，方夫人累了一天，有些劳累，就先歇下了。

方曼姿跟周熙昂一并上楼。

到了卧室，她发现这里果然有她常用的东西，再到衣帽间，她的衣服也全都被搬了过来。

原本她还担心明天上班要没衣服穿了，此刻松一口气的同时，不由得问周熙昂：“我的东西全搬过来了？”

“是。”

能在短时间内搬家，并且把东西收整得井井有条，这种搬家公司不是没有，只是价格会比较昂贵。

她心情复杂，每当这种时候，她都觉得他很坏。

明明一早就把事情安排好了，总是什么都不跟她说，非要看她着急。

她半天说不出话，最终避开他的目光，说：“我去洗澡了。”

周熙昂提醒：“睡衣在衣柜里。”

她去衣柜拿睡衣，这个时候，她听见自己放在床头的手机又响了。

她不得不走回去接电话。

听见电话的显然不止她一个，一直站在床边的周熙昂看到来电显示要比她更快一些。

她走回去时，周熙昂正握着手机，看着屏幕上一直跳跃的名字，嘴角微抿。

不用看就知道，是陈北望。

第十四章

吃醋

方曼姿升起一股心虚。

甚至连她自己都不知道这心虚从何来。

她压着心跳，佯作淡定地走过去，嘴里还说了一句“谁呀，这么晚打电话”，从周熙昂手里接过手机。

他没拦，就那么递给了她。

她转身要到隔壁间去接，身后传来他轻飘飘的声音：“怎么，你们之间有什么话，是我这个合法丈夫不能听的？”

“……”

方曼姿脚步僵住，怎么也迈不出下一步。

他们两个因为陈北望吵过一次了，显然他认为陈北望的存在是有问题的，她倒不觉得有什么问题，她跟他并不是什么要跟周围异性划清界限的关系。

可被他这么问，就好像她真的做了什么对不起他的事情了一样。

她微笑着转回身来，看起来倒是一点也不见心虚地说：“能有什么话，我就是想一边接电话一边换睡衣而已，你想多了。”

周熙昂哦了一声：“那就接完再换吧，做人最忌讳一心二用。”

在说到最后四个字的时候，他轻描淡写地扫了她一眼。

“……”她怎么觉得这个一心二用有点意味深长呢？

反正她心里没鬼，也不怕什么，当即滑屏接听：“你好？”

陈北望的声音透过电话传过来：“才接电话，怎么，不爱听哥哥说话啊？”

他这轻佻的语调，往日听起来没什么，这会儿听着很不妥。

她下意识地瞥了周熙昂一眼，后者眉目淡淡的，瞧不出有什么别的意思，她收回眼，语气正了正：“什么事？”

陈北望问：“白天给你打电话怎么没接呢？”

“我妈来安城了，当时跟我妈在一起。”

“哦，这样。”他语气满不正经，“没什么事，开车路过你家，问问你要不要一起出来喝酒。”

哪天找她喝酒不好，怎么就非得今天呢？

方曼姿说：“恐怕不行，我妈在我家呢。”

一旁的周熙昂在解衬衫扣子。

他走过来，突然拎起她手臂上的睡裙下摆，叠搭在她手臂上。

“睡衣滑下来了，小心点。”话毕，他走到另一边，抓起遥控器拉上窗帘。

她想回谢谢，要张嘴的时候，感觉出了不对劲。

电话那端也没了声音。

“喂？”

“哦，这样啊，不行就算了。”陈北望的声音懒洋洋的，“对了，房子已经收拾好了，你什么时候搬过来住？”

室内是安静的，安静到她手机听筒里传出的声音，可以让其他人听得一清二楚。

方曼姿的上下齿不自觉磕了下，轻微的震颤让她缓过神来，她手忙脚乱道：“我最近比较忙就先不过去了，你要是没有其他事的话我就先挂了……”

也不管他有事没事，直接挂断电话。

她轻轻握住手机，转回身来看向周熙昂。

果不其然，他也在看她。

她说：“不是你想的那样。”

“嗯。”

“这个搬不是那个搬，因为兴和苑的房子漏水，他知道了就帮我找了个房子，是这个意思。”

卧室的灯不是直射灯，吊顶灯散射柔和的光，他衬衫微敞，眉目疏淡，不置可否地看着她。

她手臂上搭着那件红色睡裙，站在他面前，认真跟他解释。

他这个表情，忽然让她有些头痛。

她不得不道：“他平常都不找我的，今天不知道怎么了，不信我给你看我们的通话记录，聊天记录也可以给你看，真不是你以为的那样。”

周熙昂嘴角动了动。

“你们不是朋友吗？”

她茫然地“啊”了一下，发出一声单音节。

他垂眸睨她：“你们是朋友关系，向我解释什么？”

“我不是怕你误会嘛。”

“怕我误会。”他慢悠悠重复她的话，像在品味这句话的分量，“为什么怕我误会？”

他攫住她的视线，令她闪躲不得。

她一时被他问住，幸好她还算善辩：“我看你先前那么在意，才解释给你听的。”

“我在意或不在意，你很在意吗？”

“我当然不在意了！”

感觉到他身上那股气息，她下意识想要逃避。她才不要跟他在这里说绕口令，明明是他因为这些事非要跟她吵架似的，她都解释清楚了，他还这个态度，她凭什么要照顾他的心情！

方曼姿抽身离开，背影像在逃跑，不过她管不了那么多了，她现在不想面对他。

她直奔浴室，确认门上了锁，她靠在门上，终于松了口气。

真可怕。

这男人怎么越来越可怕了。

浴室里已经摆好了她往日的洗漱用品，甚至位置还是她早上临走前的位置，除了正在充电的电动牙刷。

她卸了妆，进浴室冲澡，一边冲澡一边回想刚才发生的对话。

是啊，他会不会生气，她为什么要管呢？

上次吵架他们不欢而散，她看他好像误会了什么，这次才解释给他听的，真是好心当成驴肝肺。

转念一想，自己清者自清，他误会就误会，关自己什么事。她有些懊恼，她真不该解释，显得她在这段关系中，对他还很在意似的，凭白落了下风。

浴室水汽蒸腾，她的心情在热气氤氲中也变得不太顺畅。

洗完澡从浴室出来，她包好头发，换上了那身睡裙。

她不是放不开的人，可想到面对的人是前男友，就有点不好意思。再一想，他们早就坦诚相见过，她平时穿的也跟这睡裙差不多，就不再纠结了。

推门出去的时候，周熙昂望过来，视线在她身上停了停。

她莫名感觉到了一股灼热感，被他扫过的地方似在发烫。

她扶住头巾，坐到梳妆台前护肤，纤瘦脊背挺得笔直，优雅修长。

对着镜子拍完化妆水，她轻轻用手扇风，试图加快它的风干速度，眼睛在镜子上乱扫，一不小心，就跟后方的男人对上了视线。

他还在看她。

她假装什么都没发生，静静移开视线，心里想着，爱美之心人皆有之，他想看自己也是应该的。

她伸手去拿面霜，食指挖了一块在掌心，双手化开涂在脸上。

涂着涂着，她突然想到了什么。

自己的睡裙是半裙又不是长裙，怎么会拖在地上呢?

他突然过去提醒她，那陈北望肯定听到了他的声音。

可她先前还在说，她跟妈妈在一起，转头身边出现了一个男人的声音，这叫什么事?

方曼姿气上头来，这男人怎么这样?

陈北望会怎么想她啊?是不是觉得她谎话连篇，跟其他男人厮混还拿她妈妈当借口?

她的名声都被他给毁了!

思及此，方曼姿拍打自己的力道顿时重了不少，卧室内不断回荡飞快的“啪啪”声。周熙昂从窗边走过来，掐住她的手腕，说：“有必要下手这么狠?”

方曼姿甩开他，说：“你少管我，我就喜欢这样拍，我愿意!”故意气他似的，拍得更加用力，一不小心给自己拍痛，她停手，倒吸口凉气。

他站在她身边，通过镜子看她，薄削的嘴角微微翘起，清寒的眼也染了温度。

看到他笑，她就知道不是什么好笑，她没好气道：“看什么看，没看过美女啊。”

“美女的确不假。”

他这样突然说起好话，让她心中警铃大作，她猜他下一句不会说出什么好话。

果不其然。

周熙昂辣评：“拿智商换的。”

方曼姿转身就要打他：“你再说一遍!”

周熙昂一把握住她细瘦的腕子，赶紧哄她：“只是跟美貌相比不太匹配，在普通人里还是较高的水平，做人也不能太追求完美，人无完人。”

方曼姿重重哼了一声，抽回手，说：“这还差不多。”

他眼底的笑意未散，温和地注视她：“我去洗澡。”

“我又没拦着。”

她坐下，在一堆护肤品里寻找眼霜。

等她吹干头发上床时，周熙昂也已经洗完澡了。

她钻进被窝，他转头问她：“关灯?”

“可以。”

卧室的灯逐渐熄灭，不会一下子陷入黑暗，帮助人的眼睛适应光线。

等完全黑下来之后，倒是给她增添了不少安全感。

看不到他，或者他看不清自己，反而让她放松。

不过她并没有忘记周熙昂今晚的丑恶操作，她有仇必报，他抹黑她，她也不能让他好过。

她平躺在床上，清了清嗓子。

“对了，你上次问我，如果给我一个重新选择的机会，我会选谁是吧。”

身侧的人呼吸似乎紧了些，她察觉到了也装不知道，自顾自说下去。

“我觉得假设一下也挺有意思的，反正，随便想嘛。”

“你想怎么样？”

“就……陈北望的话，我觉得他特懂我，跟他在一起的话，他肯定特别会猜我心意，那谈恋爱的话，就会很开心啊。”

“哦，是吗？”

“当然啊，你看我跟他认识这么久，他从来都没惹过我生气，好像跟他在一起，全都是开心的事情。”

“哦，那还真挺令人羡慕。”

“是呢，生命中有这样一个人出现，没能在一起真是太遗憾了，这样想想，还挺唏嘘的。”

“不用唏嘘，一切都来得及。”周熙昂的语气听起来有点冷，“你现在就可以辞职，到向威当秘书，补偿你青春期的遗憾。”

“我都重新选择了，我还当什么秘书啊，总裁夫人不香吗？”

一旁的声音听起来冷得像从冰窖里传来：“那你还等什么？还不早点去当你的总裁夫人？”

“好啊，我就等你这句话呢。”

方曼姿掀开薄被，作势就要起身。

下一秒，她的腕子被他狠狠握住，手的主人用力一拉，她一下子跌回床上，摔了个七荤八素。

“方曼姿，你敢去！”

黑暗中察觉到他半坐起身子，居高临下地逼视她，她哪里是会服软的人，偏要跟他对着干。

她试图挣开他的桎梏，嘴里叫嚣：“你看我敢不敢。”

她翻身要下床，掐她手腕的力道消失，改为箍住她的腰。那力道太硬，他用力一勾，直把她勾过来，逃也逃不掉。

男女力量的悬殊在这一刻有了直观的体现，他似乎没怎么费力，轻易就把她压在了身下。

他抓住她的两只手腕，直接按在她身体两侧，压得她动弹不得。

闹腾了这么会儿，她累得有些喘，更多的是意识到自己似乎玩过火的恐惧。

被他这样钳制，她的心跳得比鼓点还快。

她以为他不会对她怎么样，可这一刻，面对他蓬勃的怒火，她忽然有些拿不准了。

咫尺上方，是他咬牙切齿的声音："方曼姿，你真以为我不会碰你是不是？"

他手肘撑着，并没有多少力量在她身上，可她还是觉得喘不过气，也可能是心跳得太快，导致她快要窒息。

甚至，她还能感受到他身上的温度。

她轻轻战栗，在他身下挣脱扭动："是你说的让我去当总裁夫人，现在又出尔反尔，你有本事就放开我，你算什么男人！"

"就这么想当总裁夫人？你信不信，我现在就可以帮你坐实身份。"

他将她两只手腕握在一只手中，另只手捏住她的下巴，拇指在她唇上轻轻摩挲。

"到时候，再用你这张小嘴告诉我，我算不算男人。"

方曼姿心中涌起一阵后怕，她试图抽出手来，摇头挣脱她下巴上的手，嘴里拼命阻止周熙昂："我乱说的，你别这样，你要是过来我喊人了！"

"喊人？你打算喊谁？"周熙昂撑着身子，危险凝视她，"你确定你妈妈听得到？"

见他没再动，她那颗跳动的心才稍稍放缓，但还是不敢彻底放松。

她诚恳地看着他，说："我刚才瞎说的，你别往心里去，好吗？"

黑暗中，只能看到他大致的清冷轮廓。

"是吗，我怎么知道你这么说，不是为了骗我放过你？"

他大有她不说清楚，今晚绝对不会罢休的意思。

她被逼得没办法，想着从前他就吃软不吃硬，她未尝不能故技重施。

她摆出可怜巴巴的表情，也不管在卧室的光线里，他能不能看清她的脸，起码戏是要做足。

头顶被束住的双手，手腕紧紧相贴，她腕子稍微一动，有些凉意的柔软小手轻轻覆上他的小臂。

像是终于触到了温度，她不满足，又向上攀了攀。

周熙昂正不懂她意欲何为，就听她用娇柔的声音向他控诉："那我不是在生气嘛，我明明就没有做过什么，你却总觉得我跟别的男人有什么。我住的房子都成水帘洞了，你还不许我找个好房子住，我委屈死了，还要被你这样对待，你就不能对我好一点？”

“你为什么不来找我？别的男人的房子，要比合法丈夫的房子住着舒服是吗？

“怎么不说话，不是很委屈吗？”他放过她的下巴，伸出食指在她唇上点了点，触感柔软饱满，令他有些口渴。

“嫌我待你不好，就跑别的男人那里，对吗？”

他早已看穿她的小心思，此刻毫不留情戳穿她的谎言。她自觉羞愧，恨不能用枕头闷死他或者闷死自己。

她决定反咬一口：“原来你就这么想我，我在你眼里就是这种人，我对你太失望了。”

周熙昂凝视着她，不说话。

起先还在僵持，没一分钟，她逐渐撑不住，总觉得有些危险。

“你不要看我，我好困，要睡觉了。”

她手腕扭了扭，再次挣脱。

方曼姿说：“我本来不想直说，以为你能明白，看来你并不明白。我们的确是结婚了，但我并不想给你添麻烦，让你觉得我阴魂不散，而且当初——”

她静了一瞬，整个人从那种高昂的情绪中抽离，平淡和缓地叙述：“当初是你说不要再跟着你。”

“放心，我不会跟着你了。”

她忽地有些难过。

想起那些年少的炽热爱意，满满捧到喜欢的人面前，最后被对方狠狠摔在地上。

想起曾经好过的种种，最后都化为幻影，化为旧时光的碎片。

天意弄人，让他们重新相逢，彼此没能成为陌生人，又巧妙地结合到一起，这已经很是不该。

那些用回忆拼凑出来的爱意，早已破碎不堪，她更不会因此生出妄想。

可是看到从前人仍在眼前，她就会忍不住想起那些种种，想起那些破碎的爱。

这一刻她忽然明白。

也许陈北望说得很对。

真正爱过的人，是不能接受对方出现在自己眼前的。

重逢后她的每次躲避跟逃离，并不是有多么恨他，而是不甘心。

她确实不甘心。

可再不甘心又能怎么，时过境迁，他们各自有各自的人生，回溯过去又能改变什么。

结局还是一样，早就注定了的。

周熙昂终于放开她的手臂。

两人在黑暗中沉默，都没有往下说。

良久，周熙昂起身，背对方曼姿坐在床边。

他的手虚握成拳撑在床上，被撑住的地方，深深陷下去一块。

清沉的声音回响在室内。

“抱歉，我不该那样说。”

方曼姿平躺在另一侧，恍惚间还以为自己听错了。

“什么？”她侧头。

“那个时候，我应该停下来，好好跟你说清楚。”他的声音有些僵硬，“没能控制好我的情绪，是我自己有问题。”

他这样的人，连道歉都是生疏的。方曼姿怀疑这是他第一次向别人道歉，没想到自己竟有如此殊荣。

只是，他感到抱歉的，并不是跟她分了手，而是觉得自己分手的方式不对。

他还是想要跟她分手。

她到底多差劲，才让一个男人连后悔的念头都不曾有过。

“算了。”她垂眼，“反正结局都是分手，怎么分的也没什么紧要。”

她在黑暗里翻了个身：“我睡了，晚安。”

第二天。

方曼姿醒来时，周熙昂已经去公司了，她拿起手机，看到周熙昂的微信消息。

周熙昂：在家多陪陪阿姨，今天不用上班。

周熙昂：早饭在餐厅，记得吃饭。

她正准备回，想起昨晚两人的对话，再看到屏幕上的内容，有种不真实的感觉。

她随手绾起头发，到盥洗室洗簌，出来时，莹白的脸半干未干，几缕鬓发打湿贴在脸上，显得那张脸更加清透。

她下楼，转半天才找到餐厅在哪儿，到餐厅看了眼，早餐还温着。

她有点懒得再走到客房去，顺势拉开椅子坐下，在微信上戳了戳，拨通视频电话。

“妈妈，过来吃早饭了。”

方夫人道：“我们早就吃完了，就等你了。”

方曼姿皱眉，又看了眼桌上的早餐，嘴巴撇了撇：“不会是剩下的吧，我不要吃剩饭，自己点外卖了。”

她从小到大就没有吃剩下食物的习惯，这边人生地不熟的，只能靠外卖解决，毕竟她对厨房那些厨具的使用也不是非常了解。

她正要挂电话，就听方夫人道："谁敢让你吃剩的，人家熙昂一早就给你留好了，桌上都是没动过的，快点吃吧。"

方夫人一言不合地挂断了电话，方曼姿对着挂掉的界面看了看，还有几分怔愣。

伸手到袋子里翻了翻，那些包装盒全都扣得又紧又严，确实是新的。

她一个一个打开，安城这边习惯吃早茶，周熙昂买的都是她一贯爱吃的东西。

她看到这些，不知怎的，想到了他买回来后，认真把她喜欢吃的东西放到一边，抬头嘱咐她妈妈，这些都是专门留给她的，让她妈妈提醒她吃的场景，甚至能想象出他在说这话时生动的眉眼，还有他细致的动作。

他总会在细微之处把她照顾得十分熨帖，往常没觉得有什么，但是在发生了昨晚那样的对话之后，她隐隐意识到，其实他不应该对她这样的。

所以他这样对他是为什么，因为愧疚吗？

他是应该愧疚。

方曼姿在心底轻轻哼了一声，伸手拿起筷子，夹起一个奶黄包咬了一口，觉得味道不错。她抓起一旁的手机，点开周熙昂的对话框。

曼：谢了。

发完，感觉这个对话干巴巴的，显得自己像只知恩不报的白眼狼，于是她又从表情包里翻了翻，翻到一只藏在被子里，只露出一只脑袋的可爱柴犬，点击发送。

整个对话立即显得萌了许多。

当然，主要是她萌。

另一边，正在车内的周熙昂手机响动，他拿起手机，扫了眼消息，在看到那只柴犬躺在被子里，只露出一只脑袋的时候，他瞬间联想到早上临走时，他在室内扣衬衫扣子，她在床上酣睡的场景。

她也是这么乖乖躺在被子里，模样乖巧可爱。

他不禁看了好几眼。

他放下手头的事，回复消息：表情不错。

方曼姿看到消息，眉头一挑，搞不懂这有什么可夸的。

曼：哪里不错？

周熙昂：比较像你。

方曼姿的嘴巴抿得紧紧的：你的意思是我像狗？

她生气地在表情包中寻找能表达自己心情的图片，找了半天，选中一张二哈怒怼另一只狗脑袋的图片，点击发送。

周熙昂看到这张动图，联想到她此刻的反应，不觉中翘起嘴角。

周熙昂：更像了。

曼：……

方曼姿双手的手肘撑在餐桌上，举着手机义正词严地打字提醒。

曼：别忘了，咱俩现在是夫妻，你说我像狗，那咱俩算什么？

曼：所以，为了咱俩的名声，请打消这种念头。

周熙昂：好！

他放下手机，乔楚顺着后视镜看了周总一眼，问："周总，您笑什么？"

"嗯？"周熙昂抬手，抚了抚嘴角，"我笑了吗？"

乔楚说："您都笑了好久了。"

"哦，没什么。"周熙昂道，"就是突然觉得，做一只狗也挺好的。"

泊好车后，乔楚还有另外两位助理，跟随周熙昂去乘电梯。

四人站在电梯里，乔楚手里抱着文件夹，说："这次虽说跟向威竞争，但还是我们的胜算更大，合作方市场经理也透过底，他们区域经理更倾向于诺顿。"

周熙昂："嗯。"

乔楚自信道："现在国际上好多品牌都想打开国内市场，只要这次合作做得漂亮，其他品牌入驻，肯定会以他们为范例参考，优先选择我们。"

周熙昂抬手正了正领结，说："先拿下来再说。"

上次的法国经理亲自迎接，将诺顿来的人请到会议室，进去发现还有几个其他公司的人。

这倒不意外，本来就是合作方案的最终比稿，让人意外的是，蒋驰居然也在。他跟陈北望挨在一处，后面跟着几个助理秘书之类的人。

见周熙昂进来，蒋驰的目光锁定在他身上，对他挑了挑眉。

周熙昂面无表情地移开眼，只当没瞧见。

会议进行了两个小时。

诺顿的方案十分精彩，是其他公司听了也自知比不过的水平，表情不是失望，而是果然如此的平静。

会议持续这么久，主办方的经理要求休息，于是迎来了短暂的休息。

向威还没开始阐述方案。

周熙昂一个人到吸烟室抽了会儿烟，同在的还有其他公司人，相熟的围在一起闲聊两句，声音不大，互相也不干涉。

蒋驰也进来了。

他不避讳，径直走到周熙昂面前，轻轻倚在墙上。

周熙昂抬眼看他。

蒋驰勾唇笑了，说："聊聊？"

周熙昂懒得看他，提步要走。

蒋驰伸手拦他："你不想跟我聊，那我只好找方小姐聊一聊了。"

周熙昂停步侧头，刚好对上蒋驰那双眼，里面不知藏了多少阴谋诡计。

他记得蒋驰，如果不是蒋驰，方曼姿也不会来安城，更不会被抓走。

蒋驰嘴角挂着痞笑，说："怎么，我好歹送你个老婆，就这个态度对我？"

周熙昂眯眼，问："你想怎么样？"

蒋驰摇摇头，说："别这样，周总，我也不想干什么，可男人这辈子能图个什么，无非就是钱、女人，你说是不是？我把心爱的女人给了你，为了她还差点搭了小命，你总得表示点什么吧？"

"你收购了向威？"

"没错，这不是专门为了跟你作对嘛——"蒋驰满不在乎地说，"总不能让你情场商场全都得意，我总得赢点什么。"

周熙昂单手揣进口袋，颔首道："有本事，尽管赢。"

"就是没本事才来找你啊。"

蒋驰理直气壮，语气贱得令人发指。

"我也不想干什么，就是希望周总你呢，在我们向威有需要时，稍微松松指缝，漏点油水给我们。毕竟你们诺顿家大业大，独占半壁江山，稍微漏点，别说向威，起码够会议室那些小公司吃个几年了。"

他的拇指抵在小指处，稍微露出那么一指节，眼睛盯着周熙昂，并没有放过周熙昂的意思。

"当然，你可以不肯，说起来，我也很久没有见过方小姐了，说不定什么时候想她了，就请她喝杯咖啡呢？"

周熙昂眉头一凛，冷冷抬眼，说："别动她。"

"我动不动她，还不是取决于你？"蒋驰笑着，在周熙昂的肩膀上拍了拍，"今天的项目，我看着有点眼馋，兄弟，你懂我意思吧？"

蒋驰离开吸烟室。

周熙昂站在原地，望着他离去的背影，眼底暗潮翻涌。

会议继续。

后半段是剩余公司比稿，不过大家都很清楚，他们的方案确实不如诺顿出色，此次合作肯定是非诺顿莫属。

平心而论，向威给的方案也不错，可惜有诺顿珠玉在前，到底差了点意思。

结果是当众公布的，当然选择诺顿。

当所有掌声献给诺顿公司时，周熙昂身后的三个助理扬眉笑了起来，合作方案磨了多久，熬了多少个夜，耗费多少心血，他们十分清楚拿下这个方案，对诺顿和他们意味着什么。

蒋驰也在鼓掌，可他的眼睛一直在看周熙昂，嘴角幽幽勾着，等他的下一步动作。

周熙昂想起鞠恬恬给他打电话，他焦急开车寻找方曼姿时，方曼姿被绑在床上无助的样子。

蒋驰是个疯子，他没有信心时刻确保她安然无恙，他不敢拿她去赌。

他闭了闭眼睛。

“抱歉。”他举手示意，看向主位的法国经理，“这次合作恐怕不能继续，公司这段时间还有其他项目要忙，同时进行这么多项目，恐怕不能兼顾，我看还是交给其他公司吧。”

“周总！”乔楚在一旁低声唤他，“我们哪有……”

周熙昂拦住乔楚接下来的话，伸手合上文件夹，站起身，说：“抱歉，很遗憾没能合作，希望下次还有机会。”

那位经理一脸无措，会议室内其他人也都有些不能理解。

这是多好的机会啊！做成了这一次，其他开拓国内市场的品牌肯定也会注意这次的公司，就算放弃其他项目，也不该放弃这个吧！

法国经理连忙起身，情急之下，不由得用法语挽留。他表达了对这个方案的看重，并请周熙昂再多考虑考虑。

周熙昂用法语回绝：“抱歉。”

蒋驰从座位上站起身，摇头感叹道：“唉，想不到周总竟然把这么好的机会拱手相让，实在是太遗憾了。”

周熙昂没再多言，淡淡瞥他一眼，离开了。

走向停车场的时候，乔楚欲言又止，最后到底憋不住，说：“周总，这么好的机会，您怎么能……”

周熙昂捏了捏眉心，道：“所有参与这次方案的员工，这个月都加两万奖金吧。”

奖金虽丰厚，可大家还是高兴不起来。

乔楚：“可这……”

周熙昂摆了摆手，说：“大家辛苦了。”

几个助理面面相觑，最后一齐道：“周总，我们不辛苦，为您工作都是应该的。”

上车之后，乔楚驶回诺顿。

车内气压低迷，毕竟失了这么一桩合作，损失多少大家心知肚明。

气氛难免有些不愉快。

又都不敢说什么。

不多时，周熙昂的手机响了。

他拿起手机，发现是方曼姿。

他接听："什么事？"

方曼姿在那边暗暗吐槽他什么态度，但还是开门见山："你有沐尚的会员吗？这边要会员才能进，我要带妈过来玩。"说完，她赶紧补上一句，"要是没有就算了，不要紧。"

"有。"他说，"你在哪儿，我送过去给你。"

方曼姿报了个地址。

他看了眼，回道："十分钟。"

周熙昂向来准时，说是十分钟，就绝对不会让人多等。

她坐在时代广场的甜品店里，眼看着周熙昂走进来，她朝他招手："这边。"

他身姿挺拔，迈着一双长腿走过来时，像是带着整个世界而来，那张脸天生夺目，让人移不开眼。

他拉开椅子，坐到她面前，沉默地掏出钱夹，从里面掏出一张金卡，推到她面前。

"这张。"他又补充，"放心用，钱走我的卡。"

方曼姿不缺钱，可看着他利落掏卡的动作，从口袋里翻出钱夹的从容，配合他那张线条清冷的脸，实在是有些让人荷尔蒙躁动。

她把卡收下，矜持道："谢谢。"

周熙昂收回眼，颔首道："没什么其他事，我就先走了。"

他正欲起身，不想手臂蓦地被人按住，回过头，就见桌子对面的明艳美人倾身向前，正按着自己的手臂。

"还有别的事？"

"啊，没。"方曼姿摇摇头，"就是想跟你说，那什么，谢谢。"

周熙昂轻轻蹙眉。

她收回手，将耳边碎发捋到耳后，露出那张精巧的脸来，脸上有些不自然："我就是突然觉得，虽然我们已经分手了，但你对我也还挺好的，不管从前怎么样，我现在的确应该谢谢你。

"你让我觉得，我不后悔跟你在一起过。"

能因为她一句话，就大老远跑来送卡，这份情她不能不领。

周熙昂眼里闪过一瞬间的怔愣。

从不喜形于色的他，第一次让方曼姿觉得，她读懂他很轻易。

周熙昂抿了抿唇。

搅动了一路的心池，因为她的这一句不后悔而归为平静。

那股被人威胁的苦意，在这一瞬间，好像也变得有些值得。

他道："我也不后悔。"

方曼姿笑了笑，紧接着视线在他脸上扫了扫，又问："对了，你今天是不是不开心？"

"有吗？"

"在电话里我就听出来了，不过不敢确认，你看起来好像不太开心的样子，是公司有什么事吗？"

周熙昂本想否认，可是话到嘴边却不由自主地咽了下去。

"嗯……"

方曼姿说："你等等。"

她站起身，快步走到柜台点了什么，不多时，把打包好的甜品放到他面前。

"不开心的话，可以吃点甜品消化一下。"

她笑容明媚，如四月春风吹进他的心田。

"不管从前怎么样，周熙昂，我都希望你能开心。"

"那你开心吗？"

"嗯？"他执着地盯着她的眼，让她有些迷惑，"我当然开心啊。"

"好。"他没再多言，拿起已经打包好的甜品，"我还有事，先回公司了。"

"嗯，晚上记得一起吃饭。"

"知道了。"

她跟他挥别，眼看着他出了甜品店，最终上了停在路边的车，心里说不清什么感觉。

昨夜他跟她道过歉以后，她心里适当地放下了一些。

分手已成定局，结婚又何尝不是不可改变的现状。

他们虽然关系不那么好，可审视起来，也没有那么差。

改善不了从前，未必不能经营以后，哪怕是暂且。

她本来没深想，只是有了这个念头，就放下了。

直到周熙昂真的亲自给她送卡过来的那一刻，她才意识到，原来这个婚结得也不是那么讨厌。

另一边。

周熙昂回到车内，鬼使神差地拆开了方曼姿送给他的甜品。

照旧是她一贯爱的草莓慕斯。

他没有那么喜欢吃甜，因为她变得不讨厌，甚至习惯了这个味道。

他没有在车内吃东西的习惯，可这一刻，他还是拿起了叉子，切了一小块送进嘴里。

酸甜口味在他嘴里化开。

像是先前那股苦意，咽入心底之后，在口腔里泛起了回甘。

也许她说得对。

甜甜的东西，确实能让人心情变好。

见到她以后，今日面对的一切都变得没有那么糟糕。

沐尚是私人会馆，想加入会员须得是会员邀请才行。方曼姿拿着卡，方夫人属于“会员的朋友”，可以一齐进来。

没事的时候，就会有名媛来这里开茶话会或主题派对等等，是淑女们闲暇时消遣的好去处。

方曼姿带妈妈到四楼去做SPA，专业的泰式手法消除一身疲乏，二人做完SPA，又到六楼去喝茶休息。

六楼种了许多绿植树木，流水环绕假山，自然环境极佳。

那种富含生机的味道沁人心脾，让人生出远离喧嚣、宁静致远的闲适。

二人找位置坐下后，点了些茶点。

看到方曼姿娴熟地使用会员卡消费的时候，方夫人欣慰地笑道：“能亲眼见到你过得这么幸福，妈妈也就放心了。”

方曼姿把卡收起来，跷起一条腿叠在另一条腿上，修长好看。她说：“有什么不放心的，我看起来很容易不幸福吗？”

方夫人说：“这么多年，我跟你爸一直娇惯着你，你任性一些，也好过性子温软，生怕你被别有用心的人骗走。”

方曼姿有些无语道：“怎么可能，而且我相信，就算我爱的人没有钱，那他的品行也一定是优秀的，你们一定会同意我们在一起。”

方夫人说：“我们不会同意。”

打脸也不用来得这么快。

“过去的事就不提了，看到你嫁给熙昂，他对你又这么上心，把你交给他，我跟你爸都很放心。”

方曼姿微微皱眉。

只听她妈妈在一旁语重心长地说：“我们原本是觉得，就算你嫁给不喜欢的人，那也不能嫁给一个在生活条件上苛待你的人，婚姻这东西，有没有感情都是一辈子，可要是没有物质，那就是一盘散沙。”

方曼姿理解不了这样的想法，说：“有情饮水饱，只要跟喜欢的人在一起，怎么样都会开心的。”

“唉，你还小。”

两人想法不同，方曼姿不打算改变对方，更不会被对方改变，只得岔开话题：“妈，你什么时候去港城？”

“怎么，嫌我打扰你们二人世界了？”

“什么啊……我是想着送您嘛。”

“不用送，港城离这儿也不远。”方夫人漫不经心，“我倒是打算去你沈伯伯的公司看看，这是你第一次正式上班，妈妈还没去看过呢。”

“没什么好去的！”

真是怕什么来什么，方曼姿顿时从椅背上挺起腰身，伸手阻拦自己老妈。

主要她妈妈去公司，会以什么身份去？周熙昂的岳母，她的亲妈啊！到时候一介绍，怎么说？她跟周熙昂隐婚的事岂不是兜不住了？

“怎么，那里又不是龙潭虎穴。”

方曼姿说：“就是普通的公司，广告公司乱糟糟的，都没处下脚。您想，熙昂那么忙，您要是去了，他能不招待您吗？他招待您了，那他工作怎么办？所有部门都停下来围着您一个人转，您心里肯定也过不去是不是。”

她说着话，视线一转，看到门口进来个人。

“哎？妈妈您看，门口那个人是不是有点眼熟？”

话说一半，突然换了个话题，方夫人也向门口看去，进来一个端庄妇人，及肩的卷发，两侧优雅地梳在脑后，被晶钻头饰固定。

方夫人表情变了一下，赶紧覆住方曼姿的手，飞快拍了两下，说：“快走，是你吴伯娘。”

经妈妈提醒，方曼姿顿时想起来了，来人不是别个，是沈修远的前妻。

只是多年未见，更没想到会在安城遇到前沈夫人，她看来人是眼熟，一时之间，怎么也没想到前沈夫人身上。

怎么会是她啊！

周熙昂的出身不光彩，对前沈夫人来说，更是破坏她婚姻的刺。

方、沈两家交好，方曼姿最后却嫁给了破坏她婚姻的那根刺，这要如何不尴尬。

方夫人说一句“快走”，这确实是要走快点，不然纸包不住火，说不定会很难收场。

正这时，她们先前点的茶点刚好上来，母女二人顾不上，只想快点溜之大吉。

但往往，现实总会事与愿违。

换句话说，那就是怕什么来什么。

二人才刚起身，打算绕到另一边溜走的时候，一旁不远处传来前沈夫人并不陌生的声音：“曼曼，心怡，是你们吗？”

方夫人名叫董心怡，前沈夫人吴淑好从前跟她亲密，只叫她“心怡”。

母女二人对视一眼，这下算是逃不掉了。

“伯娘？好巧啊，您也在安城！说实话，刚才看到有个美女进来，完全没想到会是您，您还这么年轻。”

方曼姿反应快，社交场合飙戏在所难免，从某种角度来说，她也算是老戏骨了。

她迎上去，扬起笑脸，免不了一顿客套的恭维。

吴淑妤抬手抚了抚鬓发，弯起嘴角含笑道："哪有，都是曼曼嘴甜，就会哄你伯娘开心。"

两位长辈相互寒暄一下。

董心怡道："小妤，我跟曼曼还有事，得先走了。真不赶巧，这么长时间没见，也没好好叙个话，咱们改天再聚？"

吴淑妤温柔笑道："什么事啊，这么急着走，需要帮忙吗？"

方曼姿一手捧住半边脸颊，说："我智齿发炎了，疼得要不行了，约了医生等着见面呢。"

吴淑妤笑容不减，说："这样啊，约的是哪位医生？我有个老同学刚好是口腔科顶尖医生，在安城应该没有谁的资历比得过他，我给他打个电话，让他给你瞧瞧吧。"

方曼姿想起来，当初吴淑妤的确是从事医疗行业的，后来嫁入豪门才辞了职。

但是谁能想到吴淑妤还有这种人脉啊！

最关键的是，她上哪儿搞一颗发炎的智齿来？

方曼姿摆手："不用了，这个医生是我朋友的爸爸，都约好了。我这就是一颗小小的智齿，就别麻烦您的朋友了。"

她拉着自家妈妈的手，抬腿就要走。

吴淑妤道："既然真的有事，那就去忙吧，我只是……只是太久没见到过朋友，想找人说说话。"

她一个人坐在手工编织的藤椅上，腰背挺直，双手搭在膝头上，微微垂头，无谓地笑了笑。

方曼姿见她如此，微微有些不落忍。

不管怎么说，前沈夫人也算从小看她长大，如今身在异城相遇，她却只想逃走。

多少有点……

她跟方夫人对视一眼，彼此都在对方眼中看到了同情。

她不得不收回脚来，道："我突然想起来，约的好像是明天，我给记错了。"

"是吗？那再坐坐吧，我也好久没见到曼曼了。"

吴淑妤面带微笑，先前的落寞一扫而光，向对面的藤椅摊掌，也请方夫人坐。

方夫人："小妤什么时候回国的？一直听说你在国外，回来也没个消息。”

吴淑妤温和地注视她们两个，抿唇道：“我听说那女人的儿子结了婚，专程回来看看。”

方曼姿一口老血差点喷出去。

她期期艾艾道：“伯娘，这还有什么好看的，您看了也是给自己找不痛快，您自己过得幸福才是最重要的，您说呢？”

“你提醒了我。”吴淑妤笑容不减，“对我来说，我的幸福就是看到那个人的儿子不幸福，还有沈修远，”她停顿了下，语气意味深长，“背叛的人不应该有好下场，不是吗？”

方曼姿被吴淑妤看得抖了下。

这不是记忆中温婉大方的伯娘啊！她什么时候变得这么吓人了？

方曼姿应也不是，不应也不是，只能硬着头皮呵呵一笑，端起茶杯喝了口茶，跟方夫人使眼色，让妈妈帮忙岔开话题。

她一手喝茶，另只手没闲着，拿出手机来，给周熙昂发微信。

曼：你最近小心点，出门注意安全。

周熙昂：？

曼：最近出差吗？不出差的话，能不能安排个出差的工作？

消息发过去，一时没得到回复，她放下手机，说：“伯娘，我妈妈正打算去港城玩呢，您要是没什么事儿的话，就陪她一起去呗？”

吴淑妤说：“等忙完吧，最近恐怕没时间。”

说话间，周熙昂回了她的微信。

周熙昂：放心，我出差，你也跑不掉。

方曼姿：……

本小姐在这里生怕你有危险，你却怀疑我？

她用背着他吗？又不是真实婚姻关系！

方曼姿重重在藤椅扶手上砸了一下。

“曼曼，怎么了？”吴淑妤探头问。

她一顿，赶紧扯谎：“没，我是在替伯娘生气！”

方夫人拍拍吴淑妤的手背：“小妤，遇到事情还是应当向前看，放过别人也是放过你自己。”

吴淑妤微微笑着：“心怡，如果是你，你能心平气和地向前看吗？”

方夫人语塞。

吴淑妤说：“我懂你是好心，不必再劝。”

方夫人隔天就去了港城。

吴淑妤自然没有去。

正因为吴淑妤没去，所以方曼姿最近提心吊胆。原本她搬过来是为了应付妈妈，就等什么时候妈妈走了，她再搬出去。

可现在还有一只鞋在脚上，说不好什么时候会落地，她的心放不下，一时半刻就没提搬走的事。

自然，周熙昂也不会提。

两人同床共枕，除却每天早上都会在周熙昂怀中醒来，偶尔会碰到他某处尴尬的地方之外，倒也还挺和谐，一副同居室友的和睦状态。

这天两人去公司，乘电梯时，周熙昂蓦地想起什么，偏头看她，问：“房子退了吗？”

“什么房——”

话刚脱口，她便反应了过来，陈北望先前帮她租了一套房，她搬来后一直没住，当然也没人催。

她顺手捋过鬓发，露出耳垂上精巧的耳钉，衬得这张脸让人有些移不开眼。

“还没退。”想起先前的争吵，她有些心虚。

周熙昂收回冷淡视线，单手揣进口袋，说：“退掉。”

“哦。”

对话结束，电梯也到了，他昂首阔步出了电梯，方曼姿在后面快步跟上，今天会议多，一整天都很忙，没想到他百忙之中还要惦记这种小事，还真是……

只能说成功人士的大脑果然是比普通人好用的。

公司会议连轴转，这种公事都是潘柔负责，她的工作内容要更生活化一些，繁重的工作周熙昂不分给她做，潘柔对此也毫无怨言。

偌大的二十一层，只有方曼姿一个人独守这一整层。

她一个人边工作边摸鱼，时不时接接电话处理杂事。

临近中午，她又接到一个电话，是前台内线打来的。

前台说：“方秘书，有人要见周总，没有预约，但她说……她姓吴。”

方曼姿心中一凛，道：“她是不是看起来很年轻，看着优雅有气质？不用回答我，如果是的话，告诉她周总不在公司。”

前台放下听筒，殷切地道：“抱歉，这位女士，我们周总去外面开会了，您改日再来吧？”

方曼姿没挂断，她一直听着听筒里的动静，知道来的是吴淑妤，她坐在座位上，整个人都焦灼起来。

怎么办，吴淑妤真的来找周熙昂了，她要干什么？

正这样想着，就听听筒里再次传来前台的疾呼：“这位女士，周总真的不在公司，您不能闯进来！”

第十五章

你是会恨我，还是想离婚?

怎么来得这么快!

方曼姿来不及细想，下意识地朝电梯方向看了一眼。

不知道吴淑妤此时有没有穿过闸机，是不是已经搭乘电梯，在往二十一层上来了?

她翻出手机，今天会议多且长，都是一些公司内的重要项目，之前跟J家的合作不知怎么没谈成，损失这么多，只能尽量多争取一些其他合作。

方曼姿也不想打扰周熙昂，可这时候不打扰也不行了，万一吴淑妤做出不理智的事情来，后果不堪设想，她不能眼看着后者伤害他。

她拨出周熙昂的电话，同时起身去了电梯间，按下他的专用梯。

回头看了看，员工电梯都在向上升，说不准哪一部就是载着吴淑妤，她不能再等。

手机响了几声，没人接，电梯从十几层升上来，她走进去，按下会议楼层。

周熙昂，求求你看一眼手机好不好!

她急得手心冒汗，一手托着举电话的手，心中祈祷他快接快接，默念了好一会儿，在电话快要自动挂断时，掌心终于传来接听电话的振动感。

“怎么了?”

他冷淡的声音在耳边响起，这一刻，她十分感谢诺顿电梯内不屏蔽信号。

“你在开会吗?”

“是。”

“啊……这样。”

“发生什么事了？”

“没，就是……就是……”电梯到了指定楼层，她从电梯出来，另一边的员工电梯刚好跳跃这一层，向更高层升上去。

不管里面有没有吴淑好，这都像死神的镰刀一样架在她脖子上，方曼姿将心一横，开始瞎编：“我胃疼得受不了了，你能不能先别开会……”

她知道自己这样说很强人所难，他在忙，忙着工作，她还拿编出来的借口骗他。

她的良心一会儿不安，一会儿觉得自己应该这样做，反复煎熬。

电话那头是一声距离很远的“会议暂停”，紧接着是凳子在地砖上轻轻后拖的声音，周熙昂的声音顺着听筒传来：“你现在在哪儿，办公室？”

“不是，我在电梯间这里。”

“我马上过去。”

电话挂断，方曼姿放下手机，还是有种耽误周熙昂工作的罪恶感。

她靠墙抱臂站立，低垂着头，长发顺着动作落下来，遮住她的脸，心中祈祷千万不要撞见，又在想待会儿应该怎么对周熙昂收场。

走廊沉稳的脚步声渐近，每一步都像踩在她的心跳上，方曼姿下意识地偏头，周熙昂穿着修身的白衬衫，气宇轩昂地走过来，水一般的目光落到她身上，眉头微微拧。

她熟悉这副神情，每一次觉得她很麻烦的时候，他都会蹙眉。

她不喜欢被他这样看，烦闷地低下头，还不如这会儿真的在胃疼。

属于男人的手工皮鞋在她眼前站定。

他单手捧起她的脸，清寒的眼眸倒映着无措的她，眉头仍旧未松，问：“你疼了多久，包里有药吗？”

被他这样注视，搭在手臂上的手指轻颤，她避开他的手掌，说：“没多久，就半个小时。”

周熙昂按下电梯，她趁着这个空当，悄悄把胸口处手臂向下挪了挪，看起来像在护着胃部。

电梯门开，有力的长臂揽住她，让她尽可能倚靠在他身上。

两人挨得近，他开口说话，她手肘能感觉到他胸腔在轻轻震动。

周熙昂说：“我带你买药。”

只要他能暂时离开公司，别说买胃药，买炸药都行。

方曼姿点点头。为了避免自己暴露，她只能把头低下去，保洁阿姨把电梯门擦得比镜子还干净，连指纹都没有，她什么表情，他都看得一清二楚。

搭在她背上的手紧了紧，她皱着一张脸抬头，对上他的眼睛。

周熙昂抿唇：“你胃病多久了？”

……一分钟。

方曼姿不敢实话实说，别开眼说：“毕业以后的事儿了。”

总之都是他没有参与过的人生。

“怎么得的？”

“不知道……”她没得过，也编不出像样的理由。

周熙昂闻言，眉头拧得更深了。

她暗暗觑了一眼，他这副神情，估计是又要训斥她了。

电梯直下地下停车场，周熙昂扶她上了车，见她一上车就靠在椅子上，状态欠佳的样子，他倾身过去，在她腰侧寻找安全带的扣。

意识到有人靠近，方曼姿睁开眼，就看到西装革履的男人贴自己那么近，甚至说，只要她再往前一些，就能亲吻到他的脸颊。

棱角分明的侧颜就在眼前，眉骨到山根的线条，笔挺且优越，到嘴唇和下巴处，又内敛地收起，这样完美的比例原来不只存在漫画家的笔下。

年少熟悉的那张脸已在岁月间变得成熟冷俊，不变的是，她还是会为这张脸心动。

方曼姿的心狠狠窒了一下，说不好是不是吓的，转念一想，人的审美本就固定，欣赏美是人类本能，她没什么错。

她不着痕迹地调了椅背的位置，跟他默默拉开距离。

他转头看她，虽没开口，可眼底询问之意很明显，大概是说：你又在干什么？

“咳，有点近。”

他把她的安全带扣好，瞟了她一眼，没说话，绕过车头上了车。

她在那一眼中读出了他嫌她矫情的情绪。

可她总不能直说自己受不了这么直面的冲击。

她坐正身体，又把座位调了回去，单手搭在大概胃部的位置上，暗暗向左看。

周熙昂系好安全带，拿了一瓶水，拧松盖子递给她。

“喝点水。”他说。

她虽然不渴，但还是依言喝了一口。喝完之后，把瓶子握在手里，指尖捏着瓶身，出卖了她内心的一点紧张。

车驶入车道，周熙昂查了导航，目的地是离诺顿最近的一家药房。

很快开到目的地。

周熙昂带她下车，她看着药房门匾，一步步往里面蹭，行动十分迟缓。

“还能走吗？”周熙昂搀住她的手臂，“我背你？”

“没事，我还能走……又不远。”

她是这样回答，但还是没走快。周熙昂看了眼台阶，一把将她抱了起来。

双脚突然离地时，人会失去安全感，她吓得赶紧抱住周熙昂，被他这样抱着，几步就进了店内。

他把她放下来，两人站在一处，进来时那样子又腻歪，药店的店员看到了，心里下意识就对长得好看的情侣心生喜爱。

“两位需要什么？可以帮您找一下。”

周熙昂说：“有胃药吗？”

“有的，在这边。”

店员引着周熙昂向另一边的架子处走，走到之后转身问询：“需要什么药？我帮您找。”

周熙昂回头看方曼姿，她捂着并不痛的胃，比他还要茫然。

她怎么知道需要什么药啊！

“就……管胃疼的药就可以……”

店员问：“那您是哪种疼呢？胃疼也分很多种，不同的药有不同的药效。”

方曼姿一阵阵头大，还要顶着来自周熙昂的死亡凝视。

方家人身体好，她身边也没有人有胃病，对这方面完全就是盲区，根本不了解。

她按了按太阳穴，说：“有那个什么，胃必治没有，买那个就行。”

印象中，以前看电视的时候，经常看到有一个电视广告，什么1234胃必治，管它什么药，先来一个再说。

店员在架子上找了找，很快拿了一盒胃必治给她。

周熙昂侧头问：“单这一盒够吗，不用再吃别的？”

方曼姿弱声弱气地回答：“够了。”再吃人就出事了。

周熙昂到收银台付了钱，带她出药房。药都买了，她不能再装疼了，下台阶的时候没用他扶，一个人坚强地上了车。

上车后，周熙昂也没急着发动车子，把胃必治从袋子里拿出来，认真看了会儿说明书，确认了口服用量之后，拿出两片药来，就要递给方曼姿。

“接着。”

他摊掌过来，手掌修长好看，掌心躺着两片药。

方曼姿吞了吞口水，说：“我想等下再吃……”

“现在吃。”他的语气不容置疑，“吃了才能好，你想一直疼下去吗？”

“没事，我还能忍……”

他的表情沉下来，方曼姿见此就不太敢辩驳了。

她伸出手，从他掌心取走那两片药，在指尖捏了又捏，道：“我肚子饿了，可能我吃个饭就不疼了。”

他不答话。

她又说：“而且吃药一般不都在饭后吃嘛，我这还没吃饭呢。”

周熙昂总算被她说动，惦着她胃不好，就带她去了一家正宗的日式拉面馆，陪她吃拉面。

两个人一人一碗豚骨拉面。

到了饭点，方曼姿也确实饿了。

她拿起筷子，看到碗里那片肥瘦相间的叉烧，夹起来送到周熙昂的碗里。

“给你吃。”方曼姿露出营业笑容，“周总百忙之中还带我买药，太辛苦了，要多吃一点。”

被夸奖的男人并不领情，反而冷笑一声。

方曼姿知道，他早把她看穿了，她厚着脸皮低头吃面，权当没听见他的嘲讽。

夹出去的那片叉烧重新出现在碗里，男人的声音响在头顶：“别挑食。”

仔细看那片叉烧，她讨厌的肥肉已经被剔得一干二净，有些不好剔的，留在瘦的部分上，也都是她能接受的范围。

不是说别挑食？

她扫了他一眼，后者慢条斯理地吃拉面，波澜不惊的模样。

方曼姿心里暗哼，把叉烧吃了。

两人简单解决了午饭。

从店里出来，上车前，他似乎看到了什么，把钥匙交给她，说：“你先上去。”

“那你呢？”

“等会儿。”

方曼姿拿钥匙解了车锁，自己开了空调。

不多时周熙昂回来，开门就问：“吃药了吗？”

“吃完了。”

周熙昂不语，拿起放在一边水位没变的水瓶，晃了晃，说：“吃药不喝水？”

方曼姿面不改色道：“我吃了面以后，胃就不疼了，没必要吃。”

“怪不得。”他把水放进她怀里，不咸不淡地接了声，“你得胃病，不冤。”

饶是方曼姿身体好好的，听他这么说心里也不舒服。

“你就不能说点好的，那也不是我想得病。”

“不想得病还不好好吃药，非要等进医院才知道重视身体？”

“那我不是还没进医院嘛，再说我的身体我知道，我说不痛就是不痛了，已经不需要吃药了。”

“高中时还没有胃病，这才几年就落了毛病，胃病想养好需要很长时间，但凡你过去注意一点，也不会这样。方曼姿，就算对别人不认真，对自己也不能认真吗？”

他的话比冬天的水还冷，浇在她心上，冷得她嘴巴瘪了又瘪，只能紧紧握住腿上的塑料水瓶，在手里捏啊捏的。

“你总是骂我。”她一开口，委屈藏不住似的从眼眶里溢出来，“怎么总对这么凶啊……就不能有一次站在我这边吗？

“我胃病也不是很严重，可能今天就是……就是饿到了，我一直都好好的，只有今天……”

她因为委屈，声音都变了，带着轻微的鼻音。

“我在你心里就那么讨厌吗？”

窗外，一辆又一辆车驶过，偶有鸣笛声，都被车内密闭的空间隔绝得很远。

像是另一个世界的事。

周熙昂的视线落在她的鼻尖上，因为难过而哭得发红，像刚出生的小奶猫。

搭在方向盘的手指动了动，半晌，他才开口：“我没有凶你。”

“这还不叫凶我，那怎样才算？”

她用手背抹掉眼泪，可是抹得掉泪水，抹不掉她的委屈。

周熙昂掏出巾帕递给她，说：“我不是逼你吃药，我是怕你胃疼，对身体不好。”

她不接他的帕子，眼泪掉得更凶了：“可是每次……每次不管什么事，你总是先骂我、怪我，好像全都是我的错。”

“我没有任何要怪你的意思。”

“你就是有！”她声音大了些，“你从来都不会哄哄我，难道女孩子跟你诉苦的时候，是为了听你泼冷水的吗？”

周熙昂沉默，被拒绝回来的帕子没有揣回口袋，而是伸向她的脸颊，擦掉她脸上的泪。

动作是与往常不符的温柔。

“我知道了，以后都不凶你了。”

“你刚才还不认！”

帕子吸掉她眼角的泪，他一边擦一边解释：“我是想你能照顾好自己。”

“我当然能照顾好自己，我早就不是小孩子了。”她哭意未止，辩驳起来没什么气势，像在撒娇。

周熙昂听了，拿她一点办法都没有。

“可在我心里，你永远都是小女孩。”

方曼姿一滞，双眼婆娑地看着他，好容易停止的眼泪，唰一下又下来了。

“你还……还嫌我幼稚……”

周熙昂一阵头大，他顾不得举手投降，只能先把她的眼泪擦干。

“我的错，都是我不好。”

向来有条不紊的他，面对她的眼泪，不由得有些手忙脚乱。

“我只想你平平安安、健健康康的。”

听他这样说，她这才缓过来一点。

他所期望的，也是她期望的事情，希望她健康、平安，不想她受到伤害。

她的委屈消了一点点，情绪逐渐平复。她的胃病毕竟是装出来的，不是真的，只是因为他的话，想起了过去那些积攒的委屈，一时承受不住，发泄出来了而已。

她抽噎渐止，周熙昂从口袋里掏出一盒草莓糖，他撕掉包装，倒出一颗放在她手心里。

“给你。”

“小孩子都是不许吃糖……”

“但是表现好的小孩子可以。”

都这么大的人了，还被他这样哄，方曼姿耳根热了热，指尖捏着糖果，抬手送进嘴里。

“哪里来的糖啊，你是不是准备自己偷偷吃。”她像是抓住了他的把柄，底气足了不少。

“刚买的。”他随口答。

刚刚？她抬头，微微愣道。

他避而不谈：“怕你吃药苦。”

方曼姿彻底愣住。

他看向窗外，没看她的眼。

糖果的酸甜味道在嘴里化开，倒叫她想起某年冬天，她穿得少，赶上大幅度降温，教室和室外温差大，她不出意外发了烧。

她不想吊水，连药也不想吃，昏沉沉地趴在桌上，一点活力都没有。

周熙昂起先不知道她生病。

她来了就睡觉，问她只说昨晚熬了夜，他信以为真。

直到下了课，他发现不对劲，伸手一探她额头，手下触感竟然滚烫。

“吃药了吗？”

她没有回答他的问题，他就知道，肯定没吃，以她的性格，当真吃了药，肯定会理直气壮地告诉他。

他难得没骂她，把外套盖在她身上，默不作声地出去了。

她头太重了，没力气起来，也不知道他去了哪里。

他回来时一身寒气，把同样沾着寒气的饭放在桌上，似乎还有其他东西，再接着，就听他从书桌里拿了什么，离开了座位。

不久回来，他轻轻拍她的肩膀。

“方曼姿，起来把药吃了。”

“不——”她的头埋在手臂里，声音瓮瓮的，“我不吃，我会好的。”

“你想一直难受？连精神都没有，怎么听课。”他又拍了拍她的肩膀，“快把药吃了。”

“我不想吃！”

她难受地坐起身，旁边是闷了水汽的包子，还有豆浆，面前是冒热气的水杯，以及刚买的退烧药。

他穿着单薄的校服坐在她前桌，里面是白色的高领毛衣，面颊因为受冻而回暖，浮起些许血色。

她轻轻蹙眉道：“你刚没穿外套？”

他的外套在她身上，外面数九寒冬，他不穿外套就出去，那得多冷啊！

面对她的问题，他恍若未闻，只道：“你不吃药，烧坏了怎么办？你想进医院？”

“我不想。”

“那就乖乖吃药。”

“我也不想。”

他无奈地掀起眼皮看她，问：“为什么不吃？”

“药太苦了，难吃。”她说起来，表情十分嫌恶，像是提都不想提。

她眼睛一转，落到他的脸上，那股嫌恶渐渐淡了，虽是清淡的病容，可眼眸还是澈亮的，闪过一丝狡黠。

“就跟没有你的生活一样苦。”

周熙昂不接她的话茬，只说：“我去买糖给你。”说着就要起身。

她赶忙拉住他的手，说：“不用，太冷了，你别去了。”

他还是要去。

“那你把外套穿上。”她语气急了。

他不肯穿，留给她披在身上。

她不想他受冻，拉着他的手，说：“其实不用买糖也可以啦，我还有糖。”

周熙昂回过头看她。

她松手，把药从方便袋里拿出来，按照说明书剂量，一粒一粒挤在手心里。

吃药之前，她强忍着反胃，看他一眼，朝他笑了笑，再然后，闭着眼睛，一粒一粒地吃进去，不管那药有多么难吃。

她最讨厌吃苦了，可也愿意为他忍受。

吃完退烧药，她皱着一张脸对他诉苦道："好苦，呜呜呜。"

"你的糖呢？在哪儿？"

方曼姿仍旧苦得要命，她仰起小脸，眼巴巴地瞧着他："在包里，我吃了糖就不苦了。"

回到公司，周熙昂上楼继续开会，方曼姿借口有事，没跟他乘一部电梯，到一楼就下了。

前台美女正在工作，见她过来，赶忙打招呼："方秘书。"

方曼姿应了声，问："中午来的那个人，什么时候走的？"

前台说："她闯到总裁办，又到会议室，发现周总确实不在，自己就走了。"

方曼姿把心收回肚子里，说："下次再看到她，一律说周总不在。"

"知道了。"

话虽这般交代，可方曼姿内心愁得要死，吴伯娘连总裁办都敢闯，一直躲着也不是办法。依她的性格，指不定还会干出什么事来。

方曼姿千防万防，连门口保安都叮嘱了，一旦发现吴淑妤的身影，立即打电话通知她。

她没把这件事告诉沈修远，主要是说完之后，沈叔叔一定会去找吴淑妤，希望吴淑妤停止打扰周熙昂。

吴淑妤到安城之后，且不论她有没有见过什么朋友，就算见过了，她的朋友肯定不会跑去给沈修远报信，那么很容易就联想到她们母女身上。

再者，依照吴淑妤切齿的恨意，沈修远的阻止很大概率只会火上浇油。

她只能靠自己，想方设法避免这场冲突。

但是方曼姿没想到，也可能连老天爷也没想到。

有时候生活就是这样弄巧成拙。

即便她无数次设想吴淑妤会在某天撞上门来。

可也不曾料到，这一天会来得这样快。

方曼姿觉得一直防着吴淑妤不是个事儿。

这得防到什么时候才是头呢？

这天她刷朋友圈，看到好朋友宁语迟跟丈夫一起出国玩的照片，这倒提醒了她。

方曼姿当即决定买机票，飞到免签或者落地签的国家去，暂时躲一躲风头。

她讨厌长途飞，远点的不考虑，泰国旅游倒是可以，泰国是落地签，下飞机多花点钱就可以节省时间搞定签证，首选中的首选。

她这边决定了，也不知道周熙昂会不会同意。

他工作还挺忙的，说不定会让她自己去。

她忐忑着给周熙昂发了个表情包，柴犬头上套了个一大一小两个向日葵似的环枕，小的那个挂在鼻子上，轻轻一低头，露出柴犬那张可爱又无措的脸。

周熙昂：？

方曼姿发消息：最近工作这么忙，出去放松一下吧。

她又发了宁语迟的朋友圈截图过去：你看人家都出去玩了，我都好久没出去了。

周熙昂点开她发来的截图，图片里，有她的好朋友夫妻的合照，看起来亲密恩爱。

算起来，他们婚后没有蜜月，也没旅行过，倒是他一直欠了她。

他看了一眼近日工作安排，还好，都不是什么需要他亲自出席处理的。

他回消息：你想去哪里?

曼：我看泰国就蛮好，飞三个小时就到了。

周熙昂暗暗蹙眉，他并不喜欢这个安排。

她从小就是娇养大的少女，没在钱上受过委屈，跟他结婚以后，连旅游都选这种玩一趟还不抵飞远途机票钱的国家。

他忍不住想，也许是之前留给她的印象并不好，让她连花他的钱都要为他这样省。

周熙昂：你想去哪里都可以。

曼：我就想去泰国。

周熙昂点开日历查了一下，离年底也没几个月了。

他回复她：等冬天。

方曼姿看到消息，有点火冒三丈。

等到冬天再去，她吴伯娘都得上门八百回了！

方曼姿气鼓鼓地打字回复：为什么要等冬天，我现在就要去！你有空没有？我想你陪我一起去。

她难得用了这样娇憨的语气跟他说话，结婚以来，她从未主动要求过什么，况且，也只是陪她出去玩而已。

他亏欠过她好多个旅行。

他没再犹豫，回了个“好”。

方曼姿见他松口，眉头舒展开来，跟他确认了行程时间，赶紧订下机票。

就这样草率定下旅程。

方曼姿一直没去过泰国，她嫌那儿人多又乱，对她来说，去这种热带景区，通常都是选一些人少的岛屿，对自然破坏相对较少，别的不说，起码沙滩海水就要干净得多。

但，就算这次随便去去，她也是认真准备了防晒、漂亮泳衣，要在海边拍照的衣服，配什么包，戴的首饰和墨镜，搭了好几个小时才把要带的东西定下来。

她没做什么攻略，随便去网上扒了一个，能玩哪个算哪个，这次出门本来就没打算能玩好。

周熙昂安排好了工作，同方曼姿一起出发。

到机场时，两人值了机，打算到 VIP 候机室休息。

方曼姿手持二人机票，偏头，说："身份证给你。"

周熙昂一手推着行李箱，另一只手接过，低头一瞧，照片里的女孩子素面朝天，对镜头微微笑，双眸明亮如水，比现在要青涩得多。

他才刚看两眼，身边的女人连忙叫了一声，匆忙把身份证抢走，又塞了一个到他手里，像只受惊而乱叫的鸟，说："别看了，好丑！"

方曼姿把身份证放回钱夹中，小声嘟囔："我刚才没注意，拿错了。"

周熙昂嘴角弯了弯，说："不丑。"

"嗯？"

"很好看。"

他一眨不眨地盯着她瞧，把她看得有些不好意思，幸好有墨镜挡着，他瞧不出端倪。

她捋了捋耳边鬓发，昂了昂头，说："好看当然是好看的，主要是现在更好看了，有对比就有伤害。"

周熙昂眼底染上笑意，道："都不错。"

这是在夸她好看吗？

虽然从小到大都在赞誉声中长大，可是，亲口听他这样说，她心里奇异地有了被认可的温暖。

以前跟他恋爱，那张脸总是很冷淡，也吝啬说些夸赞的话，哄她也很少，她几乎没从他这得到过赞美。

倒不至于不自信，可她也是女孩子啊，也很想被喜欢的人抱在怀里，一句又一句地哄。

方曼姿不想显得太没见识，故而转过头，把墨镜向下挪了挪，用肉眼把周熙昂从头到脚细细打量了个遍，又从脚到头扫视回来，落回那张清贵的脸上。

“你也不错。”

安城是国际都市，机场很大，等待安检的队伍也长。

他们往离登机口近一点的VIP通道那边走，不想迎面泼来一杯咖啡，猝不及防地泼了身边人一身。

方曼姿没被泼到，可是裸露的手臂上也溅了几滴咖啡。

她的火气噌地窜上来，张口骂道：“哪儿来的神——”

“经病”二字来不及脱口，就看清了前方来人。

她的气焰肉眼可见地灭了下去，憋了又憋，冒出几个字：“伯……伯娘，您怎么在这儿？”

吴淑妤穿着一身米白色套装，头发微微披散，优雅得体。

她站在二人身前，手里捏着已经泼洒干净的咖啡杯子，嘴角挂着讥讽的笑。

“乖侄女，好久不见，你的智齿好了吗？”

此言一出，方曼姿就什么都明白了，吴淑妤那天明明看穿了她，却还装作不知情的样子。

也是，吴淑妤既然都知道周熙昂已经结婚，怎么会不知道娶的人是她？

她尴尬得脚趾抓地，侧过头。周熙昂闭着眼睛，咖啡顺着他脸颊的线条向下淌，衬衫脏了一片。

周围那些排队安检的路人见有热闹，纷纷看过来。

方曼姿内心有些搓火，她从包里掏出手帕来——是上次她在车里哭，周熙昂给她擦泪的那一块。

她擦掉他脸上的咖啡，又去擦他身上的。周熙昂按住她的手，手掌温度有些冷，不知是不是机场空调太低的缘故。

他说：“我来吧。”

她被他按住手，久违地有了想反握住他手的冲动。

她收回来，面向吴淑妤，道：“伯娘，有什么话，我们找个地方慢慢谈，您这样是不是有失形象？”

吴淑妤轻飘飘地扫她一眼，说：“你要跟我谈？那就来谈谈，你明知道他是什么人，还要跟他结婚？伯娘从小看你到大，到头来，你帮外人瞒我，现在还要维护他？”

小时候沈伯伯对她好，吴淑妤也是，两家亲如一家，吴淑妤没有自己的孩子，就把她当自己的孩子看待，叫一声干妈不为过。

她句句如针，都扎进方曼姿的心坎，方曼姿维护周熙昂，就是没良心的一种表现。

方曼姿动了动嘴巴，说：“伯娘，那都是上一辈的恩怨，为什么要连累到后辈身上。”

“连累,你跟我说连累？”吴淑妤哼笑一声,向前一步,目光锐利如刀,逼视周熙昂的脸，“你根本不配出生在世上，你就是那女人勾引有妇之夫生下来的孽种！”

周熙昂脸色白了白，下颌紧绷着，扶着行李箱拉杆的手，骨节隐隐泛白。他妈妈在知道沈修远已婚身份后，就斩断了两人的关系，一个人生下了他，但做错的事，不是一句不知情就能过去的。

他直面吴淑妤，凄冷地笑了下，说：“这么多年，您还不够吗？”

“你妈造的孽，你们娘俩还一辈子也不够！她让车撞死是她活该，你妈死了，就该由你还债，我想什么时候打你就什么时候打你，你不爽是吗？要怪就怪生你的人！”

周熙昂浑身僵硬，周围都是看热闹的人，有些人连安检也不过了，就留在原地围观，还有人掏出手机拍照，不知又要把这八卦发给谁。

曼姿……方曼姿……

他被骂被拍没关系，不能连累她。

周熙昂牵住方曼姿的手，提步就走。

吴淑妤走过来，上来扼住方曼姿的手腕，那双历经过不幸婚姻的眼睛，倒映着后者有些抗拒的脸。

“曼曼，你确定要跟这种人在一起？”

“伯娘——”

“你爸妈辛苦把你养大，可不是为了让你嫁给这种人！”

方曼姿挣脱不掉，吴淑妤非要把她拉走，吴淑妤人看着瘦弱，力道一点不小，她急得小脸都快憋红了。

周熙昂上去把方曼姿拉回来，护在怀里，说：“你要恨就恨我，不要为难她，这不关她的事。”

机场工作人员听见这边发生争吵，赶紧过来调节。

“几位贵宾，由于这边的旅客还在安检，请不要干扰安检秩序，有什么问题可以跟工作人员沟通。”

方曼姿也注意到了围观的人，她试图调解：“伯娘，我们到候机室去说吧。”

吴淑妤冷哼道：“怎么，现在知道丢人了？”

在机场工作人员的调解下，把他们请到了贵宾休息室，三人共处同一空间，气氛怪异到极点。

吴淑妤之所以能找到他们，正是因为她一直没堵到周熙昂，到公司又进不去，她干脆找人查了他的行程，查到出国航班信息，就直接杀到机场来堵人了。

方曼姿本想出国躲躲，没想到最后弄巧成拙。如果她早知道吴淑妤能查到这种侵犯隐私的事，她死都不会这样安排。

周熙昂衬衫脏了，方曼姿从行李箱中掏出干净的衬衫来，要他去洗手间换好。

他道了谢，去了。

室内只有两个人，方曼姿把今天发生的事在微信上给妈妈说了一下，妈妈似乎忙着旅行，没及时回消息。

"曼曼。"

吴淑妤在另一边叫方曼姿。

方曼姿抬起头，不知为何，有些不太敢应，也还是应了。

"您说。"

"伯娘看你长大，不想为难你，你如果还把我当你的伯娘，就赶紧跟他离婚。"吴淑妤身子前倾，"他妈妈插足别人婚姻，破坏别人家庭，这样的女人教育出来的孩子，能是什么好孩子？你想让这样的人做你孩子的父亲？"

不知为何，方曼姿想起高中时的周熙昂。

清高、孤傲、优秀、聪明。

永远挺直脊背，永远不向任何人低头。

他并不是她形容的那样不堪，他比任何人都要优秀。

"就只是因为他的出身？"

"怎么，你是铁了心要站在他这边了？"

"我希望伯娘能冷静。"

"你跟我说冷静？"吴淑妤要被气笑了，"你让我冷静，那将来你丈夫出轨，跟别的女人生下孩子，最后那孩子不仅继承家业，还没事人一样娶妻生子，过上幸福生活，你也能保持你现在所说的冷静？"

"可是他有什么错呢？"

方曼姿不想顶撞长辈，面对吴淑妤偏颇的发言，她很难忍住不反驳。

更关键的是，那些侮辱的字眼落在周熙昂身上，她不想听，也不想他听到一句。

"人没法选择自己的出身，就算他的母亲有错，他的出身并不光彩，可这不代表他也有错。伤害您的人不是周熙昂，也不是他的妈妈，而是沈伯伯。他才是与您建立婚姻契约的人，他违背契约，您要为难也该去为难他，为难一个根本改变不了当年结果的晚辈，伯娘，您觉得这样妥当吗？”

吴淑妤语气变了调：“曼曼，你这样跟伯娘说话？”

“我只想问，破坏您婚姻的人是周熙昂吗？如果不是，就请您不要再为难他。”

方曼姿看吴淑妤脸色不好，不想多说什么。要躲的人还是没躲过，泰国也不用再去，她站起身，打算出去找周熙昂，转过身，就见他站在休息室门口处，手臂上搭着刚换下来的衬衫。

她一怔，紧接着冒上来一阵阵心虚，她刚才说的话，不知他听去了多少，有种被抓包的尴尬。

她推着行李箱，走到他身边，说：“走吧。”

“你一辈子也不配得到幸福！你亲生爸爸知道你的存在也不认你，你妈妈让车撞死，你永远都是名不正言不顺的私生子！”

吴淑妤近乎嘶吼的声音从背后传来，周熙昂身形一僵，方曼姿连忙扶住他。

“没事。”周熙昂反握住她的手，“我们出去。”

他一手牵她，另一只手从她手中接过箱子，同她向安检处走。

“不去了。”她摇头，“其实我也没有想去泰国……”

他握她的手力道有些重，她知道他现在一定不好过，默默忍耐着，陪他向外走。

他给乔楚打电话，又让乔楚把车开回来，到机场接他们。

挂断电话，他意识到什么，放开她的手，她手骨一直被捏着，僵得已经定型。

“抱歉。”他说完，又接了一句，“谢谢。”

“啊……”她并没觉得这有什么，“不用。”

他没再说什么，跟方曼姿在门口等了会儿，乔楚很快把车开回来了。

行李箱重新装回后备厢，上车后，周熙昂靠在椅背上，闭目道：“回长提湾。”

乔楚通过后视镜看了眼，见周总脸色不是特别好看，担心他身体出了什么问题，毕竟除了身体问题，也很难想到有其他理由影响夫妻出门旅行。

方夫人终于看到消息，回了女儿微信：小妤现在怎么变成这样了？你别往心里去，我会跟你沈伯伯说的。

方曼姿简单回了两句，也没说太多细节。她也怕妈妈担心，影响在外玩的心情。

安静车内谁都不说话，万千情绪都藏在这平静之中，底下是波涛汹涌。

车开回长提湾，乔楚把行李箱送进家门，周熙昂率先上楼，并没有跟他们二人中的任何一个说话。

她站在偌大的客厅中央，看着他上楼的背影，心里不太是滋味。

乔楚道："夫人，周总看起来心情不是特别好。"

"唉，是呢。"

乔楚笑了笑，说："辛苦夫人多安慰安慰了。以前周总心情差的时候，看起来特别吓人，自从你到公司之后，他连坏心情都少了，还是你最管用。"

"他以前……经常心情不好吗？"

"是啊，就连笑都很少，自从你来了之后，他的笑容才多了一点。"

不管真的假的，听乔楚这样说，心里总归是有点怪异。没想到她对他还有这样的影响力。

人的心里总有自恋的成分在，她也是，这种开心就是——即便分手了，我也还是能牵动你的情绪，说明你还在意我。

尽管从重逢的行为来看，并不能看出来他心里这样想。

她三两句送走乔楚，想了又想，决定上楼去看看周熙昂。

一进卧室，他正坐在落地窗边上，厚重的窗帘在他身后倚着，阳光照在他身上，有些刺眼。

她想说点什么打破沉默，憋了半天好像说什么都不大合适，最后冒出来一句："你好点了吗……"

周熙昂闻声回过头来，意味不明地扯了扯嘴角，说："死了不是更好。"

她心里揪了一下，往窗边走，说："她说的话你没必要往心里去。从来就不是你的错，跟你没有任何关系。"

"如果你想离婚的话，我成全你。"

"什么？"

"嫁给我这样的人，你也很不想吧。"

她轻轻蹙起眉头，但还是耐着性子道："你不要乱讲。"

他嘲讽地笑，眸底染了一抹暗色，说："你没有这样想过吗？觉得我卑劣不堪，不配和你在一起，觉得我给你丢人，令人耻笑——你可以这样想，事实如此，并不冤枉。"

她嫌他的话刺耳。

她的嘴角抿了抿，说："我现在不想跟你说，你一个人静静吧。"

她转身就走，才刚迈出一步，垂在身侧的手蓦地被人抓住。

下一秒，男人从身后覆过来，从背后紧紧抱住她。

一条手臂缠在颈间，一条手臂揽住腰部。

以绝对封锁的姿势。

"不要走。

"求你别走。

“求你。”

她紧绷的身体随着他逐渐颤抖的声音而放软，被他这样紧紧束缚，她竟没有感到任何呼吸不畅。

他用想要把她揉进体内的力道抱着她，闭上眼睛，全身都在发颤。

“方曼姿。”

“嗯……”她轻轻应了一声。

“我只有你了。”

好像全世界的声音都在这一刻消失。

耳畔只有他温热的呼吸。

阳光透过落地窗照在他清瘦的背上，可那根本不及怀抱中的人更能给他温暖，他轻轻闭上眼睛，呼吸她身上好闻的香气。

方曼姿没动，也没挣扎，到底是爱过的人，她没法看他这样厌弃自己，他不应该这样。

他鲜有情绪宣泄的时刻，她不想打破这种情境。

她双臂被紧箍着，手腕翻上来，反覆住他搂在她腰间的手背。

“我还在呢。”

束缚她的力道又紧了紧，他问：“你会一直在吗？”

“……”

方曼姿嘴巴张了张，她没有办法给出肯定的回答。

他们的夫妻关系，在她看来，早晚都有结束的那一天。

周熙昂这一刻的情绪，只是受到伤害后在寻求安全感，而她并不是可以让他永远停泊的港湾，又或者，他是短暂地停靠海岸。

他早晚要起航驶向别处，他的反复无常，她不是没有领教过。

她长久的沉默令他不满，他忽地松开她，向后退了一步。

“你还是会离开我，对吗？”

在她听来，这句话简直毫无道理可言，离开的人明明就是他，怎么到了他这里，反倒成了她的错？

她是吃软不吃硬的性子，他情绪变化快，她的川剧变脸也掌握得不错。

她回头望着周熙昂，嘴角扯了扯，说：“怎么，不可以吗？”

“果然。”周熙昂自嘲地笑，“如果跟我在一起让你那么难受，当初为什么要选择开始？

“你分明也很介意我的身份，不是吗？就像那个女人说的，我一辈子都不配见光的身份——”

方曼姿觉得荒谬，她轻且缓慢地摇头，像是不可置信那样问：“你真的认为我介意吗？在你心里，我一直这样想？”

周熙昂与她隔空对视片刻，她乌润的双眸非要从他脸上寻求一个答案似的，紧盯着他不肯放。

他觉得没意思，将头别到落地窗那边，说："算了。"

"为什么要算了？周熙昂，你把话说清楚，你什么意思？我分明没有那样想过，你凭什么污蔑我？"

她反抓住他手臂上挽起的衣袖，仿佛得不到答案誓不罢休。

周熙昂缓缓转头，视线从手臂上那只手顺势向上，一点点移动到手主人的脸上。

那张明艳动人的脸，眉宇间透着一股倔强。

他并没有拿掉那只手，而是自嘲着开了口："你亲口说过的话，这么快就忘了吗？"

他用这种蕴着深意的腔调说话，让她在一瞬间，隐约意识到了什么。

她问："我说了什么？"

"有一次，沈修远来学校找你，我不小心听到了你们说话。"

不知道为什么，也许是他的语气太严肃，她的心中突然生出了一些不好的预感。

"然后呢？"

他嘴角嘲讽的弧度更深，说："他问你是不是在跟我谈恋爱。"

方曼姿努力回想了一下，紧接着，脸色登时一白。

她的心跳得很快很快，血液循环加速，身子不自觉在抖。

说不清具体是因为生气，还是因为太过好笑。

"所以呢？你那样跟我分手就只是因为这一句话吗？"

她摇头，有那么一瞬间，她甚至不想看到他。

"周熙昂，你为什么不来问问我，一声不吭就宣判我的死刑？我跟你在一起那么长时间，连一句分手都得不到，就只是因为一句随口说的话……"

"你并没有反驳。"

方曼姿一时语塞。

短暂的静默中，让她得空回忆到那天，也就是沈修远那次来学校看她那天。

她记得，那是一个大课间，她跟周熙昂在操场上散步，她说起班上同学的好笑事迹，一边走一边笑。

他没太多反应，不过眉头是舒展的，心情应该还算愉悦。

操场离学校大门不远，她走到操场南面，听见校门口有汽车鸣笛声，她奇怪地看过去，就看到沈修远的车停在校门口，他在车内看着她。

她下意识地跟他拉开距离。

她慌了一下，心神一紧，说：“沈伯伯来找我了，我先过去，你等我一下。”

周熙昂回：“好。”

她快步走到校门口，跟沈修远打招呼：“沈伯伯，您怎么这个时候过来了呀？”

沈修远从车上下来，手里拎着给她买的零食和切好的水果，交到她手上，说：“刚好路过，过来看看你。”

沈修远看向操场方向，问：“刚才好像看到你在跟一个男同学走在一起，你在跟他谈恋爱？”

她大脑“嗡”一声，短暂地停了一瞬，很快所有血液都汇聚到脸上，那种被抓包的心虚感藏也藏不住，但还是努力做到面不改色，否认道：“没有啊。”

沈修远不置可否，问：“那你怎么跟一个男生一起走？”

“他……就一普通同学，碰到了，随便聊聊天。”

沈修远似乎是信了，松了口气，拍着她的肩膀，说：“曼曼，不要随便在学校里谈恋爱，他们那些人，家世、身份、地位，哪一样都配不上你，跟他们在一起，等将来长大了，你自己回想起来也会觉得难以启齿。”

她不想听沈伯伯再念，于是只得附和：“放心啦沈伯伯，我怎么会跟那种人谈恋爱呢。”

沈修远满意地点了点头，说：“那就好，离那些人越远越好。”

“我知道啦！”

……

再回想起自己说过的话，方曼姿感到一阵无言。

自己的无心之语，竟成了导致他们分手的真正原因。

事情过去这么多年，她也耿耿于怀了那么多年，她设想过无数种理由，没有一种会跟这样的理由沾边。

尽管过了许多年，再复盘早已没有太多意义，也改变不了既定结局。

可她还是想解释一下。

她昂头，认真地看向他，说：“我当时那样说，是怕被沈伯伯发现，我家里管得很严。我没有别的意思，不是你想的那样。”

周熙昂轻笑一声：“是吗？

“所有人都觉得，我跟我妈都应该去死。从小到大，什么样难听的辱骂我都听过，可这都没什么。”

她看到他淡然说起这些的模样，心中某一处在被什么东西撕扯。

“可是你看，连这世上我最重要的两个人也那样觉得。

“那种人……没错，我就是那种人。”

她忙不迭接道："我没有。"

他的视线从她脸上移开。

"我不得不去认为，我的命是不是真的就像别人骂的那样下贱，我是不是根本不配出生在这个世上。"他觉得讽刺至极，"他一定没想过吧，他瞧不起的那种人正是他的亲生儿子。"

大太阳光照在他身上，可他一点都不觉得暖。

就像曾经散发着光芒的小太阳靠近他，照亮了他所处的地缝阴沟，他以为他从此可以拥抱温暖光芒，却原来只是因为这颗太阳从未照见过阴暗潮湿的角落，所以随便经过。

太阳本该热烈地活在天上，怎么可能永久地为他驻留，照亮他的生活呢？

是他痴心妄想，是他根本不配。

奢望不属于他的奢望，贪恋不该有的贪恋。

他根本不配跟她在一起。

"我很抱歉当时那样说，我没有任何想要伤害你的想法，但是——"方曼姿抬眼，"你为什么连句分手都不肯给我，非要用那样的方式分手？你有没有想过这样做会给我带来的伤害，以至于我——"

"抱歉。我没有那么磊落，也有不可见人的心思，就算分手我也想要你记得我，永远记得我——"

他提步向前，高大的身子倾过来，步步将她逼退。

"现在知道真相，你是会恨我还是想离婚？还是……开始认同那个女人的话，认为我一辈子也洗不去骨子里的——"

他话没说完，就被方曼姿捂住了唇。

她纤细手指轻轻压在他脸上，骨节优美好看，她靠在窗帘上，窗帘后是坚硬的墙壁。

"我没有一次这样想过，你也不要这样说。"

他浓长的睫毛微不可察地颤了一下。

她轻轻放下手臂，别过头，说："周熙昂，我们都冷静一下吧。"

第十六章

不是每段感情都会有结果

方曼姿心里乱糟糟的，甚至一时说不清，在这场爱情当中，到底是谁的过错更多。

她离开长提湾，上了一辆出租车，想来想去，决定去找陈北望。

鞠恬恬在上班，其他朋友能出来安慰她的寥寥无几，唯独他最闲。

读书时也是这样，她有什么不开心的时候，都是他负责让她开心。

他接到电话，立即扔下公司的摊子，出来陪她喝咖啡。

“怎么了，我的大小姐？”一见到她进来，他抬起头，朝她挑眉致意。

方曼姿摘下墨镜，点了一杯拿铁，又点了一块慕斯，这才回他：“我有点不知道怎么办。”

“什么怎么办？说出来，我给你办。”

陈北望身子后仰，大剌剌地向后靠。

方曼姿欲言又止，自暴自弃靠在椅背上，说：“我不知道。”

“怎么连自己烦什么都不知道呢。”

“这很难讲。”她撑着额头，“陈北望，你快想想办法让我开心一下。”

“开心？”陈北望从兜里掏出一串钥匙，拆下来一把，推到她面前，“我刚提了一辆阿斯顿·马丁，你喜欢的话可以拿去开。”

方曼姿把钥匙扔了回去，说：“我要跑车干什么！就我那破车技，安城这么堵，不出三天就得撞坏了。”

“开着玩嘛，坏就坏呗，是4S店修，也不用你自己修。”

“反正我不要。”

陈北望摊手，做了个外国人常做的无奈手势，把钥匙拴了回去，说：“那哥哥带你出去玩两天？”

“没兴趣。”

陈北望“啧”了一声：“你到底怎么了？让我猜猜，是不是又跟周熙昂有关？”

方曼姿不想承认，可是又没办法撒谎，只能沉默以对。

“我就知道。”他一副果然如此的神情，恰好服务生把慕斯端上来，他接过，放到她面前，“你告诉我，他到底有什么魔力，让你这么多年还这么魂牵梦萦的，说出来我也学学。”

“你学！”方曼姿在他端甜品的手上拍了一下。

“这么多年，一遇到他你就变了个人，你瞧你现在对我这劲儿，怎么没说用到周熙昂身上？”

“我什么劲儿啊？”

“说话抬杠的劲儿。”

她的拿铁也上来了，陈北望接过，自然地帮她加奶加糖，一边加一边说：“你说你喜欢他什么，数学成绩好？英语成绩好？照这么说我也不差，怎么不见你喜欢我呢？”

方曼姿忍不住怼他：“就你那数学和英语也叫不差？那什么才叫差？”

“我在国外待这么多年，学的又是金融相关，士别三日，不应该刮目相看吗？”

方曼姿在他身上打量一遍，几年岁月同样将当初张扬的少年打磨得成熟起来，不再是当初的大男孩了。

他现在任职一家公司的执行总裁，替人打理公司，早长成了独当一面的男人。

直到今天，她才意识到这个事实。

见她望着他出神，他半开玩笑地问：“怎么样，准备什么时候喜欢我？”

“哦，这辈子别想了，下辈子再说吧。”

“下辈子……”陈北望重复了一遍，“也可以，不算一点机会都没有。”

她刚喝下一口咖啡，顿了下，若无其事地咽下去，当作没听见。

心里头在一瞬间浮起一丝怪异的感觉，不知道她是不是想多了。

要说是玩笑，可陈北望一直在这个问题上暧昧不休，隐隐过了玩笑的范畴；要说认真……

她想起读书那时，她跟陈北望的对话。

——“怎么就看上他了？他哪点好？我倒要听听你眼光的标准在哪儿。”

——“你看他数学成绩，几乎满分，还有他英语成绩，上140分，多厉害啊！”

——“就这？”

——“这怎么了？这标准很简单吗？你数学80分都没有呢，英语更是差，你没资格说人家吧？”

这原本是再普通不过的对话，方曼姿根本就没放在心上过，可此刻被他这样提起，该怎样说呢？说他记性好，连随口聊天的内容都记得一清二楚，还是该说她当时说话太伤人，无心之言让他记了这么多年，一直没能抚平伤疤？

她不敢深想。

放下咖啡，她决定换个话题：“对了，上次租的那个房子……我可能不会租了。”

“怎么，找到其他房子了？”

“嗯……”

她想提跟周熙昂结婚了的事儿，但一直找不到合适时机，譬如现在，他们刚谈完尴尬的话题，再接着说这个好像很奇怪。

而且今天发生的事，让他们的关系又到了一个新的阶段，将来他们怎么样还不好说，她也就不想多提。

陈北望说：“没事儿，不喜欢就不租，多大点事儿，我回头跟朋友说一下。你有合适地方住就行。”

她不知道说什么好，由衷道：“谢谢。”

正说着，她手机响了起来，接起电话一看，正是沈修远。

她犹豫一瞬，放到耳边接听：“爸……”她还是不大习惯这个改口。

沈修远应了声，说：“曼曼，伯娘是不是吓到你了，你没有受伤吧？”

“哦，我没事。”

“你没事就好，要不是你妈妈告诉我，我还不知道。这件事是我的错，你别理你伯娘，我会处理好。”

方曼姿憋不住了：“爸，您有给熙昂打过电话吗？”

沈修远默了一瞬，说：“还没打。”

她静静道：“伯娘并没有为难我什么，但是他骂了熙昂，骂得很难听。我觉得比起我，熙昂更需要您的电话。”

沈修远醇厚低沉的声音传来：“知道了，我会打给他的。”

她没再多说，有些话不是她这个身份适合说的，需要他们父子去谈，她最好还是装作不知道。

挂断电话，陈北望问：“什么事儿啊，瞧你严肃的。”

“家事。”

“还跟周熙昂有关？”

“嗯……比较复杂。”

见她不肯说，陈北望很知分寸地没有再问。

本来东拉西扯已经缓下去的情绪，又因为沈修远这通电话冒了上来。

新郎 周熙昂

新娘 方曼姿

来 分 享 我 们 的 爱 与 喜 悦

红尘俗世中能够牵住这样一个人的手，
从此以后再多困苦也觉得温柔。
所幸这温柔，
被我邂逅。

Hi 我们结婚啦！
诚邀您出席
“周熙昂 & 方曼姿”
婚礼邀请函

"听她的就可以，家里她做主。"

如果没有这些事，或许他们不会分手，或许早就已经结婚，周熙昂也不会是这样阴晴不定的性格。

他本该是明媚的少年。

她将垂到前面的细发捋到脑后，沉声道："其实，我跟他在你出国前的那次冷战就算分手了，一直到今年，我们才重新在一起。"

陈北望明显吃了一惊。

她没解释这个重新在一起的具体含义，毕竟事情得从蒋驰说起，她懒得复述。

"而我直到今天，才知道我们分手的真正原因。"

"什么原因？"

她想了一下，笑了。

"只能说，我们年龄太小，把尊严看得太重，谁都不肯低头吧。"

"那次冷战就是你们最后一次说话吗？"

"也不是……"她顿了下，"最后一次是在高中毕业后，班级聚会的那一晚。"

那一晚，除了班级聚会，喝酒狂欢，放纵游戏。

还有她这段热烈青春的交代。

毕业了，她跟周熙昂的冷战虽没影响她的生活，可不代表对心情没影响。

鞠恬恬给她打电话："曼曼，班长在统计聚会人数呢，你去不去？"

"太闹了，我现在没什么心情跟大家闹，不去扫兴了。"她语气恹恹的。

鞠恬恬说："为啥不去？今天聚会，周熙昂肯定也去，你不应该打扮漂亮点，让他见了后悔吗？"

方曼姿腾地从沙发上坐起来，问："他会去吗？"

"正常人都会去吧？这可是毕业聚会，说不定有些人是这你辈子最后一次见面呢。"

方曼姿的心被这句话刺了一下，她不禁设想，假如她这辈子真的跟周熙昂再也不相往来，那么她是否愿意让二人最后一次交集是她在马路上甩得那样惨。

她还是想再见见他。

即使这最后一次只是在聚会上，大家站起来跟一群人碰杯。

"那他万一不去呢？"

"不去就不去呗，同学聚会而已，你也没啥损失。"

方曼姿觉得鞠恬恬说得有道理，深深点头。

"那我去。"

“必须去，一定要穿好看点！这个时候不能丢面子，就是要让他后悔，意识到不理你是多么严重的错误，是他生命中不可挽回的损失。”

她心里一直赌的那股气，被鞠恬恬的一番话全然说中。

没错，她就是很生气，就是不想理他，除非他先跟她低头。

她到衣帽间拿了件黑色小吊带，又穿了一条超短裙，脚下穿着黑色马丁靴，四肢白嫩，细腰长腿，又辣又酷。

晚上就这样去参加了聚会。

她特意晚到一会儿，选择在人最多时出现。

包间里登时出现一片起哄声。

一群男生眼睛都直了。

方曼姿当没看见，在包间扫了一圈，在靠窗的角落处，看到了周熙昂清傲的身影。

他像没看见，目不斜视，端坐在那里，与周围的热闹格格不入。

见他不为所动，她暗暗生气，故意坐到他的对面。

她隔着满桌酒菜，借着好人缘，谁跟她搭话都能笑闹一片，有人想灌她喝酒，她就带着一群人反灌回去，包间里热闹非常。

与他周围的安静形成鲜明对比。

班长提议大家站起来干杯，她跟他面对着面，他仍视她为空气。

她来了脾气，碰杯时故意用力，旁边同学杯里的酒小幅度泼到他手背上，顺着他的手一部分滴到桌面，一部分流到他手腕上。

“来来来，干杯！”

她全当不知道，跟同学们喝得开心，他却连眉头都不曾为她皱一下，坐下后抽了两张纸擦干手腕，好像刚才只是一个意外。

一顿饭再无波澜。

不管她干什么，他理都不理她。

她火气更大，你以为你是谁值得我这样？你很牛吗？真以为我有那么在意你？

从饭店出来，一群人去 KTV 唱歌，转着酒瓶子玩“大冒险”。

转到其他男生，就有人吵着让去抱任何一个女生蹲起，十次有八次，方曼姿都是被抱起来那个。

一开始，大家还会偷看周熙昂的脸色，可他平静得好像没看到，众人对他们分手的关系心知肚明，渐渐也就放开来玩闹。

有个男生一直对方曼姿有好感，方曼姿自己心里也清楚，他今夜示好不断，一旦大家玩笑开得太大，不等她拒绝，他就先出来阻止。

大家都能看出来他什么意思，于是不断起哄。

平时方曼姿是不爱干这种利用别人感情的事，但那晚脾气上了头，跟这男生举止亲密——酒洒到他身上，她亲自动手去擦；她自己吃薯条，有时跟人说着话，顺手就喂给他一根……男生便更加殷勤，如影随形地跟着她。

闹到后半夜，方曼姿已经醉了，走路都有点晃。

她胸口发闷，一个人到走廊透气，那男生要跟着，她心里已经厌烦了利用他的行为，摆手拒绝了他。

她在窗边吹了吹夜风，不好说自己是清醒了还是更醉了。

今晚她这么闹，周熙昂一个眼神都没给她，她感觉自己像个傻瓜，上赶着凑到他面前自取其辱，非要把脸伸过去给他打。

他们在一起这么久，难道他对她就一点感情都没有吗？为她吃醋都不肯？

她越想越难过，眼泪没出息地往下淌，一边淌一边骂："傻瓜。"骂自己骂他都有。

等哭够了，她擦掉眼泪，歪歪斜斜地往回走，一步三晃。

酒精上头，步子越走越重，明明走的是直线，却明显感觉自己要摔。

她被一条坚实的手臂扶住。

那手瘦而有力，稳稳抓着她。

她缓缓抬头，看到他的纯白棉T，视线虚虚落在他颈子上，熟悉的喉结，再往上，她不敢看。

害怕自己喝多了，害怕来的人根本不是他。

她鼻子陡然一酸，凭什么啊，不管他理不理她，心酸难过都只有她一个人承受，好像在这场爱情里，尝到苦头的只有她一个人。

她推开他，说："你谁呀你，我不用你管！"

她一个人扶着墙向回走，却连自己包房在哪儿都忘了，推开一个差不多的就要进去，门打开，里面热闹的笑闹声登时一停。

"抱歉，走错了。"

有人捞起她的手臂，强把她拉走，她反抗不掉，也没那个多余的力气，就任他拽着。

包房里的同学陆陆续续地走，回来时，还有人在玩。先前一直跟方曼姿示好的男生似乎在等她，见她回来，第一时间从座位上站起来，看到她后面的人，想上前的动作又停了。

周熙昂拿起她的包，拉着她要走。那男生喉结一滚，不死心地上前拦："她喝这么多，我送她回去。"

周熙昂没什么表情。

那男生答不出话。

"让开。"

喝大了的方曼姿对这一切无所觉，只是知道自己被人揽在怀里，靠着一个温热的胸膛，大约是他，又不敢确信。

他带她走到室外，拦了一辆出租车。她闹着不肯回去。

她不想回去，回去就代表结束这一晚，结束可能是他们这辈子最后一次见面的一天，从此以后她再也见不到他，再无关联，再无瓜葛。

她醉醺醺的，就在车里闹，闹得连司机都害怕，让他们下车。

“醉成这样，先下去吐一吐再打车吧，不然吐谁车上都是个事儿。”

周熙昂连声抱歉，揽着她下车。她醉得厉害，他没办法，带她四处找宾馆。

她没拿身份证，他也没，好一点的宾馆查得严，没身份证不让入住，他只能把她带到小宾馆去。

小宾馆的条件差了点，连中央空调都没有。

屋顶是老旧的吊扇，背阴的房间散发着一股淡淡的霉味，老式电视机上，银灰色机顶盒用带花边的帕子蒙着，隐隐有一层灰。

床不大，被子叠得规整，床单被罩因为反复浆洗，白得有些发黄。

独立卫生间看着更小，拖鞋都不是一次性的。

一切都是那么陈旧、破败，而怀里醉醺醺的女孩，她的光鲜与这里格格不入，甚至是突兀的。

他犹豫着，把她放到床上，伸手去拉吊扇的绳。

她以为他要走，一把扯住他。她不知哪儿来的力气，搂住他的腰，缠着他不放手。

“你陪陪我，我一个人待在这里会怕。”

他强把她扯开，沉声问她：“方曼姿，你知不知道我是谁？”

怎么，知道是他，这个把她甩了的前男友，她还缠着不放手，就更惹他讨厌了是不是？

可她在那一刻不敢承认，不敢面对自己见不得人的心思。

“知道你是谁……这很重要吗？”

如果他们注定会分开，她不想给自己的青春留下遗憾。

都是成年人了，能为自己的事情做主。

醒来已是下午的事了，细碎片段在脑海中一点点闪过，她大概能拼凑出，昨晚到底发生了什么。

她一把抓起旁边的被子，盖住自己的身体，故作警惕地看向周熙昂。

“怎么是你？”

除了装傻，她想不到还能用什么表情来面对这一切。

她不能被他发现她的清醒。

周熙昂彻底睁开眼睛，他坐起身，嘲讽地看着她：“不然呢？应该是昨晚那个吗？”

他这样的语气，不知为何，令她感受到了一丝难堪。

她想不到能用什么话来应对。

她盯着他，用一种他说不出的眼神，就像一根刺钉在他心里。

他心里头也不畅快，刻薄地扯了扯嘴角，说“真抱歉，坏了你的好事。”

这下，她的火气是真的上来了，抬手指门口说：“既然知道，还不赶快走？待会儿还有人要来！”

周熙昂冷笑一声，穿好鞋子，摔门离开。

她一个人坐在床上，气得心脏狂跳好一阵才平复下来。

再之后，得知他去了安城，从此他们真的天各一方。

鞠恬恬的话一语成谶，可能有些人之间的缘分，在聚会的那一晚，就是人生中的最后一次会面。

旁人间分别，尚有温情、客气与祝福。

她与他的分别，只剩下讽刺、刻薄、不欢而散。

回忆至此，方曼姿敛起思绪，没再想下去。

也没什么好想的了。

陈北望在她眼前挥了挥手，问：“想什么呢？”

“没。”她摇头，“没什么。”

“那你们最后一次见面，他是说了什么吗？”

“他祝我顺利。”她随口编过去。

陈北望笑着摇摇头，说：“这人呢，总喜欢在后悔中度过当下，又在未来后悔当下没有好好把握生活。别再想了，大小姐，不如睁开眼，多看看身边。”

她难得从他嘴里听到什么正经话，不由得惊奇道：“听你的意思，倒像是深有体会。”

“差不多吧。”他没否认。

“你后悔什么？”

“以前的就不说了。”他舒展手臂，“现在倒是有一件事很后悔。”

“什么事？”

陈北望端起咖啡，一双好看的眼睛注视着她，说：“我后悔不该出国太早，怎么也要等毕业再说。”

“为什么？”方曼姿问，“有什么区别？”

咖啡醇香在陈北望嘴里漾开，起先是苦，随后是咖啡豆子烘焙出来的酸。

陈北望咽下嘴里的苦涩，漫不经心地笑道："没参加毕业典礼，人生遗憾呗。"

"噢，其实高考也就那样啦，不考也没什么。"她试图开解他，想让他不要这么执着。

"可有些东西你本可能拥有，最后因为某些原因错过，这种遗憾就会让你一直耿耿于怀。"他低头轻笑一声，"就像我，这么多年都还放不下。"

"啊，是这样没有错，但很多时候，遗憾也都是没有办法的事。"

他收起先前郁郁的口气，换回以往的乐观："依我看，有些遗憾没有办法，也有一些遗憾可以弥补。"

她听得愣住，一时竟分不清，到底是谁在开解谁。

他伸出手臂，倾身向前，在她头上轻轻一拍，说："别想了。"

"你拍我头干吗？"

他眼里噙着笑，说："小傻子似的。"

与陈北望分别之后，不得不说，方曼姿的心情已经明朗许多。

可她还是有些不想回去面对周熙昂。

年轻时喜欢冷战，不肯低头，如今长大了开始学会逃避，就好像不去面对这件事就可以当作没发生。

然而细究起来，连她自己都不知道自己在逃避什么。

也许是不会处理亲密关系，就像她今天疑似发现了陈北望不对的地方，她第一反应也是掩饰、假装，回避一切可能会发生的事情。

对待周熙昂也是，她不敢去跟他复盘过去，害怕自己好像也没有那么正确，害怕在这段感情中，她也有做得不好的地方。

更害怕的是，她好像并没有嘴上说的那么利落干脆，能够把他忘得一干二净。

关于他们之间发生过的细节，她记得清楚分明。

她害怕，害怕自己还没走出这段感情，而他早已放下一切，坦荡地面对她。

她怕再一次在这段感情中成为输家。

从咖啡馆出来时，陈北望要送她，她连去哪儿都不知道，就拒绝了他的提议。

此时走在街上，头顶一片乌云，天色阴沉沉，零星会掉两滴雨点。

雨点落在她手臂上，她环住手臂，害怕继续待在外面会淋雨，就到最近的商场去避避雨。

她乘电梯，到负一层去买了杯草莓乳酪奶茶，看到电梯里的电影海报，左右无事，又上到五层去，买了一张电影票。

电影是新人拍的，青春题材的电影。近些年早期青春小说改编风盛行，发展到现在，市场已经有些饱和。

这部显然是跟风之作，票都买了，她懒得再去看口碑如何，好看难看无所谓，她纯粹是为了逃避回家打发时间。

电影剧情没什么惊喜，坏男孩与好女孩的故事。

男主角起先处处对女主角刁难捉弄，优等生气急败坏，试图报复回去，两个欢喜冤家斗智斗勇。

随着剧情的展开，男主角被老师冤枉，只有女主角相信他。女主角发现男主角家里另有故事，于是决定拯救男主角，拉着他一起学习变好。

同线剧情另一边，女主角的控制狂父母非逼她去学她不喜欢的专业，在与家庭歇斯底里的争吵中，也只有男主角能够理解并陪伴她。

两人互相依靠、扶持，高考填报志愿，女主角父母逼她报了不喜欢的专业，是男主角在最后关头带她偷偷修改了志愿。

电影走入结局，男女主角各自升入心仪大学，一晃四年后，他们都从事了自己喜欢的行业，可是他们并没有在一起。

影片最后是女主角的自白。

“并不是每一段感情都会有结果，而我们总会在某一天，无声无息地告别人生某个段落同行过的人。”

电影华丽落幕。

影院棚顶的壁灯亮起，退场的人们为影片里的男女主角哭成一片。

结伴前来观影的一对朋友一边往外走一边怨念:“为什么不在一起啊，他们那么好，多可惜啊……”

方曼姿手里握着那杯奶昔，坐在座位上久久没动，心里头是萦绕不去的怅然。

遗憾吗?

她想起从前，他害怕她的白鞋会被雨水打湿，背着她一步一步，从图书馆往宿舍走。

曾以为那是地久天长，到最后，只是她人生一个残缺的回忆碎片。

他们曾经发生过太多，太多不论何时回忆起，都会觉得美好的瞬间，以至于这么多年，都令她不甘被分手，忘不掉他的温柔与残忍。

她为着那份喜欢不顾一切向他奔去，却忘记了一切美好背后都会伴随成倍的痛苦，饱尝爱情的甜蜜同时，失去之后也将品味求而不得的折磨。

然而六年过去，她发现自己还是记吃不记打。

还是不想再像故事中人那样，伴着这份遗憾度过余生。

她恍然觉得陈北望的话是对的。

有些遗憾弥补不了，而有些可以。

只是不知，是否还来得及？

思绪至此，她掏出手机，拨通周熙昂的电话。

铃声刚响起就通了。

她没想到那边会接得这么快，手机在掌心振动的时候，她还愣了一秒。

顺着电话信号传来的声音，似乎比往日少了几分沉着。

“方曼姿……”

“嗯。”

“你是想——”

她不等他说完，便道：“我想回家了，你能不能来接我回家？”

他似乎咽下了什么，回道：“好，你在哪儿？”

她报了商场，又补充道：“你在外面的地铁口等我就好，不然不好停车。”

“嗯。”

挂断电话，影院打扫卫生的工作人员开始一排一排收垃圾，除了方曼姿，放映厅已经没了其他人。

她离开影院，没坐直梯，搭扶梯每下一层，就在那层走走逛逛，逛完负一楼，又到进口超市看了一圈。

她喜欢逛超市的感觉，看到漂亮的商品齐齐堆在货架上，会有一种满足感和幸福感。

不需要买什么，进来随便逛逛也是很好的。

她站在冷藏柜前，拿起进口奶在手中看，看产地和配料表，口袋里的手机振动，她拿起来，放到耳边：“喂？”

“我在D口等你。”清冷的声音入耳。

“好，马上到。”

挂断电话，她放下牛奶，快步离开进口超市，往地铁进站口那边走。

从商场入口进去，穿过人群，又从D口搭扶梯往地面上升。

扶梯很长，另一侧是下楼电梯，不少下去的人侧头打量升上去的她，她统统视而不见。

凉爽的风吹过来，她白天穿得不算多，此时竟然有点冷。

随着电梯上升，室外的环境一点点出现在她视野中。

天已经黑了，远处的写字楼还有灯在亮，视野逐渐开阔，周熙昂的身影也缓缓呈现在眼前。

他穿着干净的白衬衫，手里拿了一把黑色直柄伞，身姿挺拔站在地铁口处，手臂上搭了一条米白色的薄外套。

身后是淅淅沥沥的雨幕，雨水模糊了整座城市的路灯，世界在这个时间慢了下来，过街车辆的鸣笛声像被真空隔离，天地之间，只余眼前这个男人。

他的外貌气质都比从前成熟很多，可在这一刻，她还是在他身上看到了从前的样子。

从前她也总要他等，他一句怨言都没，每次都得等她很久。

她一出来，就会看到他挺拔地站在树下，站在门口，站在墙边，站在一切她能够第一时间看到他的地方，轻抿嘴角，清冷的眉宇间充斥着耐心与温柔。

六年过去，他眉间温柔未散，还在耐心地等待她。

就好像这六年来从未变过。

扶梯升到地面，他恰好转过头，二人在夏夜的凉风中对视。

他攫住她，眸中倒映着她明艳的脸庞。

谁都没有开口说话。

又或者是彼此都有很多话要说。

扶梯后面有人要下来，周熙昂余光注意到，赶忙用空闲那只手拉住她的手腕，把她拉到身边。

她这才反应过来自己挡了别人的路，心里头浮现些许歉意。

“谢谢。”她小声说。

周熙昂把手臂上的外套递给她，说：“穿上吧。”

这外套是她的。只要外面天气变凉，他出门就会随手为她拿一件外套或围巾，这是他以前就有的习惯。

她默默接过，静置了快两个小时的草莓乳酪奶茶在手里已经化了，她把它递给他，说：“帮我拿一下。”

他伸手去接。

她穿上外套，顿时暖和了不少。安城已经入秋，大部分时间还是热的，晚上温度相对也会降一点。

她摊掌，说：“把奶茶给我吧。”

“不用。”他向前一步，把伞撑开举过头顶，另一只手握着她的奶茶，“我帮你。”

他是怕她的手会冷。

她没再坚持，小步跟上去，随他一同走入雨幕。

雨点浇在黑伞上，稀里哗啦。二人在伞下挨得近，时不时擦着对方肩膀，每撞一次，方曼姿的心就乱一下，于是，她在广场与马路的交汇处停下脚步，他也跟着停了下来。

风里有雨水的腥味。

混着一点建筑的工业味道，是大城市独有的冰冷。

伞柄横在他们二人中间，还有他撑伞的手。

方曼姿的视线从他骨节分明的手上移开，一点点落到他的脸上。

她的视线比她的手还柔，从他修竹般的眉开始描摹，移到他山脊般的鼻梁处，向下是棱角分明的唇。

她别开视线，轻声道："对不起。"

——"对不起。"

两道不同的声音同时响起，她回眸，他抬眼，二人视线交汇，俱在彼此眼中看到了对方。

最后，是周熙昂先道："你没有对不起我的地方。"

"可是我觉得，"她喉咙涩了一下，"我都没有关心过你什么。"

她骄纵自我，习惯了当世界中心，在这场恋爱中，很多时候她都没有察觉到他的情绪。

如果她能早点发现，发现他对沈修远过多的关注问询，或者发现他的家庭，发现吴淑妤对他的欺辱刁难，也许就可以减少很多对他的伤害。

"是我不该迁怒你。"他望着她的脸，这双眼眸中的澄澈纯净一如当年，"我不该不喝你喂我的奶昔，不该那样跟你分手，不应该跟你说那些话，更不应该——"他顿了顿，"更不应该丢下你一个人，没有把你送回去。

"我应该回去找你的。"

他亲耳从她口中听到那样的话以后，自卑、羞辱、愤怒，那些一直积压着的情绪翻涌上来，像是凭空一记响亮的耳光，狠狠掴在他脸上。

如果连她也认为他是那样的人，那么对她来说，他又算什么？

一时的心血来潮？

一旦她的新鲜感过去，他还是会成为被抛下的那一个，变成一个不值钱的垃圾，扔掉也不可惜。

她早晚都会抛下他。

既然这样，他便用一个更极端的方式，让她永远恨他，永远记住他，永远都忘不掉他。

爱不能长久，他总要想办法永远驻在她心里。

他知道这样做并不光彩，可对他来说，连存在都不光彩，又有什么是光彩的？

这么多年来，他终于能够站在她面前，对她说出这些未尽的歉意。

当然，并不打算奢求她的原谅。

他只是想，尽可能地去弥补一些什么。

方曼姿听着他的话，埋藏多年的委屈，在这一刻终于止不住。

"你让我觉得，我是不是哪里很差。"

"差的人是我。"周熙昂喉咙一哑，"是我配不上你。"

她摇头，抬起泪眼，说："没有，没有。你很好。"

"读书的时候，我什么都没能给你。"他喉结滚动，咽下那些浮起的情绪，"没送过你像样的礼物，没给你最好的爱，也没有什么能拿得出手的东西。"

"我不需要那些的……"

"别人都有，我想你也有。"他艰涩地笑了一下，"可我当时实在给不了你。对不起，一直以来委屈你了。"

他这样在她面前道歉，伞倾斜到她这边，他身子都湿了一半。

那样高傲的人，在这一天，终于在她面前剖白了他所有的自卑。

那时，她把自己尊严看得很重，他也是。

他们都以为对方坚不可摧，自己才是感情中受害最多的那一方，所以谁都不肯低头，以冷暴力的方式结束感情，等着对方先来找自己，用以保护在爱情里的尊严。

那时他们都不懂，也不够成熟，最后还要花很长的时间成本才能明白，爱情本身就是一场献祭，人人都是祭品，早在把自己送上祭坛求神明垂怜的那一刻，就已经没有了尊严。

方曼姿吸吸鼻子，抬手抹掉眼泪，说："是够委屈的。"

"都是我不好。"

"嗯。"

她应了一声，抬手握住他撑伞的手。

他手背冰凉，被她温暖的掌心覆住，就像多年以前，她也是这样，总在不知不觉中，用一腔热意包裹他的被冰封的心。

她一双乌润的眼盈盈看着他，娇柔唤他，带了点儿鼻音："周熙昂。"

"嗯。"

"那你以后得对我很好很好才行。"

"不可以。"

周熙昂身子前倾，凑近她，低沉耳语。

"要对你非常好才行。"

她鼻子还堵堵的，导致声音也有点软黏，不复平日任性骄纵的形象，配上发红的眼圈，十足的小女孩模样。

她仰脸，说："那万一你说话不算话，又对我不好，怎么办？"

她就站在他眼前，没了嚣张的爪牙，把柔软的一面展现在他面前，他喉结滚动，说："不会。"

"你说不会就不会……"

"再把你弄丢一次，我怎么舍得。"

听他细声哄她，方曼姿心里这才满意一点，看他手里还拿着她的奶茶，说："扔了吧。"

"不喝了？"

她吸了吸鼻子，自下而上看他，眼睫弯而卷翘，眼尾有个浅浅的弧度，像只小狐狸。

"想喝，但更想你牵我。"

周熙昂的嘴角漫上笑容。

"好。"恰好旁边就有垃圾桶，他把她喝剩的奶茶丢进去，温凉的手掌伸到她面前，"牵你。"

重新搭上他的手，他的五指分开她的指缝，与她十指相扣。

黑色雨伞罩住属于他们的一方天地，二人在清凉的雨中依偎在一处。

"你牵得好紧。"

"怕你丢。"

"那也不用这么怕……"

"以后都这个力度。"

"……"

方曼姿当即就要把手抽出来，一阵挣扎，说："我不跟你牵了。"

他握得更牢，她抽也抽不动。

他嘴角的笑容加深："晚了。"

车子行驶。

雨点细细密密打在车玻璃上，声声点点。

方曼姿的包打湿了一些，周熙昂身上也湿着，她在车上翻手帕，不巧，上次买的胃药翻掉了。

看到这胃药，想起上次装病的尴尬，她脚尖动了动，俯身把药捡起来，默不作声放了回去。

她先拿帕子擦干包包，一边擦一边心疼，这只包她很喜欢的。

她擦完后，想找别的帕子帮他擦一擦，里面除了那盒药跟纸抽，还有一些医务用品，就没别的了。

她犹豫一下，干脆就拿刚才的帕子帮他擦衬衫。

周熙昂开着车，飞快看了她一眼，似笑非笑道："包干净了，才想起我来？"

方曼姿心里一虚，心想"你事情还不少"，辩解道："包比较贵嘛。"

"谁才是你心中的第一位，答案已经昭然若揭。"

方曼姿握着他的腕子，替他擦手臂。他单手开车，肩颈线条流畅宽阔，气质成熟迷人，她看着看着心跳漏了一拍，嘴硬道："那怎么了，包都陪我三年了，感情当然比你深厚。"

“没关系。”周熙昂随意应了声，“我有得是时间。”

“……”

有得是时间怎么，你还要跟一只包争宠吗?

有必要没必要啊!

方曼姿“美女无语”，帮他擦完这边手臂，帕子有些潮湿了，她把帕子叠一叠，低头擦他腰腹处。

肌肉硬硬的，透着些许热意，传感到她手上。

不愧是硬邦邦的男人，形容词果然都是有道理的。

“那个胃药。”周熙昂开口，“下车别忘了扔。”

“为什么？”

周熙昂目不斜视，说：“你又没胃病，留它干什么。”

他这样说，她就什么都懂了，想起那天还在他面前演戏，她尴尬的毛病又犯了。

“你……都知道了？”

“我要是连这也看不出来，未免也太辜负你的苦心了。”

“啊……”她解释，“没想到最后还是让你碰到她了，抱歉。”

“怎么总道歉？”

周熙昂开着车，右手伸过来，在她头顶上揉了揉。

她说：“我没想到她会到机场来发疯。”

“哪有那么多早知道。”周熙昂收回手，出言安慰她，“这么多年早就习惯了，你别放在心里就好。”

“那你也不要放在心里。”方曼姿收起帕子，眼眸低低垂下去，“我会保护好你的。”

周熙昂透过镜子看她，好像还在对今天的事情内疚。

他心里倏地一软，声音放柔：“那你要好好保护我。”

“嗯！一定会。”

“这可是你说的。”他用哄小孩子拉钩钩的语气哄她，“那以后，我就把自己交给你了。”

向威接了J家的广告，拍摄完毕到上线已经半月有余。

作为竞争对手，诺顿不可能不关注向威的动向。

近段时日，向威一直在对诺顿有意的项目进行争抢，诺顿一直避让，公司的核心团队对此已经颇有微词。

身为分公司执行总裁，周熙昂对此一言不发。

向威业绩如日中天，诺顿也不是一点事情都没做。

譬如，在诺顿拒绝了J家的合作之后，那位中国区域经理又主动联系周熙昂，介绍了一个新的合作。

“中国市场购买力越来越强，国际上很多品牌都想打开中国市场，这一次，我想给你们介绍一位老朋友。”那位经理用流利的法文说道，“米家，想必你们应该都听说过，他们经理是我多年的好哥们了，在宣传方面，我跟他推荐了你们。”

米家最早，或者品牌开创者最早，是给王室成员配制香水的。

随着发展，米家名气越来越大，就成立了自己的品牌。

他们在法国一直走高端线，只接受私人定制调香。

说白了，周熙昂身上的邂逅爱人，正是出自他家如今这代最出名的调香师。

使用他家的香水，香水味道在其次，主要是一种身份的象征。

如今，米家为了扩大市场，决定开出一条“大众线”，所谓的大众线，只是相对来说平价而已。

这一次，他们将推出一瓶主打香水，名为“荆棘少女”。

那位杰家经理把米家的中国区经介绍过来，诺顿很快出了对米家新款香水的概念理解，出了自己的项目计划方案。

米家国内团队看了十分满意，立即签订了合同，开始了拍摄计划。

整个团队加班加点，采集合适的外景拍摄地点，同时等待米家寻找合适的代言人选。

这天又是忙碌的会议，虽然被向威抢了一些项目，但是诺顿自己接下的项目一直都是稳赚的。

只是再怎么赚，让出去的项目都是大单，距离第四季度的业绩还是差了一大截。

整个公司都把重点放在米家的广告片上，丝毫不敢松懈，不仅因为他家是重点项目，还因为广告放出之后，带来的良性收益不可估量。

一上午的紧密会议终于结束，午休时，方曼姿跟同事们去食堂吃了饭，回来后，一些女同事三三两两在会议室这层的茶水间喝咖啡，分享甜品。

茶水间很大，一个大大的水吧桌放在中间，中间是置物架，也算是隔板。

诺顿整体还是比较年轻化，茶水间提供了很多饮料、零食、报刊、玩偶等，装修风格走沉稳风，茶色的自动玻璃门，黑色的低垂吊灯，配灰黑色的休闲桌椅。

方曼姿跟潘柔坐在里面的角落。潘柔是专业素质很高的秘书，从不生事，方曼姿很喜欢跟她相处。

接连会议让人疲惫，做秘书的总是要比其他人更紧张些，两人谈起上午的会议细节，方曼姿又跟她请教了很多东西。

正聊着，后面玻璃门自动拉开，一个女人踩着高跟鞋飞快地跑进来，小声激动道："你们听说了没有，咱们周总身边的方秘书，其实是周总的前女友！"

"你才知道啊，这都是哪年的陈年旧瓜了。"

"就是，你手机才通网啊？"

虽然还是有人表示了惊讶，但更多的还是对于吃瓜赶不上热乎的淡定鄙夷。

"不，我是听说，咱们周总对她还念念不忘的。你看，周总专门把她招到公司里，放在身边，你们再仔细想想，周总对她是不是有点不一样！"

进来的同事吃的瓜虽然是馊瓜，可是分享出来的瓜可一点不馊，正新鲜呢。

众人一时间窃窃私语。

吃瓜吃到自己头上，这是方曼姿万万没想到的。

她保持着端咖啡杯的姿势，眼睛不知道该往哪儿看，只能跟潘柔对视。一时间，还有点尴尬。

这件事怎么说呢，说八卦的人如果说的是假内容，甚至胡编滥造，才会让人感到愤怒和荒诞。

可一旦说的是真事儿，就只剩下了不知道该如何否认的迟疑。

潘柔用她一贯耐心的眼神回看着方曼姿。

方曼姿叹了口气，问："你相信那些八卦吗？"

潘柔微笑回答："是不是又怎么样？"

怪不得能被周熙昂安置在二十一层这么久，除了是个漂亮的门面担当，也的确讨人喜欢。

方曼姿放下咖啡杯，正准备说点什么，就听桌后面传来一道尖厉的声音。

"真是什么瞎话都敢编，咱们周总是什么人？英俊绅士，爱慕他的女人'海'了，真当周总看得上她？"

方曼姿还当是谁这么恨她，想起来了。

这不是当初客户部那位丽姐？

有人听不下去了："话不能这么说吧。方秘书长得多好看啊，周总看上她不奇怪吧？"

"方秘书就是那种，就算主观不喜欢她的长相，客观也得承认她是大美女的程度。可是会有人不喜欢方秘书的长相吗？"

"大家主要是惊讶周总那么高冷的人，居然还有念念不忘的前女友？太难想象了！周总长了一张可以做花花公子的脸，结果居然这么深情？"

“爱慕周总的女人是‘海’了，可也没几个能比方秘书好看吧？”

方曼姿被人在背后好一通夸奖，心里难免有点小膨胀，虽然说，这些女同事说的都是实话吧。

但是来自同性的赞美，远远大于异性的夸奖，只有女孩子才懂得欣赏女孩子。

唉，本美女果然是人见人爱呢。

方曼姿端起咖啡，踩着高跟鞋优雅地站出来，从桌后面，一步一步走到水吧前。

众人看到八卦当事人的身影，吓得各自拿起杯子，忙作鸟兽散。

鉴于刚刚被夸，方曼姿并不计较这些面孔都是谁。

她走到咖啡机旁，俯身接了一杯香浓的咖啡，直起身后，用勺子搅了搅。

她一边朝丽姐走，一边搅动咖啡，大方地站在丽姐身边，轻倚在桌边上。

“你们周总，绅士什么的还行吧。”她停止搅拌，伸出右手，吹了吹指甲上的灰，眼皮也没掀，“他压我头发都不道歉的。”

压头发？

怎么压的？

什么样的情况下，男人才会压到女人头发？

大家都是成年女性，有些话不需明说，大家都懂。

众人交换眼神，果然，方秘书跟周总的关系不简单！

丽姐脸色一阵红，嘴巴张了又张，想反驳方曼姿不要脸，可是自己背后骂人被抓包在先，她怎么说都不占理，暗吃哑巴亏又找不回场子。

眼看这个人今天就丢这儿了。

她慌张之下向外看，刚好看到门外一道身影，她站起身，像是看到了什么救星：“周总！”

听见这声“周总”，茶水间的氛围顿时一肃。

今天到底什么日子？说八卦时当事人也在现场日？

员工们都坐不住了，尴尬得想在原地走来走去。

丽姐心中得意，还在我面前装？看你这么编派周总，周总会不会讨厌你！就算你是周总前女友，那也是前女友了，有什么用？

其他人都在想，念念不忘果然是真的，方秘书这样说，周总也没反驳她，真给她留面子。

方曼姿狠狠尴了一尬，口嗨过头嗨到当事人听见，也不知道丽姐跟她谁更尴尬一点。

主要是这么多人都看着，她这样一说，显得好像她这个“前女友”

对周总还有什么不好的想法一样。他们的关系不能暴露，她这样说被周总听见显然不妥。

她回过头时，茶色玻璃门外的身影一晃，已经离开了。

顾不得茶水间的轰动，她放下咖啡，面如火烧一般，匆匆去追周熙昂的步伐。

周熙昂进了会议室旁边的小休息室，这是他单独的休息室。

她鼓起勇气敲门，得到里面一声“进”，她走进去，隔着办公桌看着他。

周熙昂默不作声地打量她，不知道她这个“被压头发”的人有什么话要说。

方曼姿硬着头皮，猜测还有同事在偷看，她连忙解释：“对不起周总，我一时嘴快，没有对您有想法的意思，请您不要误会。”

周熙昂淡淡掀起眼皮：“没想法？”

她把头低得更深：“……绝对没有！”

“我有。”

方曼姿眼角一跳，呼吸都跟着紧了下。

周熙昂站起身，绕过办公桌，一步一步向她走来。

她下意识地后退一步，也不知道自己在怕什么。

他每一步都似踩在她心坎，每前进一点，她的紧张也会跟着多一点。

他几步走到她近前。

随着他的靠近，她逐渐仰头，对上他的目光。

他揽住她的腰，没让她再往后退。

休息间的门也是玻璃门，上面 1/3 是透明，下 2/3 则是磨砂。

他看得到外面那些员工八卦的目光，也察觉得到她此刻的紧张。

他统统视而不见。

他低头，在一众人惊讶的目光下，直接吻上她柔软的双唇。

直接、大胆又肆无忌惮。

一吻很快分开，可他的手还搭在她腰上。

那些员工纷纷惊掉下巴，不是吧不是吧？周总不近女色的人设崩得这么快吗？这大白天恩爱就秀上了？

不顾外面人什么反应，周熙昂心情很好地挑眉，说：“压你头发，怎么也不告诉我一声，老婆？”

第十七章

所幸这温柔，被我邂逅

方曼姿被亲得有点蒙，过了几秒才反应过来，周熙昂到底干了什么。

她来找他“解释”，就是知道外面有人会看，所以不想暴露人前。

她没打算否认前女友这个身份，反正也是“前”女友。

她主要是想杀杀这个丽姐的锐气。

现在倒好，今后她算是彻底脱离群众，被广大同事“孤立”，体会一把“人上人”的滋味了。

她不想跟大家保持距离啊！偶尔还是想听听八卦的！

他怎么能在这么多人面前公开他们的关系啊！

就这些员工在茶水间八卦的劲儿，岂不是所有人都知道他们已经结婚了？

那她以后还怎么自由自在当她的小秘书？中午去食堂吃饭的时候，岂不是除了潘柔之外，方圆几米之内都不会有人靠近了？

那样岂不是代表，她以后就跟公司的八卦无缘了？

方曼姿现在很想捶这个男人，可是这么多人面前，又不好落了他身为总裁的面子。

她露出商业假笑：“我怎么舍得叫醒你啦。”

看她这么乖巧，他就知道有猫腻。

方曼姿微笑地提醒道：“下午的会议很快就要开始了，我去准备资料。”

“好的。要是太辛苦，一定要告诉我，我好及时道歉，老婆。”

“嗯嗯，您快去忙吧。”言外之意就是你可快闭嘴吧。

方曼姿拿掉腰间的手，临走之前，在他的皮鞋上狠狠踩了一脚。

光从表情上看，绝对看不出来她脚下正在干什么。

不仅她会装，他更是善忍，被她踩了一脚眉头都没皱一下，微笑面具一直戴到她离开也没崩过。

也可能是他根本就没痛觉神经吧。

早知道他皮这么厚，她就应该用鞋跟踩的！

从休息间出来，茶水间的员工看似已经恢复如常，大家三两相聚，各聊各的，一副职场精英的和谐景象。

都是老戏骨了，方曼姿一眼就能看得出来表面平静下的暗流涌动。

估计就等着她走以后激烈讨论呢。

一直待在公司兢兢业业（方曼姿自认为）上班的小秘书，居然是总裁老婆，这消息劲爆透了，如果她不是当事人，连她自己也这么觉得。

可惜，她偏没那个眼力见儿，她就是不肯走，硬在茶水间里坐着，泰然自若地跟潘柔聊天。

数道打量的目光如芒在背，她第一次感觉到人的视线是有形质的，几乎要把她戳穿。

她也是第一次这么想暴打周熙昂，为什么要这么高调！她并不想出这种风头好吗?

潘柔见她对着玩偶拳头硬了又硬，不禁轻拍她的手背，出言安抚："风头过去就好了。不说别人，连我也消化不了呢。"

"为什么？"方曼姿肩膀一垮，"要是周熙昂跟乔助理结婚，那才叫消化不了呢。"

潘柔忍俊不禁，抬手掩唇："因为，大家会有跟'老板娘'共事的压力呀，得罪过你的人现在肯定很害怕，没得罪过你的也在担心，以前有没有在你面前说错过什么话。"

这样一想好像也是，她不自在，别人不是更不自在吗?

如此一来负负得正，好像也没有那么不能接受了呢。

开解自己一番后，方曼姿放平心态，坦然接受了这个事实。

果不其然，下午，她坐在周熙昂后方，承接了不少来自四面八方的目光，就好像从前在公司他们从未见过她似的。

她长得好看，也不怕看，于是凹了个更好看的角度，任凭大家打量她。

会议一直到下午才结束，"散会"两个字一出，会议室里大部分人的肩膀明显一松，周熙昂率先起身，两个秘书跟着，再后面又跟了几个助理，一行人先行出了会议室。

其他人这才敢动身。

到电梯间，一行人正在听周熙昂淡淡吩咐事情，后方传来一道弱弱的声音："方秘书。"

周熙昂声音一停，转过头，如水的视线落到丽姐身上。

丽姐肩膀缩起，勉强挤出一个笑："周总，我找方秘书有点事。"

周熙昂刚要开口，方曼姿暗暗扯了下他的袖子，从他身后钻出来，态度不好不坏："去那边说吧。"

这让丽姐更加忐忑，越发担心此事不能善了。

这边电梯到了，方曼姿让周熙昂他们先上去，她待会儿跟上，就同丽姐到了走廊角落，方便说话的地方。

两人一前一后，丽姐先前那种趾高气扬的劲头已经没有了，极尽伏低做小之姿，率先转回身，点头赔笑："方秘书，我这人年纪大了，嘴有点碎，您别往心里去。"

"嗯。"方曼姿双手环抱，手指搭在纤细的手臂上，深深点头，"是有点。"

丽姐没想到方曼姿竟然顺着她说。

这怎么不按套路出牌?

不过认错就要站直挨打，她继续赔笑："我不该那样说您，上次都出过一次这样的事儿了，没想到我这上了年纪也不长记性，您别跟我一般计较。"

方曼姿肩膀单薄且瘦，个高腿长，站在那态度不咸不淡的，气势上就高出一截。

看到丽姐这样在她面前道歉，她也没有什么喜欢看人道歉的爱好，叹了口气道："你们周总英俊绅士，我也不至于配不上他吧。"

"这是当然，当然！"

"那你赞美一下我。"

丽姐被方曼姿的要求搞蒙了，一时摸不清她的脾气。

你要说她脾气好，先前她在客户部时，可从来没给过自己什么好脸色。

要说脾气不好，又不懂她现在怎么一点也没有生气的样子。

方曼姿眉头轻蹙，不怎么高兴了，说："怎么，赞美我一下有这么难吗？"

丽姐赶紧拍起马屁来："没有，方秘书当然是肤白貌美，能力出众，到公司短短时间，就能无缝适应两份工作，像您这样美貌与气质俱佳，又有聪明才智的女人，实在太少见了，很难不被您的魅力折服……"

方曼姿听得通体舒畅，膨胀到快要上天，她嘴角憋不住笑，连连挥手道："行了行了，别吹了，已经可以了。"

"可以了的意思是？"

方曼姿说："就是这件事过去了，以后就别提了。"

丽姐不敢相信自己的耳朵。

方曼姿大方一笑，说："以后在公司说话注意点儿吧，你在公司干了这么多年，肯定不想跳槽。你要是真觉得愧疚，就多给公司创点业绩，咱俩的事儿到此为止，我也没你想得那么小心眼。”

丽姐：？

方曼姿摆摆手，说：“好了我要赶着下班，明天见。”

“……”

方曼姿背影纤瘦，迈着小碎步跑到电梯间，真就一副赶着下班的样子。

丽姐站在原地，望着方曼姿的背影。

这一刻，她才真的有点明白，为什么周总会对方曼姿念念不忘这么多年。

在职场混了这么久，形形色色的人，她都打过交道。

但是能保持赤诚与纯粹的人已经不多，多少人表面含笑、腹中藏刀，只有方曼姿会把这一切清楚摆在脸上，喜欢与讨厌从不掩藏。

简单直接，甚至跟方曼姿相处，还会有说不出来的轻松。

方曼姿说这件事到此为止，如果换其他人来说，谨慎的丽姐今后说不定还会加以防范。

但说话的人是方曼姿，她莫名就放下了内心的戒备，相信方曼姿绝不会背后搞什么小动作。

这种信任，丽姐自己都说不清是为什么。

也许，这就是方曼姿身上的魅力吧。

能够让所有人都喜欢她的魅力。

诺顿早就组好拍摄团队，进入真实的丛林中，进行《荆棘与少女》主题的拍摄。

短短几十秒的广告，拍摄时间两天，实际上前期筹备远远不止两天，凝聚了整个公司的心血。

拍摄，后期，线上宣传，线下开店推广，一切都在紧锣密鼓地进行中。

而在这期间，鞠恬恬跟欧阳的婚礼也如约到来。

两个人都是海城人，所以婚礼也要回海城举行，方曼姿提前一天跟周熙昂飞回海城，参加他们的婚礼。

婚礼宴请了不少同学，在方曼姿结婚时没请的，这次倒是都见到了。

对于他们的阶层来说，同学们基本上非富即贵，所以婚礼安排不能说有多么盛大，可也颇具规模。

方曼姿送了鞠恬恬一条梵克雅宝的项链，这远比她结婚时，鞠恬恬送她的礼物要贵重得多。

鞠恬恬收也不是，不收也不是，最后被方曼姿强塞给她。

方曼姿拉着鞠恬恬的手，会心地笑：“礼物不重要，重要的是我的心意，亲爱的，希望你新婚幸福。”

婚礼当天，参加完结婚仪式，一群宾客落座，同学被安排在了固定几桌。

方曼姿他们这一桌倒都是认识的人。

大家互相寒暄几句，开开老同学的玩笑，桌上氛围其乐融融。

双方家长也很高兴，他们这一对谈了这么久，也是时候结婚了。

新郎新娘挨桌敬酒的时候，在门口待客的经理走到鞠恬恬身边，跟她耳语了什么。

鞠恬恬脸色突然拉了下来，声音不大不小说了一句："他来干什么？"

离得近的人都听到了，纷纷回过头来，以为出了什么事。

欧阳今天穿了一身西装，高大的个子被正装束着，丝毫没有什么精英感，还是那个粗线条的直男。他摸着脑袋问："谁啊，你前男友？来的都是客，就让他进来呗……"

鞠恬恬气得在他腹部狠狠捣了一下，还不解气，又白了他一眼。

方曼姿从座位上站起身，走过去问："恬恬，谁来了？"

鞠恬恬化了很美的新娘妆，她本身就是甜美系长相，生起气来小脸涨红，眼睛圆鼓鼓瞪着，说："还能是谁，不就是好端端出国，又突然回来的那位？"

方曼姿"啊"了一声，不少宾客看过来，以为是出了什么事。方曼姿安抚鞠恬恬的脊背，说："你快别不高兴了，今天是你结婚的日子，大家都看着呢。"

鞠恬恬重重哼了一声，气呼呼地说："知道我结婚，还来给我添堵，不出现在我眼前才好呢。"

欧阳也劝："既然人家大老远来了，就进来吃个饭呗，好歹也是一番心意，媳妇你别生气了。"

方曼姿点头道："不管怎么说，你总要亲口听他解释一下。他肯定有他苦衷。"

鞠恬恬还是不高兴，嘴巴高高地噘着："什么苦衷，连说一声都不能？"

见她口风松动，方曼姿给迎宾的那位经理递了个眼色，让他赶紧去请。

方曼姿拍拍她，说："先敬酒吧，一切等婚礼结束再说。"

婚礼继续，方曼姿回到席间。

耳边都是宾客闲聊的热闹声，请来的小提琴手在台上拉着悠扬的音乐。

周熙昂自然地拉住她的手，问："发生什么事了？"

她很无奈地答："陈北望来了。"

周熙昂看向她的眼神顿时变得有些怪异。

她不大自在了，身子动了动，拖长了声音："你干吗这样看我？"

“他来干什么？”

“总不会是为了逛街吧？当然跟我们一样，来参加婚礼啊。”她理所当然道。

周熙昂扯了扯嘴角，说：“我看不见得。”

“怎么就不见得了？”方曼姿觉得他的语气又阴阳怪气的，轻轻在他臂膀处捶了一下，“一天都在乱想什么。”

她说着，陈北望已经朝这边走来了。

海城在北方，这个季节天气早已经凉爽了，他穿着宽大的卫衣，气质随性懒散，拉开椅子落座。

同学席十个人坐满，七嘴八舌的，一下子热闹起来。

“陈北望？你回国了？啥时候回来的？”

“可太多年没看到你小子了，在国外过得咋样？有没有想念中餐的味道？”

“回来多久了？也没说一声，大伙也好聚一聚，现在在哪儿呢？”

陈北望一一应答、寒暄，同学聚会的氛围一下子就有了。

“刚回来没几个月，在安城给人打工呢，天天搬砖。”

“你陈大少爷还能搬砖。”

陈北望丝毫不介意，说：“大少爷怎么了，大少爷不也得靠劳动吃饭吗？总不能上街讨饭吧？”

相熟的同学笑骂打趣，关系丝毫没有因为几年的断联而生分。

看到他在同学面前还是这副贫嘴的样子，方曼姿也会感慨。

真好啊，一切都没有变。

这时有人说：“在安城？这么巧，鞠恬恬跟她老公也在，还有你对面这对小夫妻，你们在安城也能有个照应了。”

“小夫妻”这三个字一出，席间所有人都面色如常。

除了方曼姿。

她一直都没找到合适的机会跟陈北望说这件事。

一座无形大山压在她心头，她斗着胆子去看陈北望的脸色，他挑了挑眉，一副惊讶的样子：“小夫妻？谁啊？”

“还能有谁？当然是——”

“我跟曼曼。”

周熙昂极其自然地接过话头，矜贵地坐在一边，跷起一条腿，微微笑道：“结婚才几个月而已。”

她感觉到坐在对面的陈北望看了过来，这一刻，她莫名没有跟他对视的勇气。她知道自己做得不对，没有像一个朋友那样，第一时间分享结婚的消息。

但她是有苦衷的，她那个时候并不能肯定这一次结婚会是她生命中唯一一次婚姻，那时看来，他们两个的婚姻根本当不得真。

陈北望跟旁边的男人勾肩搭背的，瞧着没什么正形，眼睛落在方曼姿脸上，外人看来，也只是得知老同学早已结婚有些惊讶而已。

“你们结婚了？”

恐怕这桌酒席上只有她一个人能感觉出这道视线到底有多重。

不过都是她应当承担的。

她没有避让，迎上他的目光，说：“是的，结婚了。很抱歉没有第一时间通知你。”

“啊哈，没事，是该结婚的。你以前不就一直想嫁给他吗？现在也算实现了梦想。”陈北望玩笑道，“不管怎么说，你可是我们中第一个实现梦想的，为这份成功就得喝一杯。”

他的手臂从旁边人的肩膀上拿下来，抓起桌上的白酒，倒进桌上的水晶杯里。

他举杯，在桌子上轻轻磕了一下，说：“我干了，你们随意。”

大家都被陈北望没头没脑这一番话搞得不知道该怎么接，陈北望一直笑着，端起手里那杯白酒就往嘴里灌。

才喝了两口，猛地呛住，连忙放下酒杯，白酒顺着嘴角淌下来不少，他在位置上咳嗽不止，眼泪都呛出来了。

旁边的老同学赶忙帮陈北望顺背，说：“你在国外待久了，没喝过白酒吧，哪有这么往嘴里灌的？杜康在世也不敢这种喝法，那不是把人喝死了。”

陈北望撑着额头，摆了摆手，抽了两张纸巾擦干嘴角，说：“没事，咳咳，没什么，我就是为我的好兄弟高兴。”

方曼姿小声念道：“怎么你好像比我还高兴呢……”

“当然。”陈北望怅然地笑，“实现梦想就是最开心的事，也令人羡慕。”

旁边的男生接道：“怎么了？听你这意思，好像是被梦想伤得不轻啊。”

“也不至于。顶多就是——”陈北望摇摇头，“再也没有实现的机会了。”

“你还可以换个梦想。”周熙昂平静地提出建议，“上学时，不是经常这样唱吗？”

陈北望礼貌地笑了笑，说：“好像是这么个道理。”

方曼姿看着这一切，心里说不清是什么感觉。

那天在咖啡馆冒出来的想法，这时越来越强烈。

可能不是在自恋，也许陈北望真的对她……

她赶紧收住这个念头，逃避地不敢深想。

新郎新娘敬完酒，这对新人终于能够忙里偷闲，歇一口气了。

不过鞠恬恬这口气并没歇上，此刻，她跟方曼姿，还有陈北望，三个人在酒店的一间包厢里，三人面对面站立着。

包厢的餐桌已经撤了，余下很大的空地，用以放置婚礼现场随时会用到的物品等。

鞠恬恬穿了一身旗袍，双手环抱，眼睛没看陈北望，没什么耐心地扔下一句："你有什么要说的，尽管说吧。"

陈北望也不怪她态度差，语气很好地讲述："我刚到国外的时候，很长一段时间里，我都过得非常孤独。生活习惯不同，语言环境不同，不管走到哪里，都是跟你完全不同的人，他们讲着你几乎听不懂的话。"

在那种时候，身在异乡的感觉特别重，你真真切切地感受到，你是一个外国人。

鞠恬恬嘴巴动了动，想瞥他，又止住了这个念头，轻哼一声："那也是你自找的。"

陈北望继续道:"当我感到寂寞的时候,我就会停下来,把我在国内时,跟你们在一起相处的细节，仔仔细细想个遍。

"比如我第一次对你有印象，是你在厕所门口把我拦住，问我能不能跑到超市去，帮你买一包卫生巾。"

提起尴尬往事，鞠恬恬的脸唰地就红了。

她赶忙打断："好了，我知道你真的有回忆过。"

陈北望依言闭嘴，继续道："跟你们做朋友的每一秒记忆对我来说都十分珍贵，你们一直都是我的精神支柱。我知道我不应该切断和你们的联系，但是当时发生了一些事情，让我没有办法再面对过去的生活。"

鞠恬恬环抱的手逐渐放下，说:"那……那你也不能不说一声就走吧，你就那么来不及吗？"

"是我做得不对，你想怎么骂我都行。"

"你就是一点也没把我们当朋友！亏我们每天想着你，念着你，结果你什么联系方式都不用了，到国外一个电话也不打，你可真潇洒啊！就这么吊着我们，你心里很爽是不是？"

陈北望低头认错："对不起。"

"你说你在国外孤独，那都是你自找的，谁让你离开我们，这就是你离开的代价！”鞠恬恬恶狠狠地发泄一通，到底憋不住，问他，“那你最后交到朋友没？总不会一个华人都没有吧，你一个人得多难受啊。”

“我也是独自生活了一段时间，才慢慢认识当地的华人，互相有个照应。”

“那还行。”鞠恬恬用眼角瞥他，仍然别扭地不肯看他的脸，“别以为卖惨我就会原谅你，我完全是看在当初你进女厕所给我送卫生巾的份上。”

“我知道，我明白。”陈北望终于笑了，“谢谢你大人有大量。”

鞠恬恬翻了个白眼，朝他伸手：“新婚礼物呢？拿来。”

“参加你的婚礼，我怎么敢空手。”陈北望说，“礼物在进来时就送好了。”

“哼，这还差不多。”

“你的新婚礼物送了。”陈北望视线随着话锋一转，“我们大小姐的还没送。”

“嗯？”方曼姿突然被点名，毫无防备，“不用，这么多年朋友了，不用在乎这些。”

“我已经缺席了你的婚礼。”陈北望眼里多了些复杂的情绪，“不想连祝福也缺席。”

“我当然知道你会诚挚地祝福我。”方曼姿微笑，“我也一直祝愿你能够得到属于自己的幸福，我们都是一样的。因为，我们是最好的朋友，朋友之间总是会相互祝福的，不是吗？”

“是啊，我们是最好的朋友。”

“现在，我们两个都已经结婚了，就差你一个人了。”方曼姿大方地拍了拍他的肩膀，“你也该抓点儿紧了。”

“到时候，”陈北望的喉结艰涩地动了动，“我再带她来见你们。”他看了眼时间，“好了，时间差不多了，我要去赶飞机了。”

“这么急？”鞠恬恬不满地吐槽，“你怎么总是这么猝不及防的？”

“我这次来，就是为了参加你的婚礼。到头来，发现自己还欠了一份礼物。”他摊手，语气轻松，用那种开玩笑的语气说道。

不过很快地，他转过头来，看向方曼姿，说：“我会送给你的。

“方曼姿，这一次，你一定要等我。”

方曼姿不懂陈北望为何要说这次一定要等他。

难道她以前在什么事情上没等过他吗？

她也没欠过他什么啊！

不过算了，她没太往心里去，只当他是随口一说。

鞠恬恬的婚礼结束后，她和周熙昂两个并没急着离开。

新专柜入驻在海城，加上又有其他事情要在海城处理，就决定在海城多住一阵子。

也好久没有回来了。

在安城住久了，又或者是在安城“成家”了的缘故，对海城也没了一开始时的眷恋。

诺顿效率高，制作的广告粗剪很快就出来了，发给品牌方那边，也获得了高度好评。

于是后期组花了一天时间，把这支短片仔细雕琢一遍，给米方那边交了成品。

新广告很快上线。

品牌方把视频首发在国内，而后又用外网的官方账号发布，很快得到大量转发。

森林中赤足的少女，穿越荆棘丛走到河边，温柔的月光，河流边的幼鹿……种种静谧的自然景色，泥土味道混着森林中的清新仿佛扑鼻而来。

光影与美学的运用，向人们传达着它的产品理念，即使你没有闻过那瓶香水，凭着广告，你也不难想象它到底会是什么味道。

广告一经上线，立即在一切能够投放的地方投放，由于广告质量极佳，还被论坛小组开帖讨论。

【你们看过那个香水广告没有？太会拍了，第一次看到广告有了买的冲动】

【资源不错啊。我查了一下，在法国是高端线，拿下奢侈品代言，算不算打开门槛？】

【国内能拍出这种质量的广告片，是不是代表我国广告还有提升空间？】

广告视频带来的关注度是方方面面的，代言演员对品牌产品，品牌对代言演员，路人对于产品本身，将一件优秀的产品加以包装，推送到大众面前被人们所熟知，引领一阵新风向，这便是广告业的魅力。

也是从业者的职业成就所在——

“看过那支广告吗？是我经手做的。”

荆棘少女一经上市，线上、实体门店，转换成世界各国语言的官网，每天都会听到无数遍这样的话——

“我要一瓶荆棘少女！”

出现了这样的购买风潮，向威做出来的、中规中矩的那支杰家新品广告，顿时显得不够看了起来。

并不是质量不好，而是相形见绌。

海外品牌入驻，打开新市场，本身就希望能够打响知名度，事实上，向威的那支广告带来的效果，只能说一般。

诺顿近来下滑的业绩，在这支广告过后，终于迎来了一个大幅度的提升。

又有许多想分抢中国市场大蛋糕的国外品牌发来合作意愿，或者单纯为了找诺顿拍摄广告。

而先前被向威抢走的那些品牌，毅然转头回来，重新跟诺顿合作，只为了能拍出高质量的、能引起反响的广告片。

第四季度的业绩，有望达到前三季度的业绩总和。

公司上下精神振奋，各部门老大都在群里发红包庆贺。

此时此刻，在沈家的别墅里，方曼姿听见浴室的动静，放下群里一片欢呼的手机，抬头向浴室方向看。

周熙昂身穿浴袍，头发湿湿的，一边擦头发一边向窗边走。

修长英挺的身材包裹在浴袍下，领口微微敞，露出一截胸膛及锁骨。

方曼姿看得心潮澎湃，直直扑到周熙昂怀里。

周熙昂吓了一跳，下意识接住扑过来的柔软身躯，她一双长腿盘住他的腰间，双臂紧搂住他的脖颈，整个人完全挂在他身上。

他用手掌托住她的臀，防止她从身上掉下去。

他头颅微微后仰，清寒眉目凝视身上的小女人，说："突然这么热情？"

方曼姿满眼崇拜。

"我觉得你太帅了，情不自禁。"

周熙昂不为所动，双手抱住她，迈步向窗边走。

方曼姿怕自己掉下去，抱得更紧了。

他道："只有一下？看来也不怎么帅。"

"没有，超级无敌帅。"

"你的表现看起来并不是这样。"

方曼姿抱住他的脑袋，在他脸上胡乱亲了一通，最后亲到自己都累了才分开，问他："这下感受到了吧？"

"还不够。"

"你事情怎么那么多……唔！"

周熙昂转身，反把她抵在落地窗上，双手分别揽住她的两条腿，用力去吻她的唇。

他吻起人来总是让人腿软，有一种掌控一切节奏的从容，温柔和激烈交替，总令她欲罢不能。

她被亲到一点力气都没了，他才放开她，最后温柔轻啄她的嘴唇，说：“这样倒是差不多。”

方曼姿气呼呼道：“你还说不会欺负我呢，现在就欺负上了。”

周熙昂抱着她在窗边的躺椅子上坐下，她从挂在他身上，变成了跨坐在他身上。

他在她臀上拍了拍，说：“还没回答我，怎么突然这么热情？”

“没有，就是感觉……跟你结婚，我好像赚到了。”她说着说着，咧开嘴笑，“你怎么这么厉害，有魅力，有眼光，主要是有眼光，娶的老婆也这么好看，人生赢家！”

周熙昂听她乱吹，也弯了唇，说：“嗯，人生赢家。”

“其实我刚才也不知道怎么了，就是看到你出来，感觉还是第一次看到你那样，还是特别喜欢你。”她趴在他身上，手指在他胸膛上乱画。

“是吗？”周熙昂伸手去抚她柔顺的发，“我一直都很喜欢。”

她从他身上抬起头，问：“你喜欢我？”

“你说呢？”

她轻轻在他胸膛上拍了一下，说：“我说什么，我要你来说。”

他望着她这张明艳的脸，手移到她的下巴上，逗猫那样，轻挠她下颌的软肉。

“喜欢你。

“以前就特别喜欢。

“每一次见到你，我都雀跃不已。怕你知道我喜欢，又怕你不知道。更怕你知道我喜欢你以后，你会变得没有那么喜欢我。”

方曼姿听着，心里头那些缝，都被灌满了蜜，最后索性捂住嘴巴，怕自己笑出声被老天听到，收走她的幸福。

“那你会不会觉得，我骄纵任性，脾气很坏，慢慢变得不喜欢我？”

“觉得。”

“嗯？什么？你不可以这样觉得！”她气得要扑起来掐他，“我在你心里必须是完美的，你知不知道！一点缺点都不能有！明白吗？”

周熙昂笑着抚住她的背，一下一下给她顺毛。

“但我还是喜欢。”

因为喜欢，所以那些细微的缺点也都成了可爱之处，是你最独一无二的地方。

也会因此更加喜欢你。

方曼姿满意了，又趴在他胸口上，开口：“那我问你啊，你既然这么喜欢我，那为什么在安城第一次看到我，要装不认识我？”

“我有吗？”

“你有！你看你又不承认！我就知道你们男人，自己干过的事翻脸就不认！”

她又是好一顿控诉，周熙昂防止她越说越生气，赶紧按住她，道：“那可能是，我怕你已经忘了我。”

“什么？”

他抬眼，说：“怕你忘了我，而我还在念念不忘，会不会显得我更可笑？”

“你有念念不忘吗？”

“那你呢，有没有？”

方曼姿别过脸，说：“我可没有，我一个人过得可好了。”

周熙昂屈起食指和中指，掐她小脸：“这样也好，我对你的喜欢更多一些。”

这时，放在床头上的手机响了，方曼姿帮周熙昂拿过来，递给他接听。

又是工作上的事，她听了一些，觉得没意思就不听了。

三言两语挂断电话。

方曼姿又开始吹老公模式：“我觉得你正经工作的样子也好帅。”

“不正经的样子呢？”

“……”

方曼姿换了个话题：“你手机怎么这么安静啊，连个什么狂热追求者的电话都没有，我这婚结得太没危机感了，显得你一点都不抢手。”

周熙昂淡淡道：“我从不告诉别人我的私人号码。”

“……”

方曼姿开始没事找事：“那你就是有非私人号码喽？”

他把手机递给她：“你自己查。”

方曼姿不太爱翻别人手机，但既然主动送上门了，她就随便翻一翻。

第一件事就是查私信黑名单。

发现一个人都没有。

回到消息列表，在一堆工作群消息上面，有一个唯一的置顶。

曼。

连个备注都没。

她不满地戳进去，把备注改成了“三界第一美女老婆”，一顿返回操作，无意点到了微信的表情。

她本来没在意的，毕竟周熙昂这种人，你不能指望他还能有表情包这种东西。

随便扫了一眼，她愣了愣，又看了一遍。

一个又一个，都是她珍爱的柴犬表情包。

除此之外，再没别的。

方曼姿的额头缓缓冒出一个问号。

“这些表情……”她实在想不出他发这些可爱表情包的样子，迟疑地问，“你打算跟谁用？”

“跟你。”

“那怎么不见你发？”

“还没找到合适的机会。”

他回答问题的样子一本正经，方曼姿更加无法把这些“可爱柴柴”跟此刻的“严肃昂昂”联系到一块儿。

“你都什么时候偷的……”她没法用语言描述她此刻的心情，“年纪轻轻的，还学人偷图了。”

“跟你聊天，随手存的。”他回答，“感觉跟你很像。”

“你又说我像狗！”

“我没有。”

看到她悲愤的表情，他又缓缓补充了一句：“就算是，也是全世界最可爱的狗。”

行吧。

看在他夸她可爱的份上。

她勉为其难地接受了这个说法。

就是感觉哪里怪怪的。

方曼姿随便在周熙昂微信上翻了翻，手指突然一停，看到一个熟悉的头像。

是她妈妈的微信。

他们什么时候有微信了？

方曼姿好奇地戳进去，对话框往上翻了翻，发现——

“是你让我妈来安城的？”

周熙昂并没多在意，她这么一说才反应过来，她应该是看到了方夫人的消息框。

事已至此，他也不在意被发现了，索性坦然承认。

“是我。”

她就说嘛！她妈妈怎么会因为她感冒，就非要来安城看她？

再一想，她妈妈来了之后，他们被迫同居，从那之后，她就没有从他家里搬出去过……

越想越不对劲！

她一副严刑拷问的架势："你老实说，我每天早上在你怀里睡醒，是不是你故意抱我？"

周熙昂并不承认，说："是你自己滚过来的。"

"你胡扯什么！我睡觉向来很老实！"

"我确实没有做过。"

方曼姿忽然俯下身来，在他身上乖乖趴着，撒娇道："其实，就算你承认也没关系，我们现在都这样了，我怎么可能会生气，我就是问问嘛。"

她的样子娇软可爱，很难有人不心动。

周熙昂喉结动了动，道："最初，确实是你自己过来的。"

剩下的话他没说，意思已经很明显了，是你先动的手，后面是我替你动了手。

方曼姿想到他的丑恶操作，不禁觉得这男人的行为怎么这么坏呢？不知不觉都搂她睡过多少次了！

她立即翻身从他身上下来，他起身拉她，被她一把甩开。

"我就知道你跟我同床根本就是图谋不轨！自己睡觉去吧！"

周熙昂搞不懂女人的逻辑："……你不是说你不生气？"

方曼姿冷笑一声："张无忌他娘没有告诉过你吗？越漂亮的女人越会骗人，再见！"

"……"

再回安城，已经是初冬的事情了。

到这边没几天，方曼姿收到陈北望的消息：晚上出来见一面吧，我把礼物给你。

方曼姿把消息给周熙昂看，周熙昂意外地没有阻拦。

"既然他要送你礼物，那就过去看看吧，也是一番心意。"

连周熙昂都这样说，方曼姿就这样去了。

碰面的地点是一条街上。

安城绿化做得好，树木常青，华灯点亮整座城市，绿树高楼相映成景。

下了车，陈北望早就在路边等她了。

他站在树下。

安城的冬天温度也在20℃上下，他们都穿得很单薄，一点过冬的氛围都没有。

方曼姿一见到他就吐槽："什么礼物啊，非要晚上才能过来取？神神秘秘。"

陈北望笑着摸了下她的头，说："小傻子，我要走了。"

“走？”她有点愣，“你要离开安城吗？”

“是啊。”他轻轻重复着，“不仅是离开安城，我可能要待在国外了。”

方曼姿想不通理由：“为什么？”

陈北望双手揣进口袋，跟她在人行路上并肩走。

他说：“我从国外回来，是为了追逐我的梦想，如今梦碎了，我也没有继续留在这里的理由。”

“梦想这个东西……”她想劝他留下来，“有时候放下也很好，人的一生，不是只能追逐一个梦想的。”

“如果这个梦想，是我从十五岁就在坚持的呢？”

“这样……那好像是有点打击人。”

陈北望看着前方，说：“我这个人，可能从小运气就不是特别好。

“小时候喜欢玩跷跷板，我很早过去排队，却总是被大人说‘让着小弟弟’‘让着小妹妹’，我排到最后，可是没有人对我说‘你也是个小孩子，不用让给别人，想玩就去玩’。”

“这说明，”方曼姿安慰他，“你很懂事，懂得礼貌和谦让。”

陈北望只是笑：“等长大一点，遇到喜欢的人，我很幸运成为她身边最好的朋友，但是到最后，还是眼睁睁看着她跟别人在一起。”

方曼姿喉咙一哽。

陈北望停下脚步，侧头看她，表情含笑，说：“方曼姿，你记得吗？是我先遇上你的。”

“我当然……记得。”

“我一直都很想知道，为什么我总是晚了那么一步。”

她回答不上他的问题，不过幸好，他也没有要她回答的意思。

“如果当初没有因为你跟他在一起而出国，或者我肯坚持到你们分手，又或者，我回国的时间能够提早一个月，我跟你之间是不是就会有不一样的结果？”

方曼姿不敢相信自己的耳朵，说：“你说你出国是因为……”

“因为你。”

“……”

“我没有大度到能接受喜欢的人跟别人在一起，不想看到你每天成双入对那么快乐，而我只能眼睁睁看着你幸福的笑脸，我多么希望你身边的那个人是我——”

方曼姿呼吸越来越堵，阻止他道：“对不起。”

“真不知道你喜欢那家伙什么，除了运气比我好一点，究竟哪点比我好？”他在她头上敲了一下，“你眼光太差。”

“对不起……”

她除了道歉，什么都说不出来。

“我可不是为了听你道歉的。”

两个人走了一段路，刚好前面有一家便利店。

陈北望停下脚步，说：“你等我一下。”

他一个人走进去，方曼姿站在外面乖乖地等。

不多时，陈北望出来，手里还拎了一瓶可乐。

也是因为可乐，她才决定跟这个人做朋友。

陈北望说：“让我再为你拿一次可乐吧。”

“……好。”

可乐被他稳稳握在手里。

陈北望握着它，问：“如果，如果你遇到我的时候，我没有那么差——成绩比那个姓周的优秀的话。那么你会不会……”

方曼姿顿了一下，刚要回答，陈北望截道：“就当骗骗我也好。”

“——会的。”她坚定颔首，“我会。”

“谢谢。”

又走了一小段路，看看时间，他把可乐递到她面前，交到她手上。

就像多年前军训，队伍解散时，他把可乐归还给她那样。

“如果我把它当作新婚礼物，你会不会嫌我小气？”

她抬头，认真回答他：“不会。对我而言，从我十五岁开始，你已经给了我最好的礼物。”

因为你的存在，所以我的青春快乐无忧，那些全部的美好的友情，都是你曾经带给我的。

是多少钱也买不来的宝藏。

陈北望听见她这样说，心中十分欣慰。

“往后的日子，可乐就要学着自己拿了。”

她被他这句话搞得鼻酸，吸了吸，努力不让自己流泪。

“你还会回来吗？”

“不回来了。”他笑了笑，“记得我说过的话吗？真正喜欢过的人，不会再想跟对方有任何联系，害怕自己会忍不住。我不想打扰你。”

她很想说，其实你不用走的。

你是一个很棒的朋友，一个我不想失去的朋友。

可她不能自私。

不能因为私人感情，就霸占他不肯放松，他总要割舍掉这一段，才能拥有新的生活。

方曼姿竭力控制自己的情绪，微笑着与他好聚好散。

可终究没有控制好自己的眼泪。

她强忍着浓浓不舍，道："那你在国外，要好好生活。"

"嗯。"

"再见。"

"好的，再见。"

陈北望拦了一辆出租车，孑然一身，打车去了机场。

他乘坐夜班飞机，连续飞行九个小时，抵达大洋彼岸。

飞机上承载了他的青春。

也承载了他们再也回不去的时光。

周熙昂坐在车里，查看自己的邮箱。

里面躺着一封陈北望发来的，关于向威公司的账目信息。

蒋驰收购向威，涉嫌大量洗钱，而陈北望在那家公司里已经拿到了很多证据。

邮件正文只有陈北望的一句留言。

很酷的三个字：

"不用谢。"

周熙昂笑了。

这么多年以来，他还是第一次没有对这个情敌产生恶感。

方曼姿拉开车门，坐进副驾驶，问："你笑什么呢？"

"没。"他把手机收好，"你终于回来了。"

"不然呢？我都跟你结婚了，还能跟别人走吗？"

她系好安全带，把可乐放在腿上。

周熙昂发动车子。

"我订了一周后飞往冰岛的机票。"

"冰岛？"

"嗯。"

方曼姿算算时间，脑海中悲伤的情绪逐渐被喜悦取代。

"难道是去……"

"去看极光。"

"啊！"

方曼姿高兴得眼泪涌出来，抱住周熙昂，又是一顿猛亲。

周熙昂喜欢看她高兴的样子，也跟着笑。

"我记得你高考那次暑假想去看，最后没有看到，是吗？"

方曼姿惊讶道："你怎么知道？"

她那个时候要去丹麦玩，听说那里一年有两百多天可以看到极光，所以即使是八月份，她也毅然飞过去，选择碰碰运气。

可惜，她运气很差。

并没有赶上那二百多天的其中之一。

周熙昂回答道："我在机场看到你了。"

那一天，她拿着护照，拎着行李箱，在机场到处乱转。

他坐飞机去安城，她要前往丹麦。

一个飞往遥远的南方，一个飞往童话的故乡。

他看着她在行色匆匆的人流中，行李箱都没拉好，有人跑着去赶飞机，直把她的行李箱碰掉，行李直接散开了

他手持着去安城的机票，看到她无措的样子，那一瞬间特别想过去，拉住她要她别走。

然后，沈修远出现了，蹲下帮她装行李。

那一幕令他却步。

他们已经分手了。

他不敢阻拦她享受她灿烂明媚的人生。

那是他最后一次看到她，也许那个时候他走上前，一切也会有所不同，但是，命运兜兜转转让他们重新相遇，那就不必如果，更不必去假设什么。

周熙昂还是感谢命运的。

命运让他在仅有几次回到沈家时，听到方家经济危机的事情。

听到父亲好友的女儿惹了什么事，急着躲人。

那一次，他少有地主动叫了沈修远一声爸，送上建议。

"分公司离海城远，既然方叔叔的女儿要躲，不如躲到家里的公司来，您也方便照应。"

沈修远急得焦头烂额，听到这个建议，眼睛顿时亮起，当即打电话，把这个解决办法说给老友听。

再然后，他听到电话里传来爽快的一句："好！那就麻烦你家熙昂多多照顾了。"

回忆中止，周熙昂继续开车。

"晚上想吃什么？"他问。

方曼姿想了想，雀跃道："好久没吃蟹黄面了。"

"现在就去。"

"嘿嘿！"

方曼姿幸福地牵住周熙昂的手，与他十指相扣。

她的头枕在他的肩膀上，看着车子穿过夜色，驶向前方，驶向未来，

驶向人生的尽头。

到那时，他都会在她身边。

她看着无边夜色，感受到掌心温度，心里头莫名地冒出一句话来——

红尘俗世中能够牵住这样一个人的手，从此以后再多困苦也觉得温柔。

所幸这温柔，被我邂逅。

– 正文完 –

番外

鞠恬恬怀孕四个月，向方曼姿抱怨自己开早会时的尴尬窘境。

“你都不知道，我们部门地下情那对已经各自离婚了，他们俩今天在办公室发请帖时旁边的小李早上不知道吃的是韭菜盒子还是包子，一打嗝那个味道从嘴里飘出来，我当时差点吐了。”

方曼姿跟盛汤的服务员说了句谢谢，听完鞠恬恬的话，胃里也觉得翻搅，说：“你别说了，好恶心。”

“可不就是恶心吗？请帖到我手里，我当场就呕了一声。”

方曼姿想到那个得罪人的场面，为她默哀了一把，说：“没关系，一辈子很快就过去了。”

“谢谢你，听你这样安慰，我感觉好多了。”

方曼姿开始安慰她：“你现在怀孕嘛，大家应该知道你不是故意的。”

服务员给鞠恬恬也盛了汤，后者道谢后，端起汤碗吹了吹，说：“可别说了，每天闻到一点味道就想吐，希望你永远不懂……”

跟欧阳婚后三年，鞠恬恬的事业稳定下来，开始考虑备孕的事。

有了这个打算后，才一个月就心想事成了。

今天中午，鞠恬恬说自己想喝椰子鸡的汤，就约方曼姿出来一起吃椰子鸡。

鞠恬恬说：“你跟你家周熙昂怎么打算的，不生吗？”

方曼姿实话实说：“我还不太想。”

“那万一你在不想有的时候突然有了怎么办？”

“那就打掉，我暂时还不想因为任何事情影响我自己的生活。”

方曼姿说完，舀了一口汤送进了嘴里。

往日尝过很多次的椰子鸡，今天不知道怎么腥味特别重，甫一入口，那种禽类的味道混合姜味冲进味蕾，方曼姿胃里翻涌，连忙放下汤碗转头干呕起来。

鞠恬恬赶紧站起来，走到方曼姿身旁给她拍背，一边拍一边说："没事吧？好好的怎么呕了？"

方曼姿从来没呕得这么凶过，整个人极为不适。她直起身，示意鞠恬恬自己没事："可能是吃到姜了吧，好恶心。"

鞠恬恬坐下，奇怪地看着她，嘴巴张了又张，最后身子前倾，八卦地问："你不会是有了吧？"

"怎么可能！"方曼姿想也没想就反驳，掩饰心里的惧怕，"我不爱吃姜，你知道的，就是姜的原因。"

说完，她把汤碗向前推了推，对刚才那股恶心的味道心有余悸，伸手掩住颈部，说："我还不太饿，你自己吃吧。"

当晚，方曼姿洗完澡，周熙昂已经在床上等她了。他穿着深蓝色睡衣，跟方曼姿的浅粉色睡衣是情侣款，胸口微敞，露出一截胸膛。

方曼姿扑上去，趴在他身上。

"你今天有想我吗？"虽然结婚好几年了，但是每天晚上她都要从他嘴里抠出一些腻歪的情话。

周熙昂揽着她光洁的肩头，轻轻地抚："不忙的时候一直在想。"

"那忙的时候可以偷偷想。"她的手在他胸膛上摸来摸去，他皮肤滑滑的，她起了玩心，顺着睡衣就往下探。

周熙昂一把握住她的手，把她按到一边，说："别乱摸。"

"怎么啦，都老夫老妻了还这么贞烈？"

周熙昂侧头凝视她，说："你不方便，就不要来招惹我。"

"什么不方便，我没——"方曼姿说到这儿，喉咙突然一凝。

她向来糊涂，从来不记生理期，学生时代都是周熙昂帮她记，分手后她自己糊涂着过，二人结婚以后，这件差事又落到了周熙昂的头上。

经他这么一提醒，方曼姿想起来了，这几天的确是她的生理期，可是——

她想起晚饭时那口腥味十足的汤，胃里瞬间不适，翻身到床边开始干呕。

方曼姿一边干呕一边回忆，他们没有特意避孕过，大部分时间做了安全措施，但有几次用光了，就也没太注意，好在一直没什么事，她没往心里去，他也没有，反正是合法夫妻。

可她还没做好准备，居然就这样中招了？

周熙昂下床帮她接了杯热水，放到她那边的床头柜上，蹲在床边帮她拍背，递了张纸巾给她，问："你怎么样？"

方曼姿直起身，接过水喝了一口，心里面翻江倒海。

她暂时还不能接受这个事实，可是她一个人又没办法消化这么大的信息量。

她抬起头，直面站在床边的周熙昂，咽下喉咙里的温水，表情十分复杂。

"老公。"

"嗯。"

"我……可能……需要买一下……验、验孕棒。"

说这话时，她脸颊微红，结婚三四年，两人亲密无间，已经许久没有露出过这种害羞的神色。

周熙昂没说话，拉开她的抽屉，从里面掏出她刚说的东西来。

方曼姿看着眼前的验孕棒，又看了看验孕棒后面的周熙昂。

"你什么时候买的？"

"有一次去药房看到了，感觉会用得上，顺手就买了。"

"……"

方曼姿不知道能说什么："老公真是体贴入微啊。"

他截断了她的话，露出一个宽慰的笑："你不是总说我很讨厌吗？"

周熙昂是一个内敛的人，十分情绪只显露一分，剩下的九分全都藏在他冷淡的表皮下，情绪波动时才会显露出几分来。但在大部分时间他都很冷静，是以结婚多年，他很少有这样的时刻。

方曼姿睫毛轻颤，情不自禁伸手去抚摸他的脸，说："你很幸运吗？可我一直认为，幸运的那个人是我才对。

"我脾气很差，总是很任性，一点点不满意就会不高兴，可你总是哄我，任我折腾，有的时候我自己也知道，但我控制不住。我一直觉得你很累……"

说着说着，她忽然有些想掉泪。

"你很好啊，你对我很好啊。像你才好吧，那么优秀，又那么聪明，情绪也控制得很稳定，把什么都做得很好，我总是搞得一团糟，我甚至都不相信我能不能当好一个母亲，我没有准备好，我很怕……"

果然女人在怀孕后激素会变得奇怪吗，这样的时刻她竟然会想掉眼泪，多矫情啊，她不想矫情的。

周熙昂起身，帮她擦眼泪，口吻温柔道："怕什么，不是有我在吗？我会替你做好的。"

"嗯……"她贪恋他的温柔，主动依偎在他怀里，"你会是一个好爸爸的。”

周熙昂回抱她，说：“是不是好爸爸不重要，我更想做一个好的爱人。”

不是所谓的好丈夫，那是世人恒定的无聊标准。

是好的爱人，属于你一个人的爱人。

方曼姿心里被爱意填满。

在这个平凡的瞬间，她感到了前所未有的幸福。

她说：“你已经是啦。”

三年后。

诺顿总部会议室。

关于国际品牌的广告成片正在屏幕上投放，一众成员正在专心致志地观看。

突然，会议室的感应门自动打开，穿着粉色小裙子，背着白色小包包的人类幼崽哒哒哒跑进来，打破了会议室的安静。

小女孩粉雕玉琢，明明才两三岁，就已经漂亮得不像话，让人想把她抱在怀里，狠狠亲上几口。

她跑到会议室的主位上，顺着男人的西装裤往上爬，边爬边说：“爸爸，你怎么还没开完会呀，我还等着你给我扎辫辫呢。”

所有人的目光看过来，聚集到这位年轻老总的怀里。

周熙昂抱起小女孩放到大腿上，先前还一脸严肃的男人，此刻却露出了十二分的耐心和温柔：“你先在办公室等我，爸爸很快就结束了，好不好？”

小女孩仰头，又大又漂亮的眼睛看着自己的爸爸，“唔”了一声，说：“那我要用有蝴蝶结的发圈，爸爸你给我带着没？”

周熙昂从西装里怀拿出那个蝴蝶结发圈，交到小女孩手里，说：“你拿着它，回办公室等爸爸好不好？”

“还有那个草莓的发夹！我也要！”

周熙昂不说话，从口袋里掏给她。

下面的员工虽然不是第一次看，但每次看到这一幕还是会惊掉下巴。

救命，他们高冷无情的总裁面对家人居然是这么温柔的样子吗？实在难以想象他每天把蝴蝶结装在口袋里的样子啊！

正这样想着，走廊里传来一阵急匆匆的高跟鞋声音。

感应门打开，方曼姿踩着高跟鞋走进来，到周熙昂身边抱起小女孩，小声训斥：“周诗倩！妈妈说过多少次，不要打扰爸爸开会。你再这样不听话，妈妈就不带你来公司了！”

周熙昂转头看向她们母女二人，虽然生完了孩子，方曼姿仍然漂亮得不像话，一把好身材跟生孩子前没什么两样。

他摸摸女儿的头，说："诗倩乖，我们都要听妈妈的话，知道吗？"

"哦……"

周诗倩搂着方曼姿的脖颈，在她怀里回头看向周熙昂，说："那我跟妈妈一起等你回来，爸爸。"

– 全文完 –